Peter Römer

Een meesterstuk

A.W. Bruna Uitgevers

Omslagbeeld
© Shahid Khan/Alamy Stock Photo
Omslagontwerp
Dog and Pony

ISBN 978 94 005 1023 4
NUR 305

‘Kunst die men verborgen houdt, heeft geen enkele zin.’
– Lucianus van Samosata

Deel 1

Een goede dag voor een begrafenis

1

Zelfmoord.

Anton Hiemstra was onthutst geweest toen hij het hoorde. Niet alleen omdat hij het pas op de begrafenis van zijn vriend had vernomen, ook vanwege het feit zelf. Zelfmoord, dat was toch niets voor Jacques? De zeventig gepasseerd, maar altijd opgewekt en vol energie. Zoals hij het afgelopen jaar hun gezamenlijke speurtocht had opgepakt, dat getuigde toch niet van enige levensmoeheid? Maar blijkbaar kon hij ook depressief zijn. Hij had tot de laatste dag van zijn leven last van de oorlog gehad, had zijn dochter Desirée aan Anton verteld. Altijd maar nachtmerries van zijn tijd in Dachau. Anton wist dat Jacques een aanhanger van het communisme was geweest en in het verzet had gezeten, maar wat hem toen precies was overkomen, wist hij niet. Jacques begon er nooit over en hij had er niet naar gevraagd.

Hij zuchtte en legde zijn huissleutels op het tafeltje naast de voordeur. In de woonkamer zag hij zijn twee kleindochters aan tafel zitten. Alice, de oudste, kamde de haren van een speelgoedpaardje en de kleine Katja zat, zoals altijd, over haar tekenblok gebogen. Hij zag het puntje van haar tong tussen haar lippen steken, terwijl haar handje boven de kleurpotloden in de Caran d'Ache-doos zweefde die ze met sinterklaas cadeau had gekregen. Ze keek even naar hem op en glimlachte. Hij knikte geruststellend terug en liep daarna door naar de achterkamer.

Zijn oog viel op de *Haagsche Courant* die opengeslagen

klaarlag bij zijn stoel naast de open haard. Volgens de kop op de binnenpagina waren er de dag daarvoor, zondag 14 april 1991, twintig werken van Van Gogh uit het gelijknamige museum in Amsterdam gestolen. Een halfuur later waren ze teruggevonden, in een bestelbusje in de buurt. Bizar. De heren inbrekers waren er zeker achter gekomen dat je twintig Van Goghs niet zomaar kwijtraakt. Jacques had hier vast hard om kunnen lachen, die hield van dit soort verhalen. Hij had hem er vaak mee vermaakt gedurende de zoektocht die ze de afgelopen maanden samen met zoveel passie hadden ondernomen. Ze hadden ervan genoten. Van de enorme sensatie ook, en zelfs van de twijfel die daarop volgde.

Hij glimlachte treurig en liep naar de deur. Teddy, de bordercollie, keek hoopvol op naar zijn baasje, maar die had geen aandacht voor hem. Hij nam ook niet de moeite om zijn zwarte overjas uit te trekken, die hij speciaal voor de teraardebestelling uit de kast had gehaald, maar liep moeizaam de trap op naar boven, naar zijn werkkamer. Hij liet zich op zijn bureaustoel zakken en staarde door het raam naar buiten, waar de bomen nog maar schuchter de terugkeer van de lente aankondigden. Het was een grijze dag geweest, bewolkt, maar het had niet geregend. Een goede dag voor een begrafenis, had hij nog gedacht.

Zelfmoord.

Anton schudde zijn hoofd en keek naar zijn 'schilderijenboekje', dat opengeslagen voor hem op het bureau lag. Het boekje waarin hij de bevindingen noteerde van de zoektocht naar de herkomst van zijn schilderijen, een hobby waar hij zich na zijn pensionering vol overgave op had gestort. Dat was ook wat hem had verbonden met Jacques, die als restaurateur bij het herstel van veel oude meesters betrokken was geweest. Jacques was net zo'n enthousiaste onderzoeker geweest als Anton zelf, met bovendien een hoop praktische kennis. Hun laatste – en naar zou blijken meest spectaculaire – zoektocht was naar het werk van Isaac Pietersz geweest, een schilder uit het begin van de achttiende eeuw. Anton had ooit op een veiling drie portretten van hem op de kop getikt. Het was een koopje geweest en het werk op zich stelde ook niet veel voor, maar op een of andere manier voelde hij zich aangetrokken tot de portretten. Het betrof een drieluik van één familie. Hij had gegraven in de archieven en was erachter gekomen dat de schilder de familie Van Wees had afgebeeld; een zoon van een bemiddelde lakenhandelaar die met een dochter van een scheepskapitein was getrouwd en samen met haar en de twee kinderen die uit het huwelijk waren voortgekomen op de drie doeken stond afgebeeld. Portret van een jong gezin.

Zijn blik viel op de ingelijste foto die zijn vrouw onlangs op zijn bureau had gezet, waarop zijn zoon en schoondochter stonden afgebeeld, met de kleine Alice aan de hand van haar vader en de pasgeboren Katja in de armen van haar moeder. Pril geluk, net als op het schilderij. En nu waren die meiden alweer zo groot; ongelooflijk, alsof het echte leven aan hem voorbij was gesneld terwijl hij in beslag genomen was door zijn onderzoek. Tot onbegrip van zijn vrouw, die nooit iets in de schilderijen had gezien, die zijn hele collectie als een 'rariteitenkabinet' bestempelde. En ergens begreep hij dat wel, maar als hij eenmaal door een onderwerp was gegrepen, wist hij van geen ophouden. De stille concentratie die bij het gegraaf in de archieven hoorde en het verzamelen van de feiten die hij boven water haalde gaven hem een grote voldoening. Ook al zag niemand anders er het nut van in. Het ging hem om het onderzoek, niet zozeer om het onderwerp. Isaac Pietersz, de schilder, was geen groot kunstenaar gebleken, de meeste van zijn werken waren in de loop der tijd verloren gegaan. Maar in zijn tijd was hij een gerespecteerd portretschilder geweest, die vooral in de gegoede middenklasse veel werk had. Anton was gaan spitten in de stadsarchieven van die tijd en was de naam van Pietersz meer dan eens tegengekomen. Hij was blijkbaar een invloedrijk lid van het Amsterdamse schildersgilde geweest en had in de hoogste kringen van de stad verkeerd. Er had zelfs een schilderij van hem in het nieuwe stadhuis op de Dam gehangen. Een prestigieuze plek, ook toen al.

Om meer begrip te krijgen van de werkwijze van de schilders in die tijd had Anton zich verdiept in de technieken die zij hanteerden. Jacques had het technische werk op zich genomen en monsters van de verflagen geanalyseerd. En toen, op die donderdagmiddag, terwijl een harde wind de regen tegen de ramen joeg en de tl-verlichting in het archief was aangegaan, was hun beider werk bij elkaar gekomen. Hij voelde weer iets van de sensatie die hem toen had overvallen. Hij draaide zijn bureaustoel en keek naar de lange wand van zijn werkkamer, die geheel in beslag werd genomen door de drie schilderijen. Twee schilderijen, die van het ouderpaar, hingen aan de muur en het derde, het schilderij van de twee kinderen met een hobbelpaard, dat onderwerp van hun onderzoek was geweest, stond nog tegen de muur geleund. Hij had het opgehaald uit het atelier van Jacques, de dag nadat hij was overleden. Hij had gedacht dat het hart van zijn vriend ermee was opgehouden, dat dat zijn einde had ingeluid, maar nee, vanmorgen, toen hij met Desirée had gesproken, had hij de werkelijke reden van de dood vernomen. Hij kon het nog steeds niet bevatten. De laatste tijd had zijn vriend zich wel wat eigenaardig gedragen, maar dat had hij toegeschreven aan het spannende spel waar zij onderdeel van waren. Zeker na hun sensationele vondst. 'De ontdekking van de eeuw,' had Jacques geroepen. De bevindingen in het archief klopten precies met het technische onderzoek dat hij zelf had gedaan.

'We moeten een röntgenfoto van het schilderij maken,' had hij gezegd.

Maar ja, dat was makkelijker gezegd dan gedaan. Waar

deed je zoiets? Jacques zag er geen probleem in, die zou het wel regelen, maar ze moesten er vooral met niemand over spreken, dat had hij ook nog gezegd.

'Ik ken de kunstwereld, Anton. Ze lijken allemaal reuzebeschaafd, maar het is een zootje tuig bij mekaar. Ze snijden je de keel door voor een plekkie in het museum. Geloof me, ik ken ze.'

Hij zou weleens voorzichtig navragen bij wat mensen die hij nog kende vanuit zijn praktijk. Hij had het schilderij meegenomen en een tijdje niets van zich laten horen. Dat gebeurde wel vaker, dan was hij even 'ondergedoken'. Anton vermoedde dat de demonen uit de oorlog hem dan parten speelden en dat die zich alleen met voldoende jenever lieten verjagen. Na een paar dagen stond hij meestal weer fris voor de deur.

Die laatste keer was het echter anders geweest. Hij was niet langsgekomen, maar had ansichtkaarten gestuurd waarop boodschappen stonden die hij niet via de telefoon wilde delen. Anton had het belachelijk gevonden, maar Jacques was ervan overtuigd geweest dat zijn telefoon werd afgeluisterd. 'Koude Oorlogparanoia' had Anton het lachend genoemd, echt iets voor zo'n verstokte communist.

Hij trok een bureaula open en haalde er een pakje ansichtkaarten uit die bijeengehouden werden door een breed elastiek. Het waren merendeels kleurrijke plaatjes van schilderijen of molens met tulpen en de grachten van Amsterdam. En een paar zwart-witfoto's uit de jaren twintig waarop schaars geklede dames in pikante situaties stonden afgebeeld. Anton had zich geschaamd tegenover de postbode. Op de achterkant waren de hanenpoten van Jacques te lezen. Korte boodschappen, zoals *We hebben beet, daar zijn zij niet blij mee!*, met veel onderstrepingen en uitroeptekens. *Zij*? Welke *zij*? Hij had het hem niet kunnen vragen. *Kijk over je schouder, pas op!!* Voor wie? Voor wat?

Anton had Jacques voor het laatst gesproken toen ze elkaar hadden ontmoet in Bodega de Posthoorn. Hij vond dat Jacques er slecht had uitgezien, maar dat kon ook invulling achteraf zijn; Jacques was nooit het voorbeeld geweest van de blozende Hollander. Hij had gesproken over de ontdekking die ze hadden gedaan, waarvan de draagwijdte veel groter was dan Anton zich kon indenken. Hij had op een bierviltje drie gelijke rechthoeken getekend met de maten erbij, en had het zonder uitleg naar hem toe geschoven. Anton had er wat meewarig naar gekeken, maar Jacques wilde het niet toelichten. 'Niet nu, niet hier,' had hij gezegd. *Feind hört mit!* Er waren volgens hem krachten aan het werk die groter waren dan zij. Hij had gesproken van het grootkapitaal en de heersende klasse die haar graaiende klauwen uitstak naar de kleine man. Oorlogsretoriek. Anton had het er benauwd van gekregen. Hij was bang dat Jacques aan het doordraaien was en wilde eigenlijk het liefst naar huis.

Maar zijn vriend had hem bij zijn arm gepakt en hem met zijn kleine troebele oogjes dwingend aangekeken. 'Het is de vijfde colonne, Ton. Die zijn het gevaarlijkst.'

Daarna was Jacques van de aardbodem verdwenen en liet hij pas weer van zich horen via zijn kinderachtige ansichtkaarten. Blijkbaar was hij gaan geloven in een georganiseerde samenzwering. Anton had niet geweten wat hij ermee aan moest, had het weggelachen. Hij had zijn vriend niet serieus genomen.

En nu was hij dood.

Hij draaide met zijn schouders om de spanning in zijn nek te verlichten. Hij had behoefte aan een borrel. En eigenlijk ook aan een sigaar, maar roken deed hij al een tijdje niet meer.

Ik ken de kunstwereld, Anton. Ze snijden je de keel door voor een plekkie in het museum.

Jacques hield van drama, zeker, maar toch, je kon niet uitsluiten dat er iets van waarheid in stak. Hij was een man van de praktijk geweest. Misschien was het toch niet zo gek om wat voorzichtiger om te gaan met hun ontdekking.

Anton staarde even in gedachten voor zich uit en nam toen een beslissing. Hij stond op en liep naar de badkamer. Hij opende het medicijnkastje dat boven de wasbak hing en nam een scheermesje uit het pakje dat naast zijn scheerzeep lag. Terug in de werkkamer bladerde hij in zijn schilderijenboekje tot hij de pagina vond waarop hij het verslag van zijn bevindingen over het schilderij van Isaac Pietersz had genoteerd en sneed die zorgvuldig los van de rest van het boekje.

2

Quirine Hiemstra had ongerust op de klok op de grote schouw gekeken. Haar man was al ruim twee uur weg. Normaal was dat voor haar geen reden om zich ongerust te maken, Anton ging vaak uren wandelen met de hond, of zat hele dagen in het archief te lezen. Maar de laatste tijd was hij anders, had hij de lust niet meer gehad om naar buiten te gaan. Een kwartier, hooguit een halfuur, omdat Teddy moest worden uitgelaten. Hij had zich eigenaardig gedragen, in zichzelf gekeerd, zat hele dagen in zijn kantoor en reageerde nauwelijks op haar vragen.

Aanvankelijk had ze gedacht dat het met geld te maken had, dat hij zich daar zorgen over maakte. Maar dat bleek niet zo te zijn. De erfenis van haar ouders was solide belegd door de bank en het pensioen van Anton was ruimschoots genoeg voor hen beiden. Maar er zat hem iets dwars. Eigenlijk al sinds de dood van zijn vriend Jacques, drie maanden geleden, was hij somber en terneergeslagen. Zou hij het moeilijk hebben met zijn eigen naderende einde, vroeg ze zich af. Hij had al jaren last van zijn hart, maar de cardioloog had hem verzekerd dat hij met zijn kwaal honderd kon worden. Als hij zijn pilletjes maar slikte. Maar toch, als er ineens iemand wegvalt die je na staat, dan zet dat je aan het denken.

Ze had het nog een uurtje aangekeken en was toen toch ongerust de straat op gegaan. Ze trof haar man aan in een parkje bij hen om de hoek. Hij zat op het bankje en Teddy lag aan zijn voeten. Toen ze dichterbij kwam, hief de hond zijn kop en piepte zacht.

Haar echtgenoot, haar geliefde Anton, was overleden. Waarschijnlijk zijn hart, had de dokter haar verteld.

Deel 2

Wat is toch het geheim van dit schilderij?

3

Dertig jaar later

De aprilmist die sinds het ochtendgloren over de Neva had gelegen trok langzaam op en Aleksej Mazarov kon in de verte alweer de Petrus-en-Pauluskathedraal zien liggen op het Zayachy-eiland. Door de hoge glazen ramen had hij een majestueus uitzicht over de stad, die nog Leningrad had geheten toen hij er was geboren en er als jongetje had rondgezworven. Het waren de roerige jaren geweest van het Sovjetrijk in verval, toen de stad werd geregeerd door criminaliteit en corruptie en er op de zwarte markt goede zaken werden gedaan. Ideaal voor ondernemende jochies als hij. Ontelbare keren had hij op dit punt van de rivier omhooggekeken naar de statige huizen waar de hoge heren woonden. Dat hij ooit belangrijk genoeg zou kunnen zijn om zo'n huis te bezitten, was onvoorstelbaar geweest.

Zijn vader was ambtenaar geweest bij het Ministerstvo Vnoetrennich Del, het ministerie van Binnenlandse Zaken, maar hij had zich daar nooit een echte positie kunnen verwerven. Te onderdanig, te weinig initiatief, te veel wodka. Zelf was hij goddank ambitieuzer geweest. Hij had een baantje op het stadhuis gekregen dankzij Vladimir Poetin, die er in die tijd werkte als hoofd Externe Betrekkingen en een goed woordje voor hem had gedaan. Poetin had met Aleksejs oudere broer Konstantin op judo gezeten. Ze hadden allebei nog les gehad van Anatoly Rakhlin en daar was zijn broer enorm trots op geweest. En zijn ouders ook. Konstantin was hun held, Konstantin kon nooit iets fout doen. Konstantin was zijn grote, sterke broer, die aan elke vinger een meisje had. Daar was hij als puber wel jaloers op geweest, eerlijk is eerlijk. 'De mooie jongen', werd zijn broer genoemd. Omgekomen toen zijn tank werd opgeblazen door de terroristen in Tsjetsjenië. De dooie jongen. Het had het einde van hun ontroostbare moeder bespoedigd, daar was hij wel van overtuigd.

Hij liep naar de bijzettafel en schonk zich uit de zilveren kan nog een kop koffie in. Het was een goede gok geweest om zich achter de kont van Poetin te scharen. Hij had zijn twijfels gehad, dat kon hij niet ontkennen. Vladimir leek de slimste niet en was op het eerste gezicht voornamelijk punctueel en ijverig. Niet echt een aanbeveling als dat op je grafsteen stond. Maar hij had de juiste keuze gemaakt en uiteindelijk was het Poetin geweest die de weg vrij had gemaakt voor het importbedrijf dat hij had opgericht, waarmee hij Moskou en omstreken had kunnen voorzien van felbegeerde Levi's, die hij voor een schijntje liet namaken in Roemenië. Hij had er riant zijn zakken mee gevuld, hoewel het echte geld natuurlijk pas was gekomen nadat hij zich in de jaren negentig had ingekocht in de Troika Bank. Als je wist waar je moest kijken en de juiste contacten had, lag het geld in die tijd voor het opscheppen. Ineens had hij geld genoeg om het appartementengebouw te kopen waar hij als jongetje dromerig naar had opgekeken.

Sindsdien waren er weinig dagen voorbijgegaan dat hij niet had genoten van het uitzicht, maar vandaag had hij er geen oog voor. Hij had het niet naar zijn zin. Het weer beviel hem niet, de koffie smaakte naar niets en hij had nu zelfs even een hekel aan het appartement waar hij zich in bevond. Dat lag uiteraard niet aan de ruimte, maar aan de aankleding, die was verzorgd door zijn vrouw. Binnenkort ex-vrouw. Zijn tweede. Rood fluweel, gouden draperieën, meubeltjes in de stijl van

Lodewijk xv. Prullen en krullen, bah, de rococo kwam hem onderhand de neus uit. Ze had altijd al een slechte smaak gehad. Ze had het huis aangekleed zoals arme mensen denken dat rijke mensen dat doen. En toen ze klaar was met het huis, was ze met zichzelf begonnen. Hij zuchtte. Het was er allemaal niet beter op geworden. Van die jonge, naïeve vrouw met dat prachtige lichaam die naar hem had opgekeken, die hem had aanbeden, voor wie hij huis en haard had verlaten, was na al die jaren niet veel meer over. Verworden tot net zulke overdadige nep als het appartement, dat hij na de scheiding het liefst van de hand zou doen.

Natuurlijk wist hij dat dat niet ging gebeuren, hij was te zeer gehecht aan de plek, aan het uitzicht. Misschien haalde hij er wel een sloopkogel doorheen, dan zou hij daarna de architect die ook zijn huis in Moskou had gerenoveerd vragen om het appartement een nieuw uiterlijk te geven. Strak, wit met hier en daar een brutaal kleuraccent, modern Italiaans ingericht. Tenminste, als er nog wat geld overbleef nadat die heks met hem klaar was.

Hij draaide zich van het raam af en ging achter de ranke secretaire zitten waarop zijn laptop stond. Hij keek naar de foto van zijn datsja, die als screensaver diende. Ondanks zijn slechte humeur moest hij glimlachen, zijn datsja was de plek waar hij eigenlijk het liefst was. Die bracht hem terug in de tijd, naar de dagen dat hij met zijn vader door de aanhoudende sneeuw sjokte, terwijl de felle wind door hun kleren sneed. Op zoek naar de vallen die zijn vader had gezet. De datsja die hij begin deze eeuw had laten bouwen was veel groter dan die van zijn ouders, maar hij had afgezien van overbodige luxe. Een flinke houtkachel verwarmde het huis en de verlichting bestond voor een groot deel uit olielampen en kaarsen. Als knieval naar deze tijd had hij er wel wifi laten aanleggen, want ja, je kon niet helemaal van de wereld afgesneden zijn. Zijn vrouw was één keer meegegaan en dat was meteen de laatste keer geweest. Ze vond het er te primitief, te koud en te leeg. Eigenlijk allemaal kwalificaties die ook op haar van toepassing waren, bedacht hij met een grijns.

Naast zijn laptop lag de foto die de aanleiding was van zijn slechte humeur. Hij zag het pafferige hoofd met het korte grijze haar van Hubert Vreeman, de zogenaamde kunsthandelaar, die met waterige drankogen trots en grijnzend naast het schilderij van Pieter de Hooch stond. Toen hij nog echt was. Dat doek dan. God, wat was hij er blij mee geweest. Want al hield hij niet van die oude meubelen en tierlantijnen voor het raam, hij was verzot op de zeventiende-eeuwse schilderkunst. Onbetaalbaar, maar zo intrigerend. Hij had er boeken over gelezen, onderzoek naar gedaan en een deel van zijn vermogen in geïnvesteerd. En toen had hij met spijt in zijn hart een deel van zijn collectie naar Sotheby's moeten brengen om die *shlyukha* te kunnen afkopen. Het was helaas het deel van zijn kapitaal dat zich het makkelijkst liet omzetten in baar geld. En dat was wat ze wilden, harde munt, en het liefst in dollars. Hij was ermee gestopt zich af te vragen hoe hij zich ooit zo had kunnen laten naaien. Op de dag voor de veiling had hij een telefoontje gekregen van Sotheby's, ze wilden het over die Pieter de Hooch hebben. Hoezo? Wat was er mis met dat schilderij? Nou... de heren waren niet overtuigd van de herkomst. Zootje achterbakse uitvreters, witteboordencriminelen met hun Oxford-praatjes. Volgens hen deugde het certificaat van echtheid niet. Afgegeven door een van de grootste experts op dat gebied, nota bene! Maar nee, er moest nader onderzoek worden gedaan naar het doek voor het als een Pieter de Hooch kon worden geveild. Jezus!

Hij had het van de veiling gehaald. Als het gerucht naar buiten kwam dat er werd getwijfeld aan de herkomst van die De Hooch, dan zou men misschien ook gaan twijfelen aan de rest van zijn collectie en dan zat hij nog veel dieper in de shit. Hij had Vreeman gebeld en gezegd dat hij het schilderij kon komen ophalen, want hij wilde zijn geld terug. Maar die had gezegd dat hij er niets mee te maken had, het was allemaal de schuld van die expert. Louis Post had dat certificaat van echtheid afgegeven, die was schuldig aan dit drama, dus die moest voor de kosten opdraaien.

Mazarov sloeg met zijn hand op het blad van het fragiele bureautje, waardoor de laptop een stukje omhoogschoot en de secretaire wankelde op zijn fijne pootjes.

4

De man smeerde het scheerschuim op zijn ingevallen wangen en keek in de spiegel boven de wasbak het verval letterlijk in de ogen. Dat was wat de mensen met elkaar verbond, dacht hij, de aftakeling van het lichaam. Daar maakte de natuur voor niemand op de wereld een uitzondering voor, en dat proces trad na je twintigste levensjaar onherroepelijk in werking. Sic transit gloria mundi. Al verliep het proces bij sommigen iets trager dan bij anderen. Je had mannen van zijn leeftijd die nog aantrekkelijk werden gevonden en voldoende aanspraak hadden. Dat was bij hem niet het geval, nooit geweest trouwens, maar de afgelopen tijd leek het wel alsof hij opzettelijk werd gemeden, alsof mensen zich van hem afkeerden als hij een openbare gelegenheid binnenkwam. De laatste keer dat hij iemand mee naar huis had genomen was hij na afloop honderd euro kwijt geweest. Zogenaamd voor een taxi terug, jaja. Hij liet het mes geroutineerd over zijn kaken glijden en vulde daarna zijn handen met lauwwarm water, waarmee hij de laatste zeepresten van zijn gezicht waste. Hij draaide de kraan van de inloopdouche open en stapte onder het hete water. Vijf minuten, dan zou zijn kater wel zijn weggespoeld.

Ontbijten deed hij niet, nooit gedaan, hoezeer zijn moeder er vroeger ook op had aangedrongen dat hij een boterham at. Hij kreeg het gewoon niet weg. Zwarte koffie wel, dat was een levensnoodzaak. Hij liep langs de grote globe die op een driepoot in de hoek van zijn woonruimte stond en waar hij zijn voorraad alcoholica in bewaarde. Hij ging vandaag voor de calvados. Een klein slokje in de koffie, *un petit goût*, dat kon zeker geen kwaad. Hij liep met de koffie de trap af die zijn keuken op de eerste etage verbond met de kunsthandel op de begane grond. Of met 'de winkel', zoals hij zelf laatdunkend placht te zeggen. Kunsthandel Louis Post bezat niet meer de glorieuze uitstraling van voorheen. De eigenaar had zijn interesse in de handel verloren sinds de markt zo overspannen was geraakt dat de prijzen tot ridicule hoogte waren gestegen. Zelf had hij zijn beste stukken in de loop der tijd verkocht, omdat hij het geld nodig had. De mediocre werkjes die nu nog aan de muren hingen dienden eerder als decoratie dan als verkoopbare objecten. Zijn inkomen haalde hij voornamelijk uit taxaties en advieswerk. Zijn specialisatie betrof de zeventiende-eeuwse Hollandse schilders en daar zat nog genoeg werk in. Hij werd geraadpleegd in binnen- en buitenland en schreef af en toe een stuk in de krant. Hij had zelfs overwogen om de kunsthandel te sluiten en het pand te verkopen, maar uiteindelijk had hij van het plan afgezien; het was emotioneel nog een te grote stap.

Kunsthandel Post was het levenswerk van zijn ouders geweest. Zijn moeder was als jonge Joodse vrouw uit de oorlog gekomen, waarin zij bijna haar hele familie had verloren. Zelf had ze die verschrikkelijke jaren overleefd in de onderduik. In 1948 was ze op een tekencursus zijn zwaar gereformeerde vader tegengekomen en na een korte verloving hadden ze besloten samen verder te gaan op het pad van de kunst. Het enige onderdeel van het leven, had ze hem eens verteld, waarin de mens uitsteeg boven zijn miserabele zelf. In de jaren vijftig hadden ze met opofferingen en doorzettingsvermogen de kunsthandel opgezet en tot bloei gebracht. Ze hadden relatief gelukkige jaren gekend, tot het in de jaren negentig van de vorige eeuw ineens bergafwaarts was gegaan met zijn moeder. Ze leed aan ernstige depressies – waarvan iedereen in haar omgeving wist waar die vandaan kwamen, maar waar ze niet over kon praten – en uiteindelijk was ze uit het leven gestapt. Hij was er kapot van geweest, gebroken van verdriet; had het ervaren als een vorm van verraad, juist omdat hij altijd erg aan zijn moeder had gehangen. Uiteindelijk bleek zijn liefde voor haar groot genoeg om haar de rust te gunnen waar ze zo naar had verlangd, maar zijn vader had geen vrede kunnen hebben met de dood van zijn vrouw. Hij had de lust om te leven verloren en zich hele dagen in de Bijbel begraven, alsof hij daarin de reden kon vinden van het noodlot dat hem had getroffen. Als enig kind had Louis zich genoodzaakt gezien de kunsthandel van zijn ouders over te nemen en voort te zetten. Om die dan nu te sluiten en het pand te verkopen voelde net zo goed als verraad. Niet aan de zaak, die kon hem inmiddels gestolen worden, maar aan zijn moeder.

Omdat de etalageruit maar weinig daglicht toeliet draaide hij het licht in de kroonluchter wat hoger en schikte hij vervolgens de boeken op de grote ronde tafel achter in de zaak. Hij keek rond of er iets rondslingerde wat niet in een kunsthandel thuishoorde, maar dat was niet het geval. De zaak stond erbij alsof er de afgelopen twintig jaar niets was veranderd, reden waarom hij meestal een lichte afkeer voelde als hij 'de winkel' betrad, maar vandaag was het anders; vandaag voelde hij zelfs een zekere opwinding vanuit de gedachte dat er iets stond te gebeuren wat zijn leven kon veranderen. Hij verwachtte een bezoeker, Arjen Hageveld, een leuke jonge gast en een van de weinige jongelieden met wie hij een zekere verwantschap voelde. Arjen was professor in de kunstgeschiedenis en hij had Louis een aantal keer uitgenodigd een gastcollege te geven. Sinds die tijd was er een soort vriendschap ontstaan en gingen ze geregeld met elkaar uit eten. Dan vermaakte Arjen hem met de laatste roddels over de collega's van de universiteit en kon de jonge professor zich laven aan de cynische humor en de belezenheid van de man uit de praktijk. Een paar dagen geleden nog hadden ze met elkaar gegeten en had Arjen een gloedvolle verhandeling gehouden over een onderzoek dat hij onder handen had en dat handelde over het werk van een obscure schilder uit de achttiende eeuw. Hij had hem vervolgens een afbeelding op zijn laptop laten zien. Twee kinderen en een hobbelpaard, een inderdaad onbeduidend werkje uit het begin van de achttiende eeuw. Maar de oorzaak van de opwinding die hij nu nog voelde was de daarna getoonde afbeelding van de röntgenfoto die van het schilderij was gemaakt. Hij was werkelijk even van de kaart geweest van wat hij op de laptop had gezien en had moeite gehad om te geloven wat zijn ogen zagen. Hij had met zijn telefoon snel een foto gemaakt van het computerbeeld en besloten Arjen nog even niet op de hoogte te brengen van zijn vermoedens. Als die hem vandaag kon overtuigen met de uitslagen van het laboratoriumonderzoek en de wetenschappelijke onderbouwing daarvan, was dat vroeg genoeg, en het zou weleens het begin kunnen zijn van een spectaculair einde van zijn problemen! En niet alleen die van hem.

5

Op het terras van zijn penthouse aan de Quai Gustave-Ador stond een man een sigaartje te roken. Zijn gedrongen gestalte was gehuld in een comfortabele witte ochtendjas, waar zijn vlezige gezicht met het korte grijze haar als een plomp monument boven uitstak. Er lag een bezorgde uitdrukking op zijn gezicht. Hij tuurde in de verte, waar het Meer van Genève er vriendelijk kabbelend bij lag. De Jet d'eau, een waterstraal van tientallen meters hoog, veroorzaakte de enige rimpeling op het water. De fontein was een paar dagen buiten werking geweest vanwege een ijskoude stormwind uit het oosten die het afscheid van de winter had ingeluid. Nu gaf een fris lentezonnetje het wateroppervlak een zilverkleurige glans. Beneden op de boulevard die langs de bootjes leidde, flaneerden alweer de eerste toeristen op weg naar de oude stad.

Hubertus Maria Vreeman kon zich niet herinneren wanneer hij voor het laatst onbevangen over straat had geslenterd. Gewoon gedachteloos, zonder dat je voortdurend over je schouder hoefde te kijken. Aan het strand liggen en een boekje lezen, ook al zoiets uit een vorige eeuw. Hij rilde en trok zijn badjas dichter om zich heen. Hij zou eigenlijk naar binnen moeten gaan, maar hij wilde nog niet. Hij had nog geen zin in een gesprek. Hij keek voorbij de huizen aan de overkant van het meer naar de bergen. Hij hield niet van de bergen, hij hield van de zee, van de Atlantische Oceaan bijvoorbeeld, waarbij vergeleken dit meer maar een kutplasje was. Hij haatte Genève. Molly niet, Molly was gek op de stad.

En op de Engelse Club, waar ze eindeloos met haar vriendinnen kon kletsen en koekjes bakken voor de kindertjes in Afrika en meer van dat soort bullshit. Maar hij gunde het haar, ze voelde zich hier op haar gemak en voor hem was het, gezien zijn werkveld, uiteindelijk ook het beste om in Zwitserland te resideren. Hij wist dat mensen hem erom benijdden, jaloers waren op zijn penthouse en zijn Porsche, hij had zijn dromen waargemaakt. Wisten zij veel. Nee, ze wisten niets en als ze wisten wat hij wist, zouden ze hard weghollen. Niemand zou vrijwillig in de positie willen verkeren waar hij zich in bevond. Hij dreigde speelbal te worden van de Russen en dat was weinig benijdenswaardig. Fucking Russen. Een volk dat te lang was onderdrukt en slecht met zijn vrijheid kon omgaan. Zo dacht hij erover. Hij had nooit met ze in zee moeten gaan. Andere wereld, andere cultuur. Maar ja, toen in West-Europa de markt was ingestort, gingen in het Oosten alle sluizen open. Russen waren gek op de oude meesters, het liefst hingen ze er hun paleizen mee vol. Bovendien keken ze niet op een roebel. Het was te verleidelijk geweest en het moest gezegd, hij had er ook goede zaken gedaan. Zelfs met Aleksej Mazarov, met wie hij nu een ingewikkelde kwestie had. Hoewel, echt ingewikkeld was het niet, dat hadden ze ervan gemaakt. Hij had gehoord dat er een vroege Pieter de Hooch op de markt zou komen. Het verhaal wilde dat het stuk uit een privécollectie afkomstig was, een Engelse familie die het doek al eeuwen in bezit had maar niet bij naam genoemd wilde worden. Het was een duister stuk en bij navraag bleek dat niemand er ooit van had gehoord. Maar ja, dat zei bij De Hooch niet zoveel, van hem was bekend dat hij in zijn vroege periode het liefst in donkere kleuren soldaten- en herbergscènes schilderde en dat hij in die tijd niet erg secuur was met de ondertekening en de datering van dat werk.

Hem was gevraagd te bemiddelen en hij had het stuk aan Mazarov aangeboden. Een schatrijke Rus die erg actief was op de markt. Had in zijn jeugd in Sint-Petersburg nog met Poetin geknikkerd of zoiets. Iemand om rekening mee te houden, zoveel was wel duidelijk. Mazarov had zekerheid willen hebben, een certificaat van echtheid geëist. Terecht natuurlijk, en dus had hij Louis Post ingeschakeld, een expert op het gebied van de zeventiende eeuw. Maar hij had haast gehad, hij kon zich geen maandenlang onderzoek permitteren. Als die Russen iets wilden hebben, dan wilden ze het meteen, voordat hun aandacht alweer door iets anders was getrokken. Misschien had hij iets te veel druk uitgeoefend op Post, maar die had toegestemd in een versnelde procedure. Ging wel iets meer kosten. Oude rat. Zat natuurlijk weer in geldnood. Uiteindelijk was Post met een certificaat van echtheid afgekomen; het schilderij was nu een echte Pieter de Hooch en Mazarov had er een paar miljoen voor overgehad. Iedereen blij en het stuk was weer voor tientallen jaren opgeborgen.

Maar ja, wie had kunnen bedenken dat Mazarov in de val zou trappen van een golddigger, zo'n *trophy wife* die hij kon showen aan de beau monde van Sint-Petersburg, en dat hij zo stom was geweest om met haar te trouwen? Die dame was niet zo achterlijk geweest als die hijgerige Rus en had blijkbaar haar eigen huwelijkse voorwaarden laten vastleggen door een degelijke Amerikaanse advocaat. Toen ze genoeg had van zijn losbandige gedrag en hij ook nog eens losse handjes bleek te hebben, had ze besloten dat er gescheiden moest worden. Reden waarom hij een deel van zijn kunstcollectie moest afstoten, waaronder de Pieter de Hooch, die hij bij nader inzien toch te somber vond. Alleen was er toen ineens twijfel gerezen over de authenticiteit van het werk en wilde Mazarov zijn geld terug. Vreeman moest dat maar regelen met de verkopers, had Mazarov geroepen. Makkelijk lullen. Hij had het schilderij via via voor de Rus gekocht, en van de oorspronkelijke eigenaren, die het doek 'naar eer en geweten' hadden verkocht, was natuurlijk geen spoor. Vreeman had de identiteit van die familie nooit kunnen achterhalen. Zo ging dat met die zogenaamde 'werelddeals'. Hij had Mazarov doorverwezen naar Louis Post, die was de bepalende expert. Zonder zijn zegen was de koop nooit doorgegaan. De Rus had niet eens naar hem willen luisteren, terwijl het hele gelazer toch echt met die onbetrouwbare Post was begonnen. Als die hem niet had besodemieterd, dan had hij nu niet in de problemen gezeten. En dat had hij hem laten weten ook. Hij had hem gevraagd of hij wel wist hoeveel geld dit hem ging kosten en hoe Post dat dacht te gaan oplossen. Vandaar dat hij hem die ochtend in alle vroegte had gebeld, natuurlijk.

'Hubert? Louis hier.'

Vreeman had gezucht, hij had geen behoefte aan nog een gesprek met Post, tenzij hij met geld over de brug kwam, en veel ook.

'Lou, jongen.' Vreeman had het altijd verdomd om hem Louis te noemen, tot grote ergernis van de naamdrager, maar die onderdrukte, verstandig genoeg, voor deze keer zijn irritatie. '*What's up?*'

'Ik wil je graag deelgenoot maken van een sensationele ontdekking.'

Vreeman had half lacherig geantwoord dat hij niet geïnteresseerd was in het liefdesleven van de kunsthandelaar en had alweer bijna opgehangen toen Post hem van zijn sensatie op de hoogte had gebracht en hij even met stomheid was geslagen. Hij vond het een ongelooflijk verhaal, in de zin dat hij het moeilijk te geloven vond.

'Ik heb een foto, ik heb een screenshot van de scan van het schilderij. En als je die vergelijkt met het materiaal...'

'Stuur mij die foto.'

Hij hoorde een aarzeling aan de andere kant.

'Ik wilde je alleen op de hoogte brengen van iets waar wij straks misschien voordeel van kunnen hebben.'

'Stuur mij die foto.'
'Het schilderij is niet van mij.'
'Van wie dan wel?'
'Kan ik niet zeggen.'
'Ik ga ophangen.'
'Oké, oké, ik stuur je het screenshot. Maar op zich zegt dat nog niets.'
En daar had hij gelijk in gehad. De foto was niet heel scherp geweest, hij had hem moeten uitvergroten om goed te kunnen zien wat erop stond. Maar toen hij hem had vergeleken met de afbeelding die hij in zijn boeken had gevonden, had hij Louis toch gelijk moeten geven. Het zag er zeker sensationeel uit. En als het hier een echte vondst betrof, dan was het de vondst van de eeuw. Dan was het een ontdekking die de hele wereld over zou gaan. Dan was hij uit zijn problemen. Kon hij Louis Post echter vertrouwen? Hij had het verdomd om de naam van de eigenaar van het schilderij te noemen. Maar aan alleen de praatjes van die oude kunsthandelaar had hij niets. Deze keer moest hij zeker zijn van zijn zaak, dus was het van groot belang om de eigenaar van het schilderij te spreken, en snel ook, voor Post kans zag om ook deze zaak te verpesten.
Hij keek op zijn smartphone om te zien hoe laat het was en ineens schoot hem te binnen hoe hij achter de naam van de eigenaar kon komen. Natuurlijk! Kwestie van één telefoontje! Die gedachte zorgde ervoor dat Hubert Vreeman weer een beetje vertrouwen in zijn eigen toekomst begon te krijgen. Dat was wel nodig ook, want in een overdadig gestoffeerde kamer in een stadspaleis in Sint-Petersburg werd op dat moment zijn foto in tweeën gescheurd.

6

Christiaan Müller was geen liefhebber van geweld. Dat wil zeggen, hij kickte er niet op. Hij verdiende er alleen zijn geld mee. De man keek hem met een beschadigd oog aan. Zijn neus stond scheef in zijn gezicht en zijn mond vormde een bloederige massa. Hij had net overgegeven en tussen het bloederige slijm hadden twee onnatuurlijk witte tanden gelegen. Voor niets gebleekt, dacht Christiaan terwijl hij de man vragend aankeek. Die keek schijnbaar onbewogen terug en als hij nog had kunnen lachen, had hij dat zeker gedaan. Nu kon hij alleen nog met moeite zijn hand optillen om zijn belager zijn middelvinger te tonen. Christiaan haalde opnieuw uit en het hoofd van de man schoot tegen de rugleuning van zijn stoel, veerde terug en bleef levenloos hangen met de kin op zijn borst. Roodgekleurd kwijl droop uit zijn mond en trok strepen over zijn witte overhemd.

Christiaan ging achter hem staan, nam het hoofd van de man in zijn twee handen en maakte met een korte ruk een einde aan diens leven.

Op het moment dat Hubert Vreeman belde, had Christiaan het zorgvuldig in plastic verpakte lichaam van zijn target net naar zijn laatste rustplaats gebracht, een diepe bergkloof niet ver uit de buurt van zijn huis in het Zwitserse dorp Grimentz. Hij wachtte op de doffe plof voor hij het telefoontje beantwoordde.

7

De ruzie was bijna ongemerkt begonnen, onderhuids, als een veenbrand die zo nu en dan oplaaide. Maar nu was voor Katja de maat vol.

'Hoe lang zitten we hier dan nog?'

'Ik heb het huis gehuurd tot het eind van de week.'

'Jezus, Michiel, dan zit ik hier nog bijna een week gevangen.' Ze gooide haar fiets in de berm van het zandweggetje en draaide zich demonstratief weg van haar vriend.

'Noem je dit een gevangenis?!' Hij maakte een brede armbeweging alsof hij haar het zonovergoten duinlandschap van Schiermonnikoog wilde verkopen.

'We hebben dit eiland elke dag van voor naar achter en van boven naar beneden gedaan, Michiel. Ik ken het nu wel.'

'Weet je wat het met jou is? Jij bent gewoon verslaafd.'

'Rot op.'

'Een junk ben je, een studiejunk.'

'Ja! En ik heb geen zin om hier verplicht te moeten afkicken. Lul.'

Ze raapte haar fiets weer op. Ze hadden een broodje gegeten bij De Marlijn en toen Michiel voor de zoveelste keer over zijn voetbalclub wilde vertellen, was ze er klaar mee geweest. Ze wilde niet langer onderdeel zijn van alleen zíjn wereld, ze wilde haar eigen wereld terug, maar die lag aan de andere kant van het water. Ze had haar telefoon en laptop in de auto van Michiel op het vasteland moeten achterlaten en daar had ze nu enorme spijt van. Ze voelde zich afgesneden van alles en iedereen en hoe vaak Michiel ook riep dat dat nu juist de bedoeling was, zij begon het claustrofobisch te vinden. Gekmakend. Ze kreeg het er stikbenauwd van.

'Ik wil naar huis!'

'Eind van de week.'

'Nu.' Ze stapte op haar fiets.

'Terug naar je professor zeker.' Michiel sloeg met opzet een infantiele toon aan. 'Terug naar die o zo belangrijke shit!'

Katja besloot, heel volwassen, geen antwoord te geven en met opgeheven hoofd fietste ze het zandpad af. Maar diep vanbinnen wist ze dat hij gelijk had.

De Rottum, een van de veerboten die de dienst tussen Schiermonnikoog en het vasteland onderhielden, stootte twee korte klanken uit en voer de haven van Lauwersoog binnen terwijl Katja haar hoofd oprichtte naar de zon en de frisse lucht diep inademde.

Ze was die ochtend al vroeg opgestaan nadat ze de avond ervoor had besloten om in alle stilte van Schiermonnikoog te vertrekken. Voor Michiel had ze een briefje achtergelaten.

Ben even weg.

Tegen de tijd dat hij zich zou realiseren dat dat betekende dat ze de boot terug naar huis had genomen, hoopte ze alweer in Amsterdam te zijn. Ze hield van Michiel, maar een week lang met z'n tweeën op Schiermonnikoog, zonder haar laptop en telefoon, was toch echt iets te veel van het goede gebleken. Het was goed bedoeld van hem geweest en het was waar dat ze elkaar het afgelopen jaar bijna niet hadden gezien. Zij was zo druk geweest met haar scriptie, ze had zich er zo met hart en ziel in gestort, dat ze het contact met de rest van de wereld op een laag pitje had gezet.

'Je zit meer bij die gast op schoot dan bij mij!' had Michiel meerdere keren geroepen. Een dramatische overdrijving, maar helemaal ongelijk had hij niet gehad. Die 'gast' was Arjen Hageveld, de prof die haar bij het afstuderen had begeleid en die gaandeweg net zo was opgegaan in haar onderzoeksproject als zijzelf. Vele avonden en ook weekenden hadden ze met elkaar doorgebracht. Ze hadden gewandeld, gesproken, gegeten, en hun relatie had zich in die periode enorm verdiept, maar het was een puur platonische verhouding gebleven. Arjen had geen andere dan een zuiver zakelijke interesse in haar getoond en dat vond Katja wel zo overzichtelijk. Privé en zaken waren duidelijk gescheiden en ingewikkelde situaties waren haar bespaard gebleven. Toch merkte ze dat Michiel jaloers was op Arjen. Dus toen hij haar een week geleden, nadat ze net haar onderzoek had afgerond en eindelijk aan haar scriptie kon beginnen, bij de TU van Delft had opgehaald, 'ontvoerd', zoals hij zelf zei, om een tijdje op een Waddeneiland te gaan zitten, had ze zonder mopperen toegegeven.

En eerlijk is eerlijk, het was de eerste paar dagen heerlijk geweest. Ze had zowat vierentwintig uur achter elkaar geslapen en daarna genoten van de rust die er, ondanks het paasweekend, op het eiland hing. Ze hadden gegeten, gewandeld, gevreeën, gegeten en weer gevreeën, en ze had gevoeld hoe haar hoofd was leeggelopen en haar lichaam de vermoeidheid had losgelaten. Ze had weer wat kleur op haar gezicht gekregen en had zich, na een kritische blik in de spiegel, voorgenomen om bij thuiskomst weer wat vaker naar de sportschool te gaan en in het Vondelpark te gaan hardlopen, want dat was wat ze het liefst deed.

Maar na een paar dagen was het toch gaan wringen en was het gevoel van onvrede op een ruzie uitgelopen tussen haar en Michiel. Ze had het gisteravond weer met hem goedgemaakt, ze hadden gevreeën en daarna wat gedronken, maar toen ze in haar bed naar het plafond van het benauwde slaapkamertje had liggen staren, had ze besloten om terug naar huis te gaan. Alleen en zonder de confrontatie met Michiel aan te gaan. Dat kwam wel weer in Amsterdam.

8

De tegenstelling had niet groter kunnen zijn. De steile roltrap die langs de matglazen wanden omhoogkroop en de grote man vanuit het futuristische, ondergrondse perron van het nieuwe metrostation Vijzelgracht naar de uitgang leidde contrasteerde hevig met de eeuwenoude huizen in de binnenstad van Amsterdam. Bovengronds had de buurt geschud tijdens de aanleg van de metro, maar de huizen waren veelal fier overeind blijven staan en hadden zich weinig gelegen laten liggen aan het spektakel diep beneden hen. Zij waren eraan gewend de eeuwen te trotseren.

Christiaan Müller was het ongewenste kind van een Zwitserse vader, die hem en zijn Nederlandse moeder twee maanden na zijn geboorte in Amsterdam had achtergelaten. Zijn moeder was die klap nooit te boven gekomen en had zich verloren in de alcohol, waardoor hij al vroeg op eigen benen had gestaan en zijn eigen weg had uitgestippeld. Een weg die hem uiteindelijk in Zwitserland had gebracht. Hij kon er de humor wel van inzien. Maar hij kwam nog steeds graag in Amsterdam, hij hield van de onverschrokken elegantie van de zeventiende-eeuwse panden; tijdens zijn eerste huwelijk had hij aan de Prinsengracht gewoond en zijn dochtertje was er geboren. Hij herinnerde zich het gelukzalige gevoel van dat eerste jaar, toen de winter uit de bomen werd verjaagd door het jonge groen en hij met zijn kleine meid, stapje voor stapje, het voorjaar tegemoetging. Een voorjaar zoals nu.

Hij ademde de lentelucht diep in en liep de brug over naar

de andere kant van de Prinsengracht. Ondanks de drukte op de gracht en de moeite die hij had om over het trottoir een groepje Japanners te passeren die dociel achter een geel parapluutje aan liepen, genoot hij van de korte, zonnige wandeling naar de Nieuwe Spiegelstraat. Hij was die ochtend vroeg uit Genève komen vliegen, waar de lente nog niet veel meer dan regen en wind had gebracht, en had zich vanaf Schiphol met een taxi bij station Zuid laten afzetten. Vanaf daar had hij de metro genomen naar de Vijzelgracht. Hij wierp een blik op zijn horloge, een Calatrava van Patek Philippe die hem cadeau was gedaan door een zeer tevreden opdrachtgever, en constateerde dat hij ruim op tijd was voor zijn afspraak. Hij keek om zich heen en zag een koffietent schuin tegenover de kunsthandel waar hij werd verwacht. Aangezien hij nog niet had ontbeten – het voer dat ze hem tijdens de vlucht hadden aangeboden had hij beleefd afgeslagen – besloot hij plaats te nemen aan een tafeltje dat een goed uitzicht bood op de straat.

Het was een kleine zaak en de tafeltjes stonden dicht op elkaar, zodat het hem enige moeite kostte om met zijn lange lichaam zijn plekje in te nemen. Christiaan was ruim één meter negentig lang en de omvang van zijn borstkas verraadde regelmatig sportschoolbezoek. Ondanks zijn gebruinde, kale hoofd oogde hij vriendelijk. Ongevaarlijk. Je zou niet zeggen dat hij een carrière als elitemarinier achter de rug had en jarenlang had gediend in het C-squadron van MARSOF, de Special Operations Forces van het Korps Mariniers. Hij was gespecialiseerd geweest in het vergaren van informatie achter de vijandelijke linies en was – onzichtbaar – aanwezig geweest tijdens veel van de grote conflicten in de wereld. Dat was jarenlang goed gegaan, tot hij tijdens een operatie letterlijk tussen twee vuren was terechtgekomen en hij maar met moeite door zijn collega's uit een hels inferno gered had kunnen worden. Ze hadden twee kogels uit zijn lichaam gehaald en de tweedegraads brandwonden zo goed en zo kwaad als het ging verzorgd. Het had het einde van zijn missie betekend en niet lang daarna ook dat van zijn huwelijk. Hij kon toen hij eenmaal weer thuis was niet aarden en werd geteisterd door stemmingswisselingen die, volgens de geraadpleegde psycholoog, aan zijn glanzende carrière te danken waren. Hij had zijn vrouw en dochtertje verlaten en zichzelf, na een deprimerende periode van zelfbeklag en dronkenschap, opnieuw moeten uitvinden. Alleen. Dat had hij die taliban nog het meest kwalijk genomen; niet dat ze hem uit zijn baan hadden geschoten – dat was part of the job, het risico dat je liep als militair – maar dat ze hem zijn leven hadden afgenomen, zijn vrouw en zijn kind, dat kon hij ze nooit vergeven.

Het meisje kwam langs met de menukaart en vroeg wat hij wilde drinken.

'Thee graag.'

Ze krabde met haar pen in haar blonde knotje en begon uit haar hoofd een reeks exotische theesoorten op te noemen. 'Thee met verse munt, of verse gember met citroen, gember met sinaasappel, gember met...'

Christiaan stak een hand op. 'Gewoon thee.'

'Earl grey dan maar?'

'Prima.'

Terwijl het meisje wegliep keek Christiaan de straat in. De Nieuwe Spiegelstraat stond van oudsher bekend om de vele antiekwinkels, kunsthandels en galeries, en toch was er nauwelijks sprake van winkelend publiek. Anders dan in normale winkelstraten waren de meeste winkels gesloten en moesten de klanten telefonisch een afspraak maken. Zoals zijn bestemming van vandaag, schuin aan de overkant. In de etalage hing een schilderij, maar je kreeg niet de indruk dat iemand echt werk had willen maken van de uitstalruimte. Het maakte eerder een naargeestige dan een uitnodigende indruk.

Hij opende de menukaart en wierp een blik op de talloze ontbijtmogelijkheden, van gezonde groenteshakes en yoghurt met noten tot een torenhoge BLT. Hij zuchtte en verlangde eigenlijk naar een volkorenbolletje met oude kaas, maar dat was op de uitgebreide kaart niet te vinden. Hij draaide zich geïrriteerd om om de blik van de serveerster te vangen, en daardoor miste hij net de jeugdige man in het rode jasje, een rugzak nonchalant om een schouder, die aan de overkant van de straat naar binnen ging.

9

Het schemerde in kunsthandel Post. Aan de wanden hingen de grotere schilderijen, waarvan sommige werden beschenen door het licht uit de koperen armaturen die boven de doeken aan de muur waren geschroefd. De kleinere schilderijen, portretjes en stillevens, stonden op antieke tafels en kastjes door de hele zaak heen. Naast een elegante staande spiegel achter in de zaak stond de ronde tafel waaraan Louis Post zo te zien zijn administratie bijhield. Het was geen zaak waar de loop in zat, maar dat was klaarblijkelijk ook niet de bedoeling van de eigenaar. Louis had geen behoefte aan mensen over de vloer die een kwartiertje kwamen neuzen om daarna de zaak weer te verlaten. De kunsthandel fungeerde als basis vanwaaruit hij opereerde en zijn nationale en internationale netwerk beheerde. Het was zijn zeventiende-eeuwse enclave in een dolgedraaide kunstwereld.

Professor doctor Arjen Hageveld had zijn rode linnen jasje uitgetrokken en, net als de rugzak, over de leuning van zijn stoel gehangen. Hij zat met Louis Post aan de ronde tafel en keek over diens schouder mee naar het scherm van de laptop.

Louis las de uitslagen van het onderzoek dat Katja had gepleegd en die Arjen hem, vanaf een USB-stick, had voorgelegd en knikte zachtjes met zijn hoofd. 'Ongelooflijk,' prevelde hij.

'Ik heb het je toch gezegd!' Arjen kon zijn enthousiasme maar met moeite bedwingen.

'Ongelooflijk. Ik bedoel, het komt natuurlijk vaker voor, zo'n onderschildering, maar evengoed...' Louis schoof de laptop een stukje van zich af. Hij nam het gouden brilletje van zijn neus en staarde zwijgend in de ruimte.

Arjen keek gespannen naar de geconcentreerd starende zestiger met het opvallende smalle hoofd met ingevallen wangen en de geprononceerde neus, waardoor hij wel iets weg had van een gier. Zijn haar, dat hij iets te lang droeg, was zwart geverfd. Het geheel had iets potsierlijks, maar binnen het kader van zijn specifieke kennis nam iedereen hem bijzonder serieus. Arjen had uit de verhalen begrepen dat hij in binnen- en buitenland werd gerespecteerd en met enige regelmaat werd geconsulteerd.

Louis stond op en liep naar een hoek van de zaak, waar zich de trap bevond die naar de bovenverdieping voerde. Hij had in zijn lange loopbaan veel meegemaakt en veel gezien, maar waar zijn jonge vriend Hageveld nu mee was komen aanzetten sloeg werkelijk alles. Naast de trap had hij een kastje staan met daarop een Nespresso-apparaat. Hij stak nadenkend een cupje in het apparaat en even was er niets anders te horen dan het geraas van water dat door een koffiecapsule werd geperst.

'En ontegenzeggelijk... een onderschildering uit de zeventiende eeuw,' zei hij ten slotte, terwijl hij het koffiekopje onder het apparaat vandaan haalde. 'Maar je zult begrijpen dat mijn mening, en natuurlijk die van jou, op zich niet voldoende is. Dit is... dit is...' Hij wist even niet precies te zeggen wat het was en werd gered door de bel; er stond iemand voor de deur. 'Mijn afspraak!'

Hij dronk in één keer het kopje leeg en zette het weg. 'Ik werd gisteravond gebeld door een klant die interessante handel voor mij had. Zei hij. Meestal is het niets. Hij had haast, zei hij, hij is maar één dag in het land, dus heb ik hem vandaag een kwartiertje gegund. Zou jij het heel erg vinden...?' Hij wees met zijn hand naar de trap.

'Natuurlijk niet, ik wacht boven wel even.'

Arjen nam zijn jasje en de rugzak van de stoel, verwijderde voorzichtig zijn USB-stick uit de laptop en liep naar de trap.

'In de keuken ligt de ochtendkrant op tafel.'

Louis liep naar de voordeur en terwijl Arjen de krakende houten treden betrad, haalde hij hem van het slot.

10

Christiaan was op pad gestuurd door Hubert Vreeman, de kunsthandelaar uit Genève door wie hij de laatste jaren vaker was ingehuurd. Vreeman had van het target van vandaag blijkbaar interessante informatie over een schilderij ontvangen en hij wilde weten van wie die info afkomstig was. Dat leek hem simpel een kwestie van een goed gesprek, een beetje druk wellicht, maar verder verwachtte hij geen problemen.

Louis Post had hem binnengelaten en Christiaan had meteen een afkeer van de man gehad. Die smalle rattenkop met dat geverfde haar, vreselijk. En dan ook nog gekleed in een vlekkerig linnen jasje dat betere tijden had gekend. Geen gezicht voor iemand die als professional in de kunstwereld werkte. Christiaan hield van kunst, hij werd kalm van musea, waar de objecten op ordelijke en overdachte wijze stonden tentoongesteld, zodat hij ze in alle rust in zich kon opnemen. Hij kon urenlang dwalen door de zalen en opgaan in werelden die ver van de zijne af lagen. Dan vervaagden de andere beelden, de beelden die hij altijd met zich meedroeg, beelden van vuur, van opengesperde ogen, ogen die braken, en kwam er een rust over hem die hij als heilzaam ervoer. Maar het ratjetoe waar deze man zich mee omringde en de schemerige atmosfeer in de zaak hadden die verzachtende uitwerking bepaald niet op hem. Dan mocht de man nog zoveel weten – volgens zijn opdrachtgever was deze Post een kei op zijn gebied – smaak had hij niet.

'U had iets voor mij?'

Post had hem een stoel aangeboden bij een antieke ronde tafel die vol lag met oude boeken en brochures, waarbij de zilverkleurige laptop afstak als een verdwaald icoon van de moderne tijd.

'Nee, u hebt iets voor mij,' corrigeerde Christiaan hem beleefd.

Post reageerde onaangenaam verrast. 'U belde mij op, u had iets interessants wat u wilde laten zien.'

'Ik wilde uw belangstelling wekken.'

'Voor iets wat ik voor ú heb? Ik ben bang dat ik weinig tijd heb voor raadseltjes.'

'U krijgt de groeten van de heer Vreeman.'

Hij zag de man verstarren, alsof hij een ijsklontje in zijn boord had laten glijden.

'Dat is heel vriendelijk,' perste hij er met moeite uit.

'Ik wilde er zeker van zijn dat ik u hier zou aantreffen en dat u mij zou binnenlaten, ik heb namelijk een eenvoudige vraag die meneer Vreeman graag beantwoord zou zien.'

Hij kon aan Post zien dat de man wist wat de vraag was en hij zag ook dat de kunsthandelaar in zijn hoofd wanhopig bezig was om zijn houding te bepalen. Hij had zo vaak tegenover mensen gezeten die iets wisten wat hij wilde weten en die probeerden om onder het antwoord uit te komen.

'Hij wil een naam.'

'Een naam?'

'En u weet welke.'

'Hoe weet u dat?'

'Dat weet meneer Vreeman.'

'En weet ik het dan ook?'

'Ja.'

Allemaal rondedansjes, proberen de ander af te leiden, tijd te winnen. Christiaan zweeg en keek Post niet onwelwillend aan. Maar die ervoer de blik als bedreigend en schoof zijn handen onder het tafelblad, omdat ze begonnen te trillen.

Christiaan boog voorover, liet zijn ellebogen op tafel rusten en vouwde zijn handen onder zijn kin. Hoe rustiger hij bleef, wist hij, hoe bedreigender hij zou overkomen. 'Ik weet het fijne niet van de zaak, meneer Vreeman heeft mij niet van het geheel op de hoogte gebracht, maar hij zei dat u wist waar het over ging. U hebt hem een tip gegeven. Waar of niet?'

Het was waar en Louis had daar nu heel veel spijt van.

Arjen zat in de woonruimte boven de kunsthandel aan een keukentafel die eenzelfde rommelige indruk maakte als de ronde tafel beneden, met niet alleen de krant van die ochtend, maar ook stapels oude kranten en magazines, een ontbijtbordje, koffiebekers en een halfgevulde fles calvados. Deprimerend, net als de verdieping zelf, die smal en donker was en benauwd oogde, ofschoon er tussenmuurtjes waren weggehaald, waardoor de voorkamer en keuken waren samengetrokken. Het lage plafond, met de originele houten balken, versterkte het claustrofobische karakter van de kamer. Het was duidelijk dat Louis niet veel tijd en moeite had geïnvesteerd in zijn woongenot. De kleuren bruin en donkergroen domineerden de ruimte. Er stond een oude chesterfieldbank voor een lage bielsen tafel die bedekt was met boeken over kunst. Naast de bank stond in de hoek een grote wereldbol op een driepoot. De bovenste helft van de globe was opengeklapt, waardoor de flessen sterkedrank zichtbaar werden die een plek hadden gevonden in het zuidelijk halfrond, waaruit ongetwijfeld ook de fles calvados afkomstig was. Aan de muren hingen schilderijen, die wellicht stuk voor stuk bijzonder waren, maar door hun donkere, doodse voorstellingen de somberheid in de kamer alleen maar benadrukten.

Arjen voelde zich niet erg op zijn gemak en bladerde manmoedig door de krant in de hoop dat de afspraak beneden niet al te lang zou duren. Hij sloeg de krant dicht, vouwde hem op en liep naar het trapgat. Ingespannen luisterend probeerde hij mee te krijgen wat er beneden werd gezegd. Er werd op gedempte wijze gesproken, maar er was iets in de toon van het gesprek wat Arjen intrigeerde. Het had niet veel weg van een vriendelijk verkooppraatje, een beleefde uitwisseling van woorden tussen twee geïnteresseerde mensen. Nee, er werd zacht maar met nadruk gesproken. Er hing spanning in de lucht.

Louis Post had altijd onder zijn angsten geleden. Al op de middelbare school durfde hij soms om onverklaarbare reden het huis niet uit, verzuimde hij school door een ziekte voor te wenden. Hij had het gevoel dat zijn leven pas was begonnen op het moment dat hij kunstgeschiedenis ging studeren. Hij was een uitmuntende student geweest en met financiële hulp van zijn ouders had hij aansluitend een master kunnen doen in Amerika, waarna hij een tijdje stage had gelopen in het Brooklyn Museum. Daar was hij voor het eerst echt gelukkig geweest. Hij had er het benauwde Hollandse juk van zich kunnen afwerpen en kunnen toegeven aan zijn homoseksuele gevoelens, die hij altijd voor zijn ouders verborgen had gehouden.

Hij had in Amerika moeten blijven. Hij had nooit terug moeten keren naar dit treurige moeras, maar na de dood van zijn moeder was zijn komst naar Nederland onvermijdelijk; er werd van hem verwacht dat hij de kunsthandel van zijn ouders zou overnemen. Zijn vader had zich teruggetrokken in een eigen wereld en was niet veel later overleden. Dat was het moment geweest waarop hij zo verstandig had moeten zijn om de kunsthandel van de hand te doen, maar om emotionele redenen had hij daar toch van afgezien. Een fout, achteraf gezien. In het begin had de zaak nog wel gelopen, maar Louis was geen ondernemer. Hij was een theoreticus, een expert op zijn gebied die internationaal een zeker aanzien genoot, maar als handelaar maakte hij de ene misser na de andere.

Wat volgde was een periode waarin Louis voor het eerst van zijn leven in geldnood kwam. Reden waarom hij zich gedwongen zag om, zo nu en dan, een klein loopje te nemen met de ethische kant van zijn beroep. Hij was altijd voorzichtig geweest, had zijn reputatie zorgvuldig opgebouwd vanuit de gedachte dat in zijn wereld je reputatie leidend was; die verkreeg je heel langzaam en die verloor je heel snel. Natuurlijk had hij om zich heen gezien hoe er gesjoemeld werd, gerotzooid met vervalste certificaten en toewijzingen. Kunst was handel, kunst was een betaalmiddel, zelfs in het drugscircuit. Kunststukken verdwenen op raadselachtige wijze uit musea om later op een andere plek op te duiken, als wisselgeld in een of andere schimmige deal. Hij hoorde van collega's hoe schilders werden gehypet in Londen, om topprijzen te krijgen op een veiling in Tokyo, waarna de kunsthandel cashte en de schilder werd bedankt voor zijn diensten en werd afgedankt. Hij had nooit aan die praktijken willen meedoen, hij was het van huis uit niet gewend. Maar het was zoals een goede vriend van hem eens zei: aan de ene kant heb je je principes en aan de andere kant je vaste lasten.

En als je de lijn eenmaal hebt overschreden, is er geen weg meer terug.

'De naam van de tipgever, dat is het enige wat ik horen wil. Daarna ben ik weer verdwenen.'

'De tipgever wenst anoniem te blijven.'

'Waarom?'

'Vraag het hemzelf.'

Christiaan glimlachte, maar zijn ogen stonden kil. 'Dat zou ik graag willen, als ik zou weten wie hij is!' Hij fluisterde het bijna, maar sloeg daarna hard met zijn hand op de tafel, die toch al wankel op de ene middenpoot stond en een gevaarlijke duik maakte. Geschrokken hield Post de tafel met twee handen tegen.

Christiaan stond op, nam een boek over zeventiende-eeuws porselein van tafel en sloeg de kunsthandelaar ermee tegen zijn hoofd. Daarna legde hij het boek zorgvuldig terug op het stapeltje boeken. 'Het zou toch echt mijn voorkeur hebben als je mij nu vrijwillig zegt hoe de tipgever heet en waar ik hem kan vinden. Anders ben ik genoodzaakt om een voor een de vingers van je hand te knippen tot je het mij alsnog vertelt.' Hij keek de kunsthandelaar aan. 'Geloof me, vertellen zul je het. Dat leert mijn ervaring me.'

Hij haalde een zilverkleurige kniptang ter grootte van een snoeischaar uit de binnenzak van zijn leren jack. De handen van Post trilden nu zo heftig dat het tafelblad meetrilde.

'Nou?'

'Hageveld,' mompelde de doodsbange man nauwelijks hoorbaar.

'Luider.'

'Hageveld. Arjen Hageveld!!' Het laatste werd als een schreeuw naar het plafond gericht.

Christiaan richtte zijn blik naar boven en luisterde of hij daar iemand hoorde. 'Zit daar iemand?'

Post liet zijn hoofd zakken.

'Is er iemand boven?'

Hij zweeg.

'Ik vraag je iets!' Christiaan haalde uit met zijn rechtervuist en trof de kunsthandelaar tegen de zijkant van zijn hoofd. De klap was zo krachtig dat hij half uit zijn stoel vloog en met zijn hoofd tegen de antieke spiegel klapte, die vervolgens tegen de muur viel, terwijl het glas, krakend als vers ijs, in stukken uiteenviel. Toen was het ineens helemaal stil.

Post hing slap half uit de stoel, er drupte bloed op de oude, versleten parketvloer. In de zijkant van zijn gezicht, ter hoogte van zijn oor, stak een driehoekig stuk glas uit zijn hoofd.

'Fuck,' mompelde Christiaan.

11

Op de parkeerplaats stond de witte Citroën Berlingo keurig op haar te wachten. Twee jaar geleden hadden ze hem gekocht omdat ze ermee wilden gaan kamperen in Frankrijk. Van dat plan was niets terechtgekomen, maar de bestelauto was goed van pas gekomen bij het verhuizen van een groeiend aantal vrienden die hun studentenhok hadden verruild voor een echt huis.

Katja probeerde de portieren, maar die waren hermetisch gesloten – daar had Michiel wel voor gezorgd – en de reservesleutel lag natuurlijk thuis. Ze was vanmorgen op zoek gegaan naar zijn sleutel, had in de zakken van zijn jack gevoeld maar niets gevonden, en ze had het te gevaarlijk gevonden om nog een keer de slaapkamer binnen te sluipen om de sleutel uit zijn broekzak te vissen. Ze tuurde door het ruitje van het achterportier en zag de blauwe plastic boodschappentas waarin zich de laptop bevond waarop de resultaten van haar onderzoek stonden die ze dolgraag wilde gaan uitwerken. Ze haalde haar schouders op. Thuis had ze een back-up. Maar hoe kwam ze thuis? Zou ze Nina kunnen bellen? Die had een auto. Maar hoe kon ze haar vriendin bellen als haar mobiel nog in de auto lag? Misschien hadden ze in het gebouw waar de kaartjes werden verkocht nog een vaste telefoon. Alleen... wat was in godsnaam het nummer van Nina? Voor één keer vervloekte ze het gemak van de smartphone, waarin alle informatie die je nodig had was opgeslagen, zodat je zelf niets meer hoefde te onthouden. Handig. Als je hem had.

Ze keek om zich heen en zag in de verte de bushalte. Er zat niets anders op, eerst maar eens in Groningen zien te komen en dan met de trein naar huis. Haar portemonnee had ze gelukkig wel bij zich.

Als enige passagier reed ze door het lege en uitgestrekte Groninger landschap. Ze passeerden Menneweer, Ulrum en Leens. Dorpen die verborgen lagen in het verlaten groen dat fris en verwachtingsvol lag te glinsteren in het zachte lentelicht. Een aangename rit in een aangenaam tempo, maar Katja vermoedde dat datzelfde landschap bij somber weer voor een stadskind als zij een reden zou zijn om gillend voor de bus uit te hollen. Op zoek naar een stuk touw en een hoge boom, wat in deze contreien nog niet zo eenvoudig was. In de weerspiegeling van de ruit zag ze zichzelf glimlachen bij de gedachte.

Ze had de eerste minuten van de busrit, toen ze de haven van Lauwersoog achter zich zag verdwijnen, spijt gehad van haar beslissing om zo plotseling te vertrekken. Niet omdat ze uiteindelijk toch had willen blijven, maar omdat ze Michiel wel erg voor het blok had gezet. Hij zou doodongerust zijn als zij niet terugkwam naar het huisje en hij haar ook niet kon vinden op het eiland. Aan de andere kant had hij haar ook voor het blok gezet door haar ongevraagd mee te nemen naar Schier en haar haar laptop en telefoon af te nemen. Ze zou hem wel bellen vanaf station Groningen. Zíjn nummer kende ze nog wel uit haar hoofd.

12

Arjen wilde net terugkeren naar de keukentafel, toen hij plotseling een luide klap hoorde, alsof iemand met een stuk hout op tafel had geslagen. Hij stond verstijfd bovenaan de trap en luisterde met ingehouden adem. Even gebeurde er niets en toen meende hij zijn naam te horen, zijn achternaam, gevolgd door een veel luider: 'Arjen Hageveld!!' Het was de stem van Louis. Hij klonk... angstig? Toen hoorde hij opnieuw een harde klap, gevolgd door een kreet en het gerinkel van glas. Jezus, er werd daarbeneden gevochten. Wat had dit te betekenen? Moest hij ernaartoe? Of kon hij beter de politie bellen? Hij luisterde ingespannen, maar ineens was het stil. Doodstil. Wat was daar in godsnaam gebeurd?

'Is daar iemand?' klonk het vriendelijk van onderaan de trap.

Arjen kende de uitdrukking alleen uit boeken, maar nu voelde hij zelf zijn hart in zijn keel kloppen. Letterlijk. Dit was niet goed. Er was beneden iets verschrikkelijk misgegaan, zoveel was hem wel duidelijk. Hij moest zorgen dat hij hiervandaan kwam, en snel. Hij reikte naar zijn spullen en sloop naar de trap die leidde naar het slaapvertrek van Louis. Hij bad tot God dat de krakende vloer hem niet zou verraden.

'Hallo?'

Hij liep snel naar boven en stond nu in de slaapkamer. In paniek bewoog hij zijn hoofd heen en weer, op zoek naar een plek waar hij zich kon verstoppen. Aan de wanden gestileerde zwart-witfoto's van fors geschapen jongemannen, verder wat lage kasten en een deur die naar de badkamer leidde. Het bood weinig soelaas. Hij liep naar de deur in de achtergevel, die toegang gaf tot een klein terras, en zag dat er een brandtrap aan het hekwerk was bevestigd die vanaf de tweede verdieping naar de binnentuin leidde. Hij aarzelde, maar hoorde de trap beneden kraken. Er kwam iemand naar boven, hij had geen keus. Hij opende de deur, nam de sleutel uit het slot, sloot de deur aan de buitenkant af en gooide de sleutel de tuin in. Hij hing de rugzak om zijn schouder en stapte met één been over het hekwerk en zocht met zijn voet de tree van de brandtrap, terwijl hij zijn ogen op de deur gericht hield. Hij slingerde nu ook zijn andere been over het hek en merkte dat zijn benen trilden; hij had letterlijk last van knikkende knieen. Zo snel als hij kon klom hij langs de ladder naar beneden, maar twee meter boven het van onkruid vergeven gras hield de trap op, zodat hij zich het laatste stuk moest laten vallen.

Bij het neerkomen op de grond van de binnentuin kwam hij ongelukkig terecht en verzwikte zijn enkel. Hij kon met moeite een kreet onderdrukken. Hij keek omhoog, maar zag niemand. Zou hij via de achterdeur van de winkel de straat kunnen bereiken? Maar als de man, wie hij ook was, weer naar beneden was gegaan, dan stond hij hem daar in de winkel op te wachten. Hij keek om zich heen. De tuin was ommuurd, net als de meeste tuinen van de kunsthandels en antiekzaken, en op de bovenkant van de muur staken glasscherven in het beton. Men zag liever geen ongenode gasten via de achterdeur naar binnen komen, maar eenmaal in de tuin kon je er ook niet meer uit. In de hoek achter in de tuin stond een piepklein houten tuinhuisje. Hij zag geen andere uitweg, het was de enige plek waar hij zich kon verstoppen. Hij opende de deur en wrong zich naar binnen. Met moeite wist hij een plekje te veroveren tussen de grasmaaier, het tuingereedschap en de zakken potaarde. Er hing de muffe geur van verrot hout. Hij trok de deur goed dicht en stak de steel van een bezem tussen de deurkruk en de deur. In een oude bloempot vond hij een snoeischaar die na enig wrikken open en dicht kon. Nu had hij ook een wapen in handen.

Hij voelde dat hij nodig moest plassen en overwoog weer naar buiten te gaan, maar hij verwierp de gedachte. Te gevaarlijk. Al zou hij zich niet zonder slag of stoot overgeven, hij hield de schaar stevig vast. Hij wreef met zijn mouw over het beslagen ruitje van de deur en keek naar de brandtrap, maar hij zag niemand naar beneden komen. Tot ineens de deur bij het terras openvloog.

Christiaan was er niet zeker van of hij de vloer had horen kraken. Oude huizen kraakten altijd en misschien was hij te achterdochtig. Hij keek nog even naar het levenloze lichaam voor hem. Er druppelde nu ook bloed uit Posts mond, dat zag er niet goed uit. Waarom had die sucker niet gewoon antwoord kunnen geven op een simpele vraag? Dan was hij nu weer onderweg geweest naar Schiphol.

Hij overwoog wat hij moest doen en besloot voor de zekerheid boven maar eens een kijkje te nemen.

'Is daar iemand?'

Van Post zou hij geen last meer hebben, die zou het waarschijnlijk niet overleven als hij geen ambulance belde. En dat laatste was hij zeker niet van plan.

'Hallo?'

Hij nam de trap naar boven en kwam in een woonruimte terecht. Geen smaak, die vent had absoluut geen smaak. Wat een deprimerende toestand. De etage was één doorgebroken ruimte en er was niemand aanwezig. En er was ook niets wat de aanwezigheid van een ander verraadde. Er liep nog een trap naar boven, die hem in de slaapkamer bracht. Rotzooi. Naakte pikkies aan de muur. Zielig. Hij liep naar de badkamer en gluurde om de hoek. Niemand. Het bed bestond uit twee op elkaar gestapelde matrassen, daar konden zich alleen bedwantsen onder verstoppen. Hij liep naar de deur in de achterwand en keek door het glas naar buiten. Een terrasje. Hij keek omhoog naar de zon. Op het zuidoosten, niet gek. Hij probeerde de deur te openen, maar die gaf niet mee. Klemde de deur of was hij op slot? In het sleutelgat stak geen sleutel. Hij gaf een niet eens zo harde zet met zijn schouder en de deur vloog open. Hij wachtte en luisterde, maar hoorde niets anders dan het gedempte rumoer van de grote stad.

Voorzichtig stapte hij het terras op en keek naar beneden. Achtertuinen van huizen, van elkaar gescheiden door muurtjes en schuttingen. De tuin beneden hem was een onverzorgde woestenij die lag te wachten op een flinke opknapbeurt. Daar had die gast met zijn geverfde haar natuurlijk ook geen aardigheid in gehad. Er hing een trap aan het hekwerk. Stevig genoeg, zo te zien. Achter in de tuin stond een schuurtje, zoals in de meeste tuinen, een klein houten hutje bedoeld om er de tuinspullen in op te bergen. Even overwoog hij om langs de brandtrap naar de tuin af te dalen, maar hij zag dat de trap een paar meter boven de grond ophield. Op zich vormde dat geen beletsel voor de weg naar beneden, maar voor de weg terug omhoog zou dat een probleem kunnen opleveren en het leek hem beter om niet op te vallen in de tuin van de kunsthandel. Je wist nooit wie er vanuit de andere huizen meekeek.

Arjen Hageveld. Hij had de naam duidelijk gehoord. Was die in het huis geweest? Hij trok zich terug in de deuropening en bleef nog even staan wachten. Arjen Hageveld. Hij had in elk geval een naam. En dat was doorgaans genoeg, wist hij uit ervaring.

Daar stond-ie! De man was lang, en breed als een sportman, met een kaal hoofd dat glom in het zonlicht. Hij speurde de tuin af. Arjen voelde zijn blaas verkrampen, het zweet brak hem uit. Zou hij naar beneden komen? De man voelde aan de brandtrap om te kijken of die stevig genoeg was. Jezus nog aan toe, die kerel kwam natuurlijk naar beneden en dan was er voor hem geen uitweg meer. Arjen drukte zich tegen de bezemstelen die tegen de achterwand stonden en keek op zijn telefoon. Hij moest blijven ademhalen, rustig ademhalen, niet in paniek raken. Kon hij iemand bellen? De politie? Maar wat kon hij zeggen? Hij had geen idee wie de man was en wat er zich binnen in de winkel had afgespeeld. Om dat te weten te komen moest hij naar binnen, maar dat was nu toch echt geen optie. Want wat was er in godsnaam met Louis gebeurd? Hij had hem in doodsnood zijn naam horen schreeuwen. Gevolgd door die klap en dat glasgerinkel. Was het misschien een ordinaire winkelroof geweest? Maar waarom wilde die man zijn naam dan weten? En wie was überhaupt die vent die hem achterna was gekomen? Hij had de terrasdeur ingetrapt! Waarom? Wat wilde hij?!

De zenuwen hadden zich in zijn maag genesteld. Hij had duidelijk gehoord dat zijn naam werd genoemd en die kerel zat achter hem aan. Dat stond vast. Maar waarom in jezusnaam? Hij sloot zijn ogen en concentreerde zich op zijn ademhaling, rustig in en rustig uit, vanuit het middenrif, tot hij de paniek onder controle had. En het was in dat moment van stilte dat de gedachte bij hem opkwam, de gedachte die te idioot was voor woorden, de gedachte dat... de gedachte dat dit hele gedoe iets te maken had met zijn ontdekking. De beelden op de scan. Maar hoe kon dat? Niemand wist hier iets van, zelfs Katja niet.

Hij moest plassen, hij moest zo verschrikkelijk nodig plassen en de aandrang werd sterker naarmate hij zich realiseerde dat hij nu nog niet naar buiten kon. Stel je voor dat die kerel er nog stond, verscholen achter een raam, te wachten tot hij zou verschijnen. Hij draaide zich in het krappe tuinhuisje om, schoof wat bezems en ander tuingerei opzij en perste zijn lichaam zo veel mogelijk in de hoek. Hij legde de snoeischaar op een zak met tuinaarde, zette zijn voeten zo wijd mogelijk uit elkaar, en terwijl hij over zijn schouder door het raampje in de deur naar buiten keek opende hij zijn gulp. Hij sloot zijn ogen en met een zucht van verlichting liet hij de natuur haar gang gaan. En met het legen van zijn blaas stroomden voor even ook alle gedachten uit zijn hoofd en in dat kortstondige moment van leegte kwam er ruimte voor een verhelderend inzicht.

Het boek.

Het boek dat Louis tijdens het etentje uit zijn kast had gepakt toen hij naar de afbeelding van de scan had gekeken. Arjen had het aan het eind van de avond van tafel gepakt en teruggezet op zijn plek in de boekenkast. Hij had er verder geen aandacht aan besteed – na een fles chablis, een rode toscaan en een aantal drankjes bij de koffie was voor hem de eindstreep van die avond in zicht geweest – maar nu zag hij het boek voor zich en werd hem langzaam maar zeker duidelijk wat Louis dacht dat ze hadden ontdekt onder de schildering van Isaac Pietersz. Maar dat kon niet. Dat was… onmogelijk.

13

Het was haar een paar dagen gelukt om de gedachten aan het schilderij naar de achtergrond te duwen. Omdat haar telefoon en laptop op het vasteland waren achtergebleven, had ze geen contact meer kunnen hebben met Arjen en misschien was dat ook wel goed geweest. Het had geen kwaad gekund dat ze een beetje afstand had genomen. Ze had oprecht genoten van de rust en van het ontluikende voorjaar en de felle zon die het eiland in een nieuwe gloed had gezet. Het was ook winderig en fris geweest, maar daar was ze juist van opgeknapt.

Het was lief bedoeld geweest. Michiel had hun relatie een injectie willen geven en misschien had die dat ook wel nodig gehad. Maar hij zou ook moeten begrijpen dat er nu eenmaal perioden waren in ieders leven dat iets anders belangrijker kon zijn dan je relatie en dat je kansen moest pakken op het moment dat ze zich voordeden. Ze wilde dolgraag haar studie kunstgeschiedenis afronden en de echte wereld in trekken. Niet omdat ze op een baantje zat te wachten, maar omdat ze voelde dat ze op de drempel stond van een groot avontuur. Kunst had haar altijd al geïnteresseerd en die interesse was de afgelopen jaren alleen maar groter geworden en uitgegroeid tot een passie voor een wereld waar nog zoveel in te ontdekken viel, dat ze opgewonden werd bij de gedachte alleen al. Ze had zich volledig gestort op het onderzoek voor haar afstudeerscriptie en inderdaad, daarnaast was er weinig tijd overgebleven voor wat Michiel 'het echte leven' noemde. Het echte leven. Als ze eerlijk was, was dat voor haar het leven dat ze de afgelopen maanden had geleid. Hartstochtelijk en intens. Maar hoe kon ze haar vriend daarvan overtuigen?

Het was begonnen met het schilderij dat altijd bij haar grootouders in de logeerkamer had gehangen. Als klein meisje had ze gebiologeerd gekeken naar het portret van twee kinderen die, volgens haar grootvader, heel lang geleden tot een deftige familie hadden behoord. De twee kinderen keken blij en zaten op een bankje, met aan hun voeten een hobbelpaard en een pop die dezelfde kleren droeg als het meisje. Grootvader had haar vast veel meer kunnen vertellen over die kinderen op het schilderij, maar die was helaas te vroeg overleden. In het vakantiehuis in Frankrijk hingen nog twee schilderijen, dat waren de vader en moeder van de kinderen, volgens grootmoeder. Katja had die doeken altijd een veel saaier ding gevonden. Liever keek ze naar de jongen en het meisje en fantaseerde ze over hun leven. Wat dat leven inhield wist ze niet precies, maar ze dacht wel dat ze ontzettend veel plezier hadden.

Later was haar belangstelling naar andere zaken uitgegaan en het schilderij was langzaam uit haar leven verdwenen. Na de dood van haar grootmoeder had het nog even op de gang van hun Haagse huis gehangen, tot haar moeder er genoeg van had en het schilderij naar de zolder had verbannen. Maar toen ze naar een onderwerp zocht voor de scriptie waarmee ze haar master wilde afsluiten, had ze ineens weer moeten denken aan dat werk dat ooit de interesse in kunst bij haar had opgewekt. De twee gelukkige kinderen op het bankje. Geschilderd door ene I. Pietersz, dat was de naam die ze, na enig gepuzzel, rechtsonder op het doek had weten te ontcijferen. Ze vatte het plan op om de provenance van het schilderij te onderzoeken en achter de herkomst en de geschiedenis aan te gaan. Op de weerslag van dat onderzoek, in de vorm van haar scriptie, wilde ze afstuderen.

Haar enthousiasme was groot geweest, maar het onderzoek was niet bijster positief begonnen. I. – van Isaac – Pietersz bleek in zijn tijd, begin achttiende eeuw, een bekend portretschilder te zijn geweest. Hij had leidinggegeven aan een tamelijk succesvol schildersatelier. Volgens de archieven was Isaac ook een erkend restaurateur van schilderijen geweest, maar het eigen werk had de tand des tijds niet doorstaan en als haar grootvader niet ergens op een veiling die schilderijen op de kop had getikt, zou zij nooit van de achttiende-eeuwse schilder hebben gehoord. Toen haar vader van haar scriptie hoorde had hij zich het 'schilderijenboekje' van zijn vader herinnerd, waarin hij zijn schilderijencollectie had beschreven. Haar vader had het na de dood van grootmoeder gevonden in de oude werkkamer van grootvader, tezamen met een rijtje dagboeken. Hoewel hij niet goed had geweten wat hij ermee aan moest, had hij de emotionele waarde van de schriftjes onderkend en had hij ze niet kunnen weggooien. Dus toen Katja het schilderijenboekje kwam ophalen, kreeg ze de dagboeken van grootvader erbij cadeau. Na lezing van de eerste paar bladzijden had ze die in een oude sporttas gestopt en onder haar bed geschoven.

In eerste instantie had ze het schilderijenboekje als een gunstig teken gezien en het schilderij van Pietersz stond er inderdaad in beschreven. Ze kon uit het priegelige, maar goed leesbare handschrift ook opmaken dat haar grootvader niet heel veel gegevens boven tafel had weten te krijgen. Het vele archiefonderzoek dat hij had gepleegd had slechts een hoop oninteressante feitjes opgeleverd. *Wat is toch het geheim van dit schilderij?* waren de laatste woorden die hij aan het schilderij had gewijd. Zij was vastbesloten dat voor hem op te lossen.

Maar na wekenlang ploeteren wilde ze ermee stoppen. Ze had nauwelijks meer informatie boven tafel weten te krijgen dan haar grootvader. Tijd verspild, jammer dan; van het leven van Isaac Pietersz viel niets te maken en er viel niets op te lossen ook. Het was een saaie, moeizame rotklus gebleken en uiteindelijk las ze in de stadsarchieven, die ze louter vanuit plichtsbesef had doorgespit, dat hij op relatief jonge leeftijd was gestorven aan dysenterie. Klaar dus. Haar onderzoek leek te eindigen nog voor het goed en wel was begonnen. Wat viel er te vertellen over een onbeduidend werk van een onbeduidende schilder die slechts kort had geleefd? Wat was het geheim van het portret? Dat het volstrekt betekenisloos was en dat zij er bijna twee maanden van haar leven aan had verspild. Het doek zelf mocht dan in redelijke conditie verkeren, al had de tijd zich aan het vernis gehecht en was de afbeelding hier en daar verkleurd, het had voor haar alle betekenis verloren. Ze zou haar grootvader het antwoord op de vraag wat het geheim van het portret was schuldig moeten blijven.

Arjen, de prof die haar onderzoek begeleidde, had haar apart genomen en als een schoolmeester toegesproken. 'Een schilderij is zoveel meer dan alleen het werk van een onbekende kunstenaar,' had hij haar voorgehouden. 'Het is een spiegel van de tijd waarin de schilder leefde. En niet alleen door de afbeelding, maar ook door de samenstelling van de materialen en het gebruik ervan. Door grondstoffen en gebruikte technieken te vergelijken met andere doeken uit die tijd kan het schilderij veel meer vertellen over zo'n onbekende schilder dan wat je uit een paar verstofte boeken kunt halen.'

Ze had hem vriendelijk bedankt voor het advies en was met Nina het café in gedoken. Maar uiteindelijk had ze zich laten overhalen en toen ze zich onder begeleiding van Arjen op het schilderij als tijdsbeeld had gestort, was een intrigerende speurtocht begonnen. Ze onderzocht de wijze van schilderen, ontdekte haartjes van een penseel die waren achtergebleven in de verf, liet analyses maken van de verf zelf, probeerde uit te vinden uit hoeveel laagjes verf het doek was opgebouwd.

Ze hadden verfmonsters genomen en de dwarsdoorsnede daarvan onder de microscoop bestudeerd en toen... toen had ze ontdekt dat het kinderportret niet de enige afbeelding op het doek was. Er zat een schildering onder. Isaac Pietersz had zijn portret over een bestaand doek heen geschilderd!

Ze herinnerde zich het gevoel nog dat over haar was gekomen toen ze die ontdekking had gedaan. Een warme gloed veroorzaakt door een soort extase die ze voor het laatst als kind had gevoeld, als ze in de onbeholpen kartonnen sinterklaassurprise het cadeautje vond dat ze het aller-, allerliefste wilde hebben. Vanaf dat moment hadden Katja en Arjen alle tijd die ze konden missen in het project gestoken. Analyse van de oudste schilfertjes verf en de grondering, de eerste verflaag waarmee het kale doek bestreken wordt, gaf een verrassende uitkomst: het oorspronkelijke doek was afkomstig uit de zeventiende eeuw. Uit onderzoek van het canvas bleek dat het doek ooit was losgesneden uit de oorspronkelijke lijst en opnieuw was opgespannen. Arjen was euforisch geweest; hij was helemaal opgegaan in haar onderzoek en was haar onvermoeibaar blijven aansturen. Ze hadden een röntgenopname van het doek laten maken, maar die had niet veel meer dan wat vage contouren onthuld, en langzaam maar zeker had Katja zich gerealiseerd dat ze tegen de grenzen van hun mogelijkheden aan waren gelopen. Geld en tijd om de bovenste verflagen van het doek te halen, een secuur en zeer specialistisch werk, om zo tot de oudste verflagen te komen, was er niet. Ze zou haar onderzoek moeten afsluiten zonder ooit te weten te komen wat er op het oorspronkelijke schilderij had gestaan en wie het had geschilderd.

Arjen wilde het er echter niet bij laten zitten. En eerlijk is eerlijk, hij was met het idee gekomen om van het doek een XRF-scan te laten maken. Hij had het haar enthousiast voorgesteld, maar Katja had geen idee gehad waar hij op doelde. Ze was nogal teleurgesteld geweest over hun eerdere röntgenonderzoek en zag de meerwaarde van nog een scan niet in, maar volgens Arjen had deze nieuwe techniek een revolutie in de museale wereld veroorzaakt. Het zou een veel beter beeld opleveren van wat er onder de nieuwe schildering te zien was dan een 'gewoon' röntgenonderzoek en deze scan kon dus van een enorme meerwaarde zijn voor haar onderzoek.

Nu ze in de bus zat en op weg was naar de trein die haar terug zou brengen naar haar onderzoek voelde ze de spanning weer toenemen en ze keek uit naar het moment waarop ze het resultaat van de scan – die ze vlak voor haar gedwongen vakantie hadden laten maken – onder ogen zou krijgen.

Een resultaat waar Arjen uiteraard al van op de hoogte was.

14

Arjen was door zijn knieën gezakt en leunde met zijn rug tegen de deur van het schuurtje. Hij zweette. Hij durfde nog niet naar buiten. Het was laf. Hij wist het, hij was een lafaard. Hij was al een lafaard sinds... Hij moest aan Linda denken. Nee! Hij moest vooral niet aan zijn vrouw denken. Dan zag hij haar liggen, verbonden aan slangen, haar gezicht in- en inwit en... Hij kneep zijn ogen dicht en drukte met zijn handen tegen zijn slapen. Nee! Hij moest denken, nadenken over hoe hij in deze situatie verzeild was geraakt. Het begin... het begin was helder als glas. Louis was twee dagen geleden bij hem komen eten. Dat deden ze eens in de zoveel tijd. Louis werd altijd vrolijk van de jonge, enthousiaste professor en Arjen verbaasde zich nog steeds over de eruditie van de oude kunsthandelaar. Bovendien waren zijn incidentele gastoptredens een waardevolle aanvulling geweest op zijn colleges.

'Cocktails?'

'Nee! Daar word je zo snel dronken van, liever een jong borreltje, als je hebt.'

Louis stond bekend als een grote 'liefhebber', maar Arjen was ervan overtuigd dat hij feitelijk een alcoholist was die zijn drankmisbruik op charmante wijze wist te verdoezelen. Ze dronken een glas en spraken over ditjes en datjes, namen de laatste roddels van de universiteit door en lachten om de klaagzang van een van hun collega's dat het tegenwoordig zo lastig was om een relatie met een van je studenten aan te gaan.

Voor je het wist, stond je als #MeToo-slachtoffer in de krant en was je je baan kwijt.

Het etentje was zoals altijd gezellig geweest, maar Arjen was opgetogen geweest, enthousiaster dan normaal, en dat was Louis niet ontgaan. Arjen had zich ook niet kunnen inhouden en hem ingelicht over het onderzoek van Katja en dat ze in Delft een XRF-scan hadden laten maken van het schilderij en dat de uitslag van de scan aantoonde dat de onderschildering inderdaad uit de zeventiende eeuw stamde. Louis was uiteraard geïnteresseerd geweest – de zeventiende eeuw was immers zijn vakgebied – en Arjen had hem op zijn computer de scan laten zien. Een zwart-witbeeld dat wel iets weg had van een echo en waarop twee liggende figuurtjes te zien waren. Louis was ervoor gaan zitten, had zijn gouden brilletje opgezet en had het beeld nauwgezet bekeken. Arjen was de keuken in gegaan omdat er een kookwekker was afgegaan en hij zijn lamsbout moest redden. Toen hij terugkwam in de kamer had Louis nog net zo ingespannen naar het scherm zitten turen. Hij had de afbeelding gekanteld en wat gemompeld. Arjen zag dat hij uit zijn boekenkast een boek met schilderwerken had gepakt.

'Hij hoort andersom,' had Arjen nog gezegd.

'Nee, nee, hij hoort zo. Het is niet te geloven.' Louis had Arjen geëmotioneerd aangekeken en zijn gouden brilletje afgenomen. 'Het is werkelijk niet te geloven.'

Arjen had niet goed begrepen waar de emotie van Louis zo plotseling vandaan was gekomen. Natuurlijk, de onderschildering was zichtbaar gemaakt, geen misverstand dat er zich onder het kinderportret een zeventiende-eeuws schilderij bevond. Maar blijkbaar had de oude kunsthandelaar er meer in gezien.

'Enig idee wat het kan zijn?'

Louis had hem doordringend aangekeken, alsof hij de vraag overdacht. 'Ik ben niet zeker.'

'Waarvan?'

Maar Louis was op die vraag niet ingegaan. 'Ik heb meer informatie nodig. Over de grondering, de opbouw van de verflagen. Is het onderzoek grondig geweest?'

'Zo grondig als technisch mogelijk was. Beter kan bijna niet.'

'Heb je de uitslagen van de verfanalyses?'

'Niet hier natuurlijk. Dit is het onderzoek van een van mijn studenten, Katja. Ik begeleid haar alleen maar.'

'Ik heb ze nodig als we zeker willen zijn.'

'Dan zal ik haar moeten bellen.'

'Dat lijkt mij niet zo'n goed idee. Hoe meer mensen...'

'Het is haar onderzoek, het is dus het enige logische idee.'

Arjen was resoluut geweest en Louis had ingebonden. Hij had Katja gebeld, maar ze had niet opgenomen. Hij had haar de volgende dag weer gebeld, haar voicemail ingesproken, hij had geappt en ge-sms't, maar Katja had niet gereageerd. Louis had hem, tot zijn ergernis, zowat elk uur gebeld en uiteindelijk had hij het zelf ook niet meer uitgehouden en had hij de uitslagen van haar onderzoek opgehaald en op een stickje gezet en Louis beloofd die ochtend langs te komen.

En nu zat hij dus hier in dit tuinhuisje.

Wie was er nog meer op de hoogte van het onderzoek? Als de gebeurtenissen van deze ochtend daarmee te maken hadden, moest Louis nog iemand hebben ingelicht. Iemand die er meer van wilde weten, iemand die wilde weten van wie het schilderij was. Anders kon Arjen niet verklaren dat zijn naam werd genoemd. Maar wat had Louis die ander dan verteld?

Hij keek op zijn horloge. Er waren twee uur verstreken. Hij voelde de spieren in zijn dijen trekken en stond op. Hij strekte met een kreun zijn benen en schudde zijn voeten om het tintelende gevoel kwijt te raken. Hij tuurde door het ruitje in de deur en voelde zich ineens belachelijk. Hoe lang wilde hij hier nog blijven zitten? Een hele dag? Hij zag het ridicule van zijn situatie in en besloot er een einde aan te maken. Hij verwijderde de bezemsteel en opende voorzichtig de houten deur.

Louis hing half uit zijn stoel. Het zwarte haar viel als een doodssluier langs het nu lijkbleke gezicht. Aan de zijkant van zijn hoofd was een wond zichtbaar waaruit een stuk glas stak. Arjen voelde zich misselijk worden. Hij had zich net met enige moeite vanuit de tuin via de brandladder naar boven gehesen en stond nu in tweestrijd over wat hij moest doen. Hij stak een hand uit en voelde voorzichtig aan het hoofd, maar hij wist al dat dat koud zou zijn en levenloos. Op de grond, in een plas geronnen bloed, lag Louis' gouden brilletje.

Er hing een doordringende alcoholgeur in de schemerige ruimte en Arjen zag dat op tafel een calvadosfles stond die er eerder die ochtend niet had gestaan. Daar was hij zeker van. Hij liep snel de trap weer op naar de eerste verdieping en inspecteerde de keukentafel, de plek waar twee uur eerder – toen hij er de krant had zitten lezen – wel zo'n fles had gestaan. Die stond daar nu niet meer. Had de kale man hem van boven meegenomen om de dood van Louis in scène te zetten? Moest het lijken alsof de kunsthandelaar, een erkend alcoholist, al vroeg aan de calvados was gegaan en op ongelukkige wijze uit zijn stoel was gevallen, waardoor hij met zijn hoofd tegen de antieke spiegel was gevallen en een glasscherf een einde aan zijn leven had gemaakt? Maar dan was dit een koelbloedige moord! Jezus, waar was hij in terechtgekomen?

Arjen liep weer terug naar beneden en overdacht koortsachtig zijn situatie. Hij was totaal in de war, hij had iets dergelijks nog nooit meegemaakt. Louis... Louis die hij net nog levend en wel de hand had geschud en dan nu... Hij moest de politie bellen. Maar die zou willen weten... Had iemand hem naar binnen zien gaan? Hij was al uren binnen. Hoe zou hij kunnen bewijzen dat hij niets met de moord te maken had?

Hij merkte dat hij trilde, wankelde. Hij wilde weg van hier, vluchten, zoals hij eerder had gedaan. Hij sloot zijn ogen en probeerde zijn ademhaling weer onder controle te krijgen. Geen paniek nu, helder nadenken.

Hij keek om zich heen en het viel hem nu op dat de laptop weg was. Die had die kerel natuurlijk meegenomen. Intuïtief ging zijn hand naar de broekzak waarin hij de USB-stick had opgeborgen. Had Louis de inhoud van de stick op zijn computer gekopieerd? Dat zou een fluitje van een cent zijn geweest. Net zoals hij ongetwijfeld een screenshot had genomen van de resultaten van de scan. Arjen begon nu de omvang te vermoeden van de situatie waarin hij verzeild was geraakt. Ging dit over het schilderij? Was Louis daarom vermoord? Alleen omdat Arjen zijn smoel niet had kunnen houden tegenover Louis. Hij had lopen pronken met de veren van een ander! Hij had opgewonden verslag gedaan van het onderzoek van een van zijn studenten, met moord als gevolg. Hij moest Katja bellen.

'Hai, met Katja. Spreek iets in na de piep.'

Jezus, mens, neem je telefoon nou eens op! Arjen had grote behoefte om zijn ervaringen met iemand te delen, iemand die kon begrijpen waar hij het over had. Maar nog het meest van alles wilde hij weg, weg uit deze deprimerende kunsthandel waarvan de eigenaar, die hij zo goed had gekend, dood aan zijn voeten lag. Vermoord door die kerel met z'n kale kop die zich nu natuurlijk schuilhield, wachtend op een kans om... om hem te grazen te nemen, verdomme! Hoe kwam hij hier in godsnaam weg?

Van buiten verstoorde een luid getoeter en geschreeuw zijn overspannen gedachten. Arjen liep naar het winkelraam en zag dat er een taxi vanaf de verkeerde kant de straat in was gereden, waar alleen eenrichtingsverkeer was toegestaan. Hij stond tegenover een bestelwagen die van geen wijken wilde weten. De chauffeur van de taxi was uitgestapt en stond te schelden tegen de chauffeur van het busje, die uit zijn zijraampje hing en alleen zijn vinger opstak. De taxichauffeur schopte tegen de band van de bestelwagen en nu stapte de chauffeur ook uit. Omstanders begonnen zich ermee te bemoeien. Arjen speurde van achter de etalageruit zo goed en zo kwaad als het ging de straat af en constateerde dat zijn kale belager daar niet rondhing. Het was nu of nooit. Hij deed de deur van de winkel open en verdween onopgemerkt in de kluwen ruziënde mensen.

15

Post was dood en volgens Müller was het een ongelukje. Vreeman had het gevoel dat zijn wereld de laatste tijd werd geregeerd volgens de wet van Murphy: alles wat er mis kon gaan, ging ook mis. Er was een tijd geweest dat hij dat nog wel spannend had gevonden, hobbels op de weg, tegenwind, iets om tegen op te boksen. Hij had er energie van gekregen. Nu maakte dit soort tegenslagen hem dood- en doodmoe. Hij had de ambitie niet meer, dat was het, hij had gewoon de ambitie niet meer om iets groots te willen bewerkstelligen.

Toen hij nog in Lisse woonde, tussen de bloembollen, wilde hij naar de filmacademie in Amsterdam en toen hij op de academie zat wilde hij naar Los Angeles. Mulholland Drive, Venice Beach, Hollywood. Het werd Bagdad op het moment dat de Tweede Golfoorlog uitbrak. *Bad timing*, zou je kunnen zeggen. Hij was meegereisd met een filmploeg die een documentaire draaide over oude religies en dat was het begin geweest van alles. De filmploeg was halsoverkop teruggereisd naar Nederland, maar hij was gebleven. Bij hem was toen de liefde voor oude religieuze kunstwerken wakker gekust. Hij was via via op een clandestiene smokkelroute terechtgekomen en in de chaos en paniek die er in het land heersten was het mogelijk gebleken om kostbare kunstwerken het land uit te smokkelen en in veiligheid te brengen. Het ging in eerste instantie om het goede doel, het voorkomen van de vernietiging van cultureel erfgoed, maar het had hem de weg gewezen. Hij was onvoorbereid de kunsthandel in gerold, maar hij had gemerkt dat hij er aanleg voor had en hij was een snelle leerling. Het leven als smokkelaar was niet zonder gevaar geweest, maar de opbrengsten waren zo hoog dat ze het risico waard waren. Bovendien had hij genoten van het leven onder de radar. Hij leefde in een film, zelfgeschreven en -geregisseerd, die zo uit Hollywood had kunnen komen en minstens zoveel geld opbracht als zo'n blockbuster. Dus was er van bad timing in zijn geval niet echt sprake. Het was het begin geweest van zijn carrière in de kunsthandel.

Hij had zich opgewerkt tot internationaal erkend kunsthandelaar. Grote collectioneurs vroegen zijn medewerking en beloonden hem vorstelijk als hij vond wat ze zochten. Want alles was te koop, als je de wegen kende en het geld goed was. Niet dat hij altijd alles maar had gedaan. De afgelopen jaren had hij geweigerd om de vernietigende terreur van IS te financieren door voor dezelfde mannen die Palmyra hadden verwoest kunstschatten op de wereldmarkt weg te zetten. Dat moesten anderen maar doen, collega's met minder gewetenswroeging. Hij dacht aan zijn kinderen en kleinkinderen, die hij graag een betere wereld wilde nalaten, al begreep hij zo langzamerhand ook wel dat dat een illusie was. Maar je hoefde de vernietiging niet op te zoeken.

Hierboven op het terras van het penthouse was er niets van die verdorven wereld te bekennen. Hier was het weliswaar fris, maar vredig. Hier heersten regelmaat en rust. Rijkdom. Het liefst zou hij echter op een boot willen wonen en de zeeën bevaren. Alleen op het water, los van de wereld en zijn onuitstaanbare bewoners. Romantische lulkoek, dat wist hij zelf ook wel, maar hij mocht er graag over fantaseren. 'Schei er dan mee uit,' had Molly gezegd, 'verkoop de toko.' Ja, makkelijk gezegd, verkoop de toko... Molly wist ongeveer wel wat hij deed, maar precies genoeg om geen hinderlijke vragen te stellen. Zo was het hun hele leven al geweest: hij deed de handel, zij deed het gezin. De plek waar hij altijd naar terugkeerde, waar hij zich omarmd voelde en veilig. Zonder Molly was hij naar de bliksem gegaan, dat was hem door alle jaren heen wel duidelijk geworden.

Achter zich hoorde hij de schuifdeur openglijden. Molly stak haar hoofd naar buiten. Een zorgvuldig opgemaakt hoofd, zoals altijd, met kleine robijntjes in haar oren. '*Darling*, blijf je daar staan? Je bevriest nog.'

'Ik kreeg een telefoontje en wilde je niet storen.'

'Ik ben zo weg en ik lunch niet thuis.'

Hij draaide zich om om haar een zoen te geven, blij dat het huis weer even voor hem alleen was. Hij hield van Molly, hij zou nooit bij haar weggaan, nooit. Maar hij kon er af en toe naar verlangen alleen te zijn. De eenzaamheid van de schipper die zijn boot met trefzekere hand door de golven geleidt.

'Vergeet je niet te reserveren voor vanavond?'

Hij had zijn vrouw beloofd een tafel te reserveren bij Izumi, haar favoriete restaurant.

Hij zuchtte en boog deemoedig zijn hoofd. 'Sorry, liefje, ben ik je vergeten te zeggen, maar ik vlieg vanmiddag naar Amsterdam en ik weet niet precies wanneer ik terug ben.'

Molly keek teleurgesteld. 'Business?'

'As usual.'

Ze trok haar hoofd weer terug en sloot de terrasdeur.

Het was niet bepaald zijn bedoeling geweest om naar Amsterdam te reizen. Hij had Post nog teruggebeld, maar die had geweigerd om ook maar iets los te laten. Hij moest geduld hebben. Nou, dat had hij niet, en al helemaal niet met iemand als Lou Post. En nu was hij dood, verdomme! Een ongelukje. Het zal wel. Christiaan Müller was een uitstekende kracht, maar met zijn oorlogsverleden zo labiel als de pest. Levensgevaarlijk. De man liep over een heel dun lijntje en al wist hij zichzelf doorgaans heel goed onder controle te houden, er zou een moment komen dat het lijntje brak. Hij had het in 's mans ogen gezien, die helblauwe ogen waarin de dood te lezen was. De uitdrukking van een man die te veel had gezien op de slagvelden van de wereld.

Goddank had Müller nog wel een naam uit Post losgekregen. Arjen Hageveld. Hopelijk was dat de man die het onderzoek naar het doek had gedaan. De naam zelf zei hem niets, maar die kon hij googelen, en als Müller het adres had gevonden mocht hij die Hageveld een bezoekje brengen en hem overreden om zijn kennis te delen. Maar hij had hem op het hart gedrukt om deze man in leven te laten. Hij had geen behoefte aan een spoor van lijken in de hoofdstad. Deze operatie moest zich zo geruisloos mogelijk voltrekken. Eerst zekerheid, dan volgde de rest vanzelf. En als alles meezat, en dit wonder werkelijkheid werd, zou hij zijn grootste en zeker ook laatste slag slaan.

16

Ruim twee uur nadat ze uit Groningen was vertrokken kwam Katja aan op Amsterdam Centraal. Ze besloot verder te voet te gaan en twintig minuten later stond ze voor de deur van de benedenwoning aan een pleintje van de Spaarndammerstraat die ze deelde met Nina, haar vriendin. De vader van Nina had het huisje jaren geleden, 'in de goede tijd', gekocht voor zijn oudste zoon, die toen in Amsterdam ging studeren. Inmiddels had die zijn studie afgemaakt en hadden zijn zus en Katja hun intrek in het huis genomen.

Nina Vreeken was Katja's beste vriendin, maar in alles het tegendeel van wat zijzelf was. Katja wilde een succes maken van haar studie, Nina wilde een succes maken van haar leven, en daar was ze vierentwintig uur per dag mee bezig. Blond en uitbundig en altijd op zoek naar een feestje. De studie schoot erbij in, maar dat leek haar niet te storen. Ze had een baantje achter de bar van een café en haar vrije tijd bracht ze voornamelijk door voor de bar van diverse andere cafés en in gelegenheden waar ze kon dansen. Katja was gestopt met Nina op haar verantwoordelijkheden wijzen, ze was haar moeder niet. Het was haar leven, ook al was het een rommelig leven, en bovendien had ze een hart van goud. Nina was loyaal tot in haar tenen en ze ging voor Katja door het vuur.

Ze zocht in haar tasje tevergeefs naar haar huissleutel en zuchtte geïrriteerd. Waarom was ze verdomme altijd alles kwijt? Ze voelde in haar zakken. Niets. Een lichte paniek overviel haar. Had ze haar sleutels op Schier laten liggen?

Waarom moest dat haar nu overkomen?! Ze wilde naar binnen, ze wilde douchen. Ze zakte door haar knieën en haalde haar tasje leeg. Uiteindelijk vond ze de sleutel tussen de ingescheurde voering, maar de opluchting was van korte duur.

'Jezus, Nina, wat is dit nou weer!' Katja stond in de gemeenschappelijke keuken en zag zich geconfronteerd met een ongelooflijke puinzooi. Lege pizzadozen, borden met voedselresten, een onbestendige smurrie die langs de muur had gedropen en nu was ingedroogd en overal, letterlijk overal lege flessen. Het stonk er naar afval en verschaalde rook.

De deur naar de slaapkamer van Nina ging open en een slaperig hoofd met blond piekhaar keek verbaasd de keuken in. 'Jezus, Kat, jij zou pas zondag weer terug zijn.'

'Wat een teringzooi!'

'Ik wou vandaag gaan opruimen.'

'Beetje laat, vind je niet?'

'Suffe doos...'

Katja wilde iets naar het hoofd van haar vriendin gooien, maar ze hield zich in. Ze liep naar de deur van haar slaapkamer.

'Ik kom zondag wel weer terug en dan hoop ik dat deze puinbak inderdaad is opgeruimd.'

'Kat...' Nina wees naar Katja's slaapkamerdeur.

'Wat?'

De deur ging open en er kwam een volkomen naakte jongeman de keuken binnen. Hij krabde zich ongegeneerd in zijn kruis en stak de keuken over naar de deur van de wc.

'Wie is dat?'

'Rogier.'

'En heeft dat in mijn bed geslapen?'

'Kon even niet anders.'

'Kon hij niet bij jou in bed dan?'

Nina hoestte en antwoordde hees: 'Daar ligt al iemand.'

'Shit hé, in mijn bed.'

De wc werd doorgetrokken en de naakte jongen kwam weer tevoorschijn. Katja glipte snel haar kamer binnen, waar het ook een onvoorstelbare bende was, griste wat ondergoed uit een la en propte dat in de tas waar ook haar aantekeningen in zaten.

Voor ze de kamer had kunnen verlaten, lag de jongeman alweer op haar bed. Hij klopte uitnodigend naast zich. 'Je mag er wel effe bij komen liggen.'

Ze besloot geen gebruik te maken van de uitnodiging en verliet zo snel mogelijk haar kamer, maar niet voordat ze de reservesleutel van de Berlingo uit een laatje had gegrist. Ze trok de deur met een klap achter zich dicht en richtte zich tot haar vriendin, die een ochtendjas had aangetrokken en aan de tafel was gaan zitten.

'Zondag ben ik terug en dan is hij verdwenen.' Ze wees naar haar kamer. 'Of anders ben ik verdwenen!'

'Katja…'

Maar Katja luisterde niet meer.

'Kaatje!'

Ze was al op weg naar buiten en sloeg de buitendeur zo hard als ze maar kon dicht.

Ze had misschien een beetje overdreven gereageerd op de troep in de keuken, maar toen die gast in haar bed bleek te hebben geslapen – God mocht weten wat hij daar nog meer had uitgespookt – was voor haar de maat vol geweest. Misschien werd ze te oud voor deze manier van samenwonen, zeker nu het einde van haar studie in zicht kwam, en werd het tijd dat ze woonruimte voor zichzelf zocht. Of introk bij Michiel… Daar had hij zelf al een paar keer op gehint, hoewel het de vraag was of hij daar nu nog op zat te wachten.

Ze had hem gebeld vanaf het station in Groningen en hij was uit zijn plaat gegaan. Hij had haar uitgescholden voor 'onbetrouwbaar kutwijf', gezegd dat hij zich de tering was geschrokken en het hele eiland had doorkruist om haar te vinden. Hij was buiten zichzelf geweest van woede, en eerlijk, dat kon ze best begrijpen. Maar ze kreeg geen ruimte om uit te leggen waarom ze in alle vroegte van het eiland was vertrokken. Michiel had geen behoefte gehad aan redelijkheid en dus had ze hem laten uitrazen en uiteindelijk de telefoon opgehangen. Het was toch ook eigenlijk zijn eigen schuld. Hoe had hij het in zijn hoofd gehaald om haar te ontvoeren en haar vervolgens al haar persoonlijke eigendommen af te nemen? Dit waren de middeleeuwen niet!

17

Professor doctor Arjen P. Hageveld bewoonde de tweede etage van een pand op de hoek van de Nassaukade en het Van Oldenbarneveldtplein. Christiaan had de naam van Hageveld gevonden in de telefoon die hij in de binnenzak van het linnen jasje van de dode kunsthandelaar had gevonden. Het was een nogal primitief model, niet echt verrassend, omdat alles rondom deze man nogal primitief aandeed. Hij was door de contacten gegaan en had het 06-nummer van Arjen H. gevonden. Kon niet missen. Hij had het nummer op een papiertje geschreven, ook primitief misschien, maar papier liet minder sporen na dan een digitale notitie. Het telefoontje had hij schoongeveegd en weer terug in het jasje gestopt, dat zouden ze missen als ze hem dood aantroffen. Hij had wel besloten de laptop mee te nemen die hij op de tafel had zien staan. Die zouden ze misschien ook missen, maar hij was bereid dat risico te nemen. Hij had hem in een plastic boodschappentas gestopt, nog eens goed rondgekeken en toen de winkel verlaten.

Via Google had hij naar de naam Arjen Hageveld gezocht en dat had hem al snel naar een Wikipedia-pagina geleid, waar hij een summier curriculum had aangetroffen. Hieruit bleek dat de man was verbonden aan de Faculteit der Geesteswetenschappen, capaciteitsgroep Kunstgeschiedenis. Dat gegeven in combinatie met zijn naam en telefoonnummer bleek voldoende om zijn adres op de Nassaukade te achterhalen.

Christiaan stapte uit zijn auto en stak de straat over. Hij drukte op de bel naast het naamplaatje van Hageveld, maar er gebeurde niets. Daarna drukte hij op de bovenste bel en na enige ogenblikken werd de deur opengedaan.

'Wie is daar?' klonk een vrouwenstem van boven uit het trapgat.

'Sorry, verkeerde bel,' riep Christiaan terug, waarop de deur op de derde etage met een klap werd dichtgeslagen.

Hij twijfelde of hij naar binnen zou gaan. Hageveld was waarschijnlijk op zijn werk, maar het was natuurlijk niet onmogelijk dat mevrouw Hageveld zou terugkomen van het boodschappen doen of van de sportschool. Hij besloot het er toch op te wagen. Het eenvoudige lipsslot op de deur op de tweede verdieping vormde géen beletsel en binnen een minuut stond hij in de woonkamer. In tegenstelling tot het rommelhok van die kunsthandelaar was deze ruimte licht en opgeruimd. Strakke witte muren, een ovale eikenhouten tafel met daarop een vaas met een boeket bloemen, eromheen moderne grijze stoelen. Tegen de langste muur, die van de deur tot aan het raam liep, stond een boekenkast die, voor zover Christiaan kon zien, voor een groot deel was gevuld met boeken over kunst. De hele inrichting van het huis getuigde van beschaving en goede smaak. Voor de wit gestucte schoorsteenmantel stond een houtkacheltje en op de rand stond een spiegel waarin wat foto's waren gestoken waarop een man met een jeugdig voorkomen stond met een blonde kuif, die in verschillende gezelschappen was afgebeeld. In de keuken, die was verbonden met de woonkamer, heersten eveneens orde en helderheid. Alsof de bewoners last hadden van ernstige smetvrees.

Christiaan liep door naar de slaapkamer. Het tweepersoonsbed was niet opgemaakt, het enige smetje binnen deze verder smetteloze omgeving, dacht hij geamuseerd. Hij trok een kledingkast open en zag alleen herenkleding hangen. Er was dus blijkbaar geen mevrouw Hageveld die onverwacht het huis kon binnenvallen. Hij dacht even terug aan de foto's die hij aan de muren van de slaapkamer van Louis Post had zien hangen en vroeg zich af of de jeugdige professor een verhouding had gehad met die ouwe antiquair. Hij kon het zich niet voorstellen. Sterker nog, hij wilde het zich niet voorstellen. Hij checkte snel de kleding en constateerde dat die van een en dezelfde maat was. Hageveld woonde hier dus alleen. Happy single. Naast de kledingkast stond een antiek boudoirtafeltje dat aangenaam contrasteerde met de strakke inrichting. Op het tafeltje een foto die hem meer inzicht gaf in de seksuele voorkeur van de professor. Er stonden twee jonge mensen op die elkaar hartstochtelijk in de ogen keken. Hij pakte de foto op om hem beter te kunnen bekijken. De man moest Arjen Hageveld zijn, hij herkende hem van de foto die hij in de woonkamer had gezien. De jonge vrouw was een schoonheid, met een woeste bos rode krullen en een boeketje in haar hand. De foto verwarde hem, deed hem denken aan zijn trouwfoto met Karien, die haar vader had gemaakt nadat ze, letterlijk, uit het huwelijksbootje waren gestapt waarin ze net daarvoor waren getrouwd. Ze waren gelukkig geweest toen, net zo gelukkig als de twee jonge mensen op de foto. Hij zette de foto terug op de plek waar hij hem had opgepakt, naast een half opgebrand kaarsje.

De zoektocht leek niet veel op te leveren. Het appartement deed hem aan een luxe hotelkamer denken, smaakvol maar toch ook onpersoonlijk ingericht. Hij vond geen laptop, geen aantekeningen en eigenlijk geen enkele aanwijzing dat Hageveld een beroep uitoefende. Hij was net bezig de keukenkastjes te inspecteren toen er tweemaal werd aangebeld. Even hield hij zijn adem in. Hij liep naar de voorkant van het huis en drukte zijn rug tegen de muur naast het raam. Hij gluurde naar buiten, maar zag niemand, omdat de beller in de portiek stond. Er werd nog eens gebeld. Even daarna stapte er iemand uit de portiek. Het was een jonge vrouw, met lang zwart haar en een rugzak over haar schouder. Ze wierp een blik naar boven en liep toen snel weg.

18

In een telefoonwinkel in de Kinkerstraat had Katja een goedkope simlockvrije telefoon gekocht en in het adressengidsje van de universiteit had ze het nummer van Arjen opgezocht. Ze had de onbezorgde, vrolijke stem van haar begeleider verwacht. Arjen maakte zich nooit ergens zorgen over, zag altijd wel een uitweg en hield van de zonnige kant van het leven. Maar wat ze hoorde was een achterdochtig en kortaf: 'Ja?'

'Arjen, met Katja.'

'Katja! Waar heb jij in godsnaam uitgehangen?!'

'Ik zat met Michiel op Schiermonnikoog.'

'Maar dan kun je je telefoon toch wel opnemen?' Arjen klonk verontrust en gehaast, heel anders dan de relaxte toon die hij doorgaans aansloeg.

'Ik had mijn telefoon en laptop achtergelaten in de auto en die stond op het vasteland.'

Het was even stil aan de andere kant van de lijn. 'En waar ben je nu dan?'

'Terug in Amsterdam. Ik had gehoopt…'

'Luister,' onderbrak hij haar. 'We moeten elkaar spreken. Nu.'

'Oké, maar ik was net nog bij je huis en…'

'Nee! Niet bij mij thuis.'

Hij hield het gesprek kort, wilde niet met haar over de telefoon praten, maar stelde voor dat ze elkaar zouden ontmoeten bij de Koekjesbrug, die de Nassaukade met de Marnixstraat verbond. Daarna verbrak hij het gesprek, Katja in verwarring achterlatend. Wat was hier aan de hand? Blijkbaar had ze niet alleen Nina met haar vervroegde terugkomst overvallen. Maar waarom al die geheimzinnigheid? Nou ja, ze zou het zo wel horen.

Ze dook een Turkse bakkerij in en kocht een broodje van bladerdeeg met spinazie en feta. Ze moest nu eerst iets eten, want sinds ze die ochtend op het station van Groningen bij de kiosk haastig een tosti naar binnen had gewerkt, had ze niets meer gehad.

Arjen hing over de reling van de brug en staarde in het water. Hij had een petje op zijn hoofd en had de kraag van zijn jack opgeslagen. Je zou denken dat hij niet herkend wilde worden, dacht Katja ironisch.

Ze sloop op hem toe, tot ze vlak achter hem stond. 'Boe!'

Het was grappig bedoeld, maar had een volstrekt onverwachte uitwerking. Arjen schoot zowat een meter omhoog en draaide zich verschrikt om. Een schrik die omsloeg in woede toen hij zag wie er achter hem stond. 'Wil je dat godverdomme nooit meer doen!' beet hij haar toe.

'Zeg, Arjen, relax, het was maar een geintje.'

Hij haalde diep adem in een poging zich te hernemen. 'Sorry, je hebt gelijk. Ik reageerde iets te heftig. Ga mee.'

'Waar gaan we naartoe?'

'Die kant uit.' Hij wees in de richting van het Leidseplein.

'Arjen, wat is er met je aan de hand?'

'Straks, Katja. Straks.'

Hij keek links en rechts om zich heen, dook weer in de kraag van zijn jack en stak de Nassaukade over.

Ze zaten in een kamer op de tweede verdieping van een hotel in de Tweede Helmersstraat. Het was een prettige kamer, niet heel groot, maar comfortabel ingericht. Het grote tweepersoonsbed met beige beddensprei domineerde de kamer, maar liet genoeg ruimte voor een bureautje, waarboven een flatscreen hing, en een kleine, maar gerieflijke fauteuil. Vanuit het raam hadden ze een goed uitzicht op de stille straat beneden hen. Arjen zat op het bed en Katja had in het gestoffeerde stoeltje naast het raam plaatsgenomen.

'Wat doen we hier?'

Arjen was op van de zenuwen. Uit zijn gezicht was de kleur weggetrokken en onder zijn doffe ogen waren donkere vlekken zichtbaar. Van het jeugdige uiterlijk was niet veel meer over. Hier zat een bange man. Arjen was geboren in een dorpje in het Groene Hart en hoewel hij nooit veel losliet over zijn persoonlijke leven had hij Katja meermaals verzekerd dat hij een gelukkige jeugd had gehad, en daar was een voorspoedige loopbaan op gevolgd. Volgens haar leefde hij het leven van de vrijgezel die nog nooit met de zwarte kant van het leven in aanraking was gekomen. Tot vandaag, blijkbaar.

'Ik ben getuige geweest van een moord.'

'Nee!'

Arjen knikte met gesloten ogen.

'Waar? Op straat?'

Hij opende zijn ogen. 'Louis Post is dood.'

'Wat?' Katja liet dit nieuws even bezinken. 'En jij denkt... vermoord?'

'Ik ben ervan overtuigd. Volgens mij heeft hij een harde klap tegen zijn hoofd gehad, waardoor hij tegen een spiegel is gevallen. Het glas stak uit zijn hoofd.'

Ze probeerde het zich voor te stellen. 'Wat was het dan...? Was het een overval?'

Hier aarzelde Arjen.

'En hoe kan het dan dat jij daar getuige van was?'

Hij stak een hand op om verdere vragen tegen te houden. 'Ik was bij Louis op bezoek en toen kwam er een klant langs en ben ik naar boven gegaan. En daar hoorde ik het gebeuren.'

'Je hebt het dus niet gezien?'

'Nee, maar ik heb hem later zien liggen en er is geen twijfel mogelijk. Bovendien...' Hier stokte hij weer.

'Ja?'

'De man, de klant dus, probeerde een naam uit Louis los te krijgen en dat liep waarschijnlijk uit de hand.'

'Welke naam?'

'Mijn naam.'

Katja keek hem verbijsterd aan. 'Je bent gek.'

'Dat dacht ik ook, maar Louis noemde mijn naam. Twee keer, de laatste keer heel hard, om mij te waarschuwen, denk ik. En toen hoorde ik dus die klap en de schreeuw en het gerinkel van het glas. En toen kwam hij achter mij aan.'

'Die klant?'

'Ik wist niet wat hij wilde, ik moest daar weg.' Hij vertelde haar van zijn vlucht, eerst naar boven en toen langs de brandladder weer naar beneden, en dat hij daarna uren in dat tuinhuisje had gezeten. 'Uiteindelijk is hij weer weggegaan.'

Katja liet het verhaal tot zich doordringen. 'Waarom heb je de politie niet gebeld?'

'Wat had ik ze kunnen zeggen? Dat ik bang was dat er iemand achter mij aan zat? Dat die persoon misschien iemand had omgebracht? Ik had niet gezien wat er binnen was gebeurd. Ik heb Louis pas veel later zien liggen. En het was duidelijk dat de moordenaar er alles aan had gedaan om het op een ongeluk te laten lijken. Ik zou alleen mezelf maar verdacht hebben gemaakt en dan had ik de politie ook nog achter me aan gehad.'

'Ben je dan bang dat die gast achter jou aan zit?'

'Ik weet het wel zeker. Ik heb erover nagedacht en ik ben ervan overtuigd dat hij op zoek was naar mijn naam. En nu hij mijn naam kent, weet hij ook wat ik doe en waar ik woon.'

'Vandaar.'

'Vandaar wat?'

'Dit hotel.'

Ze staarden een tijdje zonder iets te zeggen voor zich uit, toen hernam Katja het gesprek. 'Hoezo weet jij zeker dat hij op zoek was naar jouw naam? Wat wil deze gast van je?'

Arjen keek haar doordringend aan, zo lang dat ze er ongemakkelijk van werd.

'Wat?'

'Ik ben bang dat dit ook met jou te maken heeft.'

19

Het vliegtuig was keurig op tijd vertrokken. Hij had bedankt voor de maaltijd, maar met een whisky-soda in zijn hand leunde Vreeman achterover in zijn gerieflijke businessclass-stoel en overdacht zijn situatie. Hij had vaker voor hete vuren gestaan – de kunstwereld was bij tijd en wijle een jungle – maar de positie waarin hij zich nu bevond beviel hem allerminst.

Zeker nu Post dood was.

De kunstexpert had hem op zijn mobiel gebeld met de oplossing voor hun probleem. Had hij gezegd. Het moest in elk geval een oplossing voor zijn eigen problemen zijn, want Vreeman had hem beloofd eigenhandig zijn beide benen te breken als hij niet met een voorstel kwam waarmee ze zich de Russen van het lijf konden houden. Toen had Post hem verteld welk verloren gewaand schilderij hij op het spoor was. Eerst had Vreeman niet geweten waar die doodgraver het over had en hem uitgelachen. Hij had hem niet geloofd. Natuurlijk had hij hem niet geloofd!

'Flikker toch op, man. Je denkt toch niet dat Mazarov in jouw sprookjes trapt,' had hij gezegd. Hij had het screenshot willen zien, de bewijzen.

Hij dronk zijn glas leeg en wenkte de stewardess. Glimlachend hield hij zijn lege glas naar haar op.

Post had hem de foto van de scan gestuurd en hem bezworen dat zijn theorie berustte op een onderzoek dat het afgelopen jaar was gedaan door een professor aan de Universiteit van Amsterdam. Vreeman had de scan bestudeerd en online onderzoek gedaan. De overeenkomsten waren opmerkelijk, maar dat zei natuurlijk nog helemaal niets. Hij zou het hele onderzoek moeten zien, de testen die er op het schilderij waren gedaan, om enige zekerheid te verkrijgen over het doek. Hij had willen weten wie die professor was, maar Post had de naam niet willen zeggen. Logisch, hij wilde natuurlijk ook iets voor zichzelf houden.

Stomme idioot. Als hij de naam had gedeeld, had hij nu nog geleefd.

20

'Kom op, Arjen, vertel nou eindelijk eens waar dit over gaat.' Katja zuchtte geërgerd, ze had er een hekel aan als mensen om de hete brij heen draaiden en niet tot de kern van hun verhaal kwamen.

'Het heeft te maken met jouw onderzoek, met het portret van de twee kinderen en dan eigenlijk met wat er onder dat portret zit.'

Ze schoot overeind. 'De uitslag van de scan?'

Arjen knikte.

Op de TU Delft was men erin geslaagd een mobiele XRF-scanner te ontwikkelen die kleiner en handzamer was dan de scanners die tot dat moment werden gebruikt. Het apparaat scande een doek met een zeer dunne röntgenstraal en de teruggeketste straal bevatte informatie over de metaalelementen die onder de schildering verborgen zaten. Aangezien die metalen voorkwamen in de pigmenten die de schilders gebruikten om hun verf mee te maken en bepaalde pigmenten stonden voor een bepaalde kleur, gaven ze een betere weergave van de onderschildering prijs. Zo werden niet alleen de vage contouren vastgelegd, maar kreeg je ook een realistische indruk van de oorspronkelijke schildering op het doek.

Katja was in alle staten geweest van opwinding en kon niet wachten om het doek aan zo'n scan te onderwerpen. Tegelijk zag ze een enorm probleem: de Delftse XRF-scanner werd nationaal en internationaal gebruikt om de herkomst van grote en kostbare doeken te onderzoeken, dus hoe kreeg zij in godsnaam iemand zo gek om haar onbeduidende kinderportret te scannen? Ook hier was het haar prof geweest die met de oplossing kwam. De scanner stond nog op de TU in Delft, maar zou na het paasweekend naar het Rijksmuseum in Amsterdam verhuizen om te worden ingezet bij restauratiewerkzaamheden op het Atelier. Via een relatie wist Arjen dat het apparaat tijdens de paasdagen werkeloos in een kamer op de universiteit zou staan en hij had het voor elkaar gekregen dat hij gedurende dat lange weekend de XRF-scanner mocht gebruiken ten behoeve van Katja's onderzoek. Het apparaat scande pixel voor pixel, die op een computerbeeld werden vastgelegd, dus Arjen schatte in dat ze voor het onderzoek van het portret, een doek van één meter twintig bij vijftig centimeter, het volle paasweekend nodig zouden hebben.

Op Goede Vrijdag hadden ze het doek met de witte Citroën Berlingo naar Delft gebracht. Het scanapparaat stond in een onderzoekskamer en zag er bedrieglijk eenvoudig uit. Een verrolbare lage kast met daarop een metalen frame waarin de scanner was gehangen, die op zijn beurt via allerlei kabels was verbonden met een computerscherm. Ze hadden het schilderij op een ezel voor de scanner gezet en een medewerker van de afdeling had het apparaat in werking gesteld. Katja had heel graag vierentwintig uur lang naar het scherm willen blijven kijken, naar de scanner die langzaam maar zeker, pixel voor pixel, onthulde wat er onder het onschuldige kinderportret schuilging, maar daar kon natuurlijk geen sprake van zijn.

En toen had Michiel haar ontvoerd...

Arjen pakte zijn laptop en opende het document waarop het beeld stond dat de XRF-scan van het kinderportret had opgeleverd. Een groot deel van de onderschildering leek weinig spectaculair, met in de rechterbovenhoek slechts een soort stang of tak. Maar hun grootste aandacht ging uit naar de linkerkant van het schilderij, waar twee halve figuren zichtbaar waren die naast elkaar op hun rug lagen.

'Volgens mij zien we het beeld eigenlijk verkeerd,' lichtte Arjen toe en hij draaide de afbeelding een kwartslag, waardoor de twee mannen nu boven in het doek stonden.

'Dit was het beeld waar Louis naar zat te kijken. Hij werd er opgewonden van. Hij zag blijkbaar iets wat mij niet is opgevallen, maar ja, hij had er dan ook echt verstand van.'

Hij zei het op verdedigende toon, wat Katja niet opviel, omdat ze geconcentreerd de afbeelding bestudeerde. 'Wat zag hij dan?'

'Ik weet het niet...'

'Hij heeft het je niet verteld?'

Arjen hief verontschuldigend zijn handen. 'Hij zou het mij vertellen vlak voordat hij werd vermoord. Daarom ging ik bij hem langs. Hij wilde zijn vermoedens onderbouwen met de analyses van de verflagen.'

'Met de uitslagen van mijn onderzoek?'

'Ik had je toestemming willen vragen, maar jij was niet bereikbaar. Sorry.'

Hij stopte de USB-stick in de laptop en klikte op de onderzoeksresultaten. Katja was grondig te werk gegaan en Arjen had haar bijgestaan waar hij kon, maar het was en bleef haar onderzoek. Ze waren naar een oude restaurateur gegaan, die het doek onder handen had genomen. Het was eigenlijk door het onderzoek van de primaire verflaag, de verflaag die over het linnen wordt gesmeerd voor de schilder erop kan gaan schilderen, dat ze in de zeventiende eeuw waren beland. Dat ze erachter waren gekomen dat het doek ouder moest zijn dan de datering op het schilderij zelf. Ze hadden een miniem verfmonster genomen, dat in harde hars gegoten en aan één kant geslepen, zodat ze het onder een stereomicroscoop konden bekijken. Het was alsof ze terugkeken in de tijd toen ze de verschillende verflaagjes bekeken. Uit de dunne laagjes vernis en vuil tussen de verflagen was af te leiden dat er over een eerdere schildering heen was geschilderd, de lagen zelf konden later aan de hand van de pigmenten in de verf worden gedateerd.

'Die grondering, die primaire verflaag, op basis van rode aarde of klei, was typerend voor de werkwijze van een aantal schilders in die tijd.'

Arjen had bijna automatisch zijn doceertoon aangenomen, en hoewel Katja daar een hekel aan kon hebben, had ze er nu geen last van. Ze wreef over haar wangen.

'Dus we kunnen er zeker van zijn dat het oorspronkelijke schilderij uit de zeventiende eeuw stamt. Maar waar wordt iedereen dan zo opgewonden van? Hoe kan het dat we nu ineens iemand achter ons aan hebben zitten?'

'Omdat... Kijk, ik dacht er goed aan te doen.'

'Waaraan?'

'Om Louis in te schakelen. Het leek me mooi, hij was expert wat betreft de zeventiende eeuw. Ik wilde graag iets meer weten over die onderschildering, maar dit had ik natuurlijk niet verwacht.'

'Jij denkt dat ze achter je aan zitten omdat je naar Louis Post bent gegaan?'

'Ik heb Louis de afbeelding van de scan op mijn laptop laten zien. Daar moet hij snel een foto van hebben gemaakt toen ik in de keuken was. En die foto heeft hij aan iemand anders laten zien, dat kan bijna niet anders.'

'Aan wie dan?'

'Geen idee, maar het was iemand die erg graag wilde weten waar Louis zijn informatie vandaan had.'

'Die man die achter je aan zat? Maar wat wilde hij dan van je?'

Arjen haalde een hand door zijn haar en leek te aarzelen.

'Kom op, waar denk je aan?'

'Toen ik Louis de scan voor het eerst liet zien, zocht hij iets op in een boek. Dat boek was...' Hij zweeg weer.

'Van wie? Kom op nou, Arjen, hou eens op met dat geheimzinnige gedoe.'

'Dat boek was *Rembrandt in nieuw licht*.'

Heel even was het stil en toen schoot Katja in de lach. Een nerveuze lach.

'Wat?'

'Je bent toch zeker niet serieus?'

'Ja, ik denk dat we hier met een Rembrandt te maken hebben.'

'Dit is bijna grappig.'

Arjen draaide zich om naar Katja en keek haar ernstig in de ogen. 'Grappig? Schei uit zeg, levensgevaarlijk.'

'Arjen...'

'Ik stel me niet aan. Ik weet wat ik heb gezien. Louis Post, in een plas van zijn eigen bloed. Wat jij hebt gevonden is voor sommige mensen blijkbaar van grote waarde. In elk geval groot genoeg om een moord voor te plegen!'

'Maar een Rembrandt?'

'Hij bladerde in dat boek met afbeeldingen van Rembrandt nadat hij de scan had gezien. Hij was er helemaal stil van.'

'En jij hebt niet gevraagd wat er aan de hand was?'

'Jawel, maar... Nou ja, hij hield de boot af en we moesten eten en ik had gedronken en... Jezus, Katja, wie denkt er nou aan een Rembrandt?!'

Ze stond op van het bed. 'Heb je geen minibar op de kamer?'

'Nee, wil je iets drinken?'

'Ik had gehoopt op een Twix of een Mars of zoiets.' Ze voelde dat er onrust in haar lichaam geslopen was. 'Suiker.'

'Nee, sorry.'

Ze stond voor het raam en keek naar buiten. Ze kon niet goed bevatten waar ze in terecht was gekomen. Wat was dat voor schilderij dat onder haar schilderij verborgen zat? Wat was het geheim... Het geheim! Ze moest ineens denken aan het schilderijenboekje van haar grootvader. Die had dat met zoveel woorden opgeschreven, het was de laatste zin in zijn verhaaltje over Isaac Pietersz. *Wat is toch het geheim van dit schilderij?* Had ze iets over het hoofd gezien? Had ze niet ver genoeg doorgelezen?

Ze wist het even niet meer, ze had behoefte aan frisse lucht. De verhalen van Arjen in de kleine hotelkamer benauwden haar. 'Ik moet weg, sorry. Ik bel je nog wel, morgen of zo.'

En nog geen vijf seconden later viel de deur van de hotelkamer met een klap achter haar dicht, professor doctor Arjen Hageveld in verwarring achterlatend.

21

De winkels in de P.C. Hooftstraat etaleerden schaamteloos hun luxegoederen, maar Katja had er geen oog voor. Ze had eigenlijk altijd een hekel gehad aan de P.C. Wat had het voor zin om langs winkels te slenteren waarvan je van tevoren wist dat je het geld niet had om er naar binnen te gaan? Hoewel, nu ze blijkbaar een Rembrandt bezat kon dat binnenkort weleens helemaal anders liggen.

Rembrandt.

Ze was de verbijstering nog niet te boven, ze kon het zich ook niet goed voorstellen. Emotioneel was ze aan het kinderportret verbonden en het feit dat er een zeventiende-eeuwse schildering onder verborgen zat was voor haar scriptie sensationeel genoeg geweest, daar had ze riant op kunnen afstuderen. Maar als het echt een Rembrandt was, dan kwam haar hele onderzoek in een ander daglicht te staan. Wat was er in godsnaam allemaal gebeurd de afgelopen dagen? In elk geval niets om blij van te worden, als ze zich het beeld van die angstige man op dat hotelbed voor de geest haalde. Arjen, die nooit ergens een been in zag, wiens glas altijd halfvol was, die overal een oplossing voor wist, probeerde zich nu te verstoppen voor een kerel met een kale kop die de dood van Louis Post op zijn geweten had. Vanwege haar schilderij? Ze kon het niet geloven, ze kon het zich gewoon niet voorstellen. Moord. Waarom had Arjen dan niet de politie gebeld? Waarom had hij zich met een zwak excuus in een hotel teruggetrokken? Hield hij zaken voor haar achter of stelde hij zich aan? Ze had werkelijk geen idee, maar ze wist wel dat er een schaduw over haar onderzoek was getrokken en ze wist even niet hoe ze daarmee moest omgaan.

Onbewust was ze de weg naar het huis van Michiel ingeslagen. Ze voelde nog geen behoefte om naar haar eigen woning terug te gaan, zolang ze niet wist of die gast uit haar kamer was vertrokken. Dat schilderijenboekje lag er morgen ook nog wel. Bovendien betwijfelde ze eerlijk gezegd of het veel meer informatie zou opleveren. Haar telefoon en laptop vond ze op dit moment belangrijker, die wilde ze graag terug. En ze moest met Michiel praten natuurlijk. Haar plotselinge vertrek had hem gekwetst, dat had ze wel uit het telefoongesprek begrepen. Hij zou stuurs zijn, onwillig om te praten, maar ze kon het er niet bij laten. Ze moest het gevecht aangaan, ook met zichzelf; ze moest ruimte geven aan het gevoel dat al een tijdje in haar sluimerde. Het gevoel dat het over was, dat hun relatie voorbij was. Ze wist het eigenlijk al een paar maanden, maar ze had aan dat gevoel geen gehoor willen geven, niet willen toegeven aan het feit dat het haar niet was gelukt om voor hem te kiezen, dat ze had gefaald. Het lag niet aan Michiel, het lag aan haar, en ze geneerde zich bij de gedachte dat ze hem aan het lijntje had gehouden, omdat dat wel zo comfortabel was, zodat ze zich op haar onderzoek kon storten en de confrontatie met hem niet hoefde aan te gaan. Die paar dagen op Schiermonnikoog hadden haar doen inzien dat ze dit niet langer kon volhouden. Zij moest de knoop doorhakken, een keuze maken voor hen allebei, en ze koos voor zichzelf. Ze wilde zelf weer besluiten hoe ze haar leven kon vormgeven, zonder daar voortdurend verantwoording voor te hoeven afleggen. Zonder plannen voor twee te hoeven maken.

Als ze eerlijk was, was ze gewoon liever alleen. Ze was vroeger al veel alleen geweest. Haar vader had een hoge functie bij Philips gehad en had over de hele wereld gereisd.

Ze hadden een tijdje in Kenia gewoond en later in India, maar toen Katja en haar zus oud genoeg waren om naar school te gaan werden de meisjes ondergebracht bij hun grootouders in Den Haag. Een paar jaar later, toen haar vader en moeder naar Nederland waren teruggekeerd, werd het gezin herenigd. Dat had ze in het begin als een opluchting ervaren, omdat ze de wereld van haar grootmoeder te benauwend begon te vinden. Maar van een echt familieleven was na al die jaren geen sprake meer. Haar vader begroef zich in zijn werk en haar moeder had het moeilijk gehad met de opvoeding van twee pubers, van wie Katja de jongste maar ook de opstandigste was. Het leidde tot veel ruzies en droeg niet bij tot de sfeer in huis. Ze vluchtte weg in haar hoofd en sloot zich zo veel mogelijk voor haar directe omgeving af. Het waren eenzame jaren geweest, maar ze was er niet aan onderdoor gegaan; ze was ervan overtuigd dat die periode haar weerbaar had gemaakt en sterk.

Na haar eindexamen kon ze tot haar opluchting gaan studeren in Amsterdam en had ze het voorstel van Nina om een huis te delen met beide handen aangegrepen. Nina was het enige mooie wat ze aan Den Haag had overgehouden. Haar sterke vriendin en reddingsboei die altijd voor haar opkwam als ze weer eens onder vuur lag. Met Nina waren de afspraken helder, ze deelden een benedenwoning en niet elkaars leven. Na het behalen van haar bachelor was ze een tijdje gaan werken en reizen en toen kwam Michiel in haar leven. De liefde was ongecompliceerd en bevredigend geweest, ze hield ook echt van hem, maar ze had wel altijd haar eigen woonruimte aangehouden. Hij had haar aangespoord om terug te gaan naar de universiteit en haar master te doen, maar toen hij was begonnen over samenwonen en een leven samen, had ze geaarzeld en haar onderzoek als prioriteit naar voren geschoven. Vanwege het interessante onderwerp, uiteraard, maar ze realiseerde zich nu dat het ook een vlucht was geweest. Een vlucht weg van de ander, zoals ze vanmorgen van het eiland was gevlucht. Een keuze voor zichzelf.

Ze stond voor de deur van zijn huis. Hij was thuis – de witte Berlingo stond voor de deur. Door het zijraampje had ze gezien dat de blauwe boodschappentas nog steeds achterin lag. Ze haalde de reservesleutel tevoorschijn en opende het achterportier. Tot haar opluchting bevonden haar laptop en telefoon zich nog in de tas, maar haar mobiel was zo dood als een pier. Die moest eerst een tijdje aan de oplader. Ze keek omhoog naar het raam van de kamer waar Michiel ongetwijfeld druk bezig was met boos zijn. Zou ze aanbellen? Ze had uiteraard een sleutel van de voordeur, maar misschien zou hij zich overvallen voelen als ze zomaar binnenstapte. Ze verwierp de gedachte. Wat een onzin. Ze moesten hier als volwassenen over kunnen praten. Ze stak de sleutel in het slot.

Christiaan Müller had een auto gehuurd en Vreeman bij Schiphol opgepikt. Hij had nog eens kort verslag gedaan van wat er die ochtend bij Louis Post was voorgevallen en Vreeman had gezucht.

'Ik had meer aan een levende Post gehad.'

'Het was een ongeluk.'

'Ik zeg het alleen maar.'

'Ik heb u gehoord.'

Het was stil in de auto, terwijl Müller zich concentreerde op het drukke verkeer op de ringweg. Vreeman voelde normaal altijd een soort opluchting als hij Amsterdam naderde, alsof hij eindelijk thuiskwam, maar daar was deze keer geen sprake van. Hij voelde zich opgejaagd.

'En die professor... die... Hoe heet-ie?'

'Hageveld. Ik weet waar hij woont. Ik heb er gepost, maar hij was vandaag niet thuis.'

'Geeft hij misschien les op de universiteit?'

'Geen colleges deze week.'

'Enig idee waar hij wel uithangt?'
'Nee.'
Vreeman wist dat Müller niet iemand was voor smalltalk, maar nu ergerde hij zich aan de afgemeten antwoorden van zijn chauffeur. Hij had behoefte aan informatie. Hij wilde zich een helder beeld vormen van de situatie waarin hij zich bevond. 'En hoe komen we daarachter?'
Müller haalde zijn schouders op. 'Hij duikt vanzelf wel op.'
'Wanneer? Morgen, volgende week, over een maand?'
Het bleef stil. Vreeman wist dat het een onredelijke vraag was.
'Ben je bij hem binnen geweest?'
'Ja.'
'En?'
Müller trok een wenkbrauw op. 'Hij houdt van poetsen.'
'Geen laptop? Aantekeningen?'
'Alleen boeken, verder niets.'
Vreeman staarde door de voorruit en zakte weg in zijn gedachten. 'Had Post geen computer?' wilde hij uiteindelijk weten.
Müller wees op de tas op de achterbank. 'Laptop.'
Vreeman draaide zich om en reikte naar de tas. Hij kreunde moeizaam, zijn buik zat in de weg. Hij had Molly beloofd dat hij tien kilo zou afvallen, maar daar was hij nog niet aan toegekomen. Hij legde de laptop op zijn schoot en drukte op de spatiebalk. Geen wachtwoord, het scherm lichtte op en Vreeman zag dat de gegevens openstonden, tenminste, dat maakte hij op uit de terminologie in het document, maar het zei hem niet veel. Het was te specialistisch.
Ze moesten die professor te pakken zien te krijgen, en snel ook!

22

Het was precies gegaan zoals Katja had gedacht. Michiel was boos geweest, had gezwegen, gewacht tot zij haar uitgebreide excuses had gemaakt. Ze had het hem proberen uit te leggen, dat het niets met hem te maken had, maar dat ze zich af en toe liet meeslepen, dat het sterker was dan zijzelf, maar uiteindelijk had ze maar gewoon sorry gezegd. Wat haar echt bewoog kwam blijkbaar niet bij hem binnen. Of hij wilde het niet laten binnenkomen, hij was de beledigde partij en wilde genoegdoening. Toen ze diep genoeg door het stof was gegaan had hij een fles opengetrokken. Om het goed te maken. Vanaf dat moment was ze nauwelijks meer aan het woord geweest. Michiel vertelde hoe de wereld er volgens hem zou moeten uitzien en dronk meer dan goed voor hem was. Ze hadden pizza's besteld en nog meer wijn gedronken. Later op de avond had ze hoofdpijn voorgewend en was naar de slaapkamer gegaan, Michiel was voor de televisie blijven hangen.

Ze had de slaap niet kunnen vatten, haar hoofd tolde. Haar wereld, die een paar dagen geleden nog zo overzichtelijk was geweest, was veranderd in een soort mijnenveld en ze had het gevoel dat ze bij elke stap moest oppassen dat ze niet de lucht in vloog. Ze had overwogen Michiel van de Rembrandt te vertellen, maar had de gedachte al snel verworpen. Ze had hem ermee willen imponeren, maar wat had dat voor zin? Ze kwam toch niet door de monoloog van haar vriend heen en als het haar wel was gelukt, zou hij haar verhaal vast en zeker hebben afgedaan als 'slap gelul, ongeloofwaardige shit'. En was het dat ook niet?

Hij was naast haar gekropen, zij had gedaan alsof ze al sliep. Hij had nog een vage poging gedaan door tegen haar aan te schurken, maar ze had niet gereageerd.

Ze kon het niet meer opbrengen.

Arjen lag op het bed van zijn hotelkamer en staarde naar het plafond. Wat deed hij hier? Voor wie was hij op de vlucht? Wat was er nu helemaal gebeurd vandaag? Hij stond op en tuurde de donkere straat in. Helemaal alleen in een hotelkamer, op nog geen vijfhonderd meter van zijn huis. Wie hield hij eigenlijk voor de gek? Hij had geen kleren en geen toiletspullen bij zich en voelde zich enorm ongemakkelijk. Opgelaten. De kamer benauwde hem, irriteerde hem, de hele situatie kwam hem ineens volstrekt belachelijk voor. Hij had in paniek gehandeld, als een kip zonder kop, als een oud wijf dat bang is dat er iemand onder haar bed ligt. Laf. Dat was het woord. Hij moest weer denken aan Linda, hij moest altijd denken aan Linda, en altijd als hij aan haar dacht voelde hij de liefde, maar deze keer voelde hij alleen de schaamte. Laf. Ze hadden hun eenjarige huwelijk gevierd op Texel, gewoon een weekendje weg. 's Avonds bij een snackbar hadden ze een frietje gehaald en toen was hij, heel licht, tegen die jongen op gebotst. Een boze jongen, stevig gebouwd, in een verwassen T-shirt, die zich agressief had omgedraaid. 'Wat mot je?' Lege, onvoorspelbare ogen met onnatuurlijk grote pupillen. 'Niks,' had hij geantwoord en hij had zijn excuses aangeboden. Maar daar had de jongen geen genoegen mee genomen en de twee maten die hij bij zich had hadden hem aangemoedigd. 'Laat jij je zomaar duwen dan?' Hij had een gore rochel gelanceerd en was op Arjen afgelopen. Maar Arjen wilde geen ruzie en probeerde de confrontatie te ontwijken, hij hield niet van vechten. De jongen wel, die was vastbesloten en liet zich dit feestje niet afpakken. De snackbareigenaar had geschreeuwd dat hij moest oprotten, maar de jongen had Arjen al bijna met de rug tegen de muur. En toen was Linda tussenbeide gesprongen. 'Schei uit, joh. Laat ons met rust.' Ze had hem aangekeken, zonder enige angst. De jongen dacht geen seconde na. 'Kutwijf!' Hij had Linda een stomp in haar maag gegeven, ze was door haar knieën gezakt, kotsend, en toen ze bijna op de grond lag had hij haar een schop in het gezicht gegeven, een keiharde schop met een zware werkschoen, die haar hoofd achterover deed slaan. Toen had die jongen nog een keer naar hem gespuugd en was hij weggegaan. Met zijn twee maten, rustig, alsof ze net een kroketje hadden gegeten. Arjen had niets kunnen doen. Hij stond als versteend, wachtend op iets wat niet zou komen. Wachtend tot ze weer zou opstaan. En toen langer wachten geen zin meer had, zakte hij naast haar neer.

De jongen was later op de boot naar Den Helder aangehouden, er waren getuigen geweest. Het was een jochie van zeventien dat in Den Helder woonde en dat weekend was uitgegaan in Oudeschild. Arjen was niet bij de rechtszitting aanwezig geweest, hij had het niet kunnen opbrengen. De jongen had het moeilijk gehad, hoorde hij later, problemen thuis en op school. Hij had die noodlottige avond drugs gebruikt en gedronken om zijn ellende te vergeten. Hij was zichzelf niet geweest. Sorry.

Sorry.

Hij had korter vastgezeten dan dat Linda in coma had gelegen. Arjen had elke dag naast haar bed gezeten. Haar voorgelezen uit haar favoriete boeken. Haar verteld over de reizen die ze nooit zouden maken. De musea die ze nooit zouden bezoeken. De kinderen die ze nooit zouden krijgen. Uiteindelijk hadden ze besloten dat het kunstmatig in leven houden van zijn grote liefde geen zin meer had. Het was genoeg geweest.

Hij had jaren last gehad van schuldgevoelens en schaamte,

al wist hij ook wel dat de dood van zijn geliefde hem niet aan te rekenen viel. Maar de somberheid die hij voelde was soms overweldigend en er waren dagen dat hij in een wereld verkeerde waarvan de donkerte hem aanvloog. Hij had zichzelf toegesproken en geprobeerd zich te vermannen, tot hij begreep dat hij hier niet uit zichzelf uit zou kunnen komen. Hij was naar een therapeut gegaan, die hem ervan had overtuigd dat hij niets kon veranderen aan wat er was gebeurd en dat het geen zin had om te blijven hangen in dat duistere schuldgevoel. Hij moest de zonnige zijde van het leven weer opzoeken, omdat dat de enige manier was om te kunnen overleven. Dus was dat wat hij had gedaan, wat hij had geprobeerd te doen en wat hem uiteindelijk de laatste jaren goed was afgegaan, maar de confrontatie met het geweld bij Louis Post had hem onbarmhartig teruggeworpen. Hij voelde schaamte toen hij terugdacht aan de uren die hij in een schuurtje had doorgebracht omdat hij niet naar buiten durfde. Hoe hij daarna trillend het huis had betreden waar Louis Post was doodgebloed, en was weggelopen zonder iemand in te lichten.

Nu lag hij hier, in een hotelkamer, bang voor de spoken onder het bed en de gezichten op het behang. Misselijk van zichzelf. Hij stond op van het bed.

Het was genoeg geweest.

Langs de waterkant van de kade liep hij in de richting van zijn huis. Het was stil op straat; op een fietser na, die wat slingerend zijn weg vervolgde, was er geen verkeer. Dit was het spaarzame nachtelijke uur dat Amsterdam tot stilstand was gekomen en zich een kort moment van rust permitteerde om diep adem te halen, alvorens de gekte weer losbarstte nog voor de inwoners goed en wel waren ontwaakt. De lucht was vochtig en vormde om de kop van de lantaarnpalen een waas van gefilterd licht. Het zag er fraai uit als je gevoelig was voor de romantiek van de nacht, maar Arjen had er geen oog voor.

Tegenover zijn huis bleef hij staan en keek of hij iets afwijkends zag, hoewel hij niet goed wist waar hij op moest letten. Hij stond zo vijf minuten achter een boom, maar er gebeurde niets. Er passeerde een taxi en daarna een scooter. Ergens begon een hond te blaffen en toen was het weer stil. Arjen stak de straat over en dook zijn portiek in. Hij opende de voordeur en liep op zijn tenen de trap op. Buiten het bonken van zijn hart was er geen geluid te horen; iedereen sliep. Rustig, maande hij zichzelf, rustig. Hij stak de sleutel in het slot en liet zichzelf binnen. Hij deed de deur zacht weer dicht en haalde opgelucht adem. Jezus, dat het zo goed voelde dat je in je eigen huis was.

'Meneer Hageveld?'

De stem prikte als een priem door de nachtelijke stilte en stak Arjen boven in zijn nek. Een pijnscheut trok door zijn lijf en hij viel als verlamd tegen de deur. In de kamer werd een schemerlamp aangezet. Zijn hart sloeg over.

'Arjen Hageveld?' Uit de schaduw van de kamer kwam een man naar voren. Hij was niet heel groot, maar zwaargebouwd, met een markant vierkant hoofd en kortgeknipt grijs haar. Een donkere overjas over een lichtgrijs pak. 'Het spijt me als ik u heb laten schrikken.'

Arjen slikte en slikte nog eens en probeerde in de droogte van zijn mond zijn spraak te hervinden. 'Wie... wie bent u? Wat doet u in mijn huis?'

'Uw buurvrouw was zo vriendelijk de benedendeur open te doen. En me te vertellen dat de sleutel van uw voordeur onder de stenen boeddha lag...' Hij glimlachte. 'Daar kunt u beter een andere plek voor zoeken.'

'Wat... wat is dit?' Arjen had zijn adem weer onder controle en maakte zich los van de deur. 'U hebt hier ingebroken. Wat wilt u van me?'

'Ik weet het, het is laat en dit is wat ongewoon, maar ik wilde u absoluut spreken.'

Arjens aanvankelijke angst werd weggedrukt door woede, blinde woede vanwege de vernederingen die hij had doorgemaakt. 'Mij spreken? Je bent niet goed bij je hoofd, man! Ik wil dat je vertrekt, nu vertrekt, anders bel ik de politie!' Hij keek om zich heen of er iets was wat hij kon gebruiken als wapen.

Het was de man niet ontgaan. 'Alstublieft, laat me het uitleggen. Ik moest u absoluut vanavond spreken. In uw eigen belang. Ik had gehoopt u thuis aan te treffen, toen dat niet het geval was ben ik naar binnen gegaan in de hoop u hier later op de avond te kunnen spreken. Een brutale overval, u hebt gelijk. Mijn excuses.' Hij sprak met een zachte, beschaafde stem, een dwingende stem. Hoewel hij zonder toestemming het huis van iemand anders was binnengedrongen, was er van enige onzekerheid niets te merken. 'Ik stond alweer op het punt om te vertrekken toen ik u binnen hoorde komen.'

'Ik bel nu de politie.'

De man spreidde zijn handen. 'Alstublieft, geef mij vijf minuten en dan ben ik weer weg. En geloof me, wat ik u te vertellen heb is van groot belang voor u, meneer Hageveld.'

Hij kende zijn naam. Wie was deze man? Arjen had zich naar de keuken gemanoeuvreerd en leunde tegen het aanrecht, waarop het messenblok stond.

'Had dat niet tot morgen kunnen wachten?'

'Dan had ik deze "overval" niet hoeven plegen.' De man keek hem trouwhartig aan, geen spoor van spanning.

'Wie bent u en wat wilt u van mij?'

De hand van de man gleed in de binnenzak van zijn kasjmieren overjas en haalde er een kaartje uit, dat hij met een charmant gebaar overhandigde. 'Mijn naam is Vreeman.' Op het kaartje stond: HUBERT M. VREEMAN, PROFESSIONAL ART ADVISOR. 'Zullen we erbij gaan zitten?'

Arjen overwoog zijn mogelijkheden. Hij kon de politie bellen natuurlijk, hij kon altijd de politie bellen, maar iets weerhield hem daarvan. Wat had deze Vreeman hem te vertellen dat zo belangrijk voor hem was? Hij liep naar de lichtschakelaar boven het aanrecht en knipte het licht boven de tafel aan. Vreeman had een stoel naar achteren getrokken en was aan de tafel gaan zitten.

'U hebt recht op een verklaring.'

'Dat zou ik wel denken, ja.' Arjen besloot zich niet te laten kennen, de situatie meester te blijven en te blijven staan. Hij leunde met zijn rug tegen het aanrecht en sloeg zijn armen over elkaar, wachtend op wat er komen ging.

'Ik had vandaag een afspraak met Louis Post,' begon Vreeman zijn verhaal. 'Een wederzijdse kennis. Toch?'

Arjen voelde een koude rilling door zijn lichaam gaan.

'Ik doe al heel lang zaken met Post. Ik handel in kunst en niet zoals Louis vanuit een winkel in die prachtige Nieuwe Spiegelstraat, maar vanuit mijn woonplaats Genève. De wereld is mijn handelsgebied, zeg maar. Soms werk ik in opdracht, ga ik de markt op om voor een klant een bepaald kunstwerk te vinden, en soms werk ik voor mijzelf.' Hij vertelde zijn verhaal op een rustige, innemende manier. Niet om op te scheppen, maar gewoon om zichzelf te verklaren.

Arjen schraapte zijn keel en draaide zich naar het aanrecht om een glas water voor zichzelf in te schenken. Even aarzelde hij. 'Wilt u misschien ook wat water?'

'U zou mij er een groot plezier mee doen.'

Terwijl hij een tweede glas pakte, had hij tijd om na te denken. Hij wist nu welke richting dit gesprek uit zou gaan. Dit was niet zomaar een ontmoeting. Maar wat wilde deze man precies? Wat voor afspraak had hij met Louis gehad? En vooral, was er een verband met die kale man van gisterochtend in de kunsthandel?

'Waarover hebt u Louis gesproken?' Zijn stem trilde een beetje en daar baalde hij van.

'Gesproken? Ik heb Louis gisteravond, dat wil zeggen...' Hij keek op zijn horloge. '… eergisteravond aan de telefoon gehad. Hij belde me op omdat hij me wilde zien en we maakten een afspraak voor gistermiddag vijf uur. Maar toen ik op dat tijdstip langsging, was er niemand aanwezig. Ik dacht dat ik misschien een fout had gemaakt en ben om zeven uur nog eens langsgegaan, maar ook toen was hij er niet.'

Nee, logisch, dacht Arjen, hij lag dood op de vloer van zijn zaak.

'En toch moest ik hem dringend spreken. Nou had Louis tijdens dat telefoongesprek uw naam genoemd, dus…' Hij maakte een verontschuldigend gebaar met zijn hand.

Arjen zette het glas voor hem neer op tafel. 'U dacht toch zeker niet dat hij hier te vinden was?'

'Nee, zeker niet.' Vreeman glimlachte. 'Maar toen hij me belde, vertelde hij me een buitengewoon vreemd en zeg maar… ongeloofwaardig verhaal.'

Hun blikken kruisten. Arjen probeerde zo neutraal mogelijk te kijken, maar de slimme glimoogjes van Vreeman merkten zijn ongemak op.

'Wat voor verhaal?'

'Ik denk dat u dat zelf wel weet, professor. Het is het verhaal over uw onderzoek naar de provenance van een onbeduidend achttiende-eeuws schilderij dat een spectaculaire onderschildering blijkt te bevatten.'

'Lijkt te bevatten,' verbeterde Arjen hem. 'Zou kunnen.'

'Is aannemelijk.'

'Is onderwerp van onderzoek. Heeft Louis u dat verteld?'

'Zeker.'

'Waarom?'

Het was een eenvoudige vraag, maar blijkbaar niet een die zich eenvoudig liet beantwoorden, want Vreeman nam de tijd om zijn glas leeg te drinken en na te denken.

'U bent professor. U bent gepromoveerd op een studie naar de relatie tussen kunst en het voortbestaan van de mensheid.'

Arjen hief een hand. 'Dat is wel heel erg kort door de bocht.'

'*A Search for the Similarity Between Art and Happiness.*'

Dat was inderdaad de titel van zijn proefschrift.

'Ik heb het gelezen.'

Dat betwijfelde Arjen. Niemand had dat ding gelezen nadat hij erop was gepromoveerd. Maar de man had zijn huiswerk gedaan.

'U bent deskundig op dat gebied. Louis is deskundig op het gebied van de zeventiende eeuw, daarom hebt u hem in het kader van uw onderzoek opgezocht. En ik ben deskundig op het gebied van de markt. Louis belde mij om informatie in te winnen. Hij wilde weten wat er zou gebeuren als de uitkomst van uw onderzoek wereldkundig zou worden. Hij is een handelaar, u kunt hem dat niet kwalijk nemen.'

'Was hij bezig het doek te verkopen?' Arjen voelde een onbestemd gevoel van onbehagen in zich bovenkomen. Wat was dit voor gesprek? En wat was Louis van plan geweest?

'O nee, zeker niet.' Vreeman had ongetwijfeld de argwanende klank in de stem van Arjen gehoord. 'Hij wilde, zoals ik zei, informatie. Of nee, hij wilde overleggen. De ontdekking van een doek van Rembrandt, of zelfs het vermoeden daarvan, zal over de hele wereld als sensationeel worden ervaren. En wat doe je er dan mee?'

'Rembrandt? Dat heeft Louis u verteld?'

'Waarom zou ik anders hier zijn?'

'Als het een Rembrandt is, en dat is nog maar de vraag, dan hoort het in een museum te hangen.'

'Dat zal niet iedereen met u eens zijn. Het gaat hier over een uniek stuk, uniek in de hele wereld, dat vertegenwoordigt een substantiële waarde.'

'Zo'n cultuurhistorisch stuk gaat toch niet naar de hoogste bieder? Dat lijkt mij weinig ethisch.'

'Weinig wat?

'Ethisch.'

‘Neemt u mij niet kwalijk dat ik mij een ironische glimlach permitteer.’ Vreeman glimlachte echter niet. Integendeel, hij keek bloedserieus. ‘In deze wereld, waarin het draait om kunst en kunstschatten, om cultureel erfgoed, zoals u zelf al zei, is van ethiek helaas weinig sprake. Kunst vertegenwoordigt geld en geld is macht. Het is fijn om een Van Gogh aan de muur te hebben hangen, maar het is ook fijn dat je er je zwarte geld mee kunt witwassen. Of een lading drugs mee kunt betalen. Of je er een positie mee kunt verwerven. Kunst is een taal die iedereen spreekt, professor, kunst kent geen wisselkoersen en geen grenzen.’

Arjen had zijn armen opnieuw over elkaar geslagen. ‘Wat er met het doek gebeurt, is een zaak van de eigenaar.’

‘En stel dat die kiest voor een museum. Dan is de vraag: welk museum? Alle musea van de wereld zullen hun invloed aanwenden, zeker, maar geen enkel museum zal het risico van een blunder willen nemen.’

‘Het Rijksmuseum.’

‘Daar hebt u een punt. Zij zullen zich historisch gezien de grootste kandidaat wanen.’

‘En hebben ze daar geen gelijk in?’

‘Kwestie van ethiek,’ antwoordde Vreeman fijntjes. ‘Zij zullen er geen geld voor overhebben.’

‘Dat maakt Katja niets uit.’ Arjen beet op zijn lip. Hij had haar naam niet willen noemen, maar Vreeman ging door met zijn verhaal en het leek hem niet te zijn opgevallen.

‘Maar zoals gezegd heeft mijn bezoek niets te maken met een eventuele verkoop. U hebt gelijk, daar ga ik niet over. De zorg van Louis, en die deel ik, zit in het traject daarvoor. Op het moment dat bekend wordt dat u iets van Rembrandt in uw bezit hebt, komt de hele kunstwereld hierop af. En dat zijn niet allemaal even fijnzinnige lieden.’ Hij liet de suggestie een moment hangen. ‘Dan is het handig om u omringd te weten met mensen die verstand hebben van die wereld. En ik onderschat u niet, zeker niet, u bent een kei op uw gebied, maar de commerciële kunstwereld... Dat is echt een ander verhaal.'

Er viel een stilte.

'Wilt u nog wat water?'

'Heel graag.'

Arjen pakte het glas van tafel en liet het opnieuw vollopen, terwijl Vreeman opstond en naar het raam liep.

Hij staarde uit over de verlaten kade. 'Ik had vandaag een rendez-vous met Louis om afspraken te maken over nader onderzoek.'

'Dat is al gebeurd.'

'Dat heeft Louis mij verteld en voor het moment is dat voldoende. Maar er moet natuurlijk veel meer gebeuren voor het doek kan worden aangemerkt als een Rembrandt. Het doek moet worden schoongemaakt, de nieuwere verflagen moeten worden verwijderd en dat zal nog een hele klus zijn. Tijdrovend, specialistisch werk, dat zeer kostbaar is. Dank u.' Vreeman nam het glas aan en nam voorzichtig een slok. 'Daarna zal een expert zijn zegen moeten geven en het doek erkennen als zijnde van Rembrandt. Wij kennen de juiste mensen hiervoor. Discrete vaklui, heel belangrijk in dit geval. Wij kennen de route die moet worden gevolgd en wij hebben de financiële mogelijkheden.' Hij keek Arjen over de rand van het glas aan. 'Ook niet onbelangrijk.'

'Ik begrijp wat u bedoelt.' Arjen zette zijn glas op het aanrecht. Hij was klaar met het gesprek. Hij was in de war en wilde de tijd en de rust hebben om erover na te denken. 'En ik stel uw komst op prijs, echt. Maar zoals ik al eerder zei, het doek is niet van mij.'

'Dat doet niets af aan het belang van mijn woorden, dus ik zou graag van u horen wie de eigenaar wel is.'

De meelevende blik had plaatsgemaakt voor een alerte oogopslag.

'Het kinderportret, het... het schilderij waar we het over

hebben, is een familiestuk van een student van mij... Het onderzoek behelst de doctoraalscriptie.'

'Juist. Wat grappig.' De toon was weer meelevend.

'Hoezo grappig?'

'Heeft die familie jaren tegen een schilderijtje aan gekeken en niet geweten dat er een Rembrandt onder zat. Dat is toch grappig.'

'Ik vind het eerder bizar.'

'Wilt u de naam van de student met mij delen?'

Arjen aarzelde. Hij had de naam al gedeeld, maar dat leek de man niet te zijn opgevallen. 'Het spijt me. Ik denk dat het beter is dat ik eerst overleg en daarna bij u terugkom.'

'Uitstekend.' Vreeman zette zijn glas op de tafel. 'Ik probeer Louis morgenochtend alsnog te spreken. Het zou fijn zijn als u mij in de middag zou kunnen bellen.'

'Ik zal kijken wat ik voor u kan doen.'

Vreeman glimlachte charmant, maar zijn ogen vertelden een ander verhaal. 'Wacht niet te lang, *good news travels fast*.'

23

Kort nadat Michiel in bed was gestapt was ze in slaap gevallen en de volgende ochtend was ze alweer vroeg wakker. Michiel sliep nog en dus was ze zachtjes uit bed geslopen. Ze had besloten dat ze ook later in haar eigen huis kon douchen. Ze had haar haar in een paardenstaart gebonden en zich snel aangekleed om zo geruisloos mogelijk het huis te kunnen verlaten. En er niet meer in terug te keren, dat had ze de avond ervoor al besloten. Ze sloop naar buiten en viste de reservesleutel van de auto uit haar tas.

Ze checkte haar telefoon, die inmiddels was opgeladen, maar toen ze de overstelpende hoeveelheid berichtjes en appjes zag die zich de afgelopen dagen hadden opgestapeld, stopte ze hem snel weg. Dat kwam later wel weer. First things first.

De witte Citroën Berlingo hobbelde langzaam over de Nassaukade en maakte gebruik van een gaatje in het tegemoetkomende verkeer om snel een parkeerplek aan de waterkant in te draaien.

Christiaan had één oog geopend en zag een jonge vrouw met een lange zwarte paardenstaart uit de auto stappen, oversteken en in de portiek verdwijnen die hij in de gaten hield. Dat was dezelfde vrouw die gisteren had aangebeld toen hij boven in het appartement was. Katja? Toen hij afgelopen nacht Vreeman op deze zelfde plek had opgepikt om hem naar zijn hotel te brengen, had zijn opdrachtgever hem bijgepraat over het gesprek dat hij met de professor had gehad. Hij vertelde dat ze over het schilderij hadden gesproken waar Vreeman in was geïnteresseerd en dat aan een jonge vrouw bleek toe te behoren. De professor had in een onbewaakt ogenblik de naam Katja laten vallen.

'Ik bel morgen met de universiteit voor meer informatie over deze Katja. Hou jij ondertussen Hageveld in de gaten. Ik neem aan dat hij ons uiteindelijk naar het schilderij zal leiden.'

Dus was hij weer teruggereden naar de Nassaukade en had zijn positie, schuin tegenover de voordeur, weer ingenomen. De deur werd opengedaan en de vrouw liep naar binnen. Christiaan stapte snel uit en liep naar de witte bestelauto die een paar vakken verderop stond geparkeerd. Hij liep rondom de auto en keek naar binnen. De Berlingo was verder leeg. Hij bukte, alsof hij zijn veter moest vastmaken, en plakte snel een gps-tracker onder de auto. Niet een bijzonder geavanceerd modelletje, hij had hem voor een paar tientjes op de kop getikt, maar goed genoeg voor deze beperkte missie. Hij kwam weer overeind en liep op zijn gemak terug naar zijn eigen auto.

Niet veel later kwam de vrouw weer naar buiten, met de professor in haar kielzog. Christiaan had inmiddels zijn smartphone in gereedheid gebracht en maakte een aantal foto's van het tweetal, die hij direct doorstuurde naar Vreeman. Toen startte hij de motor en wachtte geduldig tot hij de achtervolging kon inzetten.

In zijn woonplaats Amsterdam is de kunstexpert Louis Post overleden. Post, die een kunsthandel runde in de Amsterdamse Nieuwe Spiegelstraat, stond bekend als een autoriteit op het gebied van de zeventiende-eeuwse schilderkunst. Hij...

Arjen zette de autoradio uit. Katja, die de witte Citroën over de A4 voerde, keek hem van opzij aan. Hij voelde zijn lippen verkrampen tot een smalle streep. Ze zette de radio weer aan.

… gevonden, volgens ingewijden aan hartfalen. Dan het weer…

Ze deed de radio weer uit. 'Ze hebben het niet over moord.'

Arjen produceerde een cynisch lachje.

'Moet jij de politie niet gewoon bellen?'

Hij keek haar verschrikt aan. 'En dan?'

'Jij weet wat er is gebeurd.'

'Ik weet helemaal niets.' Hij keek nu strak voor zich uit, zijn hand om de handgreep van het autoportier naast hem geklemd. 'Bovendien zullen ze vragen waarom ik nu pas met die informatie kom en wat ik dan precies heb gezien en waarom ik in dat pand was en waarom ik ze niet meteen heb gebeld.' Zijn borst ging hevig op en neer, alsof hij een trap op was gerend. 'Allemaal vragen waar ik geen antwoord op heb.'

'Maar dat is toch onzin? Vertel ze gewoon de waarheid.'

'Wat is die waarheid dan?'

Katja sloeg met haar hand op het stuur. 'Waar zijn we in terechtgekomen, Arjen?'

'Geen idee.'

Hij had haar niet verteld van zijn nachtelijke ontmoeting met de 'professional art advisor'. Hij wist niet goed wat hij ermee aan moest. Waar waren ze in terechtgekomen? Ja, goeie vraag. Het ging om dat schilderij waar dus mogelijk een Rembrandt onder zat. Louis had uit de school geklapt over deze enorme ontdekking en daarmee het onheil over hen afgeroepen. Maar met wie ze te maken hadden? Geen flauw idee. Ze moesten ervanaf. Dat doek moest zo snel mogelijk ergens worden ondergebracht voor er nog meer doden vielen. Heregod, van de euforie die hij had gevoeld toen hij begreep wat er onder dat onbeduidende schilderijtje verborgen zat was niets meer over. Het was omgeslagen in een verlammende angst die uitmondde in een wanhopig verlangen naar de tijd voor hij zijn ontdekking had gedaan.

'Waar moeten we ook weer zijn?'

De witte bestelauto had de campus van de Technische Universiteit Delft bereikt.

'Faculteit 3mE.'

'Ja, ik bedoel, welk nummer heeft het gebouw?'

'Gebouw 34.' Hij wees door de voorruit. 'Je kunt daar die weg in, dan kom je vanzelf bij het parkeerterrein.'

Hij voelde zich gespannen, hij had spijt dat hij was meegegaan. Ze gingen het doek ophalen en meenemen. Hij had zijn kennis gebeld en die had beloofd ervoor te zorgen dat het schilderij zou klaarstaan bij de receptie. Waren zij de enigen die wisten wat ze hier kwamen doen?

Christiaan was blij dat hij voor de zekerheid de tracker had aangebracht. Het drukke Amsterdamse verkeer en de onvermijdelijk opgebroken straten en de daarmee gepaard gaande omleidingen hadden het hem onmogelijk gemaakt om de witte auto zonder problemen op zijn weg door de stad te volgen. Maar dankzij de app op zijn telefoon had hij de auto op de A4 weer teruggevonden en reed hij op zijn gemak richting Den Haag. Was Den Haag hun einddoel? Of Rotterdam? De A4 ging over in de A13 en het bleek Delft te worden, want bij de afslag Delft-Zuid verlieten ze de snelweg, om daarna meteen af te slaan naar de TU Delft en het Delftechpark.

Hij zag dat ze hun auto parkeerden en een gebouw binnenliepen waarop groot het nummer 34 stond aangegeven. Niet veel later kwamen ze weer tevoorschijn en hielden ze een pakket tussen hen in dat in een grijze verhuisdeken was gehuld.

Het schilderij, schoot het door hem heen. Hij dacht aan het gesprek met Vreeman en besefte dat dit de reden was van zijn komst naar Amsterdam. En het lag onder handbereik, op een kleine vijftig meter van hem vandaan. Hij zag de man en de vrouw bij de bestelauto aankomen en het doek voorzichtig op de grond zetten, waarna zij het achterportier van de auto openmaakte. Hij overwoog zijn kansen. Hij kon nu uit de auto springen en naar de bestelauto lopen, waar het doek voor het grijpen lag. De man zou het probleem niet zijn, maar de vrouw zou misschien gaan schreeuwen, vrouwen waren onberekenbaar. Hij keek om zich heen en zag groepjes studenten die stonden te roken en te praten of onderweg waren naar hun fiets. Zij vormden een risico. Hij aarzelde, maar de beslissing werd voor hem genomen. De vrouw gooide het achterportier dicht en liep naar de voorkant van de auto. De man was al ingestapt. Te laat. Ook goed, geen punt, zijn moment kwam nog wel.

Het nieuws was ook in Sint-Petersburg doorgedrongen.

Aleksej Mazarov keek naar het schermpje van zijn telefoon. Hij had net nog een gesprek gehad met een van zijn trouwe medewerkers, die hij naar Amsterdam had willen sturen om die kunsthandelaar onder druk te zetten. Om te zorgen dat er betaald zou worden, dat hij de aankoopprijs van dat valse stinkschilderij zou terugbetalen, geld waar hij recht op had. En nu was die *starry ublyudok* dood!

Hij pakte het deel van de gescheurde foto waarop een grijnzende Vreeman te zien was. 'De bal ligt weer bij jou, vriend.' Hij wierp de foto in de prullenbak die naast de secretaire stond. 'En betalen zul je!'

24

Ze waren elkaar ooit tegengekomen in het café en Michiel had zich vanaf het eerste moment tot haar aangetrokken gevoeld. Zozeer zelfs, dat hij over zijn schroom heen was gestapt en haar had aangesproken. Ze hadden die eerste avond zo gelachen en zoveel gedronken dat er van de rest niets was terechtgekomen. Hij herinnerde zich niet meer hoe ze uit elkaar waren gegaan, maar hij was de volgende ochtend alleen in zijn bed wakker geworden en had spijt als haren op zijn hoofd dat hij dat rare meisje niet om haar telefoonnummer had gevraagd. Hij had zich er al bij neergelegd dat het bij één vrolijke avond zou blijven, maar diezelfde avond was ze weer in het café. Ze zat op de kruk aan de kop van de bar en ze had op hem gewacht. Vanaf dat moment waren ze onafscheidelijk geweest. Katja zat vol energie en plannen en ze had hem uit zijn gezapige studentenleventje getrokken. Niet alleen maar naar de kroeg, of gamen met vrienden. Ze had hem meegenomen naar het theater, musea bezocht. Ook de seks was meteen goed geweest. Katja had het initiatief genomen, ze had hem verteld wat ze fijn vond en gevraagd wat hij lekker vond, iets wat hij bij zijn vorige vriendinnetjes niet eerder zo had meegemaakt. Hij kon urenlang ouwehoeren over hoe het leven in elkaar stak en zij hakte de praktische knopen door. Zij vormde het leven, waar hij nog geen vorm voor had gevonden. Het moest natuurlijk wel allemaal gaan zoals zij het had bedacht en hij diende te volgen, en achteraf, bedacht hij nu bitter, had hij misschien beter af en toe op de rem kunnen trappen en zijn eigen wil kunnen doordrukken. Zich niet zo slaafs van het een naar het ander laten leiden. Hij was graag op vakantie naar Scandinavië gegaan, maar het werd elk jaar weer Italië of Frankrijk. En een lang weekend Madrid om het Prado te bezoeken. Toen het einde van haar studie in zicht kwam en ze met dat waardeloze schilderij aan de slag ging, kwam hij er helemaal niet meer aan te pas. Er was ineens weer volop tijd voor de kroeg en om te gamen met zijn vrienden, dat wel.

Schiermonnikoog was een wanhoopsdaad geweest, een laatste poging om de regie in eigen hand te nemen en hun relatie te redden. Het had er zelfs op geleken dat zijn actie succesvol was, maar dat was van korte duur geweest. Ze hadden ruziegemaakt en de volgende ochtend was ze verdwenen. Net zo zachtjes en ongemerkt als ze vanochtend het huis had verlaten. Misschien had hij haar haar laptop en telefoon niet moeten afnemen, maar ja, als ze die wel bij zich had gehad had hij net zo goed thuis kunnen blijven. Nee, het was voorbij, zoveel was hem nu wel duidelijk. Misschien was het wel goed zo, misschien was dit hele verhaal met Katja een wake-upcall, een lesje in leven, dat hij zich niet de hele tijd moest wegcijferen voor een ander. Dat hij vanaf nu de wereld moest laten weten dat hij ook een mening had en dat die mening ertoe deed.

Zijn telefoon ging. Jim. Hij had zijn vriend beloofd hem te helpen met een kastje dat moest worden opgehaald bij zijn ouders in Doetinchem.

'Hey, dude, hoe laat hebben we afgesproken?' klonk het slaperig.

'Over een halfuur.'

'Doe maar een uurtje later.'

En Jim had opgehangen. Die lag natuurlijk nog met een kater in zijn bed. Een uurtje later. Godverdomme, die gozer besliste zomaar over zijn tijd! Eigenlijk zou hij hem moeten laten stikken, zie maar hoe je dat kutkastje uit Doetinchem krijgt. Maar ja, het was zijn vriend en hij wist hoe hij was. Jim was 's morgens nooit op zijn best.

Michiel kleedde zich aan en propte een boterham naar binnen. Hij wierp een blik op zijn horloge. Alle tijd, eerst maar eens benzine tanken. Toen hij buiten kwam zocht zijn blik de plek waar hij gisteren zijn auto had achtergelaten, alleen... hij stond er niet. De parkeerplaats was leeg en zijn auto... Hij keek in verwarring om zich heen, maar hij wist toch zeker dat hij de auto had achtergelaten onder de lantaarnpaal.

Toen drong tot hem door wat er was gebeurd. 'Jezus, trut!' Het was een schreeuw van onmacht en de oudere mevrouw die net op dat moment passeerde versnelde haar pas en trok haar hondje met een ruk met zich mee.

Michiel uitte nog een onverstaanbare kreet en schopte tegen de lantaarnpaal, alsof die schuld had aan de verdwijning van de auto. Zonder iets te zeggen had ze de Citroën meegenomen. Het secreet. Zonder enig overleg.

Katja had flink gas gegeven.

'Je rijdt te hard.'

'De bon gaat naar Michiel.' Ze had glimlachend opzij gekeken, maar Arjen was alweer weggezonken in het sombere gemijmer waar hij de hele reis al in ronddobberde. De zorgelijke blik gaf zijn gezicht iets ouwelijks. Daar zou ze hem eigenlijk op moeten wijzen, want ze wist hoeveel waarde hij hechtte aan jeugdigheid. Ze zuchtte geïrriteerd.

Arjen keek op. 'We moeten het ergens onderbrengen.'

'Wat?'

Hij knikte met zijn hoofd naar achteren. 'Het schilderij. We moeten ermee naar het Rijks.'

Katja wist even niets te zeggen, maar barstte toen in lachen uit. 'Die zien ons aankomen!'

Arjen reageerde geïrriteerd. 'Ik meen het.'

'Denk je nou echt dat die iets zien in dat kinderportret? Ze lachen ons uit.'

'Het gaat natuurlijk niet om het werk van Isaac Pietersz, nee.'

'Nee, natuurlijk niet, het gaat om de Rembrandt daaronder.'

'Daar hoef je niet zo sarcastisch over te doen.'

'Schei nou uit, Arjen.'

'Jij gelooft niet in je eigen onderzoek.'

'O, ik geloof wel degelijk in mijn onderzoek. Ik ben er ontzettend happy mee, en ik geloof ook echt dat er een zeventiende-eeuws schilderij onder die Pietersz zit, maar Rembrandt...' Ze schudde haar hoofd.

'Louis Post geloofde erin.'

'Louis Post is dood.'

'Dat bedoel ik. En dat is niet voor niets.'

Ze draaide haar hoofd naar haar mentor en zag dat hij een zenuwtic had bij zijn oog. Het ging duidelijk niet goed met hem, blijkbaar had de dood van Post er bij hem diep in gehakt. 'Misschien berust het allemaal op een misverstand. Misschien zat die Post ook nog in een of ander onfris zaakje. Was het gewoon toeval dat je die kale bij hem aantrof. Hoe kun je nou zeker weten dat er iemand achter jou aan zit?'

En toen vertelde hij haar van het nachtelijke bezoek van Hubert Vreeman.

'Bij jou thuis?'

'Ja.'

'Een Nederlandse kunsthandelaar die in Zwitserland woont? En hij wist van de... van de Rembrandt?'

'Ja.'

'Hoe kon die gast dan weten waar je woonde?'

Arjen zweeg, maar het antwoord zat in de vraag besloten. 'Misschien twijfel jij aan de Rembrandt,' verbrak hij uiteindelijk de stilte, 'maar er zijn anderen die er wél in geloven en dat is geen goed nieuws.'

'Hoezo niet?'

'Alleen al de gedachte dat er een Rembrandt onder het schilderij zou kunnen zitten is meer geld waard dan jij en ik ooit in ons leven zullen zien.'

Katja dacht even na. 'Tenzij ik besluit het te verkopen. Dan zie ik dat geld natuurlijk wel.'

'Eh... ja.'

'En dan komt het bij een of andere rijke sjeik te hangen. Als statussymbool.'

'Waarschijnlijk.'

Ze keek hem verontwaardigd aan. 'Ja sorry, maar dat klopt toch niet? Dat kan toch niet zomaar?'

'Nee, ik ben het met je eens, natuurlijk, maar het schilderij is jouw bezit.'

'Je kunt de waarde van zoiets... zoiets bijzonders toch niet alleen uitdrukken in een paar lullige euro's.'

'Nou ja, lullige euro's,' protesteerde Arjen. 'Het gaat om bedragen waar mensen een moord voor doen.' Hij keek haar aan. 'Letterlijk.'

Ze zwegen.

'Dus jij denkt dat we het moeten onderbrengen?'

'Het Rijks is de enige plek die ons zekerheid kan bieden. Het schilderij is er in elk geval veilig en wij zijn van die lui af.'

'Ken jij daar iemand?'

'Ja.'

'Mooi.' Katja had het besluit genomen. 'Dan moet het daarnaartoe.'

'Nu meteen?'

'Niet?'

'We kunnen het niet zomaar afgeven bij de portier. "Alstublieft, ziet u maar wat u ermee doet." Ik heb hier wat tijd voor nodig.'

'Oké. Maar als ik je goed begrijp, moeten we er zo snel mogelijk vanaf.'

De jonge vrouw met het zwarte haar reed hard, veel harder dan was toegestaan. Christiaan hield zich aan de voorgeschreven snelheid. Een domme verkeersovertreding, zoals een bon voor te hard rijden, zou verstrekkende gevolgen kunnen hebben. Het was in zijn situatie altijd raadzaam om onder de radar te blijven. Dankzij de gps-tracker hield hij het witte autootje in de gaten. Ze reden richting Amsterdam, dus daar zou hij ze moeiteloos weer kunnen oppikken. Hij voelde zich rozig, had nauwelijks geslapen vannacht en in een weinig benijdenswaardige positie bovendien. De Mercedes die hij had gehuurd was comfortabel, maar niet bedoeld als bed. Vannacht mocht Vreeman een kamer voor hem huren in het Pulitzer, dan kon hij... Ineens zag hij het rood van remlichten voor zich, dat hem in een reflex op zijn rem deed staan en hem uit zijn sluimertoestand wekte, terwijl hij in zijn spiegeltje het achteropkomende verkeer in de gaten hield. De matrixborden boven de snelweg waarschuwden de weggebruikers om hun snelheid te matigen en langzaam kwam het verkeer over drie banen tot stilstand. File. Hij zakte zuchtend onderuit.

Katja had een lange file op de A4 weten te omzeilen door nog voor Schiphol de afslag A5 te nemen en vanuit westelijke richting Amsterdam binnen te rijden. Ze had Arjen afgezet bij zijn huis, met de afspraak dat ze hem om halftwee zou oppikken. Ze had een enorme behoefte om naar huis te gaan, om te douchen en schone kleren aan te trekken. Ze voelde zich alsof ze een week op een dromedaris door de Kalahariwoestijn had getrokken. Bovendien moest ze hoognodig naar de wc.

Er waren bij haar in de straat geen parkeerplekken vrij en

toen ze nog een extra rondje had gereden en de hoge nood niet langer te houden was, parkeerde ze de auto dus maar op de invalidenplek voor de deur. Ze controleerde voor de zekerheid of de auto goed was afgesloten en had zo'n haast om haar huis binnen te gaan, dat ze niet opmerkte dat Michiel net de hoek om kwam fietsen.

25

Katja had langer onder de douche gestaan dan milieutechnisch verantwoord was, maar ze had ervan genoten. Nu stond ze in de keuken en maakte een koffie voor zichzelf. Nina was niet lang nadat ze was thuisgekomen het huis uit gegaan, maar niet voordat ze omstandig had verteld hoe grondig ze het huis had opgeruimd. Ze had zelfs het bed van Katja verschoond. En de badkamer geboend.

'En nu ben ik weg. Doei!'

Katja had een zucht van opluchting geslaakt, blij dat ze eindelijk weer alleen was.

Ze had een handdoek om haar natte haar geslagen, een kop koffie ingeschonken, en was net van plan om door de krant te bladeren, toen ze aan het schriftje van haar grootvader dacht. Het lag op het kastje naast haar bed. Ze had een oranje post-it geplakt op de bladzij waarop haar grootvader zijn bevindingen aangaande het schilderij van Pietersz had genoteerd. Het was meteen het laatste schilderij geweest dat hij had onderzocht, want de overige pagina's van het schriftje waren onbeschreven. *Wat is toch het geheim van dit schilderij?* – dat waren de laatste woorden. Daaronder stond een streepje. Blijkbaar was hij niet verder gekomen, in elk geval niet zo ver als zij, en had hij zijn onderzoek gestaakt. Hij had dus kennelijk ook niet geweten dat er een Rembrandt onder zat.

Ze wilde het schriftje dichtslaan, toen ze zag dat er na die laatste beschreven pagina over de lengte van het schriftje een miniem randje papier was achtergebleven. Daar moest een volgende bladzijde hebben gezeten, die haar grootvader uit het schriftje moest hebben gescheurd. Of nee, hij was er niet uit gescheurd, aan het strakke randje te zien was hij er met een schaar of een mesje zorgvuldig uit gesneden. Wat had er op die pagina gestaan? Ze keek nog eens naar de pennenstreek onder de laatste woorden. Was het wel een streep? Het kon ook een pijltje zijn. Haar grootvader maakte in het schriftje wel vaker gebruik van pijltjes en stippellijntjes om de verschillende bevindingen met elkaar te verbinden. Wat had hij willen verbinden met het pijltje onder het *geheim van dit schilderij*? Ze bladerde door het schriftje om te zien of er meer pagina's waren uitgesneden. Misschien was dat een gewoonte van hem? Maar nee, die laatste pagina was de enige geweest.

Ze stond op en liep naar het raam, waar ze peinzend door naar buiten staarde. Had er iets op de bladzijde gestaan wat voor haar nu van belang was, maar wat niemand mocht weten? Had hij misschien toch meer geweten over wat er onder de schildering van Isaac Pietersz schuilging? Ze liep terug naar haar slaapkamer en haalde onder het bed de oude sporttas tevoorschijn waarin ze de dagboeken van haar grootvader had opgeborgen. Ze schudde de tas leeg boven haar bed en inspecteerde de schriftjes. Het waren er vijftien, allemaal voorzien van een nummer en jaartallen. Haar grootvader was in de oorlog met het dagboek begonnen. In het eerste schriftje beschreef hij uitvoerig alle geruchten over de aanstaande invasie, die op de bladzijden daarna weer moesten worden ontkracht. Ze begreep dat hij niet veel anders te doen had in die tijd, maar vond het slaapverwekkend proza. Grootvader had voornamelijk volledig willen zijn, in elk van de schriftjes had hij minutieus zijn belevenissen van telkens drie jaar opgetekend in zijn kenmerkende priegelige handschrift.

Ze vond het schrift met daarop *1990/91*, het jaar van zijn dood. Ze sloeg het open op 1 januari.

01-01-91
Het jaar op gepaste wijze afgesloten. Buiten was het koud en bewolkt, binnen met het gezin rond de open haard. De meisjes om twaalf uur even uit bed gehaald. Het was me het jaartje wel, wie had ooit gedacht de ineenstorting van de eens zo machtige Sovjet-Unie mee te mogen maken?

Katja vond het wel lief om te lezen, maar toch ook wat onbenullig. Wat had het voor zin om zo'n enkele gedachte in een schriftje op te schrijven? Of was het een ritueel geweest om zo elke avond de dag af te sluiten? Ze bladerde door en kwam bij de laatste dagboekfragmenten. Tussen het voorlaatste en het laatste stukje zat bijna een week.

09-04-91
Al een paar dagen niets van Jacques gehoord. Hij heeft de Pietersz meegenomen voor nader onderzoek. Gaat niet zo voorspoedig als hij had gehoopt, maar het fijne weet ik er niet van. Het enige contact gaat via ansichtkaarten die hij mij elke dag schrijft, omdat hij niet durft te telefoneren nota bene. Er dreigt gevaar! Blijkbaar. Maar waar? Ik heb geen flauw idee waar die ouwe jongen het over heeft. Ik ben bang dat zijn oorlogsjaren weer eens opspelen.
We zouden deze week naar Crain gaan, maar dat gaat gelukkig niet door. Quirine voelt zich niet goed.

Quirine was haar grootmoeder, al had Katja haar nooit zo genoemd. 'Grootmoeder' was de aanspreektitel die ze tot haar dood met ere had gedragen. Wie Jacques was wist ze niet. Blijkbaar deed grootvader dat onderzoek samen met hem en zag hij allerlei gevaren. Maar waar kwamen die dan vandaan?

15-04-91
Vandaag Jacques begraven. Kan het nog steeds niet geloven. Met wie had hij ons geheim gedeeld? Ik kan niet geloven in zijn zelfmoord. Nee, ik kan het gewoonweg niet geloven. Maar de consequentie daarvan vind ik ook geen prettige gedachte. Had hij dan toch gelijk, op zijn ansichtkaarten? Zitten er hogere machten achter ons aan? Ik zie het donker in, heel donker. Vaarwel, trouwe vriend.

Na 15 april 1991 had hij niets meer opgeschreven. Wanneer was haar grootvader gestorven? Was dat niet ergens die zomer geweest? Net na zijn vriend Jacques, die zelfmoord had gepleegd…

Waar was grootvader in godsnaam mee bezig geweest? Ze hadden een geheim en blijkbaar had dat te maken met het schilderij van Pietersz. Was dat de reden waarom die 'hogere machten' achter haar grootvader aan zaten? Hadden haar grootvader en die Jacques toen al geweten dat het om een Rembrandt ging?

Steeds meer vragen doemden op en op geen van alle had ze een antwoord.

Vaarwel, trouwe vriend.

Heel even voelde ze zich innig verbonden met de grootvader die ze nauwelijks had gekend. Ze raapte de schriftjes weer bij elkaar en deed ze terug in de zwarte sporttas. Op het bed was een enkel dubbelgevouwen papiertje achtergebleven, dat waarschijnlijk uit een van de schriftjes was gevallen. Ze vouwde het open. Het zag er gekreukt uit, blijkbaar had iemand het eerst verfrommeld en daarna weer gladgestreken. Er stonden tekeningetjes op van drie rechthoeken onder elkaar, met daarnaast de maten en één enkele zin.

Kan het niet geloven. Zou Jacques gelijk hebben?

Boven de tekeningetjes stond een blauw pijltje. Katja nam het papiertje mee naar de keuken en sloeg het schilderijenboekje open. Ze legde het gladgestreken papiertje naast de laatste pagina en constateerde dat ze de pagina had gevonden die uit het boekje was gesneden. Het pijltje onder de laatste woorden wees naar die rechthoeken van gelijke grootte op de uitgescheurde pagina. Langs de lijnen van de rechthoeken waren de maten geschreven: *120 bij 50*. Drie keer dezelfde maten voor drie rechthoeken onder elkaar, met daaronder een laatste zin.

Het zou kunnen. Jacques is zeker over de onderschildering. Het zou zomaar kunnen. Mijn god!

De onderschildering. Dus toch! Ook grootvader was er wel degelijk achter gekomen dat er onder het schilderij van Pietersz nog een schilderij verborgen zat. Was dat dus het geheim? Maar met wie had zijn vriend gesproken? Dat was wat haar grootvader zich ook had afgevraagd. Hij had getwijfeld aan de zelfmoord. Had er iemand achter hem aan gezeten?

De onzekerheid sloeg toe. Ging ze Arjen achterna en zag ze in alles een samenzwering? Ze ergerde zich aan zichzelf. Hoe lang was ze terug uit Schiermonnikoog? Een dag? Het leek wel een week, waarin haar iets was opgedrongen waar ze toch echt niet om had gevraagd. Ze had het gevoel dat ze de controle was kwijtgeraakt over haar onderzoek en dat kwam voor een groot deel door Arjen, die schijnbaar door criminelen werd achternagezeten. Was die gast soms de weg kwijt? Dat gedoe over Rembrandt, ze kon het eenvoudigweg niet geloven. Aan de andere kant... was er toch de twijfel. De dood van Louis Post. En het dagboek van grootvader, het schilderij...

Shit, het schilderij!

Ze schoot een broek en een truitje aan en trok de handdoek

van haar haar. Föhnen kwam straks wel. Misschien was er nu een andere parkeerplek vrij, dat scheelde weer een bon. Toen ze de deur uit stapte zag ze dat haar auto niet meer op de plek stond waar ze hem die ochtend had achtergelaten.

Hè?

Had ze hem daar wel geparkeerd? Ze keek om zich heen naar de andere auto's. Maar nee, geen twijfel, daar had hij gestaan, op de invalidenplek. Was hij weggesleept door de gemeente of… O shit, Michiel!

Ze holde naar binnen en griste haar telefoon van tafel.

'Met Michiel.' Ze hoorde aan het achtergrondgeluid dat hij in de auto zat.

'Jezus, je hebt de auto voor de deur gepikt.'

'Hij stond op een invalidenplek.'

'Rot op, man, je hebt mijn auto.'

'Het is ook mijn auto!'

'Had je het niet even kunnen vragen of zo?'

'Luister, Katja…'

'Nee, luister jij naar mij. Je hebt…'

'Nee! Nee! Nee! Nu ben ik eens aan het woord en nu luister je tot ik ben uitgesproken.'

'Achterin, Michiel…' probeerde ze.

'Die auto is ook van mij en ik heb vandaag aan Jim beloofd…'

'Michiel, luister naar me!'

'Nee, verdomme! Luister naar mij! Ik heb Jim beloofd… Ach, schijt!' Hij brak het gesprek abrupt af.

Katja liet zich moedeloos op de uitgezakte bank vallen. Ze probeerde het nummer nog eens, maar hij nam niet meer op. Ze gooide haar telefoon in de hoek van de bank. 'Fuck! Waarom moet het allemaal zo moeilijk?'

Hij had ruim een uur verloren. Een geschaarde vrachtwagen voor de Schipholtunnel, waardoor het verkeer geen kant op had gekund. Niet voor- en niet achteruit. Zijn ongeduld had zich in eerste instantie omgezet in woede, maar meer dan machteloos op zijn stuur slaan zat er niet in, dus had hij zich bij de situatie neergelegd en was hij verzonken in een zen-achtige rust. Hij dacht aan zijn dochtertje en de reis die hij had gepland. Hij zou dit voorjaar een aantal dagen met haar in Disneyland Parijs doorbrengen. Niet dat hij zich verheugde op de drommen toeristen die zich als mak vee in lange rijen lieten persen om uiteindelijk dertig seconden door een kartonnen decor te worden geslingerd, maar hij wist nu al dat het voor zijn dochter de mooiste dagen van haar leven zouden zijn. Hij zag haar lachende gezicht, de blauwe ogen van haar moeder…

Een korte claxonstoot bracht hem terug in de realiteit. De rij auto's voor hem was in beweging gekomen en de man achter hem wilde per se een paar meter opschuiven. Christiaan zuchtte en volgde traag de kudde.

Terug in Amsterdam had hij aanvankelijk moeite gehad om de witte bestelauto te traceren. Net op het moment dat hij vreesde dat de tracker het had begeven, pikte de app op zijn telefoon echter het signaal weer op. Hij reed een stuk over de Stadhouderskade en sloeg toen rechts af de Gerard Doustraat in. Daar moest zich, volgens zijn telefoon, de witte auto bevinden. Hij parkeerde de Mercedes op het eerste het beste vrije plekje dat hij tegenkwam, zette een baseballpetje en een zonnebril op zijn hoofd en stapte uit. Zijn telefoon hoefde hij niet meer te raadplegen, want vijftig meter verderop zag hij de Berlingo midden in de straat staan, met knipperlichten aan en een stationair draaiende motor. Hij liep langzaam naderbij, kruiste de straat achter de auto en wierp daarbij nonchalant een blik in de laadruimte. Op de vloer zag hij de grijze verhuisdoek liggen. Vanuit zijn ooghoek zag hij dat de bestuurder nog in de auto zat en zijn tong langs de plakrand van een sjekkie haalde – blijkbaar wachtte hij op iemand.

Christiaan aarzelde niet. Razendsnel draaide hij zich naar de auto toe en rukte het portier aan de bestuurderskant open. Voordat de chauffeur besefte wat er aan de hand was, had hij hem bij zijn kraag gepakt en uit de auto gesleurd. De man schreeuwde moord en brand terwijl Christiaan in de auto stapte en het portier met een klap dichttrok. Door het zijraam zag hij de chauffeur opkrabbelen en zich vastklampen aan het handvat van het portier. Hij kreeg de deur een stukje open, maar Christiaan boog opzij en stompte hem met zijn rechtervuist in het gezicht, waarbij de baseballcap van zijn bezwete hoofd gleed. Hij vloekte, gaf een ruk aan het portier en trok het weer dicht. Daarna zette hij de auto in de eerste versnelling en gaf een dot gas, waardoor hij vooruit spoot en de jongeman gedwongen werd de auto los te laten. In zijn achteruitkijkspiegeltje zag Christiaan dat een aanstormende scooter de man niet meer kon ontwijken en dwars over hem heen reed.

Hij reed te snel voor de smalle straat en hoopte dat er niemand tussen de auto's zou opduiken. Bij de eerstvolgende mogelijkheid sloeg hij rechts af de Tweede Jacob van Campenstraat in, weer zo'n smerig smal straatje. Aan het eind van de straat kon hij alleen maar linksaf, of hij moest de parkeergarage in die zich aan de andere kant van de straat bevond. Hij besloot tot het laatste. Hij moest van de weg af, wie weet wie er allemaal getuige waren geweest van zijn autodiefstal, en misschien had iemand hem wel gefotografeerd. Iedereen had tegenwoordig een mobieltje en speelde voor fucking politieagent.

Hij zette de zonnebril op zijn voorhoofd, reed de parkeergarage in en zocht een zo donker mogelijk plekje. Daar parkeerde hij de auto en zette de motor af. God nog aan toe, voor iemand die graag onder de radar wilde blijven was hij aardig tekeergegaan. Hij veegde met een hand over zijn bezwete hoofd. Waarom had die knul zich niet bij zijn verlies kunnen neerleggen, moest hij zo nodig de held uithangen? Jezus! Knalt er nog zo'n brommertje overheen. Allemaal nergens voor nodig. De meeste ongelukken gebeuren omdat mensen niet kunnen stilzitten en wachten tot de bui over is. Losers. Hij kon heel goed stilzitten, urenlang, dagenlang als het moest. Wachten tot het moment kwam, dat ene moment waarop hij in actie moest komen. Handelen om te overleven. In een kuil, onderaan een zandrug. Terwijl hij wist dat zijn maten in de buurt waren, maar niet precies waar ze zaten. Niemand durfde te bewegen, laat staan te roepen. Je wist niet wie er nog meer in de buurt was. De vijand. De eerste auto van hun colonne was op een bermbom gereden en opgeblazen. Ze hadden zich razendsnel verspreid. Een *ambush*. Dekking zoeken voor het moordende vuur dat hen van alle kanten omsloot. Wachten, er had niets anders op gezeten. Wachten en hopen...

Hij sloot zijn ogen en dwong zichzelf zich te concentreren. Hij moest terug naar zijn huurauto, maar twijfelde of hij met het schilderij over straat moest gaan. Hij keek over zijn schouder en zag achterin in het schemerdonker de grijze verhuisdeken. Hij zou ermee opvallen en het doek zou hem in zijn handelen belemmeren. Nee, hij kon beter eerst zijn auto ophalen en daarna in de parkeergarage het schilderij oppikken.

Hij haalde zijn portefeuille en sleutels uit zijn leren jack, trok het uit en propte het onder de voorstoel. Hij raapte zijn petje van de grond en stapte uit.

Concentratie, geen steken laten vallen.

Toen hij de Gerard Doustraat in liep, reed er een ambulance voorbij. Zou die knul daarin liggen? Instinctief draaide hij zijn hoofd weg, alsof die gast in de ambulance in staat was om door het raampje naar buiten te kijken. Op een vers oliespoor na viel er op de straat niet veel meer van het ongeval te bespeuren. Hij liep langs twee oudere vrouwen die het gebeurde verontwaardigd stonden te becommentariëren.

'Het komt door die Marokkies op die scootertjes.'

'Hij reed hem bijkans door tweeën. Heb je gezien hoe die erbij lag? Zijn hele gezicht lag open. Dat gassie zelf had helemaal niks.'

'Het zijn die rotjochies op die brommertjes.'

Het ging niet over hem. Dat was dan weer mazzel. Snel dook hij de Mercedes in en reed weg. Hij had de auto buiten de garage willen parkeren, omdat hij niet zeker wist of zijn kenteken werd geregistreerd als hij de garage in reed, maar hij kon geen plek vinden, zodat hij toch maar naar binnen ging. Niemand zou immers de link tussen de Mercedes en de bestelauto kunnen leggen. Bij de Citroën aangekomen haalde hij zijn leren jack onder de voorstoel vandaan en controleerde of hij niets had achtergelaten wat hem aan de auto zou kunnen linken. Toen hij zich daarvan had vergewist, opende hij het achterportier en tilde de grijze verhuisdeken op.

Eronder lag niets.

26

Arjen had gebeld. Hij had er geen gras over laten groeien en zijn kennis bij het Rijksmuseum bereid gevonden om zijn lunchpauze op te offeren om met hem en Katja 'een zaak van het hoogste belang' te bespreken. Hij had bijna opgetogen geklonken, maar dat veranderde op slag toen Katja hem moest vertellen dat Michiel zonder het haar te vragen de auto had meegenomen en dus ook het schilderij.

Arjen was hoorbaar geschrokken en meteen begonnen met zeuren, dat alles tegenzat en zo, wat haar humeur geen goed had gedaan. Ze begon genoeg te krijgen van dat kleinzielige geklaag. Of dat dramatische stilzwijgen. Zo kende ze hem helemaal niet. Hij was in die paar dagen een andere man geworden. Angstig en achterdochtig. Wie ging er nou in een hotel wonen vanwege een kale spookverschijning? Ze vroeg zich af of er met Arjen niet meer aan de hand was. Misschien was hij overspannen geraakt, daar waren er op de universiteit wel meer van de laatste tijd. Hoe goed kende ze hem eigenlijk? Niet. Ze had colleges bij hem gevolgd en hij had de laatste maanden intensief met haar samengewerkt, maar daarbij was het alleen maar over de techniek van het schilderen gegaan en over de speurtocht naar de oorsprong van het kinderportret. En als ze samen aten, dan had hij het liefst over anderen geroddeld. Dat deed hij graag, roddelen. Maar verder... Dat hele verhaal over die achtervolging? Er was geen enkel bewijs voor. Goed, die Louis Post was dood, maar volgens de radio, en dus de politie, was er hier sprake van een natuurlijke doodsoorzaak. Dat hele moordverhaal kwam uit de koker van Arjen. En stel dat dat verhaal waar was, waarom ging hij er dan niet mee naar de politie? Omdat niemand hem zou geloven? Nou, dat kon ze dan weer wél heel goed begrijpen, want zij begon nu ook aan zijn verhaal te twijfelen.

Was het schilderij een onbekende Rembrandt? Ze had alleen zijn woord, zijn interpretatie van de feiten. Ze had nog niet eens de tijd gehad om zich zelf over de uitslagen van haar onderzoek te buigen. Wilde Arjen misschien heel graag dat hij een bijzondere ontdekking had gedaan? Wilde hij in de kunstwereld de boeken in als de onsterfelijke held die onder een onbeduidend schilderij zomaar een nieuwe Rembrandt had ontdekt? Een held, bijna net zo groot als Rembrandt zelf? Fijn dan dat hij haar had uitverkoren voor dit kunstje! Aan de andere kant kon ze zich eigenlijk niet voorstellen dat hij zijn reputatie als wetenschapper in de waagschaal zou willen stellen voor een of ander broodjeaapverhaal.

Katja zuchtte, ze miste het overzicht en had eens te meer het gevoel dat ze geen vat had op de situatie. Wat ze haatte! Afhankelijk zijn van anderen was nooit haar sterkste kant geweest, maar langzaam maar zeker drong tot haar door dat ze in deze situatie niet zonder de hulp van anderen zou kunnen...

Zoals altijd wanneer ze voor het monumentale Rijksmuseum stond overviel haar een gevoel van opwinding. Als kind vond ze het een sprookjeskasteel, waar ze doorheen wandelde met grootvader, die haar optilde zodat ze goed naar de schilderijen kon kijken. Alice had nooit mee gewild, die bleef liever bij grootmoeder en speelde met haar My Little Pony's, zodat Katja er af en toe samen met grootvader op uit trok. Met de auto naar Amsterdam, naar het museum en daarna een ijsje eten bij een karretje op het Museumplein. Ze was veel te jong geweest om zich het belang van de kunstwerken te kunnen realiseren, maar de magie van al die schilderijen vol beelden uit een andere wereld had haar toen al in zijn greep gekregen en haar nooit meer losgelaten.

Ze trof Arjen voor de deur van wat het Ateliergebouw werd genoemd, een statig pand naast het Zuiderbad aan de Hobbemastraat, recht tegenover het Rijksmuseum. Hij zag er gehaast uit, ongeschoren en met een onzekere blik in zijn ogen.

'Heb je Michiel nog gebeld?'

'Hij neemt zijn telefoon niet op.'

'Bel dan nog een keer.'

Ze liepen het pad op dat naar de voordeur leidde.

'Heb ik gedaan, Arjen, meerdere keren, maar wat ik zeg: hij neemt niet op. We hebben ruzie,' verklaarde ze zich nader.

Hij deed nauwelijks moeite zijn ergernis te onderdrukken. 'Wanneer worden jullie eens volwassen?'

Ze had geen zin in deze discussie en zeker niet met haar professor. 'Ook volwassenen hebben weleens ruzie. Het schilderij ligt in de auto en die heb ik vanavond weer terug. Ik ga naar binnen.'

Ze liep door de grote deuren naar binnen en kwam in een halletje waar zich, achter een glaswand, een bewaker bevond.

'We hebben een afspraak met de heer Goedemond.'

'Robin Goedemond,' vulde Arjen overbodig aan.

'Katja Hiemstra en Arjen Hageveld.'

De man keek op een lijst en knikte traag. 'Legitimatie?'

Arjen schoof zijn rijbewijs onder de glaswand door, terwijl Katja in haar tasje zocht.

'Legitimatie,' drong Arjen aan. 'Ik heb je toch gezegd dat je je moet kunnen legitimeren.'

'Ja, Arjen, dat heb je gezegd!' De toon was nu openlijk onvriendelijk. Waar was die klotepas, ze wist zeker dat ze hem bij zich gestoken had. Ze vond hem uiteindelijk in een opschrijfboekje waar hij kennelijk tussen geschoven was en liet hem de bewaker zien. Die knikte goedmoedig, alsof hij de spanning tussen de twee bezoekers wilde breken, en schoof twee bezoekerspasjes onder het glas door.

'U mag die deur door.' Hij wees op een deur rechts van hem. 'Die werkt alleen als u uw pasje gebruikt. Robin zal u daar opvangen.'

Achter de deur was een grote hal waarin bezoekers moesten wachten tot ze werden opgehaald. Een draaideur in een grote glazen wand die zicht gaf op de ruimte achter de ontvangsthal gaf toegang tot de diverse afdelingen van het Ateliergebouw.

Katja was onder de indruk. 'Bijzonder pand.'

'Wacht maar tot je de rest van het gebouw ziet,' bromde Arjen.

De sombere uitdrukking op zijn gezicht liet zich pas verjagen toen er een joviale veertiger door de draaideur kwam en zijn armen spreidde. 'Arjen! Godverdomme, man, tijd geleden!' Hij sloeg zijn armen even om Arjen heen en richtte zich toen tot Katja. 'Jij moet Katja zijn.'

'Zeker.'

'Ik ben Robin. Kom verder, jongens. We gaan via de draaideur, hou je pasje gereed.'

Achter de draaideur bevond zich de lift, die hen naar de bovenste verdieping bracht, een lange, hoge ruimte die aan één kant geheel uit een glazen wand bestond.

'Daar is het noorden, zodat de restaurateurs onder dezelfde lichtcondities kunnen werken als onze grote meesters.'

Hij wees op de houten schildersezels die in de ruimte stonden opgesteld en waarop schilderijen stonden die blijkbaar naar deze ruimte waren gebracht om te worden gerestaureerd. Aan het plafond hingen imposante zwarte armaturen die de restaurateurs konden bijlichten ingeval het buitenlicht het liet afweten.

'Laten we naar achteren gaan, daar kunnen we rustig zitten.'

Katja liep over de afdeling als een kind door een snoepwinkel. Zoals Alice in Wonderland, door het gat gevallen en terechtgekomen in een wereld die ze alleen kende uit haar dromen. Met schilderijen die niet statig in een museum hingen, wachtend op het respect van het publiek, maar op een eenvoudige schildersezel stonden te wachten tot ze aan de beurt waren om gerestaureerd te worden, als patiënten in een wachtkamer. Of nee, het waren acteurs die losjes in de coulissen stonden te wachten tot ze het toneel weer op mochten, nog niet opgegaan in hun rol.

'Dat is een Israëls,' fluisterde ze terwijl ze naar een strandtafereel wees waarop in lichte tinten geschilderde meisjes met rode hoedjes op hun blonde haren schrijlings op een ezeltje zaten. Voor het doek stond een jonge vrouw die ingespannen en met een speciale bril op haar neus met een penseel een minuscuul stipje op de jurk van een van de meisjes aanbracht. Katja was stil blijven staan en keek gebiologeerd mee over de schouder van de restaurateur.

Arjen trok aan haar arm. 'Kom, Robin wacht.'

'*Shoot*.' Ze hadden plaatsgenomen aan een tafeltje. Robin had de USB-stick die Katja hem had gegeven in zijn laptop gestoken en keek zijn gasten verwachtingsvol aan.

'Het is een beetje een raar verhaal,' begon Arjen aarzelend.

'Ben ik gek op.' Robin boog wat naar voren en legde zijn armen op tafel.

'Oké, daar gaan we dan.'

Arjen vertelde het hele verhaal, van de keuze voor de afstudeerscriptie van Katja tot en met de XRF-scan die tot de grote ontdekking had geleid. De aarzeling van Arjen maakte gaandeweg plaats voor het enthousiasme dat hij tot voor kort voor het project had kunnen opbrengen. Katja hield onderwijl de gezichtsuitdrukking van Robin in de gaten, die verliep van ironisch naar geïnteresseerd tot uiteindelijk ongelovig.

'Ga jij me nou vertellen dat je een nieuwe Rembrandt hebt ontdekt?' Robin zakte achterover in zijn stoel.

Arjen knikte voorzichtig.

'Dat is het meest krankzinnige verhaal dat ik ooit heb gehoord. En Arjen...' Hij sloot zijn ogen. 'Ik ken je als een enthousiaste kerel en een goed wetenschapper. Maar heb jij enig idee hoeveel verloren gewaande, op zolder aangetroffen, op braderieën voor een prikkie aangeschafte kunstwerken van onschatbare waarde wij hier jaarlijks aangeboden krijgen?'

Arjen was niet erg gecharmeerd van de badinerende toon die zijn vriend aansloeg. 'Je denkt toch niet dat ik hier was langsgekomen als ik je niets anders te bieden had dan een lulverhaal!'

Robin opende zijn ogen.

'Ik kan je de scan laten zien, je weet net zo goed als ik dat die XRF-scanner de laatste paar jaar meer verrassingen boven water heeft gehaald. Jullie gebruiken hem zelf!'

Katja zag met enige zorg dat Arjen begon te transpireren.

'We hebben de uitkomsten van het onderzoek dat we hebben uitgevoerd. En dat is echt nauwgezet gedaan, Robin. We hebben de grondering en de gebruikte pigmenten vergeleken met schilderijen uit de zeventiende eeuw. We hebben onderzocht wat in dit stadium mogelijk was. Ik zit hier niet met een ingelijst kalenderplaatje.'

Robin probeerde te glimlachen, maar Katja zag dat het hem moeite kostte. 'Ik wil best geloven dat je een zeventiende-eeuws schilderijtje hebt ontdekt, Arjen, maar waarom meteen een Rembrandt?'

Het gesprek dreigde te verzanden in een competentiestrijd tussen twee kunsthaantjes. Waarom deed Arjen zo opgefokt?

'We hebben Louis Post mee laten kijken.' Arjen legde de naam als ultiem bod op tafel, maar het maakte weinig indruk op de conservator.

'Ah, Louis! Natuurlijk. Van de doden niets dan goeds, maar zeg eerlijk, Arjen, er hing de laatste jaren een onfris geurtje rond die man.'

'Dat doet niets af aan zijn expertise,' reageerde Arjen afgemeten.

Robin stak zijn handen verontschuldigend in de lucht.

Katja probeerde het gesprek een positieve wending te geven en wees op de laptop die voor hem op tafel stond. 'Misschien moet je eerst even naar de scan kijken.'

Robin draaide zich met een meewarige glimlach naar zijn laptop en opende het document.

'Je moet het plaatje een kwartslag draaien.'

Robin keek Arjen verbaasd aan.

'Volgens Louis Post...'

Robin knikte, bekeek het plaatje en zei niets. Katja overhandigde hem een plastic map waarin de onderzoeksresultaten zaten die ze had uitgeprint. De conservator sloeg de map open en liet zijn ogen over de inhoud gaan.

'Ik besef dat wij natuurlijk niet zo'n hoog niveau van onderzoek kunnen halen als jullie hier, maar we hebben het schilderij grondig onderzocht. En als je de resultaten...'

'Ik zie hier dat jullie schilderij onderdeel is van een drieluik.'

'Ja, het zijn de portretten van de ouders en hun twee kinderen.'

'Zijn die twee andere doeken ook oorspronkelijk van... Rembrandt?' Hij sprak met een zweem van een glimlach om zijn lippen.

Katja staarde Robin aan. Dit was te stom voor woorden, maar het lag zo voor de hand dat ze er nog niet bij had stilgestaan. Het schilderij van de kinderen had al die tijd in hun huis in Den Haag gehangen, maar die andere twee waren naar hun vakantiehuis gebracht, het voormalige *hôtel de ville* van het Franse dorpje Crain, waar wel meer doeken hingen uit grootvaders rariteitenkabinet, zoals grootmoeder altijd opmerkte. 'Het zijn inderdaad drie schilderijen,' zei ze aarzelend. 'Van dezelfde schilder en met dezelfde afmetingen, voor zover ik me herinner. Mijn grootvader heeft ze ooit in één koop gekocht.' In gedachten zag ze het papier dat ze die ochtend gevonden had, met de drie getekende rechthoeken.

Arjen keek haar verbijsterd aan en wendde toen zijn hoofd af.

'En zijn die andere schilderijen ook onderzocht?' vroeg Robin.

Ze keek naar Arjen, maar die leek te zeer bezig met zijn eigen gedachten. 'Nee.'

Robin zuchtte en duwde de laptop weer terug naar Katja. 'Ik kan me voorstellen dat de gedachte aan een onbekende meester bij jullie is opgekomen...'

'Maar?'

'Het is een lange weg tussen een vermoeden en de zekerheid. Lang en kostbaar. Wat ik zeg, we krijgen hier jaarlijks zoveel mensen die ervan overtuigd zijn dat ze een meesterwerk in hun bezit hebben.'

'Dus?'

Robin aarzelde. 'Het is hoogstwaarschijnlijk loos alarm. Ik twijfel niet aan je onderzoek en wellicht komt de onderschildering uit de zeventiende eeuw, maar dan nog. Er werden heel veel studies gemaakt in die tijd en over al die doeken werd weer heen geschilderd. Het was een industrie. Het is gewoon te kostbaar om daar in een geval als dit,' en hij wees naar de laptop, 'gericht onderzoek naar te doen.'

Katja klapte teleurgesteld haar laptop dicht en borg hem op.

Arjen stond op. 'Duidelijk, Robin, je hebt er geen geloof in. Klaar. Wij vinden vast een instelling die wel geïnteresseerd is.' Hij gaf hem een afstandelijk knikje. 'Musea genoeg.'

Robin stond ook op en negeerde de grimmige toon. 'Ik wil je niet wegjagen, Katja, ik wil alleen een nuchtere kanttekening plaatsen bij jullie enthousiasme. Wat ik net zeg, ik begrijp dat de gedachte bij jullie is opgekomen en het zou spectaculair zijn als die gedachte op waarheid zou berusten.'

'Dus?' vroeg Katja nogmaals.

'Ik wil wel naar de uitslagen kijken en ik wil het schilderij graag zien. En dan kunnen we altijd even bellen.' Hij schonk Arjen een ironische blik. 'For old times' sake.'

Ze hadden allebei een cappuccino besteld in een koffietentje tegenover het Rijks. Katja schudde in onbegrip haar hoofd.

'Ik heb er gewoon niet bij stilgestaan. Ik was al verbijsterd door het nieuws waar jij mee kwam aanzetten.'

'Nog twee schilderijen...' Arjen had nog steeds moeite het te geloven. 'En waar hangen die?'

'Volgens mij in Frankrijk, het vakantiehuis. Mijn god, Arjen, stel je voor dat die eenzelfde onderschildering hebben...'

'Ja.'

'Dat zou zo... ongelooflijk zijn.'

'Ja. En die Robin is gewoon een arrogante eikel, sorry.'

'Het is ook een onwaarschijnlijk verhaal. Ik weet zelf niet wat ik ervan moet vinden.'

Arjen staarde somber in zijn kopje en schudde moedeloos zijn hoofd.

Katja probeerde zijn aandacht te vangen en boog zich over het tafeltje. 'Het is de moeite van het onderzoek waard. Dat vind jij toch ook?'

Hij antwoordde niet en nam zijn koffiekopje op.

'Toch?'

'Ja... ja, vast.'

Ze dronken zwijgend hun koffie.

'Ik stap eruit.' Arjen zette voorzichtig zijn kopje terug op het schoteltje.

'Sorry?'

'Voor mij eindigt dit avontuur bij het Rijksmuseum, ik wil er verder niets meer mee te maken hebben. Ik verdwijn voor een paar weken.'

Katja keek hem verbijsterd aan. 'Waarnaartoe?'

'Een paar weken weg,' ontweek hij haar vraag. 'Er spelen hier krachten die de mijne te boven gaan.'

'Jezus, Arjen, waar heb je het over?'

'Ik heb het over Louis, ik heb het over die vent die mij midden in de nacht in mijn eigen huis zit op te wachten. Ze zitten achter het schilderij aan.'

'Wie?'

'Ik heb geen idee. Ik ben zo stom geweest om Louis op de hoogte te stellen en vanaf dat moment heb ik het idee dat ik achternagezeten word. Opgejaagd.'

Hij voelde in de binnenzak van zijn jasje en haalde er een visitekaartje uit. HUBERT M. VREEMAN, PROFESSIONAL ART ADVISOR, las ze.

'Dat was de man die bij mij thuis zat.'

'Wat moet ik hiermee?'

'Wat denk je? Louis had hem gebeld over het schilderij en hij rook geld. Deze man zal jou ook willen benaderen, dus pas op, het gaat die lui maar om één ding.' Hij dronk zijn koffie op. 'Lever het schilderij zo snel mogelijk af bij Robin en trek je hieruit terug, Katja. Doe wat verstandig is, net als ik.' Hij legde een tientje op tafel en stond op.

'Maar Arjen, je hebt maandag college.'

'Ik meld me ziek. Pas goed op jezelf.'

Hij produceerde iets wat op een lach moest lijken en liep weg.

Robin Goedemond stond in de deuropening van het Ateliergebouw, waar hij net op luchtige wijze afscheid had genomen van zijn bezoek. In zijn hand had hij de plastic map met aantekeningen die Katja hem had gegeven; op zijn netvlies zat nog steeds dat beeld, het beeld van twee mannen die tegen iets aan keken wat op een rug leek. Het deed hem denken aan... Maar nee, dat was te onwaarschijnlijk. Hij snoof de frisse lentelucht op en wenste dat hij nog rookte. Hij stapte naar buiten, haalde zijn mobiel tevoorschijn en zocht in het adresboek naar een nummer. Hij moest dit verhaal toch even tegen iemand aan houden.

Deel 3

Voor een dolle hond is zeven werst niet ver

27

Aleksej Mazarov hield er niet van om Sint-Petersburg te verlaten. De stad was zijn wereld, hij voelde zich er op z'n gemak en vooral ook onbedreigd. Hij kende er iedereen en iedereen van belang kende hem. Je at nergens beter dan bij Mr. Bo of bij Nevesomost en voor exclusieve hoeren kende hij de beste adresjes, iets wat hij had overgehouden aan de tijd dat hij vrouwen regelde voor de hoge heren die hij te vriend moest houden. Dat hoefde nu niet meer, nu moest híj te vriend worden gehouden in Sint-Petersburg. En dat voelde wel zo fijn.

Maar zijn verwende ex, en ook zijn dochter, moest hij toegeven, wilde in de winter skiën in Courchevel, waar hij gelukkig met zijn eigen vliegtuig kon komen, zonder overgeleverd te zijn aan de hordes die het vliegtuig als bus gebruikten. En in de zomer moest hij naar de Côte, om daar een veel te dure boot te huren om ermee voor de kust te liggen dobberen. Hij had er altijd al na twee dagen genoeg van. 'Waarom koop je niet zo'n bootje, schat?' had die shlyukha hem gevraagd. Omdat hij zich er de pleuris verveelde, daarom. Hij was blij als een kind als hij weer terug was in zijn stad.

Oleg had een koffertje in de achterbak van de Bentley gelegd.

'Is dat alles?'

'We blijven niet lang.'

Nee, ze bleven niet lang, maar lang genoeg om de Hollander de duimschroeven aan te draaien. Deze zaak moest niet te lang gaan duren, het was tijd om spijkers met koppen te slaan.

Katja zag dat ze drie oproepen had gemist. Ze had haar telefoon gedurende het gesprek met Robin uitgezet en hem zoals gebruikelijk vergeten weer aan te zetten. Drie keer hetzelfde nummer, dat haar niet bekend voorkwam. Blijkbaar was het iets dringends, dus besloot ze terug te bellen.

'Met Jim.'

Jim? Ze kende geen Jim.

'Hai...' sprak ze aarzelend.

'Katja?'

O, shit, die Jim. Die halfbakken vriend van Michiel.

'Ja. Is er iets of zo?'

'Djiezus, ja, natuurlijk is er iets. Waarom zou ik anders bellen? Maar je nam verdomme niet op.' Hij klonk opgefokt en Katja had daar even helemaal geen zin in.

'Zeg, hallo! Ik zat in een bespreking, *if you don't mind*.'

'Ja, nee, man, fuck, ik begrijp het wel, maar er is wat gebeurd.'

'Met Michiel?' Een gevoel van ongerustheid welde in haar op. Was hij bij het verhuizen van een trap gevallen?

'Hij ligt in het ziekenhuis. Het OLVG. Ik ben hier nu, begrijp je?'

'Nee, ik begrijp er niets van. Wat is er gebeurd dan?'

'Ik was er niet bij. Nou ja, ik was er wel bij natuurlijk, maar, nou ja, het gebeurde gewoon voor mijn neus.'

Katja voelde dat de ergernis over haar verwarde gesprekspartner de ongerustheid over haar vriend naar de achtergrond duwde.

'Ik kom nu naar je toe, wacht op me in de hal.'

'Nee, wacht...' Maar het was al te laat. Katja stopte de telefoon weg en haalde haar fiets van het slot.

De ruim opgezette, lichte entree van het Onze Lieve Vrouwe Gasthuis was geschilderd in lichte tinten en versierd met zo veel mogelijk groen, alsof men wilde zeggen: het leven is zo zwaar nog niet, hetgeen werd gelogenstraft door de stroom van patiënten die zich schuifelend, hijgend of rollend voortbewogen. Een oude man in kamerjas die een stang op rolletjes voortduwde waaraan een zak vocht hing dat hem intraveneus werd toegediend, was op weg naar de uitgang om buiten een sigaretje te roken. Katja verbaasde zich over de drukte in de hal, al die mensen op weg naar... Ja, naar wat? Verlichting? Genezing? Het einde?

Ze trof Jim bij het ontmoetingspunt en opgewonden stamelend bracht hij haar op de hoogte van het ongeval van Michiel. 'Die gast was in jullie auto gaan zitten en reed er verdomme gewoon mee weg. Michiel hing nog aan de deur toen die gab gas gaf.'

'Hoe zag hij eruit?'

'Wie?'

'Die man die in onze auto zat.'

Jim viel stil, alsof Katja hem iets ongepasts had gevraagd.

'Je hebt hem toch gezien?' Ze moest haar best doen om haar irritatie niet te laten blijken. 'Dat zei je net zelf.'

'Ja, shit, hoe zag-ie eruit? Hij had een petje op, geloof ik, en, en...'

'Laat maar. Wat gebeurde er toen?'

'Hij gaf dus gas en Michiel viel op straat en toen kwam dat scootertje eraan.'

Katja sloot haar ogen en zag wat er gebeurd moest zijn.

'Die reed zo over hem heen, raakte z'n hoofd. Hij kon d'r niks aan doen natuurlijk, Chiel was gevallen toen hij aan kwam rijden, maar toen is hij doorgereden. Dat geloof je toch niet?! Zo'n lul-de-behanger op een scootertje die gewoon doorkart nadat hij over iemand heen is gereden.'

'En Michiel?'

'Bloedde als een rund. Iemand heeft 112 gebeld.'

Ze waren bij de afdeling Spoedeisende Hulp aangekomen. Katja meldde zich bij de balie en kreeg te horen waar Michiel lag.

'U mag wel even kijken, maar hij wordt zo gehaald voor een scan om te kijken wat voor schade er is aangericht.'

Michiel sliep toen ze zijn kamer binnenliepen. Zijn hoofd op het witte kussen lag er gekwetst bij, er was een groot verband aangebracht en op zijn kaak was een snee gehecht.

Katja schoot een verpleegkundige aan. 'Is hij wel bij kennis geweest?'

De verpleegkundige keek naar Michiel en liet daarna haar blik routineus over de apparaten gaan waarmee hij verbonden was. 'Jazeker. Maar hij was nog erg verward. We houden hem nu een beetje rustig, zodat we wat onderzoeken kunnen uitvoeren. Morgen weten we meer. Bent u familie?'

'Ik ben zijn...' Ze aarzelde.

Jim vulde haar zin aan: 'Ze is zijn vriendin.'

'Dan kunt u misschien het beste uw telefoonnummer bij de balie achterlaten. Dan kunnen we u bereiken ingeval dat nodig is. En u mag ook altijd bellen.' Ze gaf Katja een goedmoedige kneep in haar arm en ging weer verder met haar bezigheden.

Jim stond verslagen naast het bed van zijn vriend. 'Hou vol, ouwe reus.'

Het had iets ontroerends, maar Katja moest er ook om lachen. 'Hij overleeft het wel, Jim, maak je daar maar geen zorgen over.'

Jim had wat tegengesparteld, maar Katja had erop gestaan dat hij meeging om aangifte te doen van mishandeling en autodiefstal.

De dienstdoende agent leek de aangifte eveneens een zware opgave te vinden. 'U kunt het ook via het internet doen.'

'Het gaat hier over een overval waarbij een auto is gestolen en het mishandelde slachtoffer in het ziekenhuis ligt.'

De agent zette zijn brilletje af en stond op. 'U kunt geen aangifte doen van deze mishandeling. Dat moet het slachtoffer zelf doen.' Hij dacht hiermee de zaak afdoende te hebben afgehandeld.

'En de gestolen auto dan?'

'O ja, de gestolen auto.' De diender zakte weer zuchtend achter zijn computer.

Na afloop was Katja naar het Vondelpark gefietst. Ze had behoefte aan rust, hoewel die ook in het park ver te zoeken was. Fietsers, skaters en hardlopers bevolkten de paden van het park en de meeste bankjes waren bezet – of door moeders die hun spelende kroost in de gaten hielden, of door mannen die doelloos voor zich uit staarden en met enige regelmaat een teug uit een halveliterblik bier namen. Ze fietste door, langs het Groot Melkhuis, het bruggetje over, tot ze aan het water een plekje vond waar ze in alle rust de gebeurtenissen van de afgelopen dagen kon overdenken.

Ze probeerde zich op haar buikademhaling te concentreren, precies zoals ze dat bij yoga had geleerd. Met enige moeite had ze haar benen in de lotushouding gevouwen, vervolgens had ze haar ogen gesloten en de zuurstof ingeademd, vastgehouden en weer losgelaten. Maar de oefening verjoeg de onrust die ze in haar lichaam voelde niet. Er drongen zich voortdurend vragen aan haar op: waar was ze in terechtgekomen, wie zat er achter haar schilderij aan en hoe moest dit in vredesnaam aflopen? Ze opende haar ogen en gaf haar beknelde, slapende voeten hun vrijheid terug. Ze was in een situatie verzeild geraakt die ze niet had kunnen voorzien en zeker nooit had gewild. Sterker nog, ze wilde dat ze nooit aan het project was begonnen, dan was het schilderij over een paar jaar door iemand die er geen emotionele banden mee had meegegeven aan de vuilnisman en had niemand er ooit meer van gehoord. Maar die laatste gedachte schudde ze van zich af, die was niet productief, die loste haar problemen niet op. En het zou zeker niet iets zijn wat grootvader gewild zou hebben.

Ze realiseerde zich dat ze op hetzelfde punt was aangekomen als hij. *Wat is toch het geheim van dit schilderij?* Had grootvader nou wel of niet geweten dat er een Rembrandt onder school? Was dat het geheim waar hij naar had gezocht? Ze haalde diep adem en probeerde zich zijn foto voor de geest te halen. Arme grootvader, hij had niet lang genoeg geleefd om daarachter te komen, dus mocht zij er nu voor weglopen? Nee. Ze had het schilderij nu eenmaal – nou ja, momenteel natuurlijk niet – en Arjen en die Louis Post waren er door de resultaten van haar onderzoek van overtuigd geraakt dat er zich een Rembrandt onder het kinderportret bevond. Vergezocht misschien, maar niet onmogelijk. Ze had haar onderzoek zeer zorgvuldig uitgevoerd en bovendien was er een partij geïnteresseerd geraakt, of het nu waar was of niet, die er alles voor over scheen te hebben om het schilderij in handen te krijgen. Hubert M. Vreeman. 'Deze man zal jou ook willen benaderen,' had Arjen gezegd. Maar kende die Vreeman haar dan? Hoe kwam hij aan haar naam? Via Louis Post? Onwaarschijnlijk. Ze had van hem gehoord, maar hem nooit ontmoet. Via Arjen dan? Arjen die zich plotseling had teruggetrokken, net nu het schilderij zoek was, tegelijk met de auto, dezelfde auto waarmee ze die ochtend het schilderij hadden opgehaald... Zat hij hier soms achter? Arjen? Nee, dat kon ze niet geloven, ze wilde niet geloven dat hij het busje had laten stelen.

Ze moest even aan die arme Michiel denken, onbedoeld slachtoffer van een onderzoek waar hij toch al zo'n hekel aan had. En waar nu ook een einde aan gekomen was. Ze had het zich nog niet zo gerealiseerd, maar het was wel zonneklaar:

zonder schilderij had het geen zin om verder te werken aan haar scriptie. Ze zou het ongetwijfeld ooit in de krant lezen, sensationeel nieuws: ONBEKENDE REMBRANDT ONTDEKT! En misschien waren het er wel drie! Het was een bizar idee dat er nog eens twee Rembrandts verborgen zouden kunnen zitten onder de schilderijen die in hun vakantiehuis in Frankrijk hingen. Het maakte het er allemaal niet geloofwaardiger op. Maar goed dat niemand wist dat die schilderijen ergens in Frankrijk hingen. Behalve Arjen dan...

Ze keek om zich heen. In de verte sjeesden pubers op een skateboard, er liepen moeders met kinderwagens en het bankje aan de rand van de weg was onbezet. Niets verdachts te zien en dat was ook wel zo logisch, iemand die haar zou bespieden zou zich niet door haar laten bekijken. Ze voelde in het zakje van haar vestje en haalde er het kaartje uit dat ze van Arjen had gekregen. HUBERT M. VREEMAN, PROFESSIONAL ART ADVISOR. Er stond een mailadres onder: *info@paa.ch*. Op de achterkant van het kaartje had de man zijn telefoonnummer geschreven. Volgens Arjen had hij zijn hulp en bemiddeling aangeboden, nadat hij van Louis Post had gehoord over het schilderij. Hij had er duidelijk grote interesse in, maar Arjen had gezegd dat hij de boot had afgehouden. Was deze Vreeman nu in het bezit van haar schilderij? Of zat de hele wereld nu achter háár aan? Er vormde zich een idee in haar hoofd. Het was een brutaal idee en ze wist ook niet zeker of ze er goed aan deed, maar jammer dan, er moest iets gebeuren. Ze stond op en sloeg het gras van haar knieën. Ze had een besluit genomen.

In de Van Baerlestraat wist ze een café waar nog een ouderwetse telefoon aan de muur van een telefoonhokje hing. Ze bestelde een thee, ging het hokje binnen en draaide het nummer dat achter op het visitekaartje stond. Aan de andere kant ging de telefoon een paar keer over.

'Hallo?'

'Meneer Vreeman?'

'Met wie heb ik het genoegen?' Het klonk beleefd, maar Katja hoorde een gespannen ondertoon.

'Katja Hiemstra.'

Katja Hiemstra. Katja! Hubert Vreeman stond langzaam op.

'U weet misschien niet wie ik ben...' klonk het aan de andere kant van de lijn.

Niet te snel, niet te gretig. Afstand bewaren. 'Eh, nee... Hiemstra?'

'Ik studeer aan de Universiteit van Amsterdam en doe onderzoek naar een schilderij van de achttiende-eeuwse schilder Isaac Pietersz.'

'Ach, ja. Natuurlijk, u bent die student van... professor...' Hij zocht een naam.

'Hageveld.'

'Juist, professor Hageveld. Zoals u misschien weet heb ik contact gehad met de professor naar aanleiding van dat schilderij dat u tot onderwerp van uw onderzoek hebt gemaakt. Wat goed dat u mij belt.'

'Nou...'

Maar hij liet haar niet aan het woord. 'Ik heb met hem gesproken over de uitkomsten van dat onderzoek, die, laat ik het zo zeggen, op zijn minst opmerkelijk te noemen zijn. Ik heb hem mijn hulp aangeboden.'

'Meneer Vreeman...'

'En die hulp geldt natuurlijk al helemaal voor u.'

'Meneer Vreeman, ten eerste zou ik het op prijs stellen als u "jij" zegt tegen mij, en ten tweede: ik wil uw hulp niet. Ik vind het buitengewoon vriendelijk, al begrijp ik niet hoe u achter het bestaan van mijn schilderij bent gekomen.'

'Post! Lou Post! Een oude vriend van mij.'

'Die nu helaas is overleden.'

'Treurig.'

'Inderdaad, heel treurig en ook zo onverwacht.'

'Het belang van uw... van jouw vondst...'

'Ik ken het belang van mijn vondst, meneer Vreeman. En dat belang is zo groot dat ik vrijwillig afstand doe van het werk. Het gaat naar het Rijksmuseum en daar mag men uitzoeken wat het cultuurhistorisch belang van de schilderijen is.'

'Maar het gaat om meer dan dat, Katja. Het gaat ook om de waarde, de economische waarde!'

'Ik begrijp dat dat voor u van belang is, maar voor mij telt dat niet. Als het vermoeden van... meneer Post juist is, dan gaat het hier om een ontdekking van een grote culturele en historische waarde. Zoiets behoort de gemeenschap toe en niet één enkele figuur met veel te veel geld. Ik hoop dat u dat begrijpt en respecteert.'

'Natuurlijk, natuurlijk, maar...'

'Mooi, dat is dan duidelijk. Ik wil het misverstand graag voor zijn dat mijn schilderijen te koop zouden zijn of zo.'

'Je bevindt je in groot gevaar, Katja.' Zijn stem had plots een dreigende klank gekregen. 'Je bent te laat. Er zijn meer partijen op de hoogte van jouw spectaculaire vondst.'

'Is dat zo? En wie zijn dat dan wel?' Ze klonk totaal niet onder de indruk.

'Jij bent een wetenschapper, jij kent deze wereld niet, dit is een harde, gevaarlijke wereld. Nogmaals, laat mij je helpen.'

'Ik weet niet over welke wereld u het hebt. Ik probeer u slechts duidelijk te maken dat het geen zin heeft om mij nog langer lastig te vallen. Ik heb mijn besluit genomen, de doeken gaan naar het Rijksmuseum en daarmee is voor mij de kous af.'

'Naïef, je bent naïef. Je slaat de hand weg die je nodig zult hebben.'

'Maar ik dank u voor uw interesse.'

Het gesprek werd verbroken en Vreeman keek verbouwereerd naar het toestel in zijn hand. Toen slaakte hij een onmachtige kreet en onderdrukte net op tijd de aanvechting om zijn telefoon door de kamer te smijten. Het loste niets op. 'Waarom, verdomme, waarom zit niets, helemaal niets een keertje mee!'

Het was een vraag die in het luchtledige bleef hangen. Vreeman ademde zwaar en probeerde zijn rust te hervinden. *Ik dank u voor uw interesse. My ass!* Het stomme wicht wist niet waar ze aan was begonnen, kon zich geen voorstelling maken van de jungle buiten de veilige muren van het paradijsje dat papa en mama ongetwijfeld voor haar hadden gecreëerd. Een probleempje? Wij lossen het wel op. Geld? Kom maar hier. Van de eerste fiets tot en met de eerste abortus, alles werd door pappie geregeld.

Dit gesprek was een kans geweest, ook voor haar – als ze had willen meewerken had hij een sterke troef in handen gehad. Hij had gedacht dat ze hem daarover belde, ze had het telefoonnummer natuurlijk van die Hageveld gekregen, die angsthaas. Eindelijk een opening. Hij had willen doorpraten, haar aan de lijn willen houden, omdat er iets was in het gesprek wat… iets waar hij nu de vinger niet op kon leggen, maar wat onbewust zijn aandacht had getrokken. Een ingeving die hij nu weer kwijt was. Maar hij had zich laten aftroeven door dat hautaine kind.

Hij gaf een machteloze trap tegen de badkamerdeur. Even had het erop geleken dat er licht kwam in deze bittere duisternis, maar helaas. Hij zou iets anders moeten verzinnen om zich die Rus van het lijf te houden. En veel tijd was er niet meer.

Ze liep het café weer binnen en bestelde nog een thee. *Zoiets behoort de gemeenschap toe.* Het had hoogdravend geklonken, maar ze meende het wel. Het was maar beter dat zo'n man meteen wist waar zij stond. Ze had uit het gesprek niet het idee gekregen dat deze Vreeman in het bezit was van haar schilderij, dus blijkbaar had iemand anders haar bestelauto gestolen. Maar wie dan? Er zouden nog andere partijen op de hoogte zijn van de vondst, had hij gezegd, maar wie waren dat dan? De kale man die Louis Post had gedood?

Ze dronk van haar thee en tuurde in de spiegel achter de bar zonder iets te zien. De kans was natuurlijk ook aanwezig dat de diefstal van haar auto hier helemaal niks mee te maken had. Dat iemand anders hem zomaar, brutaal, midden op de dag had meegenomen om er een eindje in te rijden. Of er een ramkraak mee te plegen of zoiets. Dat hoorde je zo vaak. Auto's die werden gestolen voor een overval en later werden gedumpt. In brand gestoken door gasten die er geen flauw benul van hadden dat er met de auto ook een onvervangbaar stukje Rembrandt in vlammen opging. Aan de andere kant was dat wel weer erg toevallig, wie wilde nou...

Katja zette haar theeglas neer en schudde haar hoofd. Ze merkte dat ze steeds in hetzelfde kringetje ronddraaide, met steeds dezelfde vragen waar ze geen antwoorden op kreeg. Ze moest ervanaf, ze moest er zo snel mogelijk vanaf, dat was de enige manier om uit deze nachtmerrie te komen. Ze wenste de verantwoordelijkheid van de schilderijen niet zelf meer te dragen en als ze van die belagers af wilde, moest ze de schilderijen, voor zover zij die nog in haar bezit had, op veilige wijze onderbrengen. Bij het Rijksmuseum. Zodra bekend werd dat zij niets meer over de zogenaamde verloren Rembrandt te zeggen had, zou de rust vanzelf weerkeren. En dan mochten ze bij het Rijks de noodzakelijke onderzoeken laten plaatsvinden. Of niet. Ze zochten het maar uit!

28

Hij had een salade gegeten in de binnentuin van het Pulitzer en even overwogen om er een glas witte wijn bij te drinken, maar toch gekozen voor een fles bruisend water. Het gevoel van onrust dat hem al een paar dagen parten speelde had hem nog niet verlaten en het leek hem onverstandig om zich over te geven aan de dempende functie van de alcohol. Hij moest scherp blijven. Hij keek op zijn telefoon of zijn vrouw al had geprobeerd hem te bereiken. Hij had haar die ochtend een paar keer tevergeefs gebeld en ook op zijn berichten had ze niet gereageerd, terwijl haar telefoon doorgaans aan haar oor gekleefd zat en ze altijd onmiddellijk op berichtjes reageerde. Misschien was haar batterij leeg en wist ze weer eens niet waar de oplader lag. Dat zou heel goed kunnen.

Christiaan Müller nam tegenover hem plaats aan het tafeltje, Vreeman had hem niet horen aankomen. Hij pakte de lege waterfles op en zwaaide ermee naar de ober. 'Vertel me al het goede nieuws.'

Müller gromde en keek weg.

Vreeman brak een stukje brood af en veegde daarmee de overgebleven dressing van zijn bord. 'Het schilderij?'

'Lag in die auto. Ze hadden het opgehaald in Delft. Maar onderweg raakte ik ze kwijt. Toen ik de auto later terugvond, zat er iemand anders achter het stuur.'

De ober bracht een nieuwe fles water en zette een extra glas voor Christiaan op tafel. 'Wilt u de kaart even inzien?'

'Nee.' Hij zwaaide ongeduldig met zijn hand en de ober

nam minzaam glimlachend afstand. Müller schonk een glas in en deed in korte, onwillige zinnen verslag van de afgelopen dag.

'En de auto?'

'In een garage geparkeerd. Het schilderij lag er niet meer in.'

Vreeman wist het. Hij wist het vanaf het moment dat Müller tegenover hem was neergeploft. Geen schilderij.

'Oké.'

Het scherm van zijn telefoon lichtte op. Hij herkende het nummer en aarzelde om de oproep te beantwoorden, maar hij besefte dat niet opnemen geen optie was.

'Excuus.' Hij schoof zijn stoel naar achteren en liep de binnentuin in tot hij een plekje vond waar hij ongestoord een gesprek kon voeren.

'*Yes?*'

'Mr Vreeman, hoe gaat het toch met u?' Het perfecte Engels van de Russische beller aan de andere kant van de lijn klonk bedrieglijk vriendelijk.

'Prima.'

'Hoe is het in Amsterdam?'

'Prima.'

'Ik benijd u, Mr Vreeman, er is geen stad zo mooi in het voorjaar als Amsterdam. Nou ja, op Sint-Petersburg na dan.' Een heldere, vrolijke lach.

De moed zakte Vreeman in de schoenen. De toon en de infantiele prietpraat van de Rus deden het ergste vermoeden. Hij keek naar zijn tafeltje en zag dat Müller de fles water aan zijn mond zette en leeg klokte. Ook dat gaf te denken.

'Weet u wat ook mooi is?'

'Nee.'

'Genève.'

Vreeman zweeg.

'Genève in het voorjaar. Er schijnt hier een zonnetje dat spiegelt op het water van het meer. Romantisch, daarvan wordt een echte Rus… eh, *rogovoy*… Hoe zeg je dat in het Engels?'

Vreeman had geen idee.

'Geil, dat is het woord! Zeker als ik die waterstraal hier voor mij zie spuiten!' Hij vond het zelf enorm grappig.

Hij zit aan het meer en kijkt naar de Jet d'eau, bedacht Vreeman, en hij vroeg zich af wat de Rus met het telefoontje wilde. Het antwoord kwam meteen.

'Ik zit hier op u te wachten, Vreeman.'

'Hadden wij een afspraak?'

'Nu wel.'

'Ik ben bang dat ik niet zomaar weg kan uit Amsterdam.'

'Geen probleem, Vreeman. Er gaat een cityhopper om tien over vijf vanaf Schiphol en die landt om tien minuten over halfzeven op Genève. Met een taxi kunt u dan om halfacht in het Kempinski zijn. Daar wacht ik op u.'

Het gesprek werd afgebroken. Vreeman bleef nog even staan, met de telefoon tegen zijn oor gedrukt. Hij staarde met holle ogen naar de glazen deuren bij de ingang van het hotel, waar een schare vrolijke toeristen zich door een reisleider bijeen liet drijven. Hij dacht aan de zee en aan de boot die hij met strakke hand door de golven leidde. Op weg ergens naartoe, nergens naartoe, omdat er geen tijd bestond, geen afstand, niets. Alleen water, oneindig water.

'Alles oké?'

Van schrik liet Vreeman bijna zijn telefoon vallen. Naast hem was Müller opgedoken. De troebele ogen in het bleke gelaat keken hem onverschillig aan. Het beviel Vreeman niet. Meestal keek de man helder uit zijn ogen, alert, klaar om in actie te komen als de situatie erom vroeg.

'Heb je wel geslapen?'

Müller haalde zijn schouders op. 'Een autostoel is geen springbox. *Don't worry*.'

Don't worry? Allemachtig, hoe kreeg hij het zijn strot uit.

De man had de dood van Post op zijn geweten en dat was niet onopgemerkt gebleven in Sint-Petersburg.

'Ik moet naar Genève.'

'Nu?'

'Om vijf uur gaat mijn vliegtuig.'

Müller keek op zijn horloge. 'Dan moeten we voortmaken.'

'Ik ga alleen. Ik heb een afspraak met Mazarov.' Hij zag dat Müller zijn wenkbrauwen optrok. 'Ik kijk er ook niet naar uit, maar ik kan het hem niet weigeren.'

'Ik ga mee.'

'Nee! Ik ga alleen en ik wil dat jij hier blijft en die professor en dat meisje in de gaten houdt. Katja. Vooral haar. Het schilderij moet toch ergens gebleven zijn.'

Tot zijn ergernis keek Müller hem blanco aan.

'Het schilderij is van groot belang, daar draait het allemaal om. Dat snap je, toch?'

'Ja.'

Waarom ben je het dan kwijtgeraakt, klootzak? dacht hij erachteraan, maar hij sprak het niet uit. Het leek hem op dit moment geen goed idee om hem onnodig te prikkelen. 'Als iemand je in de nabijheid van het schilderij kan krijgen, is zij het. Ik heb bij de universiteit haar adres opgevraagd.' Hij overhandigde de man een papiertje, die stopte het zonder te kijken in zijn binnenzak. 'En Müller... deze keer geen doden.'

De relatief korte vlucht had een onrustig karakter gehad. Niet zozeer vanwege het slechte weer boven Zuid-Duitsland, maar voornamelijk vanwege de turbulentie in zijn hoofd. Onrustige gedachten hielden hem bezig en de concentratie om een krant te lezen ontbrak. Aleksej Mazarov was niet voor niets uit het heilige Sint-Petersburg naar Genève afgereisd. Hij zou de strijd met hem moeten aangaan, iets wat hem in zijn jonge jaren een uitdaging had geleken, maar waar hij nu tegen opzag. Hij had de flexibiliteit niet meer, net zomin als het enthousiasme van de jeugd. Tijdens de Eerste Golfoorlog was hij er in Bagdad getuige van geweest hoe geslepen handelaren met behulp van lokale scharrelaars kunststukken van onschatbare waarde hadden onttrokken aan het land. Tuig was het, maar al snel had hij zich bij hen aangesloten en had hij genoten van elke reis langs de smokkelroutes waarlangs de kunstschatten het land verlieten. Vooral 's nachts, als ze beschutting zochten tegen de kou en hij overvallen werd door de stilte en oneindige duisternis van de woestijn, alleen beschenen door de sterren in het onmetelijke firmament boven hem. Een fysieke ervaring die alleen werd overtroffen door het schokkende moment waarop ze werden beschoten vanuit een passerende vrachtwagen en ze door een wonder, in de vorm van een geworpen handgranaat die de cabine van die vrachtwagen deed exploderen, aan een zekere dood waren ontsnapt. Hij had nog een halfuur op de vloer van hun jeep liggen trillen, maar later, toen de whiskyfles rondging, hadden ze erom gelachen.

In 2002, tijdens de Tweede Golfoorlog, was hij de Amerikanen nagereisd, maar nu met een journalistenvisum dat hem nog behoorlijk wat geld had gekost. Hij had zich gemeld bij het Nationale Museum van Irak in Bagdad en met enkele andere belanghebbenden had hij medewerkers van het museum ervan weten te overtuigen dat het beter was om niet te wachten tot het museum zou worden geplunderd, zoals in 1991, maar om een aantal van de kunstschatten alvast in veiligheid te brengen. Alles werd natuurlijk geregistreerd, maar die registratie was tijdens de jarenlange vijandelijkheden helaas zoekgeraakt. Overigens werd het museum in 2003 alsnog geplunderd, drie jaar nadat het weer was geopend, en werd er op grote schaal kunst geroofd en vernietigd, wat Vreeman en de zijnen het morele gelijk verschafte. Bovendien hadden de Amerikanen de kunstschatten moeten bewaken, dat waren ze volgens de Conventie van Genève verplicht. In dat verband was het wel ironisch dat een deel van die kunstschatten uiteindelijk in de Freeport in datzelfde Genève was beland, wachtend op een geïnteresseerde koper.

Hij had een hekel aan het Kempinski-hotel, een grote glazen puist langs de boorden van het Meer van Genève. Een voorbeeld van architectonische wansmaak, en in die zin was het exemplarisch dat Mazarov juist dat hotel had uitgezocht voor hun ontmoeting. Ook hij was nooit op enige smaak te betrappen geweest.

'Mr Freeman?'

Kille ogen in een Slavisch hoofd met brede jukbeenderen en een vierkante kaak keken hem emotieloos aan. Er was iets vreemds aan het hoofd, maar hij zag niet direct wat.

'Ja?'

'*Sleduy za mnoy*.'

Hij had geen idee wat het betekende, maar de man had zich in beweging gezet en blijkbaar was het de bedoeling dat hij hem zou volgen. Gedecideerd leidde hij Vreeman via een wirwar van gangen naar een suite die zich aan de voorkant van het hotel bevond. Hij opende de deuren en gebaarde hem naar binnen te stappen.

Mazarov zat in een fauteuil voor een glazen raam dat een riant uitzicht bood over het meer. Hij droeg een lichtblauw zomers colbert dat, in combinatie met zijn gebruinde hoofd en blonde haren, de indruk wekte dat hij net terug was van een vakantie in de Caraïben.

'Welkom, ik zie dat je Oleg hebt ontmoet! Ga zitten en laat me je iets inschenken.'

'Doe geen moeite.'

Hij nam plaats tegenover Mazarov, terwijl Oleg bleef staan en hem nauwlettend in de gaten hield.

'Het is geen moeite.' Mazarov nam de fles champagne uit de

koeler en vulde het glas dat reeds voor hem was klaargezet. 'We hebben iets te vieren!'

'Werkelijk?'

'De verkoop, Vreeman. De verkoop van het schilderij.'

Even golfde er een gevoel van opluchting door hem heen, opgewekt door de gedachte dat het Mazarov toch was gelukt het schilderij te verkopen. Maar toen de Rus grijnzend een envelop in zijn richting schoof begon hem te dagen wie de koper was en ging het gevoel van opluchting over in een lichte paniek. 'De Pieter de Hooch?'

'De vroege Pieter de Hooch,' corrigeerde Mazarov hem. 'Met een certificaat van echtheid van Louis Post. De grote Louis Post, God hebbe zijn ziel.'

Hij keek even lachend op naar Oleg, maar die bleef onverstoorbaar naar Vreeman kijken. Nu pas zag Vreeman wat hem aan het bleke hoofd van Mazarovs bewaker was opgevallen: het was volstrekt uitdrukkingsloos, alsof hij een masker droeg.

'Kijk gerust, het zit in de envelop. Samen met de rekening.' Mazarov hief zijn glas. '*Ura!* En gefeliciteerd.'

De Rus nam geen slok, maar bleef hem aankijken, alsof hij hem met zijn ogen wilde dwingen de envelop open te maken. Uiteindelijk begreep Vreeman dat er geen ontkomen aan was. Hij nam de envelop van tafel en haalde het certificaat en de rekening eruit.

'Het is hetzelfde bedrag dat ik ervoor heb betaald. Geen cent meer. Ik ben een eerlijke handelaar, zoals je weet.' Hij zei iets in het Russisch tegen Oleg waar hij zelf erg om moest lachen. 'Het was een koopje, en dat zijn je eigen woorden.'

Hij hoefde niet op de rekening te kijken om te weten hoeveel geld Mazarov van hem verwachtte, het bedrag stond hem nog helder voor de geest. Inderdaad een koopje voor een echte meester uit de zeventiende eeuw, maar niet voor een vervalsing die op zijn pad was gekomen op een moment dat hij het geld goed kon gebruiken en hij wist dat er in Sint-Petersburg een verzamelaar zat die schier onverzadigbaar leek.

Ze zaten elkaar zwijgend aan te kijken en het was uiteindelijk Vreeman die de stilte verbrak. 'Ik heb het geld niet.'

Mazarov boog zich voorover en glimlachte sluw. '*Beshenoy sobaki sem' verst ne daleko*,' zei hij overdreven articulerend, waarschijnlijk in de hoop dat de boodschap overkwam.

Vreeman trok een wenkbrauw op.

'"Voor een dolle hond is zeven werst niet ver,"' vertaalde de Rus zijn eigen uitdrukking. 'Als je ergens echt in gelooft, zul je er alles aan doen om te zorgen dat het lukt.'

Vreeman stopte de rekening weer in de envelop en schoof die terug over tafel. 'Ik ben niet geïnteresseerd.'

'Wacht niet te lang met overmaken.' Mazarov dronk het laatste slokje uit zijn glas en stond op. Zonder zijn gast nog een blik waardig te keuren liep hij weg, gevolgd door zijn uitdrukkingsloze bewaker.

Hij had als verdoofd de afstand tussen het Kempinski en zijn appartement afgelegd. Sloffend en met een gebogen rug, als een handelsreiziger na een lange dag zonder verkopen. Hij probeerde te bedenken wat hij tegen Molly kon zeggen als hij zo plotseling voor haar neus zou staan. Hij had zijn vrouw nog altijd niet gesproken. Morgen zou hij wel een nieuwe telefoon voor haar kopen, maar nu wilde hij meteen naar bed. Hij was moe, doodmoe.

Toen hij de deur naar zijn appartement opendeed, stapte hij een donkere hal in. 'Molly?'

Geen antwoord.

Hij opende de deur naar de woonkamer, waar het enige licht kwam van de verlichting buiten. Zijn hand tastte naar de lichtschakelaar naast de deur. 'Molly?'

Misschien was ze gaan liggen. Hij liep naar de slaapkamer, maar het echtelijke bed was onbeslapen. Vermoeidheid maakte plaats voor ongerustheid. Hij liep naar de ovale tafel in de woonkamer, misschien had ze een berichtje voor hem achtergelaten. Er lag geen briefje. Wel een klein rood doosje van het soort dat je bij een juwelier krijgt als je een ringetje koopt. Hij herkende het niet. Er stond geen tekst of logo op, geen firmanaam. Alleen een lief klein rood doosje. Hij opende het en op een wit satijnen kussentje lag een rood steentje in een gouden setting. Het zat aan iets bleeks vast. Hij bracht het dichter bij zijn oog en zag dat het een robijntje was dat was gestoken in… een stukje vlees. Hubert Vreeman voelde iets in zijn borst exploderen toen hij besefte dat hij keek naar een stuk oor van zijn vrouw.

29

Het geluid van voertuigen dringt zich aan hem op. Hij kent het geluid, het is de patrouille op de terugweg naar het basiskamp. Hij zit in de tweede terreinwagen. De Amerikaanse chauffeur laveert het voertuig langs diepe kuilen en rotsblokken die de onverharde weg zo goed als onbegaanbaar maken. De auto beweegt heen en weer als een schip in zwaar weer. Hij is misselijk. Buiten heerst de hitte, de verzengende hitte in het zinderende landschap.

'What's that?'

De chauffeur wijst in de verte. Langs de kant van de weg staat iets. Nee, iemand. Een vrouw? Ja, een vrouw, en is dat een kind dat ze in haar armen heeft? Ze steekt haar hand op. Mindert de eerste auto vaart? 'Niet stoppen,' roept hij, 'niet stoppen, dat zijn de instructies. Voor niets en niemand stoppen, godverdomme. Rij door. Rij door!!'

'Fuck!' De chauffeur trapt op zijn rem. De voorste auto staat bijna stil, de vrouw buigt zich voorover.

Kut. Niet doen. Niet stoppen. Rijden. Rijden!

Een verblindende lichtflits, het geluid volgt een tel later. De chauffeur gooit zijn stuur om, zet de auto in de rotsachtige berm. Ze rollen de auto uit terwijl het mitrailleurvuur om hen heen tegen de rotsen ketst. Naast hem wordt iemand geraakt door een ricocherende kogel, zijn been wil niet meer. Hij grijpt hem bij zijn kraag en sleurt hem achter de rots. 'Back-up! Call for back-up!' *Hij zet zijn hand naast zich op de grond en voelt dan iets weeks. Hij trekt snel zijn hand terug en kijkt. Een half hoofd, met in de bloederige massa nog één onvoorstelbaar helder oog dat hem aanstaart. Het starende oog wordt groter en groter, groter zelfs dan het hoofd.*

Christiaan zat rechtop. Zijn hart klopte in zijn keel. Ze waren in een hinderlaag gelopen. De vrouw had als *decoy* gefungeerd. En die klootzak was gestopt. Nooit stoppen, voor niets en niemand, zo zijn de instructies. Hij was gestopt. Was het zíjn hoofd geweest, zíjn oog?

Hij stond op en sleepte zich naar de badkamer. Hij had Vreeman voor zijn vertrek zover gekregen dat hij een kamer in het Pulitzer voor hem had geregeld.

'Ik zou vannacht een paar uurtjes proberen te pitten als ik jou was.'

Maar Christiaan was Vreeman niet en de man hoefde hem dan ook niet te vertellen wat hij moest doen. Hij had behoefte aan alcohol gehad, hoewel hij wist dat dat geen goede combinatie was met zijn pillen. Maar die pillen waren nou juist het probleem. Hij had ze niet meegenomen uit Zwitserland, omdat hij alleen even op en neer naar Amsterdam zou gaan, even een klusje klaren en weer terug. Hij kon niet zonder pillen. Als hij ze vergat in te nemen, begonnen de explosies zodra hij zijn ogen dichtdeed. Hoorde hij het geluid... Fuck, hoe had hij zo stom kunnen wezen? Hij had gisteravond gedacht dat hij dan maar een wodka moest nemen om het geluid in zijn hoofd te dempen. Eén wodka zou geen kwaad kunnen, toch? Nee, één wodka niet. Ze hadden hem met moeite naar boven gekregen, het personeel van de Pulitzer-bar. Naar zijn kamer, maar het bed had hij niet gehaald. Hij was midden in de nacht wakker geworden om te constateren dat hij op de vloer zat, met zijn rug tegen het bed. Een complete fles wodka en niets gegeten, geen goede combinatie.

Hij nam een douche, zo koud als hij kon hebben. Hij moest terug naar huis, naar Grimentz, zijn dorp hoog in de Zwitserse bergen, waar orde en regelmaat heersten. Waar zijn pillen zich bevonden. Terwijl hij zich aankleedde vroeg hij zich af of er een andere manier was om aan de antidepressiva te komen, via de hospitalitydesk van het hotel misschien, maar hij verwierp het idee. Er zouden vragen komen, een onderzoek. Het zou tijd kosten en als hij ergens gebrek aan had, dan was het tijd. Nee, hij moest die klus gewoon zo snel mogelijk afmaken. Afmaken en dan wegwezen. Want als hij dat schilderij had, was hij van Vreeman af en kon hij terug naar huis.

30

Rudolf Tedingh van Eyck hing achterover in zijn bureaustoel en wreef de vermoeidheid uit zijn ogen. Ondanks zijn gevorderde leeftijd was hij nog altijd een goede slaper, maar daar was vannacht niet veel van gekomen. De avond en een goed deel van de nacht was hij in beslag genomen geweest door het materiaal dat hij had gekregen van de jonge conservator bij het Rijks. De man had hem gebeld met een vaag verhaal over een bijzonder schilderij en uiteindelijk had hij erin toegestemd om het materiaal te bekijken. Dat was hem niet ingegeven door de zogenaamd sensationele kant van het verhaal, want verloren kunstwerken werden aan de lopende band aangeboden, maar door de naam van de jonge onderzoekster die met het schilderij was komen aanwaaien. Hiemstra.

Hij had een tijd moeten graven, eerst in zijn geheugen en toen in zijn archief, maar uiteindelijk vond hij een rood mapje met daarin de aantekeningen van zo'n dertig jaar geleden. Anton Hiemstra en Jacques Verburg. Die Hiemstra had hij nooit in levenden lijve ontmoet, maar Verburg was hinderlijk aanwezig geweest. Met zo'n zelfde verhaal, over hetzelfde schilderij. Isaac Pietersz. Ze hadden de boot afgehouden in het kader van een 'ontmoedigingsbeleid', maar daar had die Verburg geen genoegen mee genomen. Enfin, hij was er toen van overtuigd geweest dat een en ander naar tevredenheid was opgelost. Wie had kunnen denken dat deze zaak dertig jaar later weer zou opspelen?

Robin Goedemond zat, veel te vroeg naar zijn zin, in een schemerachtige woonkamer die rook naar oude boeken en sigaren. Buiten was het fris en licht geweest, binnen was het donker en bedompt. Hij had geprobeerd op een neutralere plek af te spreken, desnoods op het Atelier, zodat hij een behoorlijke kop koffie had kunnen drinken, maar de oude Tedingh was niet op de suggestie ingegaan.

'Goedemond.'

In de deuropening stond een oude, gedrongen man in kamerjas, die in de verte wel iets weg had van Winston Churchill. Het vlezige hoofd boven de fluwelen kraag van de kamerjas hing wat sullig voorover, maar de priemende oogjes in het gezicht getuigden van een grote alertheid. Hij sloot de deur achter zich en schuifelde naar zijn bureau.

'Vreemde zaak, waar wij mee zitten.'

'Is dat zo?'

'Ik vermoed van wel, ja.'

'Hebben we het over het schilderij dat mij gisteren is aangeboden?'

'De onderzoeksresultaten, ja. Het schilderij heb ik nog niet gezien.'

'Mooi. Dan hebben we het dus over de Rembrandt.' Het kwam er iets ironischer uit dan Robin had bedoeld.

Tedingh zei niets, maar staarde voor zich uit.

'Toch?'

'Ik heb er lang op gestudeerd, dat wil zeggen een groot deel van de nacht. Het is belangrijk dat wij dat schilderij te zien krijgen en het zelf aan een onderzoek kunnen onderwerpen.'

'U gelooft in het verhaal?'

'Ik geloof zelfs dat het verhaal nog weleens groter zou kunnen zijn.'

Robin schoot in de lach. 'Wat is er groter dan Rembrandt?'

Tedingh reageerde niet op de vraag, maar keek nog altijd vorsend voor zich uit. 'Wie weten er nog meer van dit onderzoek?'

'Voor zover ik weet alleen professor Hageveld en de studente die het onderzoek heeft verricht.'

Tedingh knikte goedkeurend.

'O, en Louis Post natuurlijk.'

De ogen van de oude man lichtten op. Hij ging rechtop in zijn bureaustoel zitten en haalde zwaar adem. 'Louis Post?'

'Maar die is dood,' voegde Robin er voor de volledigheid maar aan toe.

Tedingh drukte zich omhoog uit zijn stoel en vouwde zijn handen op zijn rug. 'We moeten met die mensen spreken, die professor en die vrouw.'

Robin stond ook op en onderdrukte een gaap. 'Oké, ik zal zien wat ik doen kan.'

'Vandaag.'

Ze had langer geslapen dan ze had gewild. Ze had vroeg op willen staan om haar koffertje te pakken. De vorige dag had ze het helemaal uitgedacht: eerst heel vroeg naar Den Haag om de sleutel van het vakantiehuis op te pikken en dan als een speer door naar Frankrijk voor de twee schilderijen die daar hingen. Maar ze zou haar plannen iets moeten aanpassen, want ze was de vorige avond met Nina gaan eten in een Thais restaurantje en dat was natuurlijk weer uit de hand gelopen. Nina had uitgebreid verslag gedaan van haar weekend en Katja had het heerlijk gevonden dat er voor de verandering een ander onderwerp ter tafel kwam dan die 'fucking Rembrandt' en ze had meer van die heerlijke wijn gedronken dan ze van plan was geweest.

Ze kwam moeizaam uit bed en slofte naar de keuken. De deur naar de kamer van Nina stond open, maar van haar vriendin geen spoor. Die was natuurlijk al naar de sportschool. Typisch Nina, altijd in voor een feestje maar de volgende dag gewoon weer door. Bikkel. Katja vond zichzelf ook best sportief – al was het er de laatste tijd niet erg van gekomen – maar toch niet na zo'n avond. Nu moest ze er eerst twee paracetamolletjes in gooien.

Ze stond voor de spiegel en keek ontevreden naar een hoofd dat ontevreden terugkeek toen ze vanuit haar slaapkamer muziek hoorde. Het duurde even voor ze zich realiseerde dat dat de ringtone van haar mobiel was. Ze haastte zich naar haar tas en zocht naar haar telefoon. Shit. Ze keek om zich heen en zag hem op de bank liggen. Een anonieme beller. Ze aarzelde, maar nam toch op.

'Ja...?'

'Bureau Lijnbaansgracht, goedemorgen.'

Politie.

'Spreek ik met mevrouw Hiemstra?'

'Ja.'

'Hebt u aangifte gedaan van de vermissing van een witte bestelauto merk Citroën?'

'Zeker.'

'We hebben hem teruggevonden.'

'Het is niet waar!' Katja was verbijsterd.

'Toch wel, mevrouwtje. Soms lossen we ook weleens iets op.'

'Wat... wat...' Katja wist niet goed wat te zeggen. 'Knap!'

'Nou, dat valt ook wel weer mee. De parkeergarage belde. Die doen elke ochtend een rondje en checken de auto's die daar hebben overnacht, zeg maar. Die van u stond op ons zoeklijstje.'

'Apart.'

'Zo werkt het nou eenmaal. Uw auto is niet de eerste die eventjes uit het zicht wordt geparkeerd tot ze hem nodig hebben. U mag nog van geluk spreken dat hij niet in de fik is gestoken.'

'Waar staat hij nu?'

'Waar hij gevonden is: in de parkeergarage van het Marie Heinekenplein. Ik neem aan dat u de sleutel hebt? O, en u moet wel het parkeerbonnetje betalen, daar is helaas niets aan te doen.'

'Maakt niets uit, geeft niet. Dank u wel!'

Het geld zei haar niets, ze had haar auto terug. En hopelijk ook het schilderij!

Christiaan luisterde naar een compositie van Elgar, een celloconcert. Een beetje somber, maar hij kon er goed op wegdrijven – weg van de beelden, van het geluid van de roterende bladen van de helikopter die hen uiteindelijk uit de ambush had bevrijd, van het stof dat hij dagen later nog uitsnoot. Zijn gedachten dreven af naar het niets, alsof hij naar de zee staarde op een windstille dag, als lucht en water in elkaar overlopen in een eindeloos en eeuwig blauw.

De voordeur ging open en de jonge vrouw met het zwarte haar kwam gehaast naar buiten lopen. Katja. Hij schoot omhoog en stootte zijn knie tegen het stuur. Even verkeerde hij in tweestrijd. Moest hij achter haar aan, of moest hij het huis binnengaan? De kans was het grootst dat het schilderij zich daarbinnen bevond; toen hij gisteren in die file stond, moesten ze de tijd hebben gehad om het uit de bestelauto te halen. Hij stapte uit en stak de weg over.

De benedenwoning was onlangs opgeknapt. De muren waren strak gestuct en het houtwerk zat goed in de verf. En het was er opgeruimd, maar dat verbaasde hem niets. Op de een of andere manier had hij de indruk gekregen dat Katja een georganiseerde vrouw was. Zo eentje die het allemaal op een rijtje had. En dan nog mooi ook, met al dat zwarte haar. Hij keek rond in de kamer en de keuken, opende kasten en kastjes maar vond geen schilderij. Hij liep een deur door en kwam in een slaapkamer terecht. Een blauw-wit gestreept dekbed lag opengeslagen op het witte onderlaken. Hij boog door zijn knieën en keek onder het bed, waar hij alleen een oude sporttas zag liggen. Ineens hoorde hij de voordeur dichtslaan. Fuck. Hij kwam overeind en keek om zich heen of hij zich ergens kon verstoppen, maar het was al te laat.

'Wat doe jij verdomme hier?!'

De jonge vrouw stond in de deuropening en keek hem met samengeknepen ogen aan. Ze was blond en ging gekleed in een sweatshirt en shorts. Alsof ze net had hardgelopen.

Niet Katja.

De vrouw leek niet bang, eerder op haar hoede, en fel. Hij moest weg, hij moest hier zo snel mogelijk weg. '*Listen...*' Het leek hem beter in het Engels met haar te communiceren.

'Nee, *you listen*!' Ze liep langzaam achteruit en schoof vanuit de slaapkamer de keuken in. 'Jij moet opzouten! *Fuck off!*'

Hij zag dat haar hand naar het messenblok op het aanrecht tastte. Hij schoot naar voren en greep haar bij haar armen net voor ze een mes uit het blok kon trekken. Ze begon te schreeuwen en schopte tegen zijn schenen. Hij sleurde haar mee, terug naar de slaapkamer. Hij moest haar opsluiten of vastbinden, hij moest van haar af, hij moest weg. De vrouw verzette zich echter hevig, deed met haar tanden een uitval naar zijn neus, maar hierdoor struikelde ze, waardoor ze achterwaarts op het bed viel en hem meetrok.

Christiaan lag zwaar op haar en probeerde met één hand haar keel te bereiken, terwijl hij met zijn andere hand controle probeerde te krijgen over haar armen. Ze sloeg een been om hem heen en probeerde onder hem uit te worstelen. Haar sweatshirt schoof omhoog en hij voelde de naakte huid tegen zijn arm. Hij drukte met zijn onderlichaam tegen dat van haar en voelde dat hij een erectie kreeg. Hij wreef met zijn onderlichaam heen en weer, terwijl de vrouw hem in zijn zij probeerde te schoppen en er in haar ogen nu een glans van angst zichtbaar werd. Maar nee, wees maar niet bang, hij zou haar niet verkrachten, al overweldigde de opwinding hem bijna.

Hij legde zijn hand om haar keel en verhoogde de druk

om haar het ademen te bemoeilijken, maar ineens merkte hij dat haar hand aan zijn greep ontglipte. De hand kwam omhoog en greep hem bij zijn oor en draaide zijn hoofd een kwartslag, en toen gilde de vrouw in zijn oor. Zo hard. Zo hoog. Als een sirene die waarschuwt voor aanstormend gevaar.

... de ontploffing. Het verblindende licht en dan hoort hij ook het geluid. Het schreeuwen na de klap. Nee, het is geen schreeuwen, het is gegil, dat ijl en zo scherp als een ijspriem zijn oren binnendringt en zijn hersens verlamt. Hij moet de auto uit, achter de rotsen. Dekking!

Hij sprong op van het bed, verblind en in paniek, en zocht op de tast de buitendeur, terwijl het gegil aanhield, hem achtervolgde, penetreerde. Hij rukte de deur open en holde de straat op. Linksaf, rechtsaf, rechtdoor, de straat uit. Weg! Weg! Langs auto's, scooters, fietsers, mensen die opkeken en kwaad een middelvinger opstaken. Uit de weg! Weg! Tot hij niet verder kon, opgesloten in een steegje zonder doorgang.

En toen was er rust. Eindelijk.

Vreeman had die nacht nauwelijks geslapen. Pas tegen de ochtend was hij in een diepe, onrustige slaap gevallen waar hij verward uit was wakker geworden. Verslagen zat hij op de rand van zijn bed. De avond daarvoor had hij gehuild, dat was hem niet eerder overkomen. Hij was vaker bedreigd in zijn leven. Een dolle hond van de 'ndrangheta had ooit een prijs op zijn hoofd gezet. Gelukkig was die maffioos voor zijn eigen restaurant doodgeschoten. In sommige gevallen was het terecht geweest dat mensen achter hem aan hadden gezeten, hij had natuurlijk ook trucs uitgehaald. Risico van het vak, *no guts, no glory*, maar al die jaren was het hem gelukt om zijn vrouw buiten zijn zaken te houden en nu was zij ergens... God mocht weten waar... onwetend van wat hij had misdaan, mishandeld door die Rus, daar was hij wel zeker van. Mazarov wilde er zeker van zijn dat hij zou betalen en daar had hij Molly voor te grazen genomen. Hij voelde spijt, diepe, diepe spijt dat hij zijn vrouw dit niet had weten te besparen. Hij moest betalen, daar zat niets anders op, maar hoe kwam hij aan het geld? Het meeste geld dat hij in zijn leven had verdiend zat vast in zijn handel, de kunstvoorwerpen die hij in een kluis bewaarde. Hij had natuurlijk het appartement en hun vakantiehuis op Martinique, maar die waren niet zomaar verkocht. Een paar ton, dat kon hij wel ophoesten, maar daar zou Mazarov zeker geen genoegen mee nemen. Hij kreeg het plotseling benauwd.

Er lag geen parkeerbonnetje in de auto en dus mocht ze, nadat ze zich had gelegitimeerd als eigenaar, een schandalig hoog dag- en nachttarief afrekenen.

'Wees blij dat ze hem niet hebben weggesleept, dan was je nog veel meer kwijt geweest,' had de man van de parkeergarage haar troostend toegevoegd.

Maar dat het bonnetje niet in de auto lag was niet de grootste teleurstelling die Katja die ochtend te verwerken kreeg. Het schilderij lag niet meer onder de verhuisdeken. Het was wel duidelijk dat iemand Arjen en haar was gevolgd naar Delft en daar had gezien dat ze het schilderij in de auto laadden. Daarna had de dief simpelweg zijn kans afgewacht om de auto over te nemen en met het schilderij te verdwijnen. En dit was doelbewust geweest. In toeval geloofde ze niet meer. Wie was er nou geïnteresseerd in een onbeduidend schilderij van Isaac Pietersz tenzij er een vermoeden was van wat eronder schuilging?

Ze was al bijna onderweg naar de rondweg A10 toen ze ineens bedacht dat de mensen die achter het schilderij aan zaten blijkbaar wisten in welke auto ze reed! En wie weet wat ze nog meer wisten. Jezus! Ze moest die auto uit, ze kon niet het risico lopen ermee naar Frankrijk te rijden als ze zo makkelijk was op te sporen. Ze voelde de nervositeit bezit nemen van haar lichaam. Ze moest rustig blijven, nadenken, iets anders bedenken.

Nina! Nina kon haar helpen! Zij had een auto, een Mini Cooper S die ze van haar rijke pappie had gekregen en waar ze bijna nooit in reed. In de stad kwam je niet vooruit met een auto, ze deed alles op de fiets. Waarschijnlijk mocht Katja haar auto wel lenen.

Ze gaf een slinger aan het stuur en keerde – met gevaar voor eigen leven en dat van haar medeweggebruikers – in de veel te drukke straat. Tien minuten later kwam de Berlingo tot stilstand bij Michiel in de straat, waar ze een parkeerontheffing hadden.

'Nien? Nina?'

Katja stormde hun huisje binnen, maar stond verrast stil in de deuropening toen ze haar vriendin aan de tafel zag zitten. Haar gezicht was wit weggetrokken en Katja zag dat ze gehuild had. Zo kende ze haar niet, Nina huilde nooit.

'Wat is er gebeurd?'

'Niets.'

'Schei uit! Ik zie het toch aan je, wat is er gebeurd?' Katja ging bij haar aan tafel zitten en pakte haar hand.

Nina haalde haar neus op. 'Er was hier een kerel, een indringer. Ik zag hem toen ik binnenkwam. Hij zocht iets in je slaapkamer, hij keek onder het bed.'

'Een kerel…?! Heeft hij je iets aangedaan? Kon je vluchten?'

'Vluchten? Ik? Echt niet! Ik riep dat híj moest oprotten. Ik liep naar de keuken om een mes te pakken, ik dacht: als hij me iets aandoet, steek ik hem overhoop.'

'Jezus, trut.'

'Hij wilde dat mes afpakken en begon te vechten. Zo kwamen we weer in de slaapkamer terecht en toen viel ik op het bed.' Er kwamen weer tranen in haar ogen, die ze wild wegveegde. 'Ik heb hem geschopt en geslagen, maar hij lag boven op me. Probeerde mijn keel dicht te knijpen, en ik... ik voelde dat hij een erectie kreeg.' Het was even stil in de kleine kamer.

'Hij heeft je... O god, Nina, heeft hij je...?'

'O nee, hij heeft me niet verkracht.' Ze kreeg weer iets van haar oude bravoure terug. 'Ik kreeg één hand vrij en daarmee heb ik hem bij zijn oor gepakt.'

'Zijn oor?'

'En toen ben ik heel hard en hoog gaan gillen.' Ze keek Katja trots aan.

'Je hebt gegild? En dat hielp?'

'Wat dacht je! Hij schoot als een speer van me af, de lul. De kamer uit, het huis uit, opgesodemieterd!'

Katja stond op en schonk een glas water in voor haar vriendin. Ze was haast nog meer in shock door het hele gebeuren dan Nina zelf. Wat gebeurde er toch allemaal? En er lag één vraag op haar lippen die ze bijna niet durfde te stellen.

Nina dronk het glas in één teug leeg en zette het met een klap op tafel.

'Hoe zag hij eruit?'

Nina keek haar fel aan. 'Behoorlijk groot, en breed natuurlijk. Je kent dat wel, type kleerkast met een kale kop.'

Het was alsof Katja een stomp in haar maag kreeg. Een kreun ontsnapte aan haar lippen en met een zucht ging ze zitten.

'Kat, gaat het?'

'Daar was ik al bang voor.'

'Hoezo? Ken jij die gast dan?'

'Nee, nee, natuurlijk niet. Maar... eh... Nou ja, het is een lang verhaal.'

'Waar gaat dit over, Kat?'

Nina was stil en dat was ze niet vaak. Katja had haar een overzicht gegeven van de gebeurtenissen van de afgelopen dagen en was zelf ook weer verbijsterd over wat zich allemaal in zo'n kort tijdsbestek had afgespeeld.

'Maar... als dat waar is van die ontdekking, dan ben je wereldberoemd.'

'Of dood.'

Het was weer stil.

'En nu?'

'Ik moet naar Frankrijk. Ik moet die andere schilderijen ophalen en in veiligheid brengen. Daar heb ik jouw auto voor nodig.'

Nina stond op. 'Dat is goed. Ik ga met je mee.'

'Nee.'

'Jawel. Je hebt iemand nodig, Kat, die gasten kun je niet in je eentje aan.'

'Ik denk dat ik een goeie kans maak, niemand weet nog van de andere twee schilderijen.' Ze moest even aan Arjen denken. 'Ik ben in twee dagen op en neer en dan kunnen we een punt zetten achter deze krankzinnige vertoning. Geloof me, dat red ik heel goed in mijn eentje.'

Haar vriendin was duidelijk niet overtuigd, maar Katja liet haar geen ruimte.

'Oké, dan blijf ik hier. Maar als er iets is, dan moet je me bellen en kom ik eraan.'

'Misschien moet je een paar dagen naar je ouders.'

'Vanwege die kerel?' Nina glimlachte minachtend. 'Ik laat me echt mijn eigen huis niet uit pesten. Ik verander vandaag nog de sloten op de deur en ik koop een pistool.'

'Echt?'

'Nee, doos, natuurlijk niet! Maar ik leg wel een mes onder m'n kussen.'

Katja's telefoon ging. 'Sorry.'

'Katja? Met Robin Goedemond.'

‘Ha, Robin.’ Ze probeerde optimistisch te klinken, maar het hart zonk haar in de schoenen. Die wilde natuurlijk weten wanneer ze het schilderij kwam langsbrengen.

‘Ik probeer al de hele dag om Arjen te pakken te krijgen, maar het lukt me niet.’

‘Nee, die... eh, is een paar dagen weg.’

‘O...’ Het bleef stil aan de andere kant van de lijn.

‘Hoezo?’

‘Ik had hem, of nou ja, eigenlijk jullie willen vragen om vandaag nog even langs te komen. Ik wil jullie laten kennismaken met een expert.’

Katja sloot haar ogen. Weer een gesprek over een schilderij dat niet meer in haar bezit was. Ze voelde zich zo stom dat ze het was kwijtgeraakt en geen idee had waar het zich bevond.

‘Sorry, Robin, maar...’

‘Het is belangrijk. Echt belangrijk.’

‘Maar...’

‘Over een uur in het Atelier.’ Toen werd de verbinding verbroken.

Met lichte verbazing keek ze naar haar mobiel, alsof het apparaat schuld had aan de bruuske uitnodiging van de conservator.

‘Wat?’ Nina keek vragend naar haar op.

‘Ik word... ontboden!’

‘Door wie?’

‘Een figuur van het Rijksmuseum.’

‘Ik zei het toch: wereldberoemd!’

31

Robin stond haar op te wachten bij de portier, blijkbaar had hij al geregeld dat ze mee naar binnen mocht.

Kijk eens aan, dacht ze. Wereldberoemd misschien nog niet, maar toch minstens een klein beetje belangrijk.

'Arjen nog bereikt?' vroeg hij hoopvol.

'Hij neemt zijn telefoon niet op. Sorry.'

Hij ging haar voor naar een kamer op de eerste verdieping met uitzicht op het Rijksmuseum, aan de andere kant van de straat. Voor het raam stond een gedrongen man die met de handen op de rug naar buiten stond te kijken. Toen hij zich omdraaide, krulde een charmante glimlach zijn lippen. Ze schatte hem ergens in de zeventig. Hij droeg een driedelig pak; het double-breasted jasje omhulde een imposant bovenlichaam. Hij maakte een lichte buiging, wat haar vreemd genoeg aan haar grootvader deed denken. Werkelijk alles aan de man getuigde van een ouderwetse hoffelijkheid.

'Rudolf Tedingh, aangenaam kennis te maken.'

'Katja Hiemstra.'

Hij wees haar een stoel en ging zelf tegenover haar zitten.

'Laat ik met de deur in huis vallen.'

'Graag.'

'Mijn goede vriend Goedemond,' en hij wees op Robin, 'is zo vriendelijk geweest mij de uitkomsten van uw onderzoek voor te leggen. De XRF-scan in combinatie met de onderzoeksresultaten, zoals de analyses van de pigmenten en de gebruikte grondstoffen, maken het noodzakelijk het schilderij aan een nader onderzoek te onderwerpen.'

'O?'

'U vertelde dat het schilderij onderdeel is van een triptiek?'

'Er zijn drie schilderijen, ja, waarop leden van dezelfde familie staan afgebeeld.'

'Alle doeken even groot?'

Katja dacht even na en probeerde zich de doeken voor de geest te halen. 'Dacht het wel, ja.' De man hield haar met zijn priemende ogen gevangen en ze kreeg het idee dat ze het onderwerp was van een verhoor.

'Van één meter twintig bij vijftig centimeter?'

'Goh, ja, ik denk het wel.' Hij had in elk geval haar aantekeningen goed gelezen.

Tedingh zuchtte en zakte achterover in zijn stoel. Hij keek Katja lang en doordringend aan. 'Mag ik u een verhaaltje vertellen?' Hij wachtte het antwoord niet af. 'In 1642 heeft Rembrandt een groepsportret geschilderd. Een schuttersstuk, zoals er in die tijd veel werden geschilderd. Dat portret hing tientallen jaren in de grote zaal van de Kloveniersdoelen, tot het in 1715 verhuisde naar het toenmalige, net gebouwde stadhuis op de Dam. Het was een donker doek door al de rook en het vuil dat gedurende de tijd dat het bij de schutters hing aan het oppervlak was gaan kleven. De Kloveniersdoelen begon in die tijd meer en meer op een herberg te lijken en men vond dat geen veilige plek voor het enorme doek. Dus had men in het nieuwe stadhuis op de derde verdieping een kamer gevonden, de Kleine Krijgsraadzaal om precies te zijn, waar nog een muur moest worden gevuld.'

Tedingh pauzeerde even en haalde een sigaar uit zijn borstzakje, waaraan hij even rook omdat hij hem niet mocht opsteken.

'Het doek moest tussen twee deuren in komen te hangen, maar het bleek te groot. Blijkbaar was er geen andere plek voor het schilderij en was terugbrengen geen optie, dus werd er besloten om het doek bij te snijden.'

Katja ging langzaam overeind zitten. Ze had het gevoel dat ze wist waar dit verhaal heen ging.

De oude man gaf een teken aan Robin, die met een afstandsbediening blinden voor de ramen liet schuiven, waardoor de ruimte werd verduisterd. Met een andere afstandsbediening activeerde hij een beamer die aan het plafond hing. Op de witte muur naast het raam verscheen een afbeelding van de *Nachtwacht*.

'Het meesterwerk van Rembrandt van Rijn, dat hij tussen 1640 en 1642 moet hebben geschilderd. Overigens heette het toen niet de *Nachtwacht*, het was in die tijd niet de gewoonte om schilderijen een naam te geven, maar daar weet u ongetwijfeld alles van.'

'Ik heb het waarschijnlijk wel ergens gelezen, maar Rembrandt was niet direct mijn specialiteit,' antwoordde Katja afhoudend. Ze voelde zich nerveus en had het gevoel dat haar zo een examen zou worden afgenomen.

'Dit is *De compagnie van Frans Banninck Cocq en luitenant Willem van Ruytenburgh maakt zich gereed om uit te marcheren* ofwel *De schutters van wijk II*, maar dan niet geschilderd door Rembrandt, maar door Gerrit Lundens.'

Ze keek hem vragend aan.

'Lundens kopieerde het werk van Rembrandt. Dit heeft hij geschilderd niet lang nadat de meester zelf het doek had opgeleverd. Van deze kopie hebben wij weer een digitale reconstructie gemaakt, zodat wij nu kunnen zien hoe destijds de oorspronkelijke *Nachtwacht* eruitzag.'

Tedingh stapte in het beeld en gaf met zijn hand aanwijzingen op het afgebeelde schilderij. 'Hier aan de rechterzijkant en boven en beneden zijn kleine stroken verwijderd. Wat op zich wel jammer is, want zeker de strook die aan de onderkant is weggesneden haalt voor een deel de beweging uit het schilderij. Maar *bon*, belangrijker is de strook die aan de linkerzijde is weggehaald, dat was een stuk van meer dan vijftig centimeter, over de hele lengte. Jammer voor Jan Brugman.' Hij wees op een figuur met zwarte hoed die samen met een andere figuur aan de linkerkant van het schilderij stond afgebeeld. 'Hij heeft, net als de andere schutters, een vorstelijk bedrag moeten betalen om te worden geschilderd, maar sinds 1715 speelt hij niet meer mee.'

In het licht van de beamer zag Katja de oude man grinniken.

'Wie heeft er dan bepaald wat er moest worden weggesneden?' vroeg ze. 'Dat doe je toch niet uit de losse pols.'

Tedingh stapte weer in het donker. 'Wederom scherp opgemerkt, jongedame. Chapeau. Het schilderij dat wij tegenwoordig kennen als de *Nachtwacht* had in die tijd niet de reputatie die het nu heeft, die is bijna mythisch, maar men wist toen al wel dat het een waardevol kunstwerk was. Daar zette je niet zomaar het mes in. Daar heeft men een gerespecteerd ambachtsman voor aangetrokken, iemand met een oog voor compositie. En die bekend was op het stadhuis.'

'Isaac Pietersz,' fluisterde ze.

'Bingo.'

Hij gaf een teken aan Robin en het beeld van de *Nachtwacht* maakte plaats voor een zwart-witweergave van twee geschilderde mannen, waarin Jan Brugman en zijn kompaan te herkennen waren.

'Dit is het resultaat van de röntgenfluorescentiespectrometrie die jullie op het doek hebben losgelaten. De XRF-techniek in de volksmond.' Hij grinnikte weer, blij met zijn eigen formulering. 'Die techniek zorgt ervoor dat we diep in de verflagen kunnen doordringen, de samenstelling van elk pigment apart kunnen bepalen. Het geeft zelfs zicht op typerende verfstreken van de schilder. Kortom, het geeft ons veel meer informatie dan de traditionele radiografie, die kleurenblind is en fragmentarisch.'

'Zo ver was ik nog niet met mijn onderzoek, we hebben nog geen tijd gehad om de uitkomsten van de scan aan een nader onderzoek te onderwerpen.'

'Uiteraard niet.'

Blijkbaar was hij klaar met zijn college, want hij knipte met zijn vingers en Robin zette de blinden voor de ramen in beweging, waardoor het felle lentelicht de kamer binnenstroomde.

'Die Pietersz van u,' ging Tedingh verder, 'was in zijn tijd een gerespecteerd schilder. Het heeft me de halve nacht gekost om meer over hem te weten te komen dan u boven water hebt gekregen, wat mij overigens niet is gelukt, maar hij kon er als portretschilder en restaurateur goed van leven. Zoveel heb ik begrepen.'

'Hij is niet heel oud geworden.' Katja was blij dat ze iets kon bijdragen aan de discussie.

'Men moet hem hebben gevraagd om de *Nachtwacht* bij te snijden. Hij heeft er met een schildersoog naar gekeken en er op de juiste plekken het mes in gezet. Moet trouwens nog een hele klus zijn geweest. Het doek was zo'n beetje vier bij vier en moest uit zijn spanraam worden gehaald. Enfin, hij hield, naast wat losse stroken, een stuk van drie zestig bij een halve meter over en dat was niet iets wat men in die tijd weggooide. Men leefde toen in een circulaire economie. Kom daar nu maar eens om.'

'Wilt u zeggen dat hij dat stuk *Nachtwacht* mee naar huis heeft genomen en eroverheen heeft geschilderd?'

'Zou zomaar kunnen. Dat is wat we zouden moeten onderzoeken. Voorlopig gaan we er alleen nog van uit dat het schilderij van Pietersz is geschilderd over een doek van Rembrandt van Rijn.'

Hij zei het op een manier die voor twijfel geen ruimte liet. Net als Arjen die diezelfde overtuiging had gehad, maar het had haar moeite gekost om erin te kunnen geloven.

'Hoe kunt u daar dan zo zeker van zijn?'

'Door het lezen van uw eigen onderzoek.' Tedingh glimlachte. 'Analyse van de onderste lagen heeft uitgewezen dat het oorspronkelijke doek is geprepareerd met kwartsgrond, een combinatie van kwarts en klei, nietwaar?'

Katja groef in haar herinnering, maar Tedingh zette zijn college al voort.

'En dat was typisch voor Rembrandt! Dat deed, voor zover bekend, niemand anders in die periode. De methode was sneller en goedkoper dan het aanbrengen van lagen rode oker en loodwit, wat gewoon was in die tijd. Hij begon hiermee toen hij zijn intrek nam in het huis aan de Jodenbreestraat, dus zo rond 1640.'

Hij liet een betekenisvolle stilte vallen.

'De *Nachtwacht* is geschilderd tussen 1640 en 1642, dus het schilderij dat u hebt onderzocht zou er zomaar een deel van kunnen zijn. Interessant is te weten of de andere schilderijen die u in uw bezit hebt ook een onderschildering hebben en of die overeenkomt met dit stuk van de *Nachtwacht*. Begrijpt u?'

Hij liet de vraag in de lucht hangen, maar Katja had hem wel begrepen. Als de andere twee schilderijen een onderschildering zouden hebben die zou aansluiten bij die van het kinderportret, dan was de kans groot dat ze... Het was te bizar voor woorden, maar dat zij het verloren deel van de *Nachtwacht* had teruggevonden.

Tedingh hing nu over de tafel en ademde zwaar. 'Collega Post moet dat hebben gezien, hij moet de potentie hebben onderkend.'

Langzaam maar zeker begon Katja door te krijgen in wat voor wespennest ze terecht was gekomen.

'U wilde het schilderij bij ons onderbrengen.'

'Eh... ja. Dat leek mij het beste. Maar ik kreeg niet het idee dat Robin stond te trappelen.'

De conservator kuchte en wuifde het lichte verwijt weg. 'Ik wilde me eerst even informeren.'

'Wij zullen het graag onder onze hoede nemen,' verzekerde Tedingh haar stellig. 'Het is ook van belang de twee andere schilderijen op te sporen. Die kunnen ons zekerheid geven over de waarschijnlijkheid van ons vermoeden. Zijn die doeken ook in uw bezit?'

'In de familie, ja. Mijn grootvader heeft ze ooit gekocht. Hij heeft ook onderzoek gedaan naar de herkomst van het doek met de kinderen. Dat was een soort hobby van hem.'

'Is hij daar nog ver mee gekomen?' vroeg Tedingh nonchalant.

'Hij deed het samen met een vriend, maar volgens mij is hun onderzoek gestrand.'

Tedingh glimlachte vluchtig. 'Wellicht kunnen wij het onderzoek wat verder helpen. Zou de familie de doeken willen afstaan?'

'Ja... ik denk het.'

'Maar weet u het zeker? Als het hier eventueel om de *Nachtwacht* gaat, en het kan nog jaren duren voor we daar honderd procent zekerheid over hebben, hebben we het over werk van een onschatbare waarde. In euro's, dollars, roebels.'

Hij keek haar met zijn priemende blik strak aan. Katja werd er onzeker van.

'Ik zou het mijn vader moeten vragen.'

'Doet u dat. Hou ons vooral op de hoogte en mocht iemand u benaderen...'

'Wie zou mij willen benaderen?' onderbrak Katja hem.

De oude man hief zijn handen. 'Louis Post kende veel mensen in deze wereld. Misschien... bent u al benaderd door een andere partij?'

Ze aarzelde even en de man leek het direct op te merken. Was het zomaar een vraag geweest of wist deze man meer? Waar was hij op uit? Ze wist een glimlach op haar gezicht te toveren. 'Misschien was Post al dood voor hij er met iemand over kon spreken. Hij had het er met Arjen, ik bedoel professor Hageveld, over willen hebben op de ochtend van zijn dood.'

Tedingh knikte flauwtjes en liet een stilte vallen. 'Zullen we afspreken dat u het doek dat onderwerp was van uw onderzoek bij ons onderbrengt?'

Dat was de vraag waar Katja bang voor was. Moest ze nu gaan vertellen dat ze het was kwijtgeraakt? Zouden ze haar dan überhaupt nog wel geloven?

'Ik... heb het zelf nog even nodig. Voor mijn scriptie.'

'Begrijpelijk.'

'Maar zodra ik klaar ben...' Ze lachte wat onhandig.

'Laat het ons weten. Hou contact.'

Robin gooide zich in de strijd. Hij spreidde zijn armen. 'Als je hulp nodig hebt...'

'Dan weet ik je te vinden,' maakte ze zijn zin af. 'Ik hou u op de hoogte.'

'Graag.' Tedingh schoof een kaartje over tafel. MR. R.J.M. TEDINGH VAN EYCK, stond erop te lezen. Met een telefoonnummer. Het was geen kaartje zoals Robin haar had gegeven, met het logo van het Rijksmuseum erop. Werkte deze Tedingh eigenlijk wel voor het Rijks? Wie was hij?

De oude man stond op en veegde het zweet van zijn voorhoofd. 'Wacht niet te lang.'

32

Katja Hiemstra had geaarzeld toen hij haar vroeg om het doek bij het Rijks onder te brengen. Hij had in haar ogen gelezen dat ze zocht naar een smoes. Waarom? Speelde ze een spel?

Het ging om hetzelfde doek als dertig jaar geleden. Tedingh had de aantekeningen van het gesprek in het rode mapje geschoven, hetzelfde mapje waarin hij de aantekeningen was tegengekomen van zijn gesprekken met Jacques Verburg. Die was in eerste instantie aan komen zetten met een onwaarschijnlijk verhaal, maar gaandeweg hadden ze moeten toegeven dat er iets bijzonders aan de hand was. Aan de hand kon zijn. Maar de waarheid was dat ze niet goed wisten wat ze met de informatie aan moesten. Er kleefden te veel risico's aan. Den Haag wilde de boot liever afhouden. Toen was Verburg gaan dreigen met een buitenlandse partij. Was het hem om het geld te doen geweest? Niet erg waarschijnlijk, zou je zeggen, niet voor een oude communist. Aan de andere kant waren veel van die rooie rakkers wakker geworden, in die tijd was de Muur net gevallen. En niet veel later Jacques zelf ook. Hij moest hebben samengewerkt met de grootvader van de jonge vrouw. Sterker nog, het schilderij was van hem geweest en Jacques deed de verkoop.

Hij liep naar het raam en haalde de sigaar uit zijn borstzak. Zij was ook benaderd door een andere partij. Hij was er zeker van, hij had het gezien aan haar houding. Een buitenlandse partij? Twijfelde ze daarom nog? Was dat de reden waarom ze dat schilderij niet had meegebracht? Hij stak de sigaar in zijn mond en ademde zwaar door zijn neus. Het gesprek had hem een slecht gevoel bezorgd. Hij had niet het idee dat hij haar had kunnen bereiken, het kind had werkelijk geen idee waar ze mee bezig was. Voor haar was het misschien een groot avontuur, maar hij kon het risico niet lopen. Nee, hij ging niet wachten tot ze belde. Voor je het wist was hij te laat.

Onderweg naar Den Haag had Katja tijd nodig gehad om bij te komen van het verrassende vervolg van dit ongevraagde avontuur. De *Nachtwacht*. Het verhaal werd steeds gekker. En ongeloofwaardiger. Dat gold echter blijkbaar alleen voor haar. Die man, Tedingh van Eyck, leek haar serieus genoeg. Maar die kunsthandelaar Vreeman ook. 'Je bevindt je in groot gevaar,' had hij gezegd. 'Er zijn meer partijen op de hoogte van jouw spectaculaire vondst…'

Wie dan? Wisten zij soms ook van de *Nachtwacht*? Via de dode Louis Post? En Arjen, hoeveel had hij hiervan geweten voor hij zich terugtrok? Nee, dat kon ze niet geloven. Als ontdekker van een verloren stuk van de *Nachtwacht* zou zijn naam voor eeuwig in gouden letters in de leerboeken zijn opgenomen. Dan had zijn ijdelheid het gewonnen van de angst. Nee, hij was bang geweest en gevlucht.

Ze moest aan haar grootvader denken. Hij moest hebben vermoed dat er een Rembrandt schuilging onder het schilderij van Pietersz. Dat was natuurlijk het grote geheim. Een sensatie. Maar wist hij ook van de *Nachtwacht*? Ze zag de drie rechthoeken uit het schilderijenboekje voor zich, met de exacte maten, die bij elkaar opgeteld het ontbrekende stuk van de *Nachtwacht* vormden. Had Jacques Verburg toen ook al een vermoeden waar ze bij toeval op waren gestuit? Had hij die wetenschap voor zichzelf gehouden om haar grootvader te ontzien? Hij voelde zich bedreigd, dat bleek wel uit de ansichtkaarten.

Moest zij ook bang zijn? Ze voelde geen angst, wel onrust. Misschien kwam dat omdat ze niet wist wie haar tegenstanders waren. Een 'harde, gevaarlijke wereld', had Vreeman het genoemd. En zelfs die Tedingh had haar impliciet gewaarschuwd. Maar wat kon ze doen? Naar de politie gaan? Die zag haar aankomen.

Wat hebt u te melden, mevrouw?

Ik word achtervolgd en bedreigd, maar geen idee door wie. Mijn schilderij is gestolen.

Welk schilderij?

De Rembrandt natuurlijk! Nee, opnieuw geen idee door wie. Getuigen? Zeker wel, eentje, maar die is gevlucht en geen idee waarnaartoe.

Er was nul procent kans dat ze haar serieus zouden nemen. Misschien dat alles op zijn plaats zou vallen als ze wist waar haar schilderij zich bevond, maar dat was nu juist het probleem. Het grote probleem.

Nee, er zat voorlopig eigenlijk maar één ding op.

Ze parkeerde de knalrode Mini Cooper S voor het vertrouwde pand aan de Bezuidenhoutseweg. Ze voelde zich een beetje schuldig dat het zo lang geleden was dat ze in Den Haag was geweest om haar vader op te zoeken. Ze had de schuld gelegd bij de drukte rondom haar scriptieonderzoek, maar de diepere waarheid was dat ze ook niet graag terugging naar haar geboortestad. Zodra ze de straat in reed kreeg ze het gevoel dat ze een stap terug deed in de tijd. Hoewel ook Den Haag de laatste jaren behoorlijk was veranderd, waren de beelden en de geuren onlosmakelijk verbonden met haar jeugd. De jaren dat Alice en zij bij hun grootouders hadden doorgebracht, omdat hun vader in het buitenland gestationeerd was. De vriendinnen van grootmoeder die kwamen bridgen of taartjes eten en dat Alice en zij ook op mooie dagen binnen moesten blijven, terwijl hun vriendinnetjes buiten aan het spelen waren. Want ja, buiten kon je smerig worden, of een gat in je knie vallen. Ze had het grootmoeder nooit kwalijk genomen, zij kwam uit een andere tijd, ze had het beste voorgehad met haar kleindochters. Katja had haar puberteit érger gevonden, die eeuwige strijd met haar ouders. De ruzies omdat ze weer eens te laat thuis was als ze met haar vriendinnen een deel van de nacht op Scheveningen had doorgebracht. Ze bewaarde er geen prettige herinneringen aan.

De afgelopen tijd had haar vader zich wel belangstellend getoond en was hij milder geworden en minder veroordelend. Zeker na de dood van mammie. Het had de band met haar vader verstevigd. Ze had regelmatig met hem gebeld, hoewel het in die gesprekjes voornamelijk bij gemeenplaatsen was gebleven. Gelukkig woonde Alice in de buurt en haar zus had haar op de hoogte gehouden van de omstandigheden waaronder hij zijn dagen doorbracht.

Het was nu twee jaar geleden dat haar moeder was overleden. Kanker. In februari kreeg ze de diagnose en twee maanden later was ze dood. Jan Hiemstra was ontroostbaar geweest, hoewel hij dat natuurlijk niet had willen laten zien; emoties waren in de familie van haar vaders kant niet iets wat je met anderen deelde, daar viel je niemand anders mee lastig. Haar ouders waren bijna vijfenveertig jaar bij elkaar geweest, en dan letterlijk bij elkaar. Nooit trof je de een zonder de ander, zeker niet nadat de meisjes waren uitgevlogen. Haar vader had zich teruggetrokken uit het zakenleven, hij was al een tijdje gepensioneerd, maar na de dood van zijn vrouw had hij ook de meeste van zijn sociale verplichtingen opgegeven. 'Ik heb er de energie niet meer voor,' zei hij dan, hoewel zijn dochters hem ervan wilden overtuigen dat hij nog jong was, jong genoeg om het leven te leven, ook al was zijn vrouw dood. De suggestie dat hij misschien eens moest uitkijken naar een nieuwe vrouw in zijn leven werd bot afgewezen. Hij was al getrouwd en al was zijn vrouw dan dood, dat deed niets af aan de eed die hij haar vierenveertig jaar geleden had gezworen.

Haar vader deed de deur open en nam zijn dochter in zijn armen. Ze rook de vertrouwde geur van het vest dat hij binnenshuis altijd droeg.

'Kom d'r in. Koffie, thee, iets sterkers?' Hij ging haar voor naar de woonkamer en ze was blij dat hij niet verviel in geklaag over het feit dat hij zich genegeerd voelde, wat haar moeder vroeger nog weleens deed. 'Hoe is het in Amsterdam? Waarom vertel je me niet wat je daar allemaal uitspookt? Je sluit je vader en mij buiten, lieverd!' Ze had altijd een hekel aan die litanie gehad. Maar haar vader begon er niet over. Hij schonk zonder het te vragen twee glazen sherry in. Fino van Harveys, ze had hem nooit een andere sherry zien drinken. Hij gaf haar een glas en hief met een melancholieke blik het zijne. 'Op je moeder.' Hij nam een slok. 'Ik drink elke dag op haar. Het eerste glas.'

'Op mammie.'

Hij ging in zijn stoel bij de haard zitten. 'Hoe gaat het, liefje?'

Hij zag er slecht uit, zijn gezicht had een vale, grauwe tint, alsof hij dagelijks twee pakjes sigaretten weg pafte – wat niet zo was. Hij had ooit sigaren gerookt, maar daar was hij al jaren geleden mee gestopt. Op zijn volle bos grijs haar hadden de jaren geen greep gekregen, maar het maakte een pluizige, ongekamde indruk.

'Goed, het gaat goed. Ik ben bijna klaar met mijn scriptie.'

'Mooi.'

'Hoe is het met jou?'

Hij haalde zijn schouders op en keek naar het geelglinsterende vocht in zijn glas. 'Ik moet van Plasman mijn pillen slikken.' Plasman was zijn huisarts. 'Anders ga ik dood. Volgens Plasman.'

Haar vader had al langer hartklachten, reden waarom hij

zich eerder dan hij had gewild uit zaken had teruggetrokken. De stress van het werk trok een te grote wissel op zijn gezondheid.

'Slik je ze dan niet?'

'Soms.' Hij lachte. 'Als ik er toevallig aan denk, maar liever denk ik er niet aan. Die bètablokkers maken je suf. Ik hang alleen maar op de bank als ik zo'n ding heb geslikt. Dat doe ik nu ook, dat weet ik wel, maar ik voel me er in elk geval beter bij.'

'Pappie!' Ze knielde bezorgd bij hem neer.

Hij legde een hand op haar gezicht. 'Ik hoef nog niet dood, liefje, maar heel veel moeite om te blijven leven zie ik me ook niet doen.'

'Je hebt er zeker de energie niet meer voor!'

Haar vader grijnsde. Hij dronk zijn glas leeg en stond op. 'Nog eentje dan.'

'Niet voor mij.'

'En dan ga je mij vertellen waarom je hier bent.' Hij trok de kurk van de sherryfles. 'Want je bent hier niet voor de gezelligheid.'

'Nee?'

'Nee. Je zus is van de gezelligheid, vandaar dat ze maar twee keer per week mag langskomen.'

'Meer gezelligheid kun je niet verdragen?'

'Zo is het,' zei hij met een grijns.

Katja was blij te horen dat hij in elk geval zijn speciale gevoel voor humor niet was verloren.

'Jij bent altijd van de feitjes geweest. Je wilde weten hoe de eerste man op de maan was gekomen en hoe hij er weer van was vertrokken.'

'Met een raket.'

'Precies, dat zei ik ook, maar daar nam jij geen genoegen mee. Had die raket dan een motor en moest die dan niet ergens tanken?'

'En tankte die diesel of loodvrij?'

'Het ging maar door in dat koppie van jou.'

Haar vader kreunde even toen hij weer plaatsnam in zijn stoel. 'De rug,' mompelde hij als excuus. 'Het leven wordt steeds leuker.'

'Ik wilde je heel graag even zien. Maar je hebt gelijk, het is niet de enige reden van mijn komst. Ik wil een paar dagen naar het Hotel.' Het Hotel was de naam van hun buitenhuis in de buurt van Crain, een dorpje onder Auxerre. Het huis was al lang in de familie en Katja herinnerde zich zomers die jaren duurden, waarvan zij en haar zus intens genoten hadden. Tot ze de vijftien waren gepasseerd en ze zich dood verveelden in het afgelegen huis, terwijl in Den Haag hun hele vriendenkring alleen maar heel leuke en opwindende dingen deed. Dat had in die tijd behoorlijk wat spanningen opgeleverd in het gezin en vanaf haar zestiende verjaardag had Katja de jaarlijkse zomervakantie in Frankrijk aan zich voorbij laten gaan. In latere jaren had ze haar ouders daar wel opgezocht en ze bewaarde dierbare herinneringen aan de gezamenlijke maaltijden, die altijd vergezeld gingen met het beste wat de wijnranken van de Bourgogne te bieden hadden.

'Dat zal niet gaan,' zei haar vader bedachtzaam.

'Waarom niet? Is het verhuurd?'

Katja wist dat haar vader het huis de laatste jaren nu en dan verhuurde om een grote verbouwing en het jaarlijkse onderhoud te bekostigen.

'Het is verkocht.'

Deze simpele mededeling sloeg zo in dat Katja even niets wist te zeggen. Verkocht?

'Maar... waarom?'

'Je lijkt verbaasd.'

'Ik ben verbaasd!'

'Sinds de dood van je moeder heb ik geen zin meer om erheen te gaan en jij bent er volgens mij al jaren niet meer geweest. Waarom zou ik het huis dan aanhouden?'

'Maar het is al… al…'

'Al jaren in de familie, ja. Een loden last, liefje, ik ben blij dat ik ervanaf ben.'

'Weet Alice hiervan?'

'Ik denk het niet, ik heb het haar niet verteld. Je zus hangt liever rond in Thailand en Vietnam, maar heeft geen interesse in het huis in Crain. Zes maanden geleden kwam er een Engelsman langs en die bood een mooi bedrag. Klaar.'

Katja zag het kamertje op de eerste verdieping voor zich waar ze samen met haar zus had geslapen. Alice rechts en zij links van de deur. Hun bedden stonden tegen de houten wanden geschoven, die door haar vader met een grote roller lichtblauw waren geschilderd. Alice had platen van dieren boven haar bed, Katja herinnerde zich koalabeertjes en kangoeroes in felle kleuren. Boven haar eigen bed hing een reproductie van de *Waterlelies* van Monet. Niet zo mooi als het kinderportret dat thuis in Den Haag hing, maar toch keek ze er graag naar.

'En het meubilair?' vroeg ze voorzichtig.

'Geen idee.'

'Hoe bedoel je: geen idee?'

Haar vader trok een wenkbrauw op en Katja realiseerde zich dat ze iets te streng had geklonken.

'Ik heb dat aan madame Ménard overgelaten.'

Madame Ménard was een weduwe uit Crain die zo lang Katja het zich kon herinneren het huis had schoongehouden. En als de familie in Nederland was, lette zij op het pand en deed op gezette tijden de ramen en deuren open om het te luchten.

'Dus voor hetzelfde geld ligt de hele huisraad nu bij het grofvuil?'

Jan Hiemstra trok een mondhoek op. 'Dat lijkt me sterk. Madame Ménard is op de penning. Er stond niet echt veel van waarde in het huis, maar de hele inboedel zal heus wel een leuk bedrag opbrengen.'

'Nou ja!'

'Het lijkt wel of je het haar niet gunt, liefje. Ik zou niet weten wat ik met al die spullen uit het huis aan zou moeten. Bovendien heeft die vrouw er jaren voor gezorgd, dus een meevallertje lijkt me hier wel op zijn plaats.'

'Ja, natuurlijk. Ik gun haar de wereld, maar... Nou ja...'

'Je moet wennen aan het idee, begrijp ik.'

Ze stond op en liep naar het raam, waarachter de buitenwereld als in een stomme film aan haar voorbijgleed. Het vakantiehuis was traditioneel Frans ingericht, dat had haar moeder ooit zo gewild, en haar vader had natuurlijk gelijk dat hij zichzelf van een hoop gedoe had verlost door madame Ménard de inboedel te gunnen. Maar had zij twee klassiek achttiende-eeuwse schilderijen uit de Hollandse school op waarde weten te schatten? Waarschijnlijk niet. Waarschijnlijk had ze ze meteen weggegooid of voor een habbekrats verkocht. De spanning balde zich samen in Katja's maag. Moest ze haar vader op de hoogte brengen van de ontwikkelingen die haar leven de laatste dagen overhoop hadden gegooid? Moest ze hem vertellen van de drie schilderijen die volgens sommige deskundigen samen het ontbrekende gedeelte van de *Nachtwacht* zouden kunnen vormen? Jezus, het ene doek was verdwenen en de andere twee waren in handen van een oude Franse weduwe met nul verstand van kunst, die ze waarschijnlijk meteen van de hand had gedaan.

Ze draaide zich om en keek naar haar vader, die met zijn ogen gesloten diep weggedoken in zijn stoel zat. Hij zag er oud en breekbaar uit voor een man van zijn leeftijd. De dood van mammie had hem geknakt, bedacht ze bedroefd.

Ze overwoog zachtjes de kamer te verlaten, toen hij zijn ogen opende en haar met zijn ironische blik aankeek. 'Maar als je echt gehecht bent aan iets wat in het Hotel stond, dan zou je natuurlijk bij madame Ménard kunnen checken of het er nog is.'

'Hoe bedoel je?'

'Ik heb met haar afgesproken dat de inboedel in het huis zou blijven staan tot die Engelsman erin is getrokken, voor het geval hij wat huisraad zou willen overnemen.'

Toch nog een sprankje licht. De kans was aanwezig dat nog niet alles op een van de plaatselijke bric-à-bracmarkten was verkocht en ze had direct naar Frankrijk willen vertrekken. Haar vader had er echter op gestaan om samen de maaltijd te gebruiken in het Indonesische restaurant om de hoek.

'Hier eet ik elke avond, tenzij je zus voor me kookt. Dat komt gelukkig niet heel vaak voor.'

Hij had in zijn vroegste jeugd een aantal jaar in Indonesië doorgebracht, omdat zijn vader in die tijd verbonden was geweest aan de Nederlandse ambassade. Een moeilijke tijd voor grootvader, maar haar vader had, naar eigen zeggen, genoten van zijn jeugdjaren in de tropen en er een uitgesproken voorkeur voor de Indonesische keuken aan overgehouden. Hij had een fles witte wijn besteld – 'Een pinot gris uit de Elzas, hebben ze speciaal voor mij in huis gehaald' – waar zij maar één glaasje van had gedronken, maar die haar vader spraakzaam en vooral wat vrolijker had gemaakt. Hij wilde het hebben over haar studie en de vorderingen die ze maakte met haar onderzoek.

'Heb je nog iets gehad aan dat schilderijenboekje van je grootvader?'

'Natuurlijk, hij had al veel onderzoek gedaan, al kon hij natuurlijk niet beschikken over de technieken die in de afgelopen jaren zijn ontwikkeld. Helaas.'

'Dat hoeft je niet te spijten. Jij maakt zijn werk af. Ik vind dat een mooie gedachte.' Hij keek haar ernstig aan.

Katja moest slikken, dit kwam dicht bij een compliment, iets waar hij in zijn leven niet scheutig mee was geweest. De lieverd. Hij wist niet half waar grootvader mee bezig was geweest, waar zij mee bezig was. Ze zou hem niets vertellen, het was te veel, te complex, te onzeker ook.

'Ik kwam de naam tegen van ene Jacques...'

Haar vader schoot in de lach. 'Jacques! Ja... hoe heette die toch ook alweer? Hij had kennis opgedaan in de kunstwereld en daar hielp hij grootvader mee. Rare kerel. Ik weet nog wel dat je grootmoeder niet bepaald blij was met zijn voortdurende aanwezigheid. Jacques was lid van de communistische partij en dat was voor haar geen aanbeveling tijdens de Koude Oorlog.' Hij genoot van de herinnering.

'Ik las in de dagboeken dat ze communiceerden via ansichtkaarten.'

'O ja?' Hij fronste zijn voorhoofd. 'Staat me niets van bij. Maar het verbaast me ook niet, hoor, het was een vreemd mannetje.'

Voelde ze zich teleurgesteld? Had ze gedacht, of misschien gehoopt, dat haar vader die ansichtkaarten nog in zijn bezit had? Na de dood van grootmoeder hadden ze het hele huis leeggehaald en opgeruimd. Alleen de dagboeken van grootvader waren gespaard gebleven. Die waren naar haar gegaan.

'Jacques...' herhaalde hij nog maar eens. Katja zag dat zijn oogleden begonnen te zakken. Het werd tijd voor de rekening.

Vreeman had een knoop doorgehakt. Hij had zich gerealiseerd dat hij schaak stond, nog net niet mat. Hij kon zijn vrouw niet in handen laten van die Rus, alleen al de gedachte aan haar deed zijn hart ineenkrimpen. Hij probeerde zich geen voorstelling te maken van de situatie waar zij zich nu in bevond. Hij moest in actie komen.

Mazarov had de hele dag niets van zich laten horen en die boodschap was duidelijk genoeg: er werd nu iets van hem verwacht. Wat had hij ook alweer gezegd? Iets over een dolle hond of zo? Het deed er ook niet toe. Hij was ervan overtuigd dat als hij nog langer wachtte, hem een volgende verrassing in een doosje zou worden gestuurd. En omdat hij het geld dat hij aan de Rus moest betalen niet had, moest hij iets anders bedenken om zich te bevrijden van deze gevaarlijke gek. Er zat niets anders op. Hij moest hem op de hoogte brengen van wat hij wist.

Na het eten had Katja haar vader weer thuis afgezet, maar de uitnodiging om te blijven slapen had ze liefdevol afgeslagen. Ze had helaas geen tijd, vertelde ze. Haar vader had haar lang omhelsd en op beide wangen gezoend. Toen ze naar hem opkeek zag ze tranen in zijn ogen staan.

Ze had willen doorreizen naar Parijs, maar al bij Arras merkte ze dat ze vermoeid raakte en het haar nauwelijks lukte om haar ogen open te houden. Het was druk op de weg, veel vrachtverkeer dat onverstoorbaar inhalend voortdurend zorgde voor schrikachtig oplichtende achterlichten. Bij Bapaume besloot ze dat ze lang genoeg achter het stuur had gezeten en ze parkeerde de auto voor Hotel de la Paix. Een kamer was geen probleem en als madame een koude of warme snack wilde, kon dat ook worden geregeld. Katja had genoeg aan een groot glas rode wijn, om daarna in een diepe slaap te vallen.

Ze werd de volgende ochtend wakker door het geluid van haar mobiel. Halftien! Twee uur later dan ze had willen opstaan. Ze had geen tijd te verliezen, ze moest weer door.

'Met Katja.'

'Katja, met Alice.' Er was iets in de klank van de stem van haar zus wat alarmbellen deed afgaan.

'Alice?'

'Pappie is dood.'

33

Ze had snel gedoucht, twee koppen koffie gedronken en met moeite wat fruit naar binnen gewerkt, en nu was ze weer op de terugweg naar Den Haag. Pappie dood. Er spookten donkere gedachten door haar hoofd en ze had moeite om zich op het drukke ochtendverkeer te concentreren. Ze zag Arjen voor zich, die zich na de dood van Louis Post bedreigd had gevoeld en was gevlucht voor de voor haar onzichtbare tegenstander. En Nina, die bijna was verkracht door die kale engerd. Dezelfde kale kerel over wie Arjen het had gehad? Ze had het in eerste instantie weggelachen, niet geloofd dat ze zich in een James Bond-verhaal bevonden, maar het lachen was haar vergaan. En nu pappie. Was ook dit de schuld van diezelfde man? Was het haar schuld, hadden ze haar achtervolgd? Ze hadden het eerder gedaan, daarom was ze van auto gewisseld. Hadden ze haar toch weer gevonden? Maar waarom hadden ze haar vader dan…? Tranen sprongen in haar ogen en ze voelde zich enorm schuldig. Waarom had ze haar vader in deze situatie dan ook opgezocht? Waarom had ze hem niet gebeld? Waarom… Zinloze vragen, vragen waarop geen antwoord was, maar die wel in haar hoofd bleven malen. Ze was blij dat het oplichtende benzine-icoontje aangaf dat ze moest tanken.

Haar vader lag in zijn bed, het dekbed tot aan zijn kin opgetrokken. Het hoofd met de aristocratische bos grijs haar zag zo mogelijk nog bleker dan de dag ervoor, het leven was eruit vertrokken. Letterlijk. De geest was weg en wat op het kussen was achtergebleven had weinig meer met haar vader te maken. Katja kon dan ook zonder emotie naar het gezicht kijken, terwijl haar zus stond te snotteren in de hoek van de slaapkamer. De slaapkamer van haar ouders, die nu in niets herinnerde aan de vrolijke, lichte kamer die haar vader en moeder had toebehoord. Waar haar ouders dingen deden, zo was haar lang geleden op het schoolplein verteld, waar Katja niets van wilde weten. Nu zat er geen leven meer in. Het was niet langer een slaapkamer, het was een rouwkamer.

'Hij was dood toen hij wakker werd,' snikte Alice.

'Sorry?'

'Ik bedoel, hij is vanmorgen niet wakker geworden, omdat hij dood was.'

'Jaja, in zijn slaap...'

'En hij was nog helemaal in orde toen jij hem gisteravond verliet?' vroeg Alice.

Hoorde ze afkeuring in de stem van haar zus? 'Ja. Hij was... zoals hij altijd was sinds mammie is overleden. Heb jij hem hier vanochtend gevonden?'

Haar zus knikte. 'Ik kwam langs, met twee tompoezen. Hij was gek op tompoezen.'

Ondanks de situatie moest Katja inwendig lachen. Alice was gek op tompoezen en hun vader was haar excuus geweest.

'En meestal is hij vroeg op, dus ik dacht dat hij al op weg was, een boodschapje doen of zo. Maar zijn schoenen stonden onderaan de trap, je weet dat hij altijd zijn schoenen...' Alice ratelde maar door, dat had ze altijd al gehad als ze zenuwachtig was. Katja had geleerd zich ervoor af te sluiten en het belangrijkste eruit te pikken. '... zag ik hem dood in zijn bed liggen!'

Dokter Plasman kwam de kamer binnen. 'Katja. Goed je te zien, hoewel... De reden is natuurlijk niet zo vrolijk. Gecondoleerd.'

'Dank u.'

De huisarts boog zich over het lichaam van haar vader alsof hij daar nog iets nieuws aan zou kunnen ontdekken.

'Kunt u ons zeggen waaraan hij is overleden?'

'Zijn hart, dat was al een tijdje behoorlijk slecht. Hartfalen heet dat. Hij heeft niet zo lang geleden een klein infarct gehad.'

Katja keek naar Alice. 'Wist jij dat?'

Alice schudde haar hoofd.

Plasman kuchte. 'Hij wilde niet dat het bekend werd. Jullie weten hoe hij was.' Hij liet een korte stilte vallen. 'Het was een klein infarct, zoals gezegd, maar gezien de toch al wankele conditie van zijn hart heeft het blijkbaar meer schade aangericht dan gedacht. Bovendien was hij erg slordig met zijn pillen.'

Katja aarzelde. 'Weet u zeker dat het zijn hart is geweest?'

De dokter keek haar verbaasd aan en nam het ronde brilletje van zijn neus. 'Wat had het anders moeten zijn?'

'Nou... ik neem aan dat u het lichaam onderzoekt op... op mogelijke andere doodsoorzaken. Verstikking of...'

Plasman kneep zijn ogen tot spleetjes. 'Vraag jij je serieus af of ik mijn werk wel goed doe, Katja?'

'Nee, natuurlijk niet. Ik... wilde er alleen zeker van zijn, of...'

'Of hij niet geleden heeft,' viel Alice haar bij.

'Ah, zo.' Plasman zette zijn bril weer op. 'Daar zijn geen tekenen van. Hij lag er rustig bij, ontspannen, als je dat in deze omstandigheden zou kunnen zeggen. Hij is in zijn slaap overleden, rustig heengegaan,' besloot hij plechtig.

Dat kunnen we dan boven de advertentie zetten, bedacht Katja, terwijl haar ongerustheid plaatsmaakte voor een enorme opluchting. Arme pappie, rustig overleden in zijn bed, niet door die kale creep.

Ze had de gesprekken gevoerd met de begrafenisonderneming, de kist uitgezocht en de dag van begraven uitgekozen. Alice was daar te emotioneel voor geweest. Het uitzoeken van de rouwkaart en een gepaste tekst had ze wel aan haar zus kunnen overlaten; Alice had altijd gevonden dat zij de creatieve was van hen twee. Daarna had ze tante Ada gebeld, de hoogbejaarde zus van haar grootvader, om de dood van haar vader te melden, en door zijn adressenboekje gebladerd om te kijken of er nog meer mensen waren die ze op de hoogte moest brengen. Uiteindelijk had ze besloten om het hierbij te laten, de rouwkaart zou zijn werk maar moeten doen.

In de loop van de middag vloog de sfeer in het huis haar naar de keel en was ze de deur uit gegaan om ergens koffie te drinken. Voelde ze geen verdriet om het overlijden van haar vader? Jawel, maar er was vooral het onwerkelijke gevoel ineens geen vader en moeder meer te hebben. Twee mensen te moeten missen die er altijd waren geweest en er altijd zouden zijn, tot ze er niet meer waren. Ze was blij dat ze hem gisteravond nog had gesproken en moest ineens denken aan zijn betraande ogen bij het afscheid. Had hij het voorvoeld, had hij geweten dat hij zou sterven? Hij wilde niet per se dood, maar hoefde er ook niet meer zo nodig moeite voor te doen. Dat waren zijn eigen woorden geweest. Het maakte het voor haar makkelijker om zijn overlijden te accepteren. Van de dood van haar moeder was ze wekenlang kapot geweest. Het was die onrechtvaardige kanker geweest die haar uit het hart van het gezin had getrokken. Maar met haar moeder had ze dan ook een andere band gehad dan met haar afstandelijke en veelal afwezige vader. Niet dat ze minder van hem had gehouden, maar zijn aanwezigheid in haar leven was minder prominent geweest.

Het was prachtig licht lenteweer en ze was het liefst naar Scheveningen gegaan om een paar uur langs het strand te lopen en uit te waaien, maar ze wilde haar zus niet te lang alleen laten. Ze ging een koffietentje binnen en bestelde een cappuccino. Ze rook de geur van appeltaart.

Het meisje van de bediening zag Katja kijken. 'Net uit de oven.'

'Doe maar een stuk.' Appeltaart bij haar koffie, alsof ze zichzelf wilde belonen voor een goede daad. 'Geen slagroom.'

Ze overdacht wat ze moest doen. Ze vroeg zich af of ze weer door kon naar Frankrijk, kijken of er nog iets te vinden was van de schilderijen, maar ze wist het antwoord eigenlijk al. Dat ging niet, dat kon niet. Ze kon Alice niet achterlaten met een vader die begraven moest worden, met alles wat er nog geregeld zou moeten worden. Bovendien zou het onbehoorlijk zijn naar de familie en oneerlijk tegenover haar zus. Ze kon niet worden gemist. Ze dronk van haar koffie. Eigenlijk gaf deze gedachte haar rust. Als deze hele krankzinnige zaak hier moest eindigen, op natuurlijke wijze tegengehouden door de dood, dan moest dat maar. Time-out.

Ze nam een hap van haar appeltaart en had geen spijt van haar beslissing. Time-out... Zou degene die het op haar schilderijen had voorzien daar ook zo over denken? De mysterieuze aanvaller die telkens opdook, eerst bij Post en later bij haar thuis? Hoe lang zou het duren voordat hij haar weer op het spoor zou zijn? Iemand had haar schilderij en wilde ze vast alle drie. Maar wie? Aldoor weer die vragen. En de onzekerheid, gek werd ze ervan. Ze dacht aan de kunsthandelaar uit Zwitserland, Hubert M. Vreeman. Zou ze hem moeten bellen om te vertellen dat ze met het Rijksmuseum in zee ging? Dat ze daar mensen had gesproken en dat hij zijn pogingen kon staken? Het zou zeker het beste zijn, maar ja... Zou hij dat accepteren?

Mazarov zat aan dezelfde tafel van het Kempinski waar Vreeman hem amper zesendertig uur eerder had gesproken. Op tafel stonden de restanten van een uitgebreid plateau fruits de mer, waar aan de overblijfselen te zien vooral veel kreeft in had gezeten. De fles sauvignon die naast de schaal stond was halfleeg. De man had er zin in op de vroege ochtend.

'Mr Vreeman, ga toch zitten. Er is nog wat wijn over.'

Vreeman nam plaats en hief een hand. 'Ik heb net koffie gehad.'

Mazarov depte zijn lippen met een servet. 'Waaraan heb ik de eer te danken?'

'Ik neem aan dat je dat wel weet.' Vreeman probeerde zo neutraal mogelijk te klinken, om zich niet in de kaart te laten kijken. Toon geen emoties. Toon nooit emoties.

'U komt mij mijn geld betalen.'

'Ik kom mijn vrouw halen.'

De Rus trok nu een rimpel tussen zijn wenkbrauwen. 'Uw vrouw...' Hij liet het woord hangen, alsof hij zich moest afvragen wie dat toch ook weer was.

'Ik heb niet genoeg cash om je te kunnen betalen, maar ik heb zeer interessante informatie.'

De rimpel verdiepte zich. 'Uw vrouw,' herhaalde de Rus.

'En ik ben bereid die met je te delen, op voorwaarde dat mijn vrouw wordt vrijgelaten.'

'Informatie?' Mazarov keek alsof hij niet veel fiducie had in de woorden van Vreeman.

'Die de wereld zal schokken en miljoenen waard is. Heel veel miljoenen.'

Mazarov zuchtte en prikte met zijn vork een vergeten stukje kreeft uit de restanten op de zilveren schaal. 'Kom dan maar op met die informatie.'

34

Het uitvaartcentrum had gebeld met de mededeling dat de begrafenis, vanwege drukte, helaas pas aan het eind van de week kon plaatsvinden. Ze besloten samen om hun vader dan op donderdag te begraven. Hij had al lang geleden een graf gekocht op Oud Eik en Duinen en nu kon hij eindelijk bij zijn vrouw worden begraven.

Katja had de stille hoop gehad dat ze haar vaders begrafenis nog aan het begin van de week hadden kunnen regelen, zodat ze zo snel mogelijk had kunnen afreizen naar Frankrijk. Ze wist dat ze nog een aantal zakelijke handelingen had te verrichten, maar ze vroeg zich wanhopig af wat ze de rest van de dagen moest doen. Ze kon het echt niet opbrengen om dagenlang met haar zus opgesloten te zitten in het ouderlijk huis, dus had ze om te beginnen een paar hardloopschoenen gekocht. Haar zus had al heel vroeg een hekel gehad aan sport – Katja herinnerde zich nog de zaterdagochtenden dat Alice krijsend door het huis rende en riep dat ze niet naar hockey wilde – terwijl zijzelf niets liever deed dan hele dagen buiten zijn en sporten. Die schoenen gaven haar nu de vrijheid om in elk geval een paar uur per dag alleen te zijn. Het gaf haar ook een kick toen ze door het Westduinpark liep, het uitgestrekte natuurgebied tussen Kijkduin en Scheveningen, langs de paden die ze zo goed kende van de tijd die ze in Den Haag had doorgebracht. De tijd dat ze met haar vader en moeder op zondagen door de duinen liep en haar vader gruwelverhalen vertelde bij de bunkers die ooit door de Duitsers waren aangelegd. Haar moeder had hem bestraffend toegesproken, gezegd dat hij de meisjes bang maakte, maar Katja had altijd genoten van de verhalen.

Het afgelopen jaar was er van hardlopen niet veel meer gekomen en nu ze aan het begin van het zandpad stond en wat rek- en strekoefeningen deed om haar stramme spieren niet te overbelasten, merkte ze hoezeer ze het had gemist. Het was zwaar lopen over de zandpaden die op en af door de duinen slingerden, maar na een moeizaam begin vond ze haar vertrouwde loopritme en genoot ze van de rust die er van het landschap uitging. Ze rook de zee die door de noordwestenwind werd aangevoerd en ze vulde haar longen met zuurstof. Ze had het gevoel dat ze groeide en in de cadans van het lopen raakten de deprimerende gedachten van de afgelopen dagen los van haar brein en losten als vanzelf op. Er kwam ruimte voor nieuwe inzichten en haar viel ineens de oplossing te binnen, die eigenlijk zo voor de hand lag dat ze die bijna over het hoofd had gezien. Ze kon natuurlijk gemakkelijk vóór de begrafenis even op en neer naar Crain. Ze zou Alice helpen met de voorbereidingen, ze zouden samen de kaarten schrijven en zij zou een afspraak maken met de notaris. Daarna kon ze makkelijk twee, drie dagen weg. Het huis was acht uur rijden, dat deed ze op één dag, daar zou ze de schilderijen ophalen, dan zou ze overnachten in Parijs en de volgende dag weer terug. Op en neer in twee dagen en ruim op tijd terug voor de begrafenis. Dat moest kunnen.

Met hernieuwde energie vervolgde ze haar weg en toen ze twintig minuten later uitgeput op een bankje zakte, wist ze dat ze zich in tijden niet zo goed had gevoeld.

De Rus was sceptisch. Niet onlogisch, gezien de aard van de vete die ze op dat moment uitvochten. Vreeman had hem zojuist een afbeelding van het schilderij van Pietersz laten zien.

Hij had de relevante informatie, althans de informatie die hij relevant vond, op een USB-stick gezet en deze op zijn eigen laptop laten zien. Maar de XRF-scan en elke andere verwijzing naar Rembrandt, laat staan de *Nachtwacht*, had hij achterwege gelaten. Ruimte voor onderhandeling.

'En u wilt mij doen geloven, Mr Vreeman, dat daaronder niet zomaar een kunstwerk zit, maar een "meesterstuk"', sneerde Mazarov. Hij lachte naar zijn lijfwacht, maar die keek, zoals hij gewoon was te doen, onbewogen terug.

Vreeman legde uit dat het schilderij onderwerp was van serieus onderzoek op de Universiteit van Amsterdam, onder begeleiding van professor doctor Arjen Hageveld en onder auspiciën van het Rijksmuseum. Dat laatste wist hij niet zeker, maar het klonk wel goed, als een zegel van goedkeuring van de hoogste instantie.

Mazarov boog zich over de onderzoeksresultaten en bestudeerde die nauwgezet. Hoewel de Rus in het kunstwereldje tot voor kort voornamelijk bekendstond om zijn koopdrift, had hij een kunstopleiding gevolgd aan de Londense Southbank University en was hij niet de blanco peuter voor wie hij werd aangezien. 'Hoe groot is dit schilderij?'

'Ongeveer één meter twintig bij vijftig.'

'Niet heel groot. Niet heel gangbaar.'

Vreeman haalde zijn schouders op en wilde Mazarov iets nietszeggends toevoegen, toen hij zich ineens realiseerde wat hem onbewust was opgevallen toen hij de studente sprak die het onderzoek naar het doek had gedaan. Ze had het aan de telefoon gehad over 'schilderijen'. Meervoud. Dat had ze een aantal keer gezegd. Schilderijen! Het vermiste paneel van de *Nachtwacht* was natuurlijk veel groter dan die één twintig bij vijftig. Dat was zeker ruim drie meter hoog. Er was dus nog een schilderij. Een groter schilderij. Of misschien wel twee!

Mazarov leek gelukkig niets te merken van de plotselinge

opwinding die bezit van hem had genomen. Hij keek voor zich uit en dacht blijkbaar na.

'Het schilderij is privébezit,' voegde Vreeman er volledigheidshalve aan toe.

'Ik zal dit nader moeten laten bekijken,' zei de Rus uiteindelijk. 'Ik ben al een keer bedrogen, Mr Vreeman, een tweede keer staat mijn ego niet toe.' Hij keek hem glimlachend aan, maar in zijn ogen was een ander verhaal te lezen. Daarin lag de kilte van de Siberische hoogvlakte verborgen.

Vreeman klapte zijn laptop dicht en haalde de USB-stick eruit. 'Ik zit hier niet uit luxe, Aleksej. Ik moet een schuld vereffenen en ik wil mijn vrouw terug.'

'Van wie is het schilderij?'

'Van wie het is...?'

'Eigenaar.'

'Ah, eigenaar. Kan ik niet zeggen.' Hij glimlachte verontschuldigend, alsof hij wilde zeggen dat hij niet direct al zijn kaarten op tafel kon leggen.

'Jammer.'

'Ik moet terug naar Amsterdam. Ik ben in gesprek met de professor en met... de eigenaar.' Hij had het liefst Hagevelds identiteit niet onthuld, maar hij wist dat Mazarov niet alleen op zijn woord zou afgaan.

'Kan ik die professor spreken?'

'Ik denk het wel.'

Mazarov stak gebiedend zijn hand naar voren. 'Ik heb de resultaten nodig voor mijn eigen onderzoek.'

Vreeman had de stick in zijn binnenzak laten glijden. 'Ik wil mijn vrouw terug.'

De Rus stond op en liep naar het raam. Met zijn handen in zijn zakken gestoken keek hij uit over het Meer van Genève, naar de jachthaven aan de overkant, met de luxejachten die van veraf speelgoedbootjes leken, waarvan de masten als tandenstokers in de lucht staken. Met daarachter de bergen die hem wellicht deden denken aan de bergen van zijn jeugd. 'Ga naar de bar. Neem iets te drinken en wacht daar.'

Vreeman stond op en liep zo kalm mogelijk naar de deur.

'Vreeman!'

Het klonk als een dienstbevel. Hij hield stil bij de deur, zonder zich om te draaien.

'Een tweede keer overleef je niet.'

Hij opende de deur.

'En je vrouw ook niet.'

In zijn bovenbeen trilde een spier. Hij keek over zijn schouder.

'En je dochter ook niet.'

Aleksej Mazarov draaide zich om naar de deur en Vreeman voelde een ijzige vijandigheid die voor twijfel geen enkele ruimte liet.

Nina had haar vader gebeld met de mededeling dat ze nieuwe sloten op de buitendeur wilde, zonder hem te vertellen wat de aanleiding was voor haar verzoek. Haar vader, die in de landelijke Achterhoek bivakkeerde en door de plaatselijke media op de hoogte werd gehouden van het bandeloze westen des lands, reageerde onmiddellijk en stuurde een gecertificeerde slotenmaker.

Die had het oude slot met een kennersblik bekeken. 'Dat krijg je nog met een wattenstaafje open,' was zijn laatdunkende conclusie geweest alvorens hij aan het werk ging.

Hij zat op zijn knieën het oude slot uit te boren toen Michiel kwam aangelopen. Hij stopte voor de deur, boog zich over de slotenmaker heen en drukte kort op de bel.

'Sorry.'

Nina kwam aangelopen, maar deed verschrikt een stap naar achteren toen ze zag wie er voor haar deur stond. Van de zelfbewuste, eigengereide gast die ze kende was weinig over. Michiel stond er verloren bij, met een licht wanhopige blik in zijn ogen. Er zat een grote vierkante pleister op zijn voorhoofd, zijn neus was gezwollen en onder zijn ogen zaten donkere vlekken, alsof hij een jaar niet had geslapen.

Hij probeerde geruststellend te lachen, maar dat lukte slechts ten dele vanwege de snee in zijn kaak, die was gehecht. 'Ik ben net terug uit het ziekenhuis.'

'Niets van te zien,' merkte de slotenmaker snedig op, terwijl hij doorging met zijn werk.

Nina zuchtte geïrriteerd. 'Kom binnen.'

Ze zette Michiel aan de tafel in de keuken en maakte een koffie voor hem.

'Ik moet een paar dagen rustig aan doen.'

'Jezus, man, ze hebben je gewoon het ziekenhuis uit gezet.'

'Ze konden daar niets meer voor me doen.'

'Hoe is het met je hoofd?'

Hij haalde zijn schouders op. 'Kut.'

Ze gaf hem zijn koffie en ging tegenover hem zitten.

'Is Katja er niet?'

'Nee. Is ze niet langs geweest in het ziekenhuis?'

'Volgens die verpleegster wel, maar daarna heb ik haar niet meer gezien.'

Het klonk verongelijkt en Nina voelde dat ze zich op gevaarlijk terrein begaf. Katja had haar verteld dat het over en uit was met Michiel, maar ze kon zich voorstellen dat hij na zijn ongeluk behoefte had aan de oude verhoudingen.

'Heeft ze je niet gebeld?'

Hij keek in verwarring om zich heen, alsof hij zich niet kon oriënteren. 'Nee. Of ja, misschien wel. Mijn telefoon is bij het ongeluk om het leven gekomen.' Opnieuw deed hij een pijnlijke poging om te glimlachen. 'Zonder telefoon heb je geen leven meer. Toch?' Er kwamen tranen in zijn ogen.

Ze vond het wat ongemakkelijk worden. 'Je mag mijn telefoon wel even lenen.'

Michiel veegde de tranen weg en trok een grimas. 'Alles

doet verdomme zeer... Nee, het hoeft niet, ik hoef haar niet te bellen. Ik vroeg het me alleen af. Sorry, sorry, Nina, ik ben mezelf niet.'

'Ik begrijp het wel,' zei ze, hoewel ze daar niet erg zeker van was.

Ze stond op en riep naar de slotenmaker bij de deur. 'Wil je koffie?'

'Graag.'

'Hoe drink je hem?'

'Heet en blond, net als een vrouw.'

'*Fucking hell*,' mompelde ze, en met enige stemverheffing zei ze: 'Ik heb geen melk.'

'Zwart is ook goed, met een extra scheppie suiker.' Waarna hij zijn boor op de deur zette en het penetrante geluid de ruimte vulde. Toen de boor zweeg, was de stilte zwaar en beladen.

'Ik had Katja willen vragen of ze nog een nacht bij mij wilde... doorbrengen.'

Nina draaide zich verrast om. 'Ik dacht dat jullie...'

'Uit elkaar zijn, ja. Maar... en ik weet dat het lullig klinkt, ik wil nog even niet alleen zijn.'

Nu begreep Nina heel goed wat Michiel bedoelde.

Hij was aan de bar gaan zitten en had een dubbele whisky besteld in een poging zijn gevoelens onder controle te krijgen. Natuurlijk was hij blij dat hij zijn vrouw terugkreeg, maar hij vreesde de confrontatie met Molly. Hoe leg je iets uit wat niet uit te leggen valt?

De persoonlijke beveiliger van Mazarov – hij was zijn naam vergeten – verscheen in de deuropening en wenkte hem. Hij dronk zijn glas leeg en volgde de man naar een bankje aan het water. Op het bankje zat... Molly.

Ze keek naar hem op, maar hij had niet het idee dat ze hem zag. Ze reageerde niet. In haar hals zag hij twee lichte rode striemen. De emotie overmande hem, de tranen drongen zich op achter zijn ogen, maar hij kon niet gaan janken. Niet hier, niet met die kerel in zijn rug. Hij haalde diep adem en gaf de Rus de USB-stick met de geselecteerde gegevens en wachtte tot hij de weg weer was overgestoken. Toen haalde hij zijn telefoon tevoorschijn en wierp deze met een grote boog in het meer. Thuis had hij nog meer van die prepaid dingen en nu was hij in elk geval van Mazarov verlost. De echt belangrijke contacten stonden op de telefoon die doorgaans in de kluis van zijn huis lag.

Keep it cool. Stay in control.

Hij wenkte een taxi die voor het Kempinski stond te wachten en hielp zijn vrouw voorzichtig met instappen. Vijfhonderd meter verderop hielp hij haar de taxi alweer uit. De fooi bedroeg twee keer het bedrag van het ritje. Hij begeleidde haar de lift in die hen naar de bovenste verdieping zou brengen, wat nog een hele klus was omdat ze steeds dreigde weg te vallen. Hij had geen idee wat Mazarov haar had toegediend, maar als er morgen geen verbetering zat in haar conditie zou hij de dokter moeten laten komen. En een of andere lulsmoes moeten bedenken.

Eenmaal in het appartement legde hij haar meteen in bed en probeerde hij om niet naar haar oor te kijken, of naar de striemen in haar nek. Toen ging hij naar het terras om te roken.

Midden in de nacht werd Molly wakker, hij had zelf nog geen oog dichtgedaan. Hij hoorde dat ze het bed uit gleed en voorzichtig naar de badkamer schuifelde. Onder de kier van de deur zag hij dat ze het licht had aangedaan. Het was stil in huis en toen was daar die onderdrukte schreeuw, die kreet van afschuw die de hele badkamer vulde en waarvan de echo golfde tot aan hun bed en bij Vreeman het laatste beetje verzet weghaalde. Hij huilde als een kind.

Nina had Michiel aangeboden dat hij bij haar kon blijven slapen, in de kamer van Katja.

'Ik kan eerlijk gezegd ook wel wat gezelschap gebruiken.'

Hij had haar verbaasd aangekeken en zij had hem het verhaal van haar aanranding verteld.

'Hier, in je eigen huis?'

'Hij was al binnen toen ik het huis binnenkwam.'

'Vandaar die nieuwe sloten op je deur… Wat kwam die gast hier doen? Wat had hij hier te zoeken?'

'Katja, denk ik.'

Ze hadden gezwegen.

Aan het begin van de avond hadden ze een pizza besteld en het was gezellig geweest. De bedrukte atmosfeer was opgelost nadat ze elkaar hadden bekend dat de aanslag op hun leven een grotere indruk had gemaakt dan ze aan de buitenwereld wilden laten zien. Ze hadden een film gekeken op Netflix, die ze allebei al bleken te hebben gezien, waarna Nina had besloten dat het hoog tijd werd voor de 'patiënt' om naar bed te gaan.

Michiel was al bijna in slaap toen hij voelde dat er iemand naast hem kroop. In zijn verwarring dacht hij even dat het Katja was, maar meteen daarna realiseerde hij zich dat dat niet kon. Nina.

'Nina…'

'Ssst.'

Ze schurkte tegen hem aan, zonder gêne, alsof ze zo elke avond in bed lagen. Hij voelde de rustige ademhaling in haar borst tegen zijn rug. Hij wist niet goed wat hij ervan moest denken, kwam niet verder dan twee eenzame mensen in het bed van zijn ex. Toen voelde hij haar hand, een strelende hand.

'Michiel…' klonk het zacht in zijn oor. 'We doen het heel voorzichtig.'

35

Katja was om halfzeven wakker geworden. De lichte gordijnen in de logeerkamer waren geen partij voor de scherpe ochtendzon. Ze had een joggingbroek en een shirt aangetrokken en was aan het bureau van haar vader gaan zitten. Alice meldde zich niet veel later en had koffie gemaakt, die Katja, met een cracker met kaas, in de werkkamer nuttigde.

Ze keek om zich heen en snoof de geur in de kamer op. Haar vader. Ze keek naar de parafernalia die hij in de loop der jaren tijdens zijn carrière had verzameld. Houtsnijwerkjes en een peniskoker uit Indonesië, die hij als een soort sabel aan de muur had gehangen. Oude beeldjes uit Kenia en natuurlijk de vakantiefoto's uit Amerika. Alles zo gewoon dat ze er bijna overheen zou kijken. Alles zo verbonden met haar vader en nu met niemand meer. De geest van haar vader had het huis verlaten en had de betekenis van al die kleine objecten met zich meegenomen. Wat overbleef waren monsters zonder waarde. Het was precies wat haar vader had gezegd toen haar moeder eens een opmerking had gemaakt over al die spullen die eindeloos bewaard moesten worden. 'Als ik eenmaal dood ben, gaat alles naar de vuilstort.' En zo zou het ook gaan, zij hoefde er niets van mee te nemen. Behalve de foto's dan, want daar had ze zelf ook goede herinneringen aan. Die konden dan worden weggegooid als zij er niet meer was.

In de la onder het bureau vond ze de administratie van haar vader. Een mapje met bankafschriften, verzekeringspapieren

– waaronder een begrafenisverzekering – en een stapeltje belastingformulieren. Niets bijzonders. Onder het mapje vond ze een ringetje met twee sleutels. Die waren van de kluis, wist ze. Ze stond op en liep naar de inbouwkast naast de deur. Als kind had ze het altijd reuzespannend gevonden als haar vader de kluis had geopend en er iets uit had gehaald. Ze herinnerde zich ineens de lolly's! Stomverbaasd waren zij en Alice geweest dat hun vader snoepgoed bewaarde in zijn kluis. Hij moest die natuurlijk in zijn hand hebben gehad voor hij de kluis opende, realiseerde ze zich nu. Ze glimlachte bij de gedachte. Ze stak de twee sleutels in de kluisdeur en opende die. Even voelde ze de spanning van weleer, je wist immers maar nooit wat erin werd bewaard.

Een langwerpig doosje met daarin het kostbare gouden horloge dat hij van zijn vader had gekregen. Hij had het nooit willen dragen, bang dat hij het zou kwijtraken. Door te geven in de mannelijke lijn. Jammer dan, die was nu beëindigd. Een vierkant doosje, kersenhout ingelegd met ivoor, waarin ze juwelen van haar moeder aantrof. Haar zus en zij hadden bij het overlijden van hun moeder allebei wat van de juwelen van hun moeder mogen uitzoeken, de rest wilde haar vader bewaren. De aanblik van de sieraden, die ze haar moeder zo vaak had zien dragen, emotioneerde haar. Ze zou ze allemaal aan Alice geven. Zij had al een ring en een kettinkje van haar moeder, goud met granaatjes, niets bijzonders, maar genoeg voor de herinnering. Ze vond een stapeltje geld, buitenlandse valuta en ook euro's. Hij had altijd cashgeld in huis gehad, pinautomaten konden nu eenmaal op tilt slaan en dan wilde hij niet zonder zitten. Ze hadden erom gelachen. In een plat doosje vond ze een oranje met blauw afgezet lint waaraan een soort kruis hing. Zijn ridderorde, die hij, namens de koning, uit handen van de minister had ontvangen toen hij stopte met werken, en waar hij zo ongelooflijk trots op was geweest. Alsof hij een medaille had gewonnen op de Olympische Spelen.

Als laatste haalde ze een bruine A4-envelop uit de kluis. *Alice en Katja*, stond erop geschreven in het rommelige handschrift van haar vader. Ze opende de envelop en haalde er een getypte brief uit.

Lieve meiden, ik ben nu dood.
Dat is zo'n zin uit een film die ik altijd al eens heb willen opschrijven. En de reden dat ik deze zin opschrijf is omdat ik vermoed dat ik alleen zal sterven. Op een dag, die voor jullie net achter je ligt, zal mijn hart het begeven. Naar ik hoop in mijn bed en niet voor de kassa bij de Albert Heijn.

Katja schoot in de lach. Haar vader haatte boodschappen doen.

Treur niet om mij, ik ben nu weer bij jullie moeder, gelukkig. Ook zo'n zin. Ik weet niet of het waar is, maar het geeft me troost.

Ze verwonderde zich over de afstandelijkheid van de toon, haar rationele vader die het grote gebaar het liefst ontweek en elke emotie het liefst op afstand hield.

De laatste jaren waren zwaar. Mijn tijd zit er al een tijdje op, ik heb mijn aardse verplichtingen achter de rug en zit het leven uit. Het doet mij goed te zien dat jullie je weg in de maatschappij hebben gevonden, al komt dat natuurlijk voornamelijk door jullie moeder. Ik heb het misschien niet altijd kunnen tonen, maar weet dat ik zielsveel van jullie heb gehouden. Jullie waren uiteindelijk altijd het belangrijkste voor mij. Als jullie dat niet altijd zo hebben ervaren, dan doet mij dat verdriet, maar ik begrijp het ook wel. Ik ben nooit een voorbeeldvader geweest.

De tranen rolden nu over haar wangen en ze moest het papier wat hoger houden om geen vlekken te maken.

Wij worden allen ongevraagd op de wereld gezet en hebben het maar te doen met wat we hebben meegekregen. Ik twijfel er niet aan dat jullie het zullen redden met de bagage die jullie moeder en ik jullie hebben meegegeven. Wij hebben veel van jullie gehouden, wij zijn trots op jullie geweest en zullen jullie, indien mogelijk, van gene zijde blijven volgen. Vervuld van liefde. Kus, Jan.

PS Bel Evert Overdevegt voor de zakelijke afhandeling. J.

Katja huilde en bleef huilen tot er geen tranen meer waren.

36

Het geluid van de föhn had hem gewekt. Hij had het vier uur zien worden, vijf uur, maar was blijkbaar toch nog in slaap gevallen. Het liefst was hij in bed blijven liggen, maar zijn gezond verstand zei hem dat hij het best direct de confrontatie kon aangaan.

Molly had haar haar zo geföhnd dat het over haar oren viel. Ze zag er moe maar zelfbewust uit. Ze had een grote pot thee gezet en at haar yoghurt met muesli – zoals elke ochtend. Voor haar op tafel lag de krant, de *Tribune de Genève*, waar ze in bleef bladeren ook toen hij de keuken binnenkwam. Beiden zeiden niets en er hing een loodzware sfeer in de keuken, als na een avond vol ruzie die de volgende ochtend door een van de twee partners moet worden goedgemaakt.

'Ik weet niet waar dit over ging,' opende Molly, 'en ik wil het ook niet weten. Ik wil dit zo snel mogelijk vergeten. Ik ga vandaag nog terug naar Engeland en ik kom hier nooit meer terug.'

'Dat begrijp ik.'

Nu keek ze op en er lag een ironische blik in haar ogen. 'Dan begrijp je meer dan ik. Jij kunt kiezen, Huub, en mocht je kiezen voor je zaken, wat je ten slotte altijd hebt gedaan, dan is dat jouw goed recht. Maar mij zie je dan niet meer.'

Hij ging bij haar aan tafel zitten. 'Molly...'

'Nee, er is geen ruimte voor onderhandeling. Zo is het.' Ze sloeg de krant dicht en stond op. 'Ik heb een ticket voor mezelf geboekt, zie jij maar wat je doet.'

Ze verliet de keuken, hem verslagen achterlatend.

Een uur later had hij zijn vrouw naar het vliegveld gereden en geholpen bij het inchecken van haar koffer. Er was niet veel gesproken. Molly ging terug naar Londen, naar de flat in een rustig straatje in Fitzrovia die zij van haar ouders had geerfd en die ze altijd als pied-à-terre hadden aangehouden.

'Ik handel hier de zaken af en dan kom ik ook. Het is voorbij, Molly, ik verkoop de boel en stap eruit. Beloofd.'

Ze had hem aangekeken, nauwelijks merkbaar geknikt, en had zich omgedraaid. Vreeman keek haar na, in de hoop dat ze zich nog zou omdraaien om naar hem te kijken. Zwaaien was te veel gevraagd. Maar Molly liep rechtstreeks naar het beveiligingspoortje en verdween uit zicht. Terecht dat ze niet omkeek, hij was een waardeloze echtgenoot. Hij had haar niet kunnen beschermen, maar het was Mazarov die over een grens was gegaan, die het zakelijke met het persoonlijke had vermengd, een doodzonde in zijn ogen. O, zeker, hij zou uit de handel stappen, dat had hij al veel eerder moeten doen. Hij zou Zwitserland voor altijd verlaten en met Molly naar de Caraïben reizen om met haar een rustig leven te leiden aan boord van het schip dat hij ging kopen. Maar eerst moest er een rekening worden vereffend.

Aleksej Mazarov snoof de lentegeur op terwijl hij op zijn gemak langs de Neva slenterde. De vroege ochtend was fris en het fonkelende water van de rivier golfde uitnodigend tegen de kademuur. In de zomer, als het heet was, kon de geur uit de rivier verstikkend zijn, maar alles was beter dan die treurige Zwitserse poel waar hij net vandaan kwam. Dat hele Genève kon hem gestolen worden, heel Zwitserland kon hem gestolen worden. Je kon er tegenwoordig niet eens je geld meer kwijt.

Het echte leven was hier, in Sint-Petersburg, waar hij was geboren en opgegroeid. Dertig jaar geleden had hij op televisie de Berlijnse Muur zien vallen door een stommiteit van zo'n Oost-Duitser. De hele communistische wereld had staan schudden op zijn grondvesten, overal ging het volk de straat op. Zijn vader had gedacht dat dit het einde van de wereld zou zijn, van hun wereld, zeker toen die zatlap van een Jeltsin begin jaren negentig de Sovjet-Unie ophief. Het land verviel in chaos, maar voor hem was dat juist het begin van een gouden toekomst gebleken. In die zin was er niet veel veranderd ten opzichte van die goeie ouwe Sovjettijd. Als je tot het kleine groepje begunstigden behoorde, beschikte je over geld en macht. Voor de anderen bleef alleen de wodka over.

Hij keek op zijn horloge, een goedkoop exemplaar dat hij ooit op het vliegveld had aangeschaft. Zijn dure horloges lagen in de kluis, ze staken je tegenwoordig immers voor een tientje al een mes in je rug. Halftien, tijd genoeg. De zondagmatinee in het Mariinskitheater begon om twaalf uur. Een ballet uit Holland waar hij erg tegen opzag, maar het was een goedmakertje voor zijn boze dochter, die hij de laatste tijd wat had verwaarloosd.

Hij keek over zijn schouder naar Oleg, die een paar meter achter hem liep. Op zijn gezicht viel, zoals altijd, niets af te lezen. Zou deze man ooit ergens van genieten, vroeg hij zich af. Eén keer, één keer had hij hem zien grinniken. Dat was toen iemand het in zijn hoofd had gehaald om hem, Aleksej Mazarov, af te persen. Een kleine *zhutko* had kans gezien foto's van hem te maken en wilde daar geld voor zien. Chantage, daar mocht je nooit aan toegeven. Het waren schandelijke foto's geweest, dat wel, en hij zou niet graag hebben gezien dat die in de openbaarheid waren gekomen. Ze lieten aan duidelijkheid niets te wensen over. Ze had gezegd dat ze vijftien was, maar toen hij de foto zag wist hij dat dat kleine loeder had gelogen. Gevaarlijke hobby, waar hij sinds dit incident verre van was gebleven. Hij had een afspraak gemaakt met de chanteur op een plek waar hij geld zou ruilen voor een schijfje waarop de foto's stonden. Oleg had hem opgewacht en dat was het moment waarop hij hem had zien grinniken. Van dat klootzakje was daarna nooit meer iets vernomen.

Hij zou eigenlijk Oleg op Vreeman moeten afsturen. Hij had het echt overwogen, maar hij had zich ook gerealiseerd dat hij dan naar zijn geld kon fluiten. En hij vond het net iets te veel geld om te laten liggen. Zeker nu zijn ex door haar advocaten, die hij betaalde nota bene, zo'n forse claim had neergelegd. Hij had een risico genomen met dat verhaal, die Hollander. Een onwaarschijnlijk verhaal, maar het leven had hem geleerd dat de waarheid vaak in de onwaarschijnlijkste verhalen stak. En als het volslagen bullshit bleek te zijn, dan kon hij altijd nog zijn geld opeisen. Maar het zou wel sensationeel zijn als er iets onder dat onbenullige schilderijtje zou zitten. De uitslagen van het onderzoek hadden er overtuigend uitgezien, voor zover hij dat kon inschatten. Hij zou ze nader moeten laten onderzoeken door iemand die er specialistische kennis over had, een goede kennis van hem die aan de Hermitage was verbonden. Hij liep langs de tuin van het Winterpaleis en stak de weg over naar het Paleisplein, dat er in de lentezon onweerstaanbaar en onoverwinnelijk bij lag. Hij keek naar de Alexanderzuil en de triomfboog aan het einde van het plein, een aanblik die hem nooit verveelde en hem zelfs met trots vervulde. Parijs kon het dak op met zijn pleintjes en monumentjes. Dit was pas een plein! Helemaal nu, nu er nog geen toeristen waren op weg naar het museum om daar een uur in de rij te gaan staan. Hij had met zijn kennis afgesproken onderaan de trappen voor de ingang van de Hermitage. Hij had nog vijf minuten.

Hij moest weer aan Vreeman denken. De man zat klem, zoveel was wel duidelijk; hij had zijn informatie niet voor niets met hem gedeeld. De vraag was: wilde Aleksej eigenlijk wel delen met Vreeman? En belangrijker nog, waar was dat schilderij? Hij had geen flauw idee wat er allemaal in Nederland gebeurde terwijl hij hier zat te wachten op zijn geld. Die Hollander was niet te vertrouwen, dat had hij tot zijn schande moeten ervaren. Het was stom geweest om dat namaakschilderij van De Hooch zonder enig onderzoek te kopen. Overmoed, dat was zijn valkuil, altijd al geweest. Deze keer zou hij dus zorgvuldiger te werk moeten gaan en niet vertrouwen op een ander. God is hoog en de Tsaar ver weg.

Hij draaide zich om en wenkte Oleg.

De donkerblauwe Jaguar stak de Rhône over en vervolgde zijn weg via het kerkhof Saint-Georges richting het station. In deze buurt ten zuiden van het meer, die was volgebouwd met pakhuizen en lage kantoorgebouwen, bevond zich de Geneva Freeport – de Ports Francs – een serie non-descripte gebouwen achter groene hekken die waren volgehangen met beveiligingscamera's. Handelaren van allerlei soort en van over de hele wereld hadden in de kluizen van de Freeport hun goederen ondergebracht, zonder dat iemand wist wat er precies lag opgeslagen. Dat was natuurlijk ook de bedoeling, daar hadden die charmante Zwitsers weer een prima oplossing voor gevonden.

De Freeport was voor Hubert een belangrijke reden geweest om zich in Genève te vestigen. Met de stad zelf had hij niets, laat staan met het land. Een samenraapsel van bergdorpen die zich voor de hoogste prijs verkochten. Het ontbrak ze aan elegantie en raffinement, maar ze hadden door hun gunstige ligging en boerenslimheid een ijzeren reputatie verworven. Solide als de bank van Zwitserland. Nooit te beroerd om ten tijde van oorlog alle kanten van dienst te zijn. Vreeman stoorde zich aan die karakterloosheid, maar moest toegeven dat hij daar ook dankbaar gebruik van had gemaakt.

In gebouw 3, gang 8, kluis 12, een geklimatiseerde ruimte aan een eindeloos lange gang, bevond zich de kunstverzameling die hij in de loop der jaren had opgebouwd. De ruimte werd gedomineerd door een groot en kleurrijk beeldhouwwerk van Charlotte van Pallandt, dat in de tuin van een Duitse miljonair had gestaan wiens kasteeltje onder verdachte omstandigheden was afgebrand. Het beeld was ogenschijnlijk bij de brand verloren gegaan, maar hij had het een paar maanden later voor een zacht prijsje aangeboden gekregen. Hij hield van het beeld en betreurde het dat hij het nooit de plek had kunnen geven die het verdiende. Er lagen ook iconen en andere kerkschatten die voor verwoesting gespaard waren gebleven en die hij illegaal Zwitserland had binnengesmokkeld. Kunst uit Syrië en Irak, originele artefacten naast schilderijen uit verschillende perioden, waarvan hij echter onzeker was over de herkomst. Het was zijn grootste bron van inkomsten geweest toen de Arabische sjeiks ineens belangstelling voor westerse kunst begonnen te krijgen en er overal musea en dependances van musea werden geopend.

Hij liep door zijn verzameling en werd overvallen door een gevoel van treurnis; de zinloosheid van al die jaren dat hij gepassioneerd achter al die stukken aan had gehold overviel hem. Hij zou het allemaal verkopen. Er zouden jaren overheen gaan alvorens de hele collectie van de hand was gedaan, want hij kon het alleen in plukjes op de markt brengen, maar uiteindelijk zou het genoeg opleveren om onbezorgd te kunnen leven. Er was alleen één maar: hij had het geld nu nodig. Nu, anders zou er van een lang, laat staan onbezorgd leven geen sprake meer zijn.

Hij keek nog eens om zich heen. Genoeg kunst, maar te weinig tijd, dat was precies zijn probleem.

Rudolf Tedingh van Eyck wandelde op zijn gemak door het Rijksmuseum, schatkamer van alles wat de rijke cultuurhistorie van het land had voortgebracht. Hij maakte wel vaker 's ochtends vroeg een rondje door het verbazingwekkende gebouw, dat na lange jaren als herboren uit een ingrijpende renovatie was gekomen, die het museum in zijn oude glorie had hersteld. Op deze momenten, wanneer er verder niemand aanwezig was, genoot hij zoals een ander genoot van een vroege wandeling door het bos.

Hij hield van het gebouw, niet alleen van de kunst die er was opgeborgen, maar ook van het gebouw zelf. Ontworpen door de katholieke architect Pierre Cuypers, die had moeten opboksen tegen een overwegend protestants stadsbestuur dat hem verweet dat hij Amsterdam wilde terugbrengen naar de middeleeuwen. Koning Willem III had het verdomd naar de opening van het gebouw te komen. Een 'aartsbisschoppelijk paleis' had hij het gebouw neerbuigend genoemd. En gelijk had hij. Tedingh liep verder door de eregalerij, waar in de kabinetten aan de zijkant van de zaal alle groten van de zeventiende eeuw waren ondergebracht. Frans Hals, Nicolaas Maes, Vermeer, de hele Gouden Eeuw hing er te pronken. De galerij was overduidelijk ontworpen als het schip van een kerk dat uiteindelijk uitliep op het koor, waar Rembrandts meesterstuk pronkte als een schitterend altaar. Groots en overweldigend hing het boven de smalle gleuf in de vloer waar het schilderij, in tijden van gevaar, binnen dertig seconden in zou kunnen verdwijnen om te worden afgevoerd naar veiliger oorden.

De *Nachtwacht*.

Een groots kunstwerk en een nog grotere zorg, en niet voor het eerst. Hij moest denken aan de verhalen van zijn vader, die als jongste medewerker van het museum had gezien hoe het schilderij in de oorlog was weggehaald, uit zijn monumentale lijst getild en opgerold om te worden opgeborgen op diverse plekken in Noord-Holland en weer later in een vochtige grot in Zuid-Limburg. Hoe het na de oorlog per schuit vanuit Limburg werd teruggevaren naar het museum; de toenmalige directeur was zo blij geweest dat het meesterstuk weer terug was dat hij in zijn euforie languit over het schilderij was gevallen. Verhalen over de verwoesting die de oorlog op het schilderij had aangebracht en de eindeloos durende restauratie. Werkzaamheden om een reputatie te herstellen en niet per se het doek. En daar maakte hij zich nu zorgen over, over die reputatie. Want wat hem net was verteld, stelde hem bepaald niet gerust.

'Heb je de professor nog bereikt?'

Tedingh zat achter zijn bureau en Goedemond zat ongeduldig tegenover hem. Hij had de conservator net gebeld toen deze op het punt stond om naar de Kennemer Golfclub te gaan, waar hij was uitgenodigd voor een rondje zondagse golf met aansluitend een lunch.

'Nee,' antwoordde hij kortaf. 'Hij is niet thuis en zijn telefoon neemt hij niet op.'

Tedingh had zijn hoop min of meer op de professor gevestigd. Die had invloed op de jonge vrouw en die had hij kunnen overtuigen van het algemeen belang.

'Van de aardbodem verdwenen,' vulde Goedemond overbodig aan.

'Net als Louis Post.'

De suggestie was duidelijk en Goedemond begon ongemakkelijk op zijn stoel te schuiven. 'Nou, dat is niet gezegd...'

Nee, dat was niet gezegd, maar de vergelijking drong zich wel aan Tedingh op.

'Als er een externe partij op de markt is, Goedemond, en alle tekenen wijzen daarop, dan zal het spel hard worden gespeeld.'

Tedingh keek over het hoofd van de blonde conservator heen naar de muur achter hem. Zijn borstkas ging zwaar op en neer, alsof het ademhalen hem moeite kostte. Het vlezige hoofd oogde vermoeid, maar zijn ogen stonden helder en alert. Er was geen tijd meer voor vriendelijke gesprekken, beleefde uitwisseling van ervaringen. Er moest worden ingegrepen.

'Ik moet Katja Hiemstra spreken. Voor dit uit de hand loopt.'

Ze had haar zus de brief van hun vader laten lezen en Alice was een uur van de wereld geweest. Uiteindelijk had ze zich hernomen en verklaard dat ze 'niet de hele week kan blijven janken', dat hun vader zou hebben gewild dat ze doorgingen met hun leven. Dus zaten de twee zussen nu ieder aan een kant van de keukentafel rouwkaarten te schrijven.

Alice raadpleegde het adressenboekje van hun vader. 'Jeetje, pappie kende wel erg veel mensen.'

'We hoeven niet iedereen uit te nodigen. Alleen wie dichtbij staat, de rest leest de advertentie wel die morgen in de krant staat.'

Haar telefoon ging. Ze keek op het scherm, maar herkende het nummer niet.

'Met Katja.'

'Katja, met Robin!'

'Robin? O, Robin Rijksmuseum.'

'Eh… ja, precies. Sorry dat ik je op deze zondag stoor, maar ik wilde naar aanleiding van ons gesprek op korte termijn een afspraak maken voor de overhandiging van het schilderijtje.'

'Nou, schilderijtje…'

'Voorlopig nog wel!'

Zijn jongenslach klaterde door de telefoon, zo hard dat Alice haar wenkbrauwen optrok. Katja stond op van tafel en liep een stukje de tuin in.

'Ik neem aan dat je met je vader hebt gesproken?'

'Nou… mijn vader is gisteren overleden.'

De lach bestierf.

'En ik ben nu in Den Haag, voor de afhandeling en zo.'

'Begrijp ik, begrijp ik. Sorry, gecondoleerd. Ik, eh… En het doek?'

'Ja, dat is… niet hier.'

'Nee, nee, dat begrijp ik. Maar… waar wel precies?'
'Robin…'
'Kunnen wij je helpen? Wij kunnen de schilderijen ook ophalen. Geen probleem, als we je daarmee werk uit handen kunnen nemen.'
'Robin, vind je het goed als ik je bel na de begrafenis?'
Het antwoord kwam na een stilte die net iets te lang duurde. 'Natuurlijk, ja, natuurlijk. Ik dacht… Ik wilde… We hebben natuurlijk gekeken naar het onderzoek dat jij hebt gedaan, en chapeau… We hebben het nog maar oppervlakkig kunnen bekijken, maar jullie hebben het grondig aangepakt. Tedingh was ook onder de indruk. Dat wilde ik je toch even zeggen. En verder, ja, natuurlijk, de begrafenis gaat voor. Maar als ik je kan helpen…'
'Je hoort van me.'

37

Nina lag onbeschaamd naakt op haar rug en sliep. Haar mond stond een stukje open, waardoor er een zacht reuteltje hoorbaar was. Michiel trok het dekbed op, dat voor de helft op de vloer was gegleden, en stapte uit bed. Ze waren inderdaad voorzichtig begonnen en Michiel had even gedacht dat zijn hoofd zou ontploffen en zijn ribbenkast uit elkaar zou springen, maar gaandeweg had de geilheid de pijn verzacht en hadden ze elke terughoudendheid laten varen. Alleen had hij nu wel het gevoel dat iemand had geprobeerd om staande op zijn borst zijn schedel te lichten. Hij bekeek zijn gezicht in de spiegel in de badkamer. Hij zag een gehavend hoofd, maar zijn ogen stonden weer helder. De komende tijd zou hij zich niet kunnen scheren vanwege de wond aan zijn kaak, maar zo'n beginnend baardje stond hem wel.

Hij had vijf minuten onder de douche gestaan en voelde zich nadat hij zich had afgedroogd en aangekleed relatief goed. Hij ging in de keuken op zoek naar iets eetbaars, maar daar deed Nina blijkbaar niet aan, want wat hij aantrof was te oud of beschimmeld. Dus moest hij de deur uit op zoek naar een bakker of een supermarkt die op zondag open was. De voorjaarszon was aangenaam en hij genoot van de relatieve rust op straat. Zijn ingeving van de dag ervoor om bij Katja langs te gaan had bijzonder goed uitgepakt. Verrassend, maar goed. Hij had moed moeten verzamelen om de stap te nemen, hij voelde zich een beetje een lul die bang was om alleen in het donker te slapen – en dat was natuurlijk ook zo – maar wat was het goed dat hij het had gedaan. Want die Nina, nee echt, wat een type.

Hij had bij de bakker croissants gekocht en stond bij het aanrecht te wachten of het water wilde koken toen een jazzy deuntje de keuken vulde. Het bleek de telefoon van Nina te zijn, die op de keukentafel lag.

'Telefoon!' riep Michiel overbodig, want Nina was al halverwege de keuken.

'Kat!'

Michiel keek betrapt op, alsof Katja hem door de telefoon zou kunnen zien staan, terwijl hij een ontbijtje maakte voor haar beste vriendin.

'O nee, lieverd, wat vreselijk voor je. Hoe...? Wat? Oké, goed, natuurlijk. Nee, nee, geen probleem. Ja. Nee. Oké. Sterkte, lieverd, sterkte. Ja.'

Ze liet de telefoon zakken.

'Katja?'

'Ja.'

'Kort gesprek.'

'Of ze mijn auto wat langer kon lenen.'

'O.'

'Haar vader is overleden.'

'Ach nee!'

'Hij wordt donderdag begraven.'

'Shit. Dat is... onverwacht. Ik zal haar bellen.'

Nina keek hem spottend aan. 'Wat ga je dan zeggen?'

'Dat het me spijt dat haar vader dood is.'

'Van wie heb je dat dan gehoord?'

Michiel keek haar niet-begrijpend aan. 'Van...' Toen viel het kwartje en hij lachte schaapachtig. 'Misschien toch niet zo handig.'

38

'Weet je wat ik heb gevonden, in de boekenkast?'

Katja schrok op uit haar gedachten toen haar zus voorzichtig een doos op tafel zette. Het was een lichtblauwe doos waar ze vroeger bij Maison de Bonneterie of een andere chique Haagse zaak blouses in verpakten.

'Wat zit erin?'

'Je raadt het nooit,' antwoordde haar zus met een schalks lachje.

'Daarom vraag ik het.'

Alice opende de doos, alsof ze een goocheltruc uitvoerde, en onthulde een stapel enveloppen.

'Wat zijn dat?'

'Liefdesbrieven.'

'Nee!' Katja keek verbijsterd van de brieven naar haar zus. 'Van pappie en mammie?'

Alice schoot in de lach. 'Zie je dat zelf voor je?'

'Nee!'

'Van grootvader aan grootmoeder.'

'Ach...'

'Van de tijd dat hij in Indië was en zij nog hier in Den Haag.'

'Wat schattig.'

'Ik heb die bovenste gelezen, maar ik vind het een beetje... Ik weet niet.'

'Heiligschennis.'

'Zoiets.'

Katja ging met haar hand door de brieven. Ze herkende in

de adressering zijn priegelige handschrift. Op de bodem van de doos zag ze onder de enveloppen een kleurige ansichtkaart liggen.

De kaart bleek de bovenste van een pakje ansichtkaarten te zijn dat bijeen werd gehouden door een breed elastiek. Ze had het pakje uit de doos genomen en meegenomen naar de tuin. Was het mogelijk dat dit de kaarten waren van grootvaders vriend Jacques, waar ze in het dagboek over had gelezen?

Op de eerste ansichtkaart stond *Het Joodse bruidje* van Rembrandt. Hoe toepasselijk. De achterkant was volgeschreven met een ouderwets, maar goed leesbaar handschrift.

Ik ben ermee bezig, maar ik doe het even zo. Bel mij niet!

Hoewel de kaart niet was ondertekend, twijfelde ze er niet aan dat deze van Jacques afkomstig was. Het was de paranoia waar grootvader over had geschreven. Ze ging door de kaarten, die volgens het poststempel op volgorde van ontvangst lagen, en las de korte boodschappen.

Onderzoek geregeld. Komt goed.
Er is interesse, maar ze willen nog niet bijten.
Kijk over je schouder!!

Over je schouder? Er waren plaatjes van molens en een aantal zwart-witfoto's van naakte dames in erotische posities. Katja moest lachen. Die zou grootvader zeker voor grootmoeder verborgen hebben gehouden. De teksten achterop werden wat grimmiger.

Het is weer van het kastje naar de muur. Hollandse kaffers!
Er is belangstelling uit het buitenland. Ben bezig met een geïnteresseerde partij. Mag niemand weten!!

Arme grootvader, de rechtschapen burger die zomaar in een groot avontuur werd meegesleurd. Was het ook een gevaarlijk avontuur? De laatste kaart van het stapeltje was de afbeelding van een Engelse badplaats, waar een heel dikke mevrouw naast een schriel mannetje in de branding stond.

Ze zitten achter me aan. Geen zorg, mij krijgen ze niet. Cultureel erfgoed. Jaja. Pas op voor de Hoge Bomen Ome!!

Waar ging dit over en wie zat er achter hem aan? De Hoge Bomen Ome? Ze legde de kaart op het stapeltje en staarde voor zich uit. Was er daarna nog wat gebeurd? Jacques was gestorven en niet veel later haar grootvader ook. Lag hier soms een verband met haar avontuur? Ze vroeg zich met stijgende verontrusting af hoe haar grootvader zich gevoeld moest hebben. Had hij zich teruggetrokken? Zou zij zich moeten terugtrekken? Nee, ook al zou ze het willen, dat station was gepasseerd en er was geen weg terug.

Ze had tonijnsalade gemaakt en in de tuin een tafel voor twee gedekt. Het was nog fris buiten, maar de tuin lag beschut en bood veel zon en weinig wind. De oude magnolia, die in het voorjaar als eerste in bloei stond en zwaar behangen was met witte bloesem, bood enige schaduw.

'Pappie zou erop hebben gestaan dat we een glaasje dronken bij de lunch,' zei Alice op een toon die geen tegenspraak duldde en ze trok de kurk van een fles witte bourgogne. Zo zaten de twee zussen even zwijgend tegenover elkaar, terwijl ze de tonijnsalade op dunne volkorensneetjes smeerden.

'Cheers.'

'Cheers. Op pappie.'

'Op pappie.'

Ze namen een slokje.

'Ik ga morgenochtend weg,' zei Katja.

'Naar Amsterdam?'

Ze schudde haar hoofd. 'Frankrijk. Naar Crain.'

'Maar dat heeft pappie juist verkocht. Dat heb je me zelf verteld.'

'De inboedel staat waarschijnlijk nog bij die ouwe taart.'

'Ménard?'

Katja knikte.

'Maar wat moet jij met die oude troep?'

Katja haalde haar schouders op. Ze wilde haar zus voorlopig niet met haar kennis belasten. 'Ik wil er zeker van zijn dat er niet iets van waarde wordt weggegooid.'

'Pfff.'

Het was even stil.

'Ik doe het niet,' klonk het toen opstandig.

'Wat niet?'

'Die begrafenis, in mijn eentje!' Er stonden tranen in Alice' ogen.

'Liesje, ik laat je niet zitten. Natuurlijk niet. Ik ga op en neer. Ik vertrek morgen naar Crain en dan ben ik een dag later of hooguit twee weer thuis. Misschien maak ik nog een tussenstop in Parijs, maar ik ben in elk geval ruim op tijd terug voor de begrafenis.'

'Maar waarom per se nu?'

'Omdat... omdat er een schilderij hing dat ik nodig heb. Voor mijn studie. Voor het weg is, weggegooid door die heks van een Ménard.'

Beide meisjes hadden altijd een hekel gehad aan madame Ménard, die als een dictator had geheerst over het gebied dat het hare niet was en de meisjes altijd kort aan de teugel had gehouden.

'Ik heb haar eens betrapt toen ze aan de calvados van pappie zat.'

'Nee!'

'Die lengde ze dan aan met thee.'

Ze schoten in de lach.

Katja legde haar hand op die van haar zus. 'Ik heb een advertentie in de krant gezet, de kaarten zijn op de bus en ik heb een bloemstuk voor op de kist besteld. Er valt nu niets meer te doen, behalve wachten.'

Alice knikte. 'Oké.'

'Hier.' Uit haar tasje haalde Katja een pak geld en ze legde de helft ervan naast het bord van haar zus.

'Wat is dat?'

'Vond ik in de kluis van pappie. Zesduizend euro. Drieduizend de man.'

'In de kluis?'

'Daar lagen ook het horloge van opa en de juwelen van mama. Daar zullen we om moeten dobbelen.'

Alice glimlachte triest en keek met een schuin oog naar het geld. 'Mag dat wel? Is dat niet... niet... Ik bedoel, dat geld, mag dat zomaar van de belastingen?'

'Ik denk dat die hier niets van weten. Dus nee, het mag niet, maar who cares?'

'Ja, nou ja...' Alice twijfelde, maar zag uiteindelijk toch het voordeel. 'Ik heb nog iets nieuws nodig voor op de begrafenis, en als jij toch naar Frankrijk gaat, kan ik net zo goed gaan winkelen.'

'Kijk, zo ken ik je weer!'

39

Arjen had zich ziek gemeld en zijn intrek genomen in het vakantiehuis van een vriend. Het was een lieflijk gelegen boerderijtje in de duinen bij Bergen. Hij had gezegd dat hij de afgelopen tijd te hard had gewerkt en bang was voor een burn-out en de vriend had gezegd dat hij zo lang in het huis kon blijven als hij wilde.

Hij had er genoten, die eerste dag. Bij de plaatselijke super had hij voor drie dagen boodschappen ingeslagen en vervolgens had hij wel een uur in de zon gezeten zonder iets te doen, zonder iets te denken. Na twee dagen had hij echter besloten dat het zo niet langer ging. Hij kon niet blijven drinken en doen alsof er niets was gebeurd, en Katja alleen voor de gevolgen laten opdraaien. Hij mocht niet weer weglopen. Hij moest iets doen. Maar wat? Katja bellen, nadat hij haar had laten zitten? Dat was niet bepaald iets waar hij naar uitkeek. Hij was naar het dorp gelopen, slenterde in gedachten langs de winkels, en ineens viel hem in wat hij moest doen. Hij moest niet vluchten, maar juist met iemand zijn zorgen delen om Katja te beschermen. Ze moesten vrienden maken, vijanden hadden ze genoeg. Hij moest het Rijks bellen.

'Arjen, dat komt goed uit.' Robin klonk gehaast.

'Hoezo?'

'Ik was naar je op zoek. We hebben namelijk nog een paar vragen en we kunnen Katja niet bereiken.'

'Jaja, vandaar. Nou, hier... eh, hier ben ik.'

'Kunnen we afspreken?'

'Kan het niet telefonisch?'

'Nee, joh, face to face. Je weet maar nooit wie er meeluistert!'

Robin probeerde te lachen om zijn grap, maar Arjen vond het weinig overtuigend. Bovendien had hij gehoopt bij Robin zijn zorgen kwijt te kunnen, of beter gezegd: ze te kunnen overdragen. In elk geval was hij zeker nog niet van plan geweest om terug te gaan naar Amsterdam.

'Liever niet, eigenlijk.'

'Hier op kantoor?' Het was niet zozeer een vraag als wel een mededeling.

'Wanneer?'

'Asap.'

Arjen aarzelde, hij voelde een enorme weerzin. Hij had spijt dat hij had gebeld, maar hij kon nu niet meer terug. 'Dat wordt dan morgen, sorry, maar ik ben niet in Amsterdam.'

Het was even stil aan de andere kant van de lijn.

'Gaat het wel goed met je?'

'Ja... ja, hoezo?'

'Je klinkt... Nou ja...'

'Ik... ik moet je iets vertellen.'

'En ik moet je iets vragen.'

'Ja maar...'

'Zullen we dat morgen doen?'

Arjen had het gevoel dat hij er niet doorheen kwam bij Robin. 'Ik kan morgen aan het eind van de ochtend.'

'Morgenochtend elf uur *sharp*.'

'Prima.'

Hij had opgehangen, maar was blijven zitten met een kater. Prima? Helemaal niet prima. Hij had iets willen afmaken, telefonisch willen regelen, om Katja te steunen en zich te bevrijden van dat negatieve gevoel. Maar nu werd hij gedwongen om terug te keren naar Amsterdam en dat was hij niet van plan geweest.

Terug in het huis in de duinen trok hij een nieuwe fles wijn open en schonk zichzelf in. Hij had een slecht gevoel over het telefoongesprek en zag nu al op tegen de terugreis.

Michiel wilde Nina mee uit eten nemen en gezien de staat van zijn financiën werd het de pizzeria. Nina had zwakjes geprotesteerd, dat haar lijf al die koolhydraten niet kon hebben, maar hij wist uit eigen ervaring dat haar lijf wel tegen een stootje kon. Ze hadden gekozen voor een *quattro stagioni* en een karafje rode wijn van het huis.

'Ik ga morgen naar Katja.'

'O ja?'

'Haar vader is dood, ze is mijn beste vriendin, ik kan haar niet zomaar in de steek laten.'

'Ze heeft haar zus nog.'

'Dat bedoel ik. Dooie doos... O shit!'

'Wat?'

'Kat is met mijn auto.'

Michiel stopte een puntje pizza in zijn mond en kauwde bedachtzaam. 'Dan breng ik je toch.'

'Echt?'

'Die ouwe was bijna mijn schoonvader geweest.' Het kwam er treuriger uit dan hij had gewild.

Nina klopte grinnikend op de rug van zijn hand. 'Och, gossie toch!'

'Nou ja, ik bedoel, ik kan Katja ook niet ineens laten zitten, toch?'

'Nee, je hebt zo je verplichtingen.'

Ze aten in stilte.

'Dan moeten we het haar wel vertellen,' vond Nina.

'Ja?'

'Ja. Anders is het niet eerlijk.'

Michiel haalde zijn schouders op. 'Zij is bij mij weggegaan.'

'Niet officieel. Jullie hebben ruzie.'

'Het werkt gewoon niet meer. Ik ben gewoon ingeruild voor dat lelijke ding.'

Nina keek op. 'Welk lelijke ding?'

'Dat schilderij van haar, van Katja.'

'Dat mag jij een lelijk ding vinden, maar de hele wereld zit erachteraan.'

Michiel schoot in de lach. 'Schei uit.'

'Dat is wat ze mij heeft verteld. Er schijnt nog een schilderij onder dat schilderij te zitten. Vraag me niet hoe het zit.'

Michiel schonk het karafje rode wijn leeg.

'Ze was er nogal opgewonden over.'

'Vertel mij wat.'

'Maar het schijnt nu van de aardbodem te zijn verdwenen.'

'Dat lelijke schilderij met die kinderen?'

'Ja. Gestolen of zo.'

'Waar heb je het over? Dat ding staat gewoon bij mij thuis!'

Deel 4

Het kerkhof van onopgeloste moorden

40

Hubert Vreeman had de nacht slapeloos doorgebracht op de bank in de woonkamer, want zijn slaapkamer had hij niet durven binnengaan. Steeds weer hoorde hij Molly's schreeuw van afschuw die door de badkamer galmde. Nu zijn vrouw voorgoed uit het appartement was vertrokken voelde zijn aanwezigheid er ook misplaatst en hij was van plan het dan ook zo snel mogelijk in de verkoop te doen. Hij kon hier niet meer leven, wilde naar Londen, Molly achterna. Ze zou hem weer toelaten in haar leven, daar was hij van overtuigd, maar eerst moest hij afrekenen met de demonen uit zijn verleden. Hij moest schoon schip maken en daarvoor moest hij weer in contact komen met die studente, Katja. Het was de enige manier, zij bezat de sleutel tot zijn toekomst. Hij moest haar overtuigen om met hem samen te werken, dat hij haar kon beschermen tegen de boze buitenwereld. Tegen gewetenloze honden als Mazarov. En nu had hij spijt dat hij in een impuls zijn telefoon in het meer had gegooid. Haar nummer stond erin omdat zij hem had gebeld, daar had hij niet bij stilgestaan. Nu zou hij een andere manier moeten bedenken om met haar in contact te komen.

Hij had zijn kluisje in het appartement leeggehaald en alles van waarde in een leren weekendtas gepakt die hij in zijn kluis bij Credit Suisse had gedeponeerd. Daarna had hij de eerst mogelijke vlucht naar Amsterdam genomen en nu zat hij in een taxi richting het Pulitzer-hotel, waar hij hoopte Müller aan te treffen. Hij had hem twee keer gebeld, maar geen gehoor gekregen. En Müller kon hem niet bellen, omdat hij zijn nieuwe nummer niet had. Heel even had hij overwogen een sms-bericht te sturen, maar daarvan had hij bij nader inzien toch afgezien, omdat hij geen sporen wilde achterlaten. En het riep irritatie bij hem op. Hij voelde een zekere weerzin om weer met Müller te moeten dealen, maar er zat helaas niets anders op. Hij moest hem in contact brengen met Katja.

Terwijl de taxi over de A4 zoefde bladerde hij door *De Telegraaf* die hij uit het vliegtuig had meegenomen. Zijn oog viel op een rouwadvertentie. Johannes Marnix Eduard Jan Hiemstra was vredig in zijn eigen huis overleden en zijn dood werd betreurd door zijn dochters Katja en Alice.

Hij liet de krant zakken, bijna overmand door deze onwaarschijnlijke mazzel. Jan Hiemstra, vader van Katja. Katja Hiemstra, de vrouw die hij zocht. Hij keek onderaan de advertentie. De begrafenis zou aanstaande donderdag zijn. Er stond nergens een telefoonnummer, maar wel een adres aan de Bezuidenhoutseweg in Den Haag.

Hij tikte de chauffeur op zijn schouder. 'We gaan niet naar Amsterdam, maar naar Den Haag.'

De chauffeur had daar geen problemen mee.

Hij had hem niet gebeld en reageerde niet op zijn telefoontjes. Aleksej Mazarov was in een verschrikkelijk humeur en dat kwam door een zekere kunsthandelaar uit Genève die hem heel veel geld schuldig was. Hij goot wat zwarte koffie uit de zilveren pot in het porseleinen kopje voor hem. Zijn hand trilde, maar dat kwam dan weer door de drank van de avond ervoor. Hij was na de balletvoorstelling, die hij volgens zijn dochter snurkend had doorgebracht, een aantal zakenvrienden tegengekomen en dat was nogal uit de hand gelopen.

Vreeman had natuurlijk van telefoon gewisseld en dacht zo van hem af te zijn. *Cyka blyat!* Maar geen probleem, hij hield hem toch wel in de gaten. Hij was van minuut tot minuut op de hoogte van zijn handelen. Gisteren had de man zijn echtgenote weggebracht naar het vliegveld. Zelf was hij niet meegegaan naar Londen. Mazarov glimlachte. Ze geloofden natuurlijk dat de vrouw daar veiliger was. Nou, Oleg had wel lastiger klussen geklaard. Niet dat hij per se achter de vrouw aan wilde, liever deed hij haar niets aan. Hij was geen gestoorde psychopaat, geen moordenaar, hij wilde alleen zijn recht. En daar had Vreeman maar voor te zorgen. Nadat hij zijn vrouw had afgezet was hij ook nog langs de Ports Francs gegaan, waar ongetwijfeld zijn kunstschatten lagen opgeslagen. Mazarov had er graag eens een kijkje genomen, maar je kwam er niet zo gemakkelijk in. De bewaking was niet zozeer het probleem, maar die kluizen werden beveiligd met een irisscan. Hij vroeg zich af of je met een dood oog de kluisdeuren ook zou kunnen openen…

En nu was Vreeman wederom afgereisd naar Amsterdam, waarschijnlijk weer naar het Pulitzer-hotel. Zo voorspelbaar. Hij nam de hoorn van de huistelefoon. Het werd tijd om spijkers met koppen te slaan.

Bij een bloemist in de buurt die al vroeg open was had hij een grote bos witte en rode rozen laten samenstellen en daarmee was hij naar het huis aan de Bezuidenhoutseweg gelopen. Hij belde aan en er werd opengedaan door een bezorgd kijkende vrouw, die er opvallend vermoeid uitzag.

'Neemt u mij niet kwalijk, mevrouw, mijn naam is Hubert Vreeman. Ik… ik kom voor Katja.'

Op het gezicht van de vrouw was verwarring te lezen. Hij begreep dat wel, want wat moest een oudere man met een bos rozen van Katja?

'Ik heb onlangs met haar gesproken in verband met haar studie en ik las in de krant dat haar vader is overleden.'

'Hij was ook mijn vader,' zei Alice met een droeve glimlach.

Ah, de zus!

'Ik kom mijn condoleances aanbieden.' Hij stak het boeket naar voren en zag dat de zus van Katja bloosde.

'Ach, wat lief van u. En wat jammer nou.'

'Wat is er jammer, als ik vragen mag?'

'Katja is er niet. Maar komt u even binnen, ik kan u niet zomaar op de stoep laten staan.'

Hij glimlachte en stapte langs haar heen het huis binnen. 'Ik blijf maar even, ik heb zo nog een afspraak.'

Ze liepen naar de woonkeuken en hij nam plaats aan de grote tafel, terwijl de vrouw de bloemen in het water zette. Zijn jas had hij aangehouden.

'Ik moet zo weer terug naar Genève, dus ik dacht: ik ga nu gewoon even langs.'

'Echt heel attent van u,' riep Alice vanuit de keuken. 'Wilt u koffie? Of iets anders?'

'Een glaasje water zou fijn zijn.'

'Geen probleem.'

Heel anders dan haar zus, bedacht Vreeman. Een aanhankelijk huisje-boompje-beestjetype. In Katja vermoedde je meer het avontuur.

'U kent mijn zus van haar studie?' Alice kwam de kamer binnen en zette een glas water voor hem neer.

'Via haar onderzoek, ja. Interessant.'

Ze ging bij hem aan tafel zitten. 'Het is maar wat je interessant noemt. Ze is er het afgelopen jaar constant mee bezig geweest, had nergens anders tijd voor. De zorg voor mijn vader, bijvoorbeeld.'

O jee, de vrouw begon te zeuren. 'Dat gebeurt weleens als je gegrepen bent door je onderwerp. Uw zus pakte het onderzoek grondig aan.' Hij glimlachte minzaam.

'Ik vind het maar een stom schilderij. Alle drie trouwens.'

'Alle drie?'

'Ja, ze horen bij elkaar. Schijnt één familie te zijn. Mijn

grootvader verzamelde kunst, maar volgens mij had hij er niet zo'n kijk op.' Ze lachte hardop en deed quasikoket alsof ze zichzelf betrapte. 'O, sorry, dat is natuurlijk niet aardig.'

Hij hief bestraffend een hand. 'De schilderijen zijn niet zo erg als u zegt. Ik heb overigens alleen maar het portret van de kinderen bekeken. Zijn die andere twee schilderijen hier?' Hij probeerde het zo onnadrukkelijk mogelijk te laten klinken.

'Hemel, nee. Voor zover ik weet hangen die in het Hotel.'

'Pardon? Welk hotel?'

Alice schoot weer in de lach. 'Ik bedoel ons vakantiehuis. Dat was vroeger het hôtel de ville van Crain.'

'Crain, zegt u?'

'Kat en ik dachten vroeger dat het een hotel was, wisten wij veel dat "hôtel de ville" stadhuis betekende.' Haar klaterende lach vulde de kamer.

Hij lachte goedmoedig mee. Crain, dat onthield hij wel. Hij stond op. 'Ik wil u niet langer ophouden, mevrouw Hiemstra. Mocht Katja zo thuiskomen...'

'Nou, dat lijkt me sterk, want als het goed is, is ze nu onderweg naar Frankrijk.'

'Naar... Crain?'

'Ze moet de inboedel redden uit handen van dat kreng van een Ménard.' Ze zei het alsof ze een geheimpje deelde.

Ménard? De naam zei hem niets, maar hij kreeg wel het gevoel dat hij tijd aan het verspillen was. 'En wanneer is ze weggegaan?'

'Vanochtend heel vroeg. Ze is voor de begrafenis weer terug, maar ja, dan zit u weer in Genève.'

Hij liep naar de deur en glimlachte haar vriendelijk toe. Hij moest Katja zien te bereiken, voor ze hem definitief ontglipte. De vraag was hoe. 'Brengt u haar mijn groeten over. Wij zien elkaar ongetwijfeld op een later tijdstip.'

'En u enorm bedankt voor de prachtige bloemen, ik zal zorgen dat ze bij de teraardebestelling...' Er trok een droevige blik over haar gezicht.

'Dat is goed, prima, doet u ermee wat u wilt. Nogmaals gecondoleerd.' En ineens schoot hem de oplossing te binnen. 'Nog één vraag, zou ik misschien uw mobiel mogen gebruiken om een telefoontje te plegen? De mijne heeft helaas een lege batterij en ik moet mijn afspraak ervan op de hoogte brengen dat het iets later wordt.'

'Geen probleem.' Ze pakte haar mobiel van het bijzettafeltje en overhandigde die aan hem. 'Snij ik onderhand de onderkant van de rozen bij, anders houden ze het nog geen twee dagen vol en dat is zonde.'

Ze verdween de keuken in. Vreeman scrolde door de contacten en vond het nummer van 'Kat'.

'Hallo?!' De stem klonk boven het motorgeraas uit.

'Katja? Hubert Vreeman hier.'

Hij had het nummer uit Alice' telefoon overgenomen en was zonder te groeten naar buiten gelopen. Op de stoep voor het huis had hij Katja gebeld. Het was stil aan de andere kant van de lijn, op het autogeluid na.

'Hang niet op! Blijf aan de lijn, Katja, dit is belangrijk.'

'Ik heb al tegen u gezegd dat ik uitgesproken ben.'

'Dat ben ik niet vergeten, maar ik heb jou wel iets te vertellen. Wij moeten praten.'

'Nee.'

'Ja! Het gaat nu niet alleen om het schilderij, Katja, het gaat om je leven. Jij en ik weten waar we naar op zoek zijn, maar wij zijn niet de enigen. Door een ongelukkig toeval met de naam Louis Post,' hij probeerde niet verbitterd te klinken, 'hebben wij nu iemand achter ons aan die bereid is over lijken te gaan. Een Rus, zijn naam is Aleksej Mazarov. Googel hem maar. Hij is schatrijk, zeer machtig, en verzamelt kunst, en hij gaat over lijken. Geloof me, ik ken hem.'

Het was weer stil aan de andere kant van de lijn. Hij mocht haar niet loslaten.

'Je bent nu op weg naar Frankrijk.'

'Is dat zo?'

'Ik kom net van je zus vandaan. Vriendelijke vrouw.'

'Dank je wel, Alice,' verzuchtte Katja.

'Kunnen wij elkaar in Parijs ontmoeten?'

'Nee, zeg!'

'Katja, het gaat hier om je leven en niet alleen dat van jou! Post was de eerste en jouw zus zou zomaar de volgende kunnen zijn.'

'Mijn zus?'

'Wij moeten elkaar zien. Ik kan in de loop van de middag in Parijs zijn.'

'Waarom...'

'Katja! Er is nu geen tijd meer voor vragen.'

Het bleef stil aan de andere kant van de lijn.

'Katja?'

'Oké. Bent u bekend met restaurant Georges, boven in het Centre Pompidou?'

Yes! Hebbes. Als hij snel een huurauto wist te regelen, kon hij in zes uur max in Parijs zijn.

'Geen probleem. Ik ben daar om... laten we zeggen halfvier.'

Zonder nog iets te zeggen verbrak Katja de verbinding.

Het was helemaal weg. Het gevoel van vrijheid, het gevoel voor even van alles verlost te zijn, omdat ze in haar auto door niemandsland reed. De bevrijding had slechts kort geduurd, tot het telefoontje van zojuist. Ze besloot het geluid van haar telefoon uit te zetten. Voorlopig had ze geen behoefte aan welk gesprek dan ook en zeker niet zo'n beklemmend telefoontje als net. De verontruste toon in Vreemans stem was haar niet ontgaan. Ineens schoot haar iets te binnen, en die gedachte werd gevolgd door een pijnscheut in haar hart. Ze keek in het achteruitkijkspiegeltje en dirigeerde haar auto naar de rechterrijbaan, waarna ze hem de vluchtstrook op manoeuvreerde en haar alarmlichten aanzette. Hij had Alice gesproken. In Den Haag. Hij was blijkbaar achter het adres gekomen. Maar hoe was het met haar zus? De paniek kneep haar keel dicht. Ze moest terug naar Den Haag, ze moest helemaal niet naar Parijs, hoe had ze het in haar hoofd gehaald om in Parijs af te spreken? Ze ging gewoon terug. Nu.

Ze haalde haar mobiel tevoorschijn. De telefoon ging over.

'Hai, Kat. Ben je er nu al?'

Goddank, ze leefde nog! Een gevoel van opluchting golfde door haar heen. Ze probeerde zo gewoon mogelijk te klinken. 'Alice, is die man nog bij je?'

'Wie?'

'Die man. Hubert Vreeman.'

'O, die. Aardige man, charmant. Kende jou van je onderzoek, zei hij. Kwam zijn condoleances aanbieden. Had een grote bos prachtige rozen meegenomen, voor pappie. Zo aardig.'

'Geweldig. Hoe kwam hij aan ons adres?'

'Hij had het uit de krant. De advertentie van pappie, weet je wel, die jij hebt geplaatst.'

Ze sloot haar ogen. 'Is hij er nog?'

'Nee, hij is net weg. Hij had nog een afspraak.'

Ja, dacht Katja, ik weet wel met wie. Voor haar stopte een auto van de gendarmerie. Het portier ging open en er stapte een agent uit, die landerig op haar toeliep.

'Goed, Lies, ik moet hangen.' Ze trok het sleuteltje uit het slot.

'Ja, anders ben je nooit op tijd terug voor de begrafenis!' Haar zus lachte, maar Katja wist dat dat haar grote angst was.

'Spreek je.'

Terwijl ze haar telefoon wegborg, draaide ze het raampje naast zich open.

'*Des problèmes, madame?*'

Katja probeerde zo onschuldig mogelijk te kijken. '*Il ne le fait pas*,' zei ze in haar beste Frans. Ze toonde de gendarme het sleuteltje. '*J'essaye encore.*'

Ze stak het sleuteltje in het slot en zonder problemen startte de motor. Ze slaakte een verrast kreetje en keek hem dankbaar aan. '*Il le fait quand même! Merci beaucoup, monsieur.*'

Voor de verbaasde gendarme '*De rien*' kon zeggen, sloot ze het raampje en gaf gas.

41

Hij had goed geslapen. Droomloos. Tenminste, dat dacht hij. Hij had in elk geval niet weer een nachtmerrie over Linda gehad. Dat betekende, bedacht hij optimistisch, dat hij het juiste besluit had genomen. De demonen van de vorige dag waren naar de achtergrond gedrongen en het vooruitzicht openheid van zaken te kunnen geven luchtte hem bij voorbaat op. Hij had ook besloten de drank voorlopig te laten staan, want alcohol, had hij gemerkt, had een slechte uitwerking op zijn gemoed.

Ze zaten in een kamer op de eerste verdieping van het Atelier. Robin was niet direct ter zake gekomen, maar wisselde bij een kopje koffie wat roddels uit. Na een minuut of vijf was er een oudere man de kamer binnengekomen die zich niet had voorgesteld, maar na een hoffelijk knikje van zijn vlezige hoofd achter het bureau was gaan zitten.

Robin opende het gesprek. 'Ik was tijdens ons eerste gesprek misschien wat te sceptisch, maar we krijgen nu eenmaal elke dag wel een meesterwerk aangeboden.' Hij lachte verontschuldigend. 'Onderhand zijn we er echter wel achter gekomen dat we jullie veronderstelling serieus moeten nemen. We hebben een paar dagen geleden een gesprek met Katja gehad en daar wilden we graag op door, maar we kunnen haar niet bereiken.' Hij keek Arjen vragend aan.

'Ik heb haar al een paar dagen niet gesproken. Eigenlijk sinds wij hier zijn geweest.'

'Ook niet gebeld?'

'Nee. Nee, ik... wilde even afstand nemen.'

'Waar is het schilderij?' De vraag kwam van de man achter het bureau. Hij hing voorover over het bureaublad en steunde op zijn ellebogen.

'Dat weet ik niet.'

De man trok een wenkbrauw op, een gebaar dat zijn hele gezicht in beweging bracht. 'Ik begreep van Robin dat jullie het hier wilden onderbrengen.'

Het voelde voor Arjen alsof hij door de bovenmeester in de hoek werd gezet, waardoor het gesprek ineens heftige irritatie bij hem opriep. Hij was verdomme geen nobody!

Hij stond op en liep naar het bureau terwijl hij zijn hand uitstak. 'Professor Arjen Hageveld, hoe maakt u het?'

De verbaasde blik op het vlezige gezicht maakte plaats voor een glimlach. 'U hebt gelijk.' Hij stond op en drukte Arjen de hand. 'Tedingh van Eyck.'

Arjen vroeg zich af wat zijn positie binnen het museum was. 'Heb ik u hier al eens ontmoet?'

'Niet dat ik mij kan herinneren, al sluit ik het niet uit. Ik zetel doorgaans in Den Haag.' Daar wilde Tedingh het kennelijk bij laten, want hij liet zich weer in zijn bureaustoel zakken. 'Het schilderij.'

Hij keek Arjen verwachtingsvol aan en die besloot te vertellen wat hem allemaal was overkomen sinds hij de antiekzaak van Louis Post was binnengelopen.

'Hubert Vreeman.'

De naam hing als een donkere wolk in de kamer.

'Kent u hem?'

'Ik heb de eer gehad hem eens te ontmoeten, ja.' Op het gezicht van Tedingh viel te lezen dat de ontmoeting hem niet was meegevallen.

'Hij is zo iemand in onze wereld die het niet heel nauw

neemt met de geschreven en ongeschreven wetten. "Avonturier", wordt er weleens romantisch geroepen, maar het zijn de facto criminelen. Vreeman heeft als specialiteit kunst en artefacten die hij uit oorlogsgebied heeft gesmokkeld. Gestolen uit platgeschoten musea, kerken, kloosters, moskeeën of sjoels, dat soort mensen maakt geen onderscheid, zij maken enkel winst.'

Het verbaasde Arjen niet.

'En ook in de kunsthandel is hij aanwezig. Verzamelaars zoeken bepaalde werken en hij levert ze.'

'Vervalst?'

'Ook. Maar ook gestolen of verdwenen kunst. En vast en zeker ook weleens een legaal stuk, dat valt niet helemaal uit te sluiten.' De ironie droop ervan af. 'Mensen als Vreeman hebben geen cultureel of moreel besef, ze werken voor de hoogste bieder.'

'Maar hoe is hij dan bij mij terechtgekomen?'

'Ongetwijfeld via Louis Post. Hij was de enige die van jullie ontdekking wist. De volgende dag was hij dood en stond Vreeman op je stoep. Toeval?'

'Hij zei dat hij een afspraak had met Louis maar dat hij niet thuis was.'

'Omdat hij toen al dood was. En nu vertelt u ons dus dat het schilderij wordt vermist. Zeer verontrustend.' Tedingh deed een lade van zijn bureau open en haalde er een sigaar uit, die hij begon te kneden. 'Er is geen sprake van toeval, professor. Louis Post moet hem hebben gebeld of gemaild met de boodschap dat hij een interessante ontdekking had gedaan. Vreeman wilde ongetwijfeld weten van wie hij die wetenschap had en wilde een naam.'

'Mijn naam?'

'U vertelde net dat u hoorde dat Post uw naam uitschreeuwde, ongetwijfeld om u te waarschuwen. En nog geen halve dag later zit er iemand in uw huis die u nog nooit hebt ontmoet en die alles lijkt te weten van het schilderij van Isaac Pietersz. Eén plus één is twee. Hubert Vreeman wilde niet wachten op Louis Post, hij wilde het doek voor zichzelf. En als hij net zo slim is als ik denk dat hij is, heeft hij ook ontdekt dat er zeker nog twee doeken moeten bestaan in dezelfde serie, om het zo maar eens te formuleren.'

'Hij zit achter Katja aan.' Het was een logische, maar zeer verontrustende conclusie.

'Mensen als Hubert Vreeman gaan over lijken. En we weten ook niet of hij voor zichzelf werkt, of dat er nog iets of iemand achter zit. Alleen al de vooralsnog hypothetische kans dat we met die drie doeken van Isaac Pietersz het ontbrekende deel van de *Nachtwacht* hebben gevonden kan een enorme goldrush veroorzaken. China, de Arabische wereld, Rusland en zeker ook bij ons in het Westen, overal zitten lieden die zich voordoen als "kunstliefhebbers", die graag een gokje wagen en problemen zoals Katja en u als een interessante uitdaging zien.' Tedingh rook aan zijn sigaar en zakte onderuit.

Arjen keek zwijgend voor zich uit, de boodschap was helder.

'Het is van het grootste belang, voor jullie eigen veiligheid, dat we Katja zo snel mogelijk bereiken en erachter komen waar het schilderij zich bevindt.'

'En de andere twee schilderijen,' voegde Robin eraan toe.

'Enig idee waar die zouden kunnen zijn?' vroeg Tedingh langs zijn neus weg.

'Volgens Katja...' Arjen stopte midden in de zin en keek de kamer rond. Moest hij dit wel vertellen?

'Ja?'

Aan de andere kant, hij had geen keuze. Het Rijks was hun enige redding.

'Volgens Katja in hun vakantiehuis in Frankrijk, ergens in de Bourgogne.'

Tedingh ging iets meer rechtop zitten en keek Arjen doordringend aan. 'Enige kans dat Vreeman hiervan weet?'

'Ik heb het hem niet verteld.'

'Hebt u een adres van het vakantiehuis?'

'Nee.'

De oude man zette zijn handen op het bureaublad en drukte zich met enige moeite omhoog. 'Kom mee, ik wil u aan iemand voorstellen.'

42

Aan het eind van de ochtend was ze bij Parijs aangekomen. Op de Boulevard Périphérique, waar het zoals gebruikelijk levensgevaarlijk druk was, nam ze de afslag naar Paris-Centre. Onder het viaduct sloot ze aan achter een rij auto's die stonden te wachten voor een stoplicht. Door het zijraampje zag ze dat de hoeveelheid vluchtelingen, die te midden van het razende verkeer in tentjes en geïmproviseerde onderkomens bivakkeerden, weer was toegenomen. Vluchtelingen zonder status, daklozen, Roma, een eindeloze stoet mensen op zoek naar een betere toekomst. Waarschijnlijk tevergeefs. Het bood een deprimerende aanblik; kinderen draafden door de modder, rokende mannen hingen ongeïnteresseerd rond en vrouwen liepen bedelend langs de auto's, met kleine kinderen aan de hand of in doeken gewikkeld in een poging de automobilisten te verleiden een euro te doneren voor hun levensonderhoud. De meeste chauffeurs hielden de raampjes gesloten en keken strak voor zich uit, wachtend tot het licht op groen sprong en ze mochten doorrijden. Katja voelde medelijden met de mensen die onder deze onterende, ongezonde omstandigheden, in de herrie en de stank, hun leven moesten leiden, maar het leed was te groot, te veelomvattend om hulp te kunnen bieden. En ook zij was opgelucht toen ze eindelijk verder kon.

Ze deed er een klein halfuur over om de Marais te bereiken, de oude Joodse wijk, waar zich een heel ander Parijs aan haar ontvouwde. De tegenstelling had niet groter kunnen zijn, van een stinkende krottenwijk naar dit welvarende Parijse arrondissement, dat in de loop der jaren prachtig was opgeknapt en waar het trendy volk zich uitgebreid liet zien. Ze had vanuit de auto een kamer gereserveerd in hotel Beaubourg, een klein maar nog redelijk betaalbaar hotel om de hoek bij het museum, en zag kans om haar auto te parkeren op de parkeerplaats van het Centre Pompidou. Toen ze was uitgestapt en met gesloten ogen de Parijse lentelucht had opgesnoven was er weer iets van het bevrijdende gevoel in haar teruggekeerd. Het bracht haar voor even terug naar een zorgelozere tijd, toen haar ouders met haar en haar zus tijdens een lang weekend door de straten van de stad sjouwden, musea bezochten en op zoek gingen naar restaurants waarvan haar vader had gehoord dat ze geweldig waren, maar die hij meestal niet kon vinden. En toen ze achttien was had ze er een zomercursus Frans gevolgd, samen met Nina, met wie ze in het eindexamenjaar zat. Haar moeder had het een grote stap gevonden voor haar jongste kind, maar haar vader had haar zorgen lachend weggewimpeld. 'Frans leer je in een wip!' had hij schertsend opgemerkt, wat hem door haar moeder niet in dank werd afgenomen. Beiden wisten niet dat hun jongste dochter toen al twee jaar een verhouding had met een jongen die vier jaar ouder was. Die verhouding was na die zomer in Parijs trouwens ook voorbij.

Ze had ingecheckt bij het hotel en eenmaal in haar kamer, die was ingericht met een soort Franse nepchic, had ze het bad laten vollopen en zich voorzichtig in het warme water laten glijden.

43

In een kamer aan het einde van de gang zat een sportief geklede jongeman op zijn telefoon te kijken. Toen Tedingh binnenkwam, met Robin en Arjen in zijn kielzog, kwam hij overeind.

'Professor, mag ik u voorstellen aan de heer Leo Dijkhoff.'

De mannen schudden elkaar de hand.

'Leo is detective, zeg maar kunstdetective, en hij helpt ons regelmatig bij het opsporen van verloren gewaande of gestolen kunst. Ik stel voor dat u hem het hele verhaal vertelt. Hij weet van de hoed en de rand en zal u en Katja bijstaan in de zoektocht naar de schilderijen.'

Arjen wilde protesteren, zeggen dat hij niet bijgestaan hoefde te worden, vooral omdat hij niet wist of hij hier wel mee wilde doorgaan. Dit soort zaken ging ver boven zijn pet en ook die van Katja.

Blijkbaar had Tedingh zijn stemming aangevoeld, want voordat hij zijn mond had kunnen opendoen, had de oude bulldog zich al pontificaal voor hem opgesteld. Het naar voren hangende hoofd raakte bijna het zijne. Hij rook een lichte tabaksgeur. 'Denk aan Katja, professor. Leo zal u bijstaan, maar u zult hem moeten helpen. Denk aan Katja,' zei hij nog eens met nadruk, waarna hij het vertrek verliet.

'Nou, dan… eh, laat ik jullie ook maar alleen.' Robin leek blij dat hij de ruimte mocht verlaten. 'Jullie hebben mijn nummer. Succes.'

Dijkhoff keek geamuseerd naar Arjen. 'Kopje koffie dan maar?'

'Ik neem aan dat u hebt geprobeerd om Katja te bellen?'

'Ze neemt de telefoon niet op en dat begrijp ik wel, want ik heb haar natuurlijk laten zitten.'

Dijkhoff schudde zijn hoofd. 'U hebt u volkomen terecht teruggetrokken uit een levensgevaarlijke strijd.'

Arjen doopte een croissant in zijn koffie. 'Ik heb haar in de steek gelaten. En laten we elkaar tutoyeren, alsjeblieft.'

'Oké, je hebt het enige verstandige gedaan. En dat moet Katja ook inzien en ze moet jouw voorbeeld volgen.'

'Door zich terug te trekken?'

'Waarom niet? Volgens Tedingh was ze van plan haar schilderij aan het Rijks te overhandigen. Dat zal met die andere schilderijen niet anders zijn. En dat kan ze vanaf nu beter aan mij overlaten. Ik heb vaker met dit bijltje gehakt.'

'Als kunstdetective? Dat klinkt een beetje als een stripboek: Katja en de kunstdetective.'

Leo schoot in de lach. 'Zo denken de meeste mensen erover, maar het is toch echt een vak. Er verdwijnt veel kunst en het duikt altijd weer ergens op. De kunst is, mijn kunst is, dat je weet waar het op kan duiken. Het kost jaren voor je de kanalen en weggetjes kent.'

'Voor wie werk je dan?'

'Musea, particulieren, verzekeringsmaatschappijen. En soms zelfs voor criminelen.'

Arjen verslikte zich bijna in zijn croissant. 'Sorry?'

'Gestolen kunst is niet altijd makkelijk kwijt te raken. Je kunt een Renoir niet zomaar aan je muur hangen. Veel kunst is in detail beschreven. Dan komen ze in sommige gevallen naar mij met de vraag of ik wil onderhandelen met de verzekeringsmaatschappij.'

'Dan koopt de verzekering de gestolen waar terug?'

'Ja.'

'Dat is heling.'

'Dat is een heel goede oplossing voor alle partijen. De crimineel krijgt zijn deel, de verzekering hoeft niet het volle pond uit te keren en de eigenaar heeft zijn kunstwerk terug. Bovendien kan de politie het van haar to-dolijstje schrappen.'

Arjen schudde zijn hoofd.

'Het is waar, professor,' verzuchtte Leo, 'binnen de vier muren van de universiteit is de wereld een stuk overzichtelijker. Kunnen we bij Katja thuis langsgaan?'

Arjen voelde zijn telefoon trillen. 'Ogenblikje.'

Het was Robin. 'Ik was nog iets vergeten te zeggen. Ik neem aan dat jullie op zoek gaan naar Katja, maar toen ik haar gisteren aan de telefoon had, vertelde ze dat haar vader is overleden.'

'Ach jee.'

'Ja. Dus als ze niet thuis is, zal ze wel in haar ouderlijk huis in Den Haag zijn. Daar was ze gisteren in elk geval wel.'

'Bedankt dat je nog even belde.'

'*Anytime*.'

44

Toen hij zijn ogen opende, was hij meteen helder geweest. Hij bleef roerloos liggen; alleen zijn ogen bewogen en namen de hotelkamer op. Over de leuning van de stoel bij het bureautje aan het einde van het bed hingen zijn broek en leren jack. Zijn sokken had hij niet uitgetrokken. Hij strekte zijn arm uit en nam zijn horloge van het nachtkastje. Hij had meer dan twaalf uur geslapen. In zijn hoofd was het nu rustig, de storm was eindelijk gaan liggen.

Hij liet de afgelopen dagen de revue passeren. Nadat dat mokkel in zijn oor had gegild en hij in paniek het huis uit was gevlucht, was hij de eerste de beste coffeeshop in gelopen en had hij drie voorgedraaide joints gekocht. Hij was op een bankje in het Westerpark gaan zitten en had een van de joints opgestoken en langzaam was de ontspanning ingetreden, waren de beelden vervaagd en namen de geluiden af. Pas na die joint durfde hij weer op te staan en zich onder de mensen te begeven. Hij was bij een italiaan op het terras gaan zitten en had een pizza en een cola besteld. Daarna was hij doorgelopen naar het hotel en was hij in de kamer op zijn bed gaan liggen. Hij was niet meteen in slaap gevallen, had liggen turen naar het plafond, maar het gaf niets, want er kwamen geen beelden. Wat hij in plaats daarvan zag waren vormen in het plafond, vormen die bewogen, die groter en dan weer kleiner werden, tot ze zo klein waren dat ze als speldenknopjes in het plafond verdwenen, tot er geen vormen meer over waren.

Hij was in slaap gevallen, maar midden in de nacht was hij

wakker geschrokken. Een onbestemde onrust teisterde zijn lichaam en geest. Hij was naar buiten gegaan en had de laatste joint opgestoken, daarna had hij de nachtportier overgehaald een driedubbele whisky voor hem in te schenken. Met die whisky was hij weer op bed gaan liggen en in slaap gevallen. Tegen de middag was hij wakker geworden en na een stevig ontbijt had hij de coffeeshop nog eens opgezocht en zich van een aantal joints voorzien, die hem door de rest van de zondag en een deel van de maandag hadden geholpen.

Nu was hij wakker en voelde hij zich helder en alert. Hij keek op zijn telefoon en zag dat hij die had uitgezet; hij kon zich dat niet meer herinneren. Hij zette zijn telefoon aan en zag dat hij twee keer was gebeld. Anoniem. Vreeman? Dat zou niet meer dan logisch zijn. Die wilde natuurlijk weten hoe het nu met zijn schilderij stond. Hij had geen idee. Hij had voornamelijk stoned op bed gelegen. Maar ja, dat kon hij Vreeman niet vertellen. Dat verdomde schilderij moest terug en snel ook, want hij kon zo niet doorgaan met die joints. De vraag was alleen hoe. Moest hij weer terug naar het huis van Katja? Hij dacht aan de blonde vrouw waar hij bovenop had gelegen. Hij had zich moeten beheersen terwijl zij onder hem kronkelde, tot het moment dat ze in zijn oor had geschreeuwd. Jezus. Nee, toch maar eerst met Vreeman bellen, misschien wist die inmiddels meer.

Hij toetste het nummer in, maar kreeg geen gehoor. Opnieuw. Niets. Fuck! Hij had hier geen zin in, geen tijd voor, hij wilde weg. Waarom nam die kerel niet op? Was zijn telefoon uitgeschakeld of had hij van telefoon gewisseld? Was dat goed nieuws of slecht nieuws? Hij sloot zijn ogen en dwong zichzelf tot rust. Het was geen nieuws. Geduld. Hij drukte, meer werktuiglijk dan bewust, op de gps-app van de tracker die hij onder de witte auto had geplaatst en was verbaasd te zien dat die nog gewoon zijn werk deed.

'Ik heb er nog eens over nagedacht, maar dat hele verhaal is natuurlijk onzin.'

Michiel smeerde een broodje dat hij zojuist bij de bakker had gehaald.

'Over dat schilderij?'

'Artistiek geleuter.'

'Ze hebben er onderzoek naar gedaan, zei Katja.'

'Gelul. Dat is wat die Arjen haar heeft ingefluisterd.'

'Waarom zou hij dat doen?'

'Omdat hij op haar geilde natuurlijk.'

'Nee, joh.'

'Nou, ik dacht het wel. Hij was niet bij haar weg te slaan. Lekker interessant doen met zijn Rembrandt.'

Nina stond op en liep naar de Nespresso-machine. 'Je bent jaloers, wat schattig. Wil jij nog een koffietje?'

'Graag. Geloof jij het dan wel?'

Ze stopte een cupje in het apparaat. 'Of het waar is weet ik natuurlijk ook niet, maar ik weet wel dat een hoop mensen in dat schilderij geïnteresseerd zijn. Die kale heeft niet voor niets hier ingebroken.'

'Kale? Was hij kaal, weet je dat zeker?'

'Hij heeft boven op mij gelegen, dus dat weet ik wel zeker, ja. Hoezo?'

'Die kerel die mij uit de auto trok had een petje op. Een beer van een kerel met een petje op zijn kop.'

'Die van mij niet.' Ze gaf Michiel zijn koffie en maakte er nu een voor zichzelf.

'Maar tijdens de worsteling gleed dat petje van zijn hoofd. Van zijn kale hoofd.'

Even werd er niet gesproken. Nina goot wat warme melk bij haar koffie en ging weer tegenover hem zitten.

'Nou ja, er zijn heel veel mannen met een kale kop.'

'Ja...'

'Maar goed, of het nou een Rembrandt is of niet, blijkbaar

is het voor haar belangrijk, dus moet het terug naar Katja,' besloot Michiel.

'Maar ik wil het niet hier in huis. Ik heb mijn portie wel gehad.'

'Sorry, maar ik wil het ook niet in mijn huis.'

'En jij gelooft niet eens dat het een Rembrandt is!'

'Nee, maar blijkbaar deelt niet iedereen die overtuiging. Ik heb geen zin om tussen twee vuren te zitten. Ik vond één nachtje ziekenhuis meer dan genoeg.'

Nina stond op en maakte een einde aan hun woordenwisseling. 'Kom mee.'

'Waarnaartoe?'

'We halen het schilderij op, want je hebt gelijk: het hoort bij Katja.'

'Maar jij wil het niet in huis hebben.'

'We nemen het mee naar Den Haag. Weg uit Amsterdam, geen haan die ernaar kraait.'

'Slim.'

Michiel stond op en zette zijn kopje in de gootsteen. 'Nee, wacht eens.'

'Wat?'

'Hoe komen we in Den Haag?'

'Jullie hebben toch een auto? Die bestelauto?'

Michiel zag de verbeten kale kop voor zich achter het stuur van zijn Citroën, terwijl hij uithaalde om hem in zijn gezicht te stompen. 'Nou... liever niet. Daar heb ik een slecht gevoel over.'

Het had Christiaan geen moeite gekost om de witte bestelauto te vinden, hij stond geparkeerd in de straat niet ver van waar de zwartharige Katja woonde. Hij vond een parkeerplek aan het einde van de straat waar hij een goed zicht had op het huis en op de auto, en zakte onderuit achter het stuur. Nu was het een kwestie van rustig afwachten; in het verleden had hij bewezen dat hij dit lang, desnoods dagenlang kon volhouden.

Het duurde slechts een klein uur voor er iets gebeurde. Er stopte een oud Volkswagen-busje in de straat, zo'n kleurrijk hippiebusje waarmee ze, gezien de schilderingen aan de buitenkant, over de hele wereld waren gereisd. Het stond dubbel geparkeerd en de chauffeur zette de alarmlichten aan. Maar het was niet zozeer het busje dat hem verbaasde, het waren de twee mensen die eruit tevoorschijn kwamen: de man die hij uit die witte bestelauto had geslagen en die het avontuur met het scootertje blijkbaar goed had overleefd, en de vrouw die hem zo hard in zijn oor had geschreeuwd dat hij dagen van de wereld was geweest. Terwijl ze in de portiekwoning verdwenen, vroeg Christiaan zich af wat die twee samen moesten. Het antwoord volgde enkele minuten later, toen ze weer naar buiten kwamen en een schilderij in het busje laadden.

Hij volgde het tweetal tot in Den Haag, voor het grootste deel over de A4, die hem enkele dagen daarvoor naar Delft had gevoerd. Deze keer waren er geen files of andere obstakels, maar een probleem was wel dat het beschilderde busje nauwelijks vooruitkwam. Het ging niet harder dan tachtig en dat maakte het achtervolgen er niet gemakkelijker op. Hij was een paar auto's achter hen blijven hangen, maar dat hield hij niet vol. Er werd getoeterd en hij werd links en rechts ingehaald, en dus besloot hij gas te geven en het busje te passeren. Enkele kilometers verder draaide hij een benzinestation in, om meteen daarna weer in te voegen, en zo kwam hij uiteindelijk op de Bezuidenhoutseweg aan.

De man en de vrouw stapten uit en namen het schilderij tussen hen in. Ze liepen naar een van de statige herenhuizen en belden aan.

'Jezus, wat een tocht was dat.'

Nina en Michiel stonden voor het statige pand in de chique

Haagse wijk waar Katja een deel van haar jeugd had doorgebracht. Het was jaren geleden dat Nina er voor het laatst was geweest.

'Wees blij dat ik een auto kon regelen.'

'Auto? Ik kan dat koekblik echt geen auto noemen.'

Ze kibbelden alsof ze al dertig jaar samen waren.

'Heb jij nog kunnen zien of we werden gevolgd?'

Nina schoot in de lach. 'Doe niet zo paranoïde.'

'Hoezo? Er gebeuren voortdurend rare dingen. Ze weten waar jij woont, ze weten in welke auto ik rij. Kom op, zeg, zo gek is dat niet.'

'Druk nog eens op die bel.'

Michiel drukte nog eens op de koperen bel en ze hoorden hem overgaan. Het geluid galmde door de marmeren gang.

'Die ouwe bak ging zo langzaam, die kon je te voet nog volgen.'

'Hou d'r nou maar over op.' Nina begon genoeg te krijgen van de zeurende Michiel.

'Volgens mij is er niemand.'

'Ik bel haar wel.'

Ze wipte de telefoon uit haar achterzak en belde Katja, maar haar telefoontje werd niet beantwoord.

'Kut.'

Michiel had door de ramen naar binnen gekeken.

'Er brandt wel licht. Misschien is ze een boodschap doen.'

Nina zette haar handen in haar zij en bedacht net dat ze dan maar ergens koffie moesten gaan drinken, toen ze iemand iets hoorde roepen vanuit het huis en de deur vervolgens openging.

Het krijswijf hield de deur open en de man sjouwde het doek naar binnen. Niet veel later kwamen ze alweer naar buiten en namen afscheid van een vrouw die in de schaduw van de deuropening stond. Christiaan boog zich over zijn stuur om beter zicht te krijgen. Wie was die vrouw? Het was niet de zwartharige Katja, dat wist hij zeker. Maar bij wie hadden die twee het schilderij dan afgeleverd? Hij schudde geïrriteerd zijn hoofd. Wat deed het ertoe? Hij had het schilderij onder handbereik, daar ging het om.

Hij wachtte nog even tot het Volkswagen-busje – na de omgeving te hebben getrakteerd op een stinkende, zwarte gasuitstoot – de straat uit was gereden, en stapte toen uit. Zonder te aarzelen stak hij de straat over. Hij had zijn pet opgezet en droeg een zonnebril, een minimale vermomming die voor dit doel afdoende moest zijn. Hij belde aan en blijkbaar was de vrouw nog in de gang, want hij hoorde bijna meteen de deur van het slot gaan. De deur was amper open of hij zette er met kracht zijn schouder tegenaan, waardoor hij openvloog en de persoon die erachter stond een harde kreet slaakte en tegen de grond werd geslagen. Hij glipte naar binnen en sloot de deur.

De vrouw lag op haar rug op de grond, haar ogen gesloten. Christiaan knielde bij haar neer en ging met zijn hand naar de slagader in haar hals. Haar hart klopte nog. Ze was buiten westen en dat kwam hem wel zo goed uit, dan hoefde hij geen extra geweld te gebruiken. Hij controleerde haar achterhoofd, maar zag geen bloed. De enige schade leek een snee boven haar neus te zijn, waarschijnlijk van de openslaande deur. Er druppelde een beetje bloed uit, maar dat zou ze wel overleven.

Hij keek de gang in en zag het schilderij tegen de muur staan. Hij stond op en trok de verhuisdeken ervanaf. Er kwam een portret tevoorschijn van een jongen en een meisje met een hobbelpaard. Niet bijster interessant, maar blijkbaar interessant genoeg voor Vreeman. Hij haalde zijn schouders op. Prima, hij had zijn werk gedaan. Hij keek op zijn horloge en zag dat het even na drieën was. Met een beetje mazzel zat hij vanavond nog in het vliegtuig terug naar huis.

45

Ruim op tijd liep ze de grote hal van het Centre Pompidou binnen.

Ze had met opzet bij Georges afgesproken, want als die gast met haar wilde praten, dan wel op een plek waar iedereen hen kon zien. Niet ergens achteraf waar hij zich van alles in het hoofd kon halen. Was ze bang voor hem? Nee, ze was niet bang, maar ze voelde wel dat achter het charmante masker een spijkerharde man verborgen ging. Hoe haalde hij het in zijn hoofd om met een rouwboeket langs haar ouderlijk huis te gaan, alleen om haar te spreken te krijgen? Doortrapt gewoon. Aan de andere kant intrigeerde de man haar toch ook wel. Hij had verontrust geklonken door de telefoon. Zou hij haar kunnen vertellen waar haar schilderij was gebleven?

Ze nam de grote roltrap links, in plaats van de lift, om zo per etage een steeds beter zicht op Parijs te krijgen, met als beloning het uitzicht op de zesde etage. Bekeken vanaf de glazen overkoepeling van de galerij lag de stad aan je voeten. Met de blauwgrijze daken die zich uitstrekten tot het kleine randje groen aan de horizon, en in het midden de trotse Eiffeltoren. Een uitzicht als een kunstwerk, zeker op een zonnige dag als vandaag.

Ze ging het restaurant binnen en koos een strategische plek ten opzichte van de ingang, met haar rug naar de glazen wand. Ze had een *Marie Claire* gekocht en begon daarin te bladeren, terwijl ze in de gaten hield wie er binnenkwamen.

Op haar hotelkamer had ze de tijd genomen om wat online onderzoek naar de man te doen, maar dat had niet veel opgeleverd. Blijkbaar was deze Vreeman goed in staat zijn leven af te schermen. Ze vond een enkele verwijzing in wat krantenartikelen, maar geen recente foto bijvoorbeeld, wat nu wel handig was geweest.

Maar toen er na een minuut of tien een wat oudere man binnenkwam met een gedrongen postuur, kort grijs haar, en gekleed in een lichtgrijs zomerpak die vorsend de zaal rondkeek, vermoedde ze dat dat Vreeman was. Ondanks zijn gedistingeerde voorkomen zag hij er gehaast en gespannen uit. Ze ging rechtop zitten en keek hem strak aan, en toen hij haar ook opmerkte verscheen er een glimlach op zijn gezicht.

Hij liep naar haar toe. 'Katja?'

'Meneer Vreeman.'

'Hubert.' De man nam tegenover haar plaats. 'Het klinkt misschien vreemd, maar ik heb het gevoel dat wij elkaar al een tijdje kennen.'

Katja was niet erg geïnteresseerd in het gevoel van de man. 'Ter zake.'

Vreeman glimlachte. 'Natuurlijk. Maar we bestellen eerst iets te drinken.'

Hij wuifde met zijn hand naar een dame van de bediening, die zwevend op hen af kwam lopen, alsof ze zich op de catwalk bevond van een van de grote Parijse modeshows. Hij bestelde een jus d'orange voor Katja en een koffie voor zichzelf. Hij draaide zich naar het grote glazen raam en wilde kennelijk nog iets opmerken over de bijzondere plek waar ze zaten, maar Katja was wel klaar met de prietpraat.

'Ik heb een jaar gewerkt om de achtergrond en afkomst van een vrij onbeduidend schilderij te achterhalen. Ik ben nu zover dat ik aan mijn scriptie kan beginnen en ineens word ik achtervolgd en bedreigd. En niet alleen ik!'

'Dat komt omdat het schilderij dat jij hebt onderzocht op het eerste gezicht misschien onbeduidend overkomt, maar een groot geheim met zich meedraagt.'

'En dan is toch mijn vraag: hoe weet u dat?'

De man glimlachte. 'Ik heb je het antwoord al eerder gegeven. De bron, mijn bron, is Louis Post.'

'Maar waarom heeft hij u überhaupt geïnformeerd?'

'Hij heeft niet zozeer mij geïnformeerd, maar Aleksej Mazarov, die Rus over wie ik sprak. Het verhaal begint natuurlijk eerder, bij die professor van jou. Die deelde de informatie die jij boven tafel hebt gekregen met Post. Waarom hij dat heeft gedaan moet je maar aan hem vragen.'

Dat had Katja zich ook afgevraagd, maar Arjen was verdwenen, had zich teruggetrokken uit de warboel die hij zelf had veroorzaakt.

'Lou was een expert op het gebied van de zeventiende eeuw en hij had als eerste door wat er onder het schilderij van Pietersz verborgen zat. En hij begreep ook meteen de waarde ervan.'

'De waarde zoals in euro's?'

'Dat is de enige waarde die telt in die wereld.'

De mannequin die hen bediende kwam terug met de drankjes. Vreeman overhandigde haar een briefje van tien euro en gebaarde dat het zo goed was, waarop ze hem een vermoeid glimlachje schonk en verveeld rondkeek naar het volgende slachtoffer.

'Als je naar buiten kijkt,' hij richtte een uitgestoken vinger langs haar heen en wees op het imposante uitzicht, 'dan zie je cultuur.'

Katja draaide zich half om naar het uitzicht en begreep wat hij bedoelde.

'Dat is Parijs. Cultuur. Zonder cultuur is deze stad een stapel stenen, niet veel interessanter dan Almere, om maar eens een voorbeeld te noemen. Het gaat om de historie, de kunstschatten, de kunstenaars die hier hebben rondgedwaald en hun werk hebben achtergelaten. Dat is Parijs.'

Ze draaide zich weer terug naar het tafeltje en Vreeman dronk van zijn koffie. Katja roerde in haar jus d'orange en nam een slok.

'Maar zo is het in de kunstwereld helaas niet gesteld, daar draait het om geld. En ik wil niet hypocriet zijn, Katja, ik heb aan dat spel meegedaan en ik heb ervan genoten. Maar je komt op een leeftijd dat je ineens begrijpt dat er meer is dan geld alleen. Dat we iets verschuldigd zijn aan onze kinderen, aan de wereld.'

Ze begon behoorlijk genoeg te krijgen van de prekerige praatjes van de man tegenover haar. 'Waarom belde Louis Post met die Rus?' Ze nam nog een slok van haar jus en voelde zich licht in het hoofd.

'Omdat Post een probleem had met Mazarov. Hij had een schilderij van een echtheidscertificaat voorzien en Mazarov had er een groot bedrag voor op tafel gelegd. Maar het bleek helaas vals. En daar was die Rus niet blij mee.'

'Die wilde zijn geld terug.'

'Begin je een beetje te zien waar je in bent terechtgekomen?'

Katja had op dat moment voornamelijk problemen om de omgeving scherp te kunnen blijven zien.

'Mazarov wilde meer dan alleen wat informatie van Lou, hij wilde alles. Lou belde vervolgens mij om te bemiddelen. Hij was in paniek, maar helaas kwam ik te laat.'

Katja kon zich niet goed meer focussen en voelde haar spieren verslappen. Het ging als een schok door haar heen... Hij probeerde haar...

'Gaat het wel goed met je, meisje?'

Ze zwaaide met haar armen en probeerde uit haar stoel op te staan. Ze wilde roepen, maar er kwam geen geluid. Ze zag... niets meer.

Hij had de taxichauffeur opdracht gegeven om op de taxistandplaats naast het Centre Pompidou op hem te wachten. Hij ging zijn dochter ophalen, die niet goed was geworden in het restaurant. Hij had ook de conciërge van het gebouw waar Molly en hij sinds jaar en dag een bescheiden appartement huurden telefonisch ingelicht.

De gerant, die verontrust op hen af was komen lopen, had hem geholpen toen hij Katja uit haar stoel probeerde te krijgen. Samen hadden ze haar ondersteund tot bij de lift.

'Het is heel vervelend, maar mijn dochter werd ineens niet goed.'

'Buitenlucht zal haar goeddoen,' opperde de gerant, die blij was toen de liftdeuren zich openden en hem verder ongerief bespaard bleef.

'Merci.'

De taxichauffeur had bedenkelijk gekeken toen Vreeman het achterportier opende en met enige moeite de jonge vrouw in de auto wist te krijgen.

Hij was zelf aan de andere kant ingestapt en had de chauffeur het adres gegeven. 'En een beetje snel alstublieft, ze heeft net ook al overgegeven.'

Een grotere aansporing had de taxichauffeur, die eigen baas was, niet nodig en zeven minuten later waren ze met piepende banden tot stilstand gekomen op de Place du Marché Sainte-Catherine. Het kostte hem daarna nog de nodige moeite om Katja, die als een trekpop in zijn armen hing, in het appartement te krijgen. De conciërge was hij daarbij gelukkig misgelopen – het was van belang dat ze wist dat de flat bewoond werd, maar ze hoefde niet te weten door wie precies – en in de slaapkamer aangekomen had hij Katja op het matras van het zware ijzeren bed gelegd. Hij had de boodschappen uitgepakt die hij al eerder had meegenomen uit de Monoprix in de Rue Saint-Antoine – een fles water, yoghurt, croissants en wat fruit. Meer dan genoeg. Vervolgens had hij de tiewraps tevoorschijn gehaald, waarvan hij er een om de pols van Katja had gedaan en met een van de stangen aan het hoofdeind had verbonden. Toen had hij de luiken voor de ramen gesloten en was het de hoogste tijd geweest om te gaan.

De afstand tussen Parijs en Auxerre bedroeg ruim honderdzestig kilometer, en daarna was het dorp Crain nog een klein eindje rijden. Hij dacht dat de snelle Audi hem er in twee uur kon brengen. Dan een uur, hooguit, om de twee schilderijen uit het huis te halen en vervolgens in twee uur terug naar Parijs. Vijf uur in totaal. Katja zou dat overleven. Ze zou woedend zijn als hij haar kwam bevrijden, omdat hij haar had gedrogeerd, opgesloten en vastgebonden, maar hij had er op zijn reis vanuit Den Haag goed over nagedacht. Toen hij Katja zich in restaurant Georges van het tafeltje liet wegdraaien om haar de skyline van Parijs te laten zien, had hij de vloeistof in haar glas gedaan. Hij moest eerder in dat vakantiehuis zijn dan zij. Hij had geen tijd meer, hij kon het zich niet meer permitteren om te discussiëren over de cultuurhistorische waarde van de schilderijen die het kind zo rechtschapen in het oog hield. Het ging hier verdomme om leven en dood. Waar het hemzelf betrof had hij het ernaar gemaakt, maar zijn vrouw en zijn dochter hadden nergens schuld aan. En ook Katja was niet veilig voor Mazarov, net zomin als haar zus. Ze zou het begrijpen, ze moest het begrijpen; hij moest wel zo handelen om levens te redden. Want daar ging het hier om. Wat was nou een schilderij, ook al was het de *Nachtwacht*? Uiteindelijk niet veel meer dan een stuk linnen en een liter verf. Was dat een leven waard? Al die levens? Bullshit!

Vreeman zat over zijn stuur gebogen alsof hij de auto naar voren wilde duwen. Hij had een afkeer van geweld, maar hij had geen andere oplossing gezien. Hij moest voor een tijdje van Katja af om zijn zaken goed te kunnen regelen. Als hij de twee schilderijen in zijn bezit had, zou het derde zeker volgen. Afzonderlijk van elkaar vertegenwoordigden de doeken alleen een soort curiositeit waar zeker belangstelling voor zou zijn, maar alle drie onder elkaar vormden ze mogelijk een brisant schilderwerk dat de wereld op zijn grondvesten zou doen schudden. En niet alleen de kunstwereld. Maar dat alles zou hem een zorg zijn. Het maakte hem niet meer uit, hij had grotere zorgen. Hij zag zijn vrouw voor zich, zoals ze afscheid van hem had genomen op het vliegveld. Koel en afstandelijk, alsof hij de chauffeur was geweest die haar naar het vliegveld had gebracht. Wat in feite ook zo was. Ze had niet eens meer omgekeken.

Hij veegde met zijn vuist de tranen uit zijn ogen. De Rus speelde een schaamteloos spel, dat hij alleen met dezelfde schaamteloosheid kon beantwoorden. Jammer voor de rest, maar hij moest door.

46

Oleg Kondakov zat op een geel bankje in de lobby van het Pulitzer-hotel. Hij bladerde in een automagazine, maar hield tegelijkertijd in de gaten wie er het hotel binnenkwamen en uit gingen. Hij had geïnformeerd of de heer Vreeman die dag toevallig in het hotel verbleef, zoals wel vaker het geval was. Dit bleek te kloppen, al was de heer Vreeman op dat moment niet op zijn kamer. Het was niet erg, hij kon wachten. Hij vond het een aangenaam hotel, hoewel hij het nooit prettig had gevonden om in zijn eentje op reis te zijn. Hij voelde zich verloren buiten Sint-Petersburg. Maar dit hotel had iets intiems, iets warms wat hem omarmde en niet afstootte.

De Rus was geboren in een sovchoz ten tijde van de Sovjet-Unie: een staatsboerderij waar de boeren zich dood moesten werken om ongegeneerd te worden uitgebuit. Ze hadden met drie families in een huis met veel te weinig ruimte gewoond. Boven op en onder elkaar. En al vroeg had hij geleerd om van zich af te slaan. Er liepen mannen rond die hun geslachtsdeel in alles stopten wat ze tegenkwamen: man, vrouw, kind, familie of geen familie. Het was een mensonterend zootje geweest. Beesten. Hij was weggelopen en uiteindelijk in Sint-Petersburg terechtgekomen. Hij bewoonde er een kamer in een krot. Weinig comfortabel, maar hij woonde er alleen en dat was voor hem genoeg; hij kon geen anderen meer om zich heen verdragen.

Hij had zich in leven gehouden met diefstal en klusjes voor de mannen die zich daar te groot voor vonden. Hij had een vriendinnetje gehad dat zich voor hem prostitueerde. Zij was verslaafd en hij zorgde voor haar veiligheid. Ze was alweer lange tijd dood. Hij had haar op straat gevonden, overdosis of slechte shit. Wat maakte het uit, ze was er geweest. Beter voor haar, dat had hij toen ook al gevonden, dat kind had geen leven dankzij de troep die ze in haar aderen spoot. Zelf had hij nooit gebruikt. Nooit gerookt en geen druppel gedronken. Hij zat elke minuut die hij kon missen in de gym, daar voelde hij zich het meest op zijn gemak. Daar kon hij geconcentreerd zijn programma uitvoeren tot het zweet op zijn rug stond en het hem zwart voor ogen werd.

In die sportschool was hij Mazarov tegengekomen. Hij had een klusje voor hem gedaan en dat was goed gegaan. Natuurlijk was het goed gegaan, hij wist wat hij moest doen. Een mannetje uitschakelen en laten verdwijnen was niet zo moeilijk in het Sint-Petersburg van vandaag. Als je de juiste wegen maar kende. Hij was voor Mazarov blijven werken. Het beviel hem, het bracht hem rust. Hij had nu een mooi appartement aan de rivier de Mojka, waar hij nog steeds alleen woonde. Neuken deed hij buiten de deur.

Hij keek op toen er een lichte commotie ontstond bij de ingang. Een portier hield de deur open voor een gast die met enige moeite met een rechthoekig pakket, gewikkeld in een verhuisdeken, het hotel binnenkwam. Hij kende de man. Had een foto van hem gezien. Niet de man die hij verwachtte, niet Vreeman, maar wel iemand die bij de kunsthandelaar hoorde.

Oleg stond op en deed alsof hij naar de uitgang liep, maar draaide halverwege om en volgde de man met het pakket op een afstand. Hij haalde zijn telefoon tevoorschijn en maakte een foto. Bij de liften hoefden de man en twee andere gasten niet lang te wachten. De deuren openden zich en een van de gasten liet de man met zijn pakket galant voorgaan.

'*Which floor?*'

'Two, please.'

De hotelgast drukte bereidwillig op de knoppen en de deur sloot zich.

Oleg haastte zich via de trap naar de tweede verdieping en was net op tijd om te zien dat de man de lift verliet en op weg ging naar zijn kamer. Kamer 243. Via de receptie kon hij er wel achter komen wie de man was, maar eerst zou hij de foto checken met Sint-Petersburg. Hij stuurde de foto naar Mazarov en liep de trap weer af naar beneden. Bij de bar haalde hij een flesje water en hij had zijn glas nog niet volgeschonken of er kwam al een antwoord binnen.

Bezorg me dat schilderij. Beregis!!

Beregis, oppassen? Voor die gast? Hij paste altijd op. Hij nam zijn water mee en wilde weer op het bankje in de lobby gaan zitten, maar hij bedacht zich. Hij liep naar de receptie en boekte een kamer.

Christiaan had het schilderij achter in de kleerkast gezet om elk risico uit te sluiten. Hij had eigenlijk meteen Vreeman willen bellen of appen om hem op de hoogte te brengen, maar hij vermoedde dat die een andere telefoon gebruikte. Of hij was door die Mazarov door de mangel gehaald, dat kon natuurlijk ook nog. Het was niet verstandig van hem geweest om alleen op pad te gaan, je kon die Russen gewoon niet vertrouwen. Corrupte patsers met te veel geld en te weinig beschaving.

En nu zat hij dus met dat verdomde schilderij.

Wat moest hij doen? Hij overwoog de verschillende scenario's en kwam tot de conclusie dat het beste plan was om nog voor die avond een vlucht te boeken. Zo snel mogelijk terug naar huis en dan in Zwitserland maar zien wat er met het schilderij moest gebeuren. Hij zou dan wel op zoek moeten gaan naar een tas of koffer die groot genoeg was om het in te vervoeren. En hij wilde heel graag nog zo'n voorgedraaide joint scoren, om de storm in zijn hoofd voor te zijn.

Hij stond op en wilde net de kamer verlaten, toen zijn telefoon ging. Een anoniem nummer.

'Ja?'

'Müller? Vreeman hier.'

Hij hoorde geraas op de achtergrond en vermoedde dat de man in een auto zat.

'Hé.'

'Ja, luister...'

'Ik heb het.'

'Wat?'

'Het schilderij.'

'Het schilderij? Van een jongen en een meisje, met een hobbelpaard en een pop en...'

'Ik heb het schilderij, Vreeman. En ik wil ervanaf.'

'Nee, dat kan nog niet. Je moet het nog even bij je houden.'

'Ik wil weg, Vreeman. Ik heb het hier wel gehad.'

'Müller, blijf in Amsterdam. Ik kom eraan, maar je moet even geduld hebben.'

'Ik heb gedaan wat gedaan moest worden en nu moet ik wachten?! Ik ben hier godverdomme wel klaar mee!' Hij drukte Vreeman weg.

Maar hijzelf kon níét weg. Hij kon verdomme niet weg! Hij moest op hem wachten. Dat schilderij overhandigen. Hij voelde de onrust groeien. De storm liet zich niet beteugelen en het zou niet lang meer duren voor die hem zou overnemen. Hij moest de kamer uit. Naar buiten. Op zoek naar frisse lucht. Op zoek naar die joint.

In de lobby moest hij zich door een stroom toeristen heen werken die kennelijk net het hotel hadden betreden en allemaal tegelijk een kamer wilden. Mensen zonder haast die zich sloom door elkaar heen bewogen, terwijl ze overal hun bagage lieten neervallen. Het ergerde hem, vloog hem aan. Hij wilde ze uit de weg slaan, omverschoppen, als ze maar oprotten! Uiteindelijk stond hij buiten en haalde opgelucht adem. Nu eerst die joint.

De hal was ineens volgelopen, blijkbaar was er net een bus toeristen binnengekomen en moest iedereen van een kamer worden voorzien. Oleg vond het wel prima, des te minder viel hij op. Het duurde echter niet lang voor hij zijn mannetje weer zag passeren. De Hollander bewoog zich gehaast door de stroom toeristen op weg naar de uitgang. Oleg stond op en liep op zijn gemak naar de lift. Hij stapte uit op de tweede verdieping en begaf zich naar kamer 243. Nu moest hij alleen nog zien binnen te komen. Aan het einde van de gang vond hij wat hij zocht, een volgestapeld karretje van *housekeeping*. De deur van kamer 251 stond open en toen hij naar binnen keek, zag hij dat het kamermeisje bezig was met het bed. Het was een kleine vrouw met een mediterraan uiterlijk, het zwarte glanzende haar had ze in een knot op haar hoofd gebonden.

Hij tikte beleefd op de deur en zette een stap in het gangetje voor de badkamer. Hij toonde de keycard van zijn eigen kamer. '*Does not work.*' Hij lachte er verontschuldigend bij. '*You help?*'

'*No, no, down.*' De vrouw wees naar de grond en hij veronderstelde dat ze daar de receptie mee bedoelde.

'*No, many, many people.*' Hij tikte op zijn horloge. '*Me no time.*'

De vrouw schudde met haar hoofd en wees weer naar de grond.

Oleg haalde zijn portefeuille tevoorschijn en haalde er tweehonderd euro uit. '*You help me. Please.*'

Hij zag dat de vrouw aarzelend naar het geld keek. Het was waarschijnlijk net zoveel als zij in een week verdiende.

'*Time!*' Hij wees weer op zijn horloge.

De vrouw nam een besluit. '*Okay.*'

Ze nam de tweehonderd euro aan en terwijl ze over haar

schouder keek of niemand haar kon zien, volgde ze Oleg naar kamer 243. Ze stak haar eigen keycard, die op elke deur paste, in het slot van de kamer en de deur klikte open.

'*Thank you*,' zei Oleg beleefd, terwijl de vrouw haastig wegliep.

Hij ging de kamer binnen en was tevreden. Hij had niets hoeven forceren en de vrouw zou haar mond houden. Als ze iemand zou vertellen dat ze hem op deze wijze had geholpen, vloog ze de laan uit. Waarschijnlijk was ze een alleenstaand moedertje met drie kinderen en kon ze het geld niet missen. Hij had gezien hoe ze naar de bankbiljetten had gekeken die hij haar had voorgehouden.

Hij bevond zich in een luxe kamer met uitzicht op de gracht. Hij vond de grachten maar smalletjes. Eigenlijk was alles in Amsterdam klein en benauwd, niet te vergelijken met de ruimte die Sint-Petersburg hem bood. Hij keek om zich heen maar zag geen schilderij, trok toen de kleerkast open en vond tegen de achterwand wat hij zocht. Hij glimlachte, zijn baas zou tevreden zijn.

Hij was langs de gracht gelopen naar de plek waar de Mercedes stond geparkeerd, maar toen hij bij zijn auto aankwam moest hij constateren dat hij zijn autosleutel niet bij zich had. Hij sloot zijn ogen en zag hoe hij een halfuurtje geleden zijn kamer binnenkwam, de sleutel op het bureautje gooide en het schilderij in de kast verstopte. Fuck. Fuck! Er zat niets anders op, hij moest terug naar het hotel.

Een van de portiers had orde aangebracht in de horde toeristen, zodat de andere gasten niet te veel hinder zouden ondervinden van hun aanwezigheid, en hierdoor verliep de terugtocht door de lobby op weg naar de lift heel wat soepeler dan de heenweg. Hij stopte de keycard in het slot van zijn deur en ging de kamer binnen. Op het bureautje lag inderdaad de sleutel van de Mercedes. Maar er was iets, iets wat hij op het eerste gezicht niet kon waarnemen, maar waarvoor hij werd gewaarschuwd. Er ging een knop om in zijn hoofd, alle sensoren stonden plots op scherp. Hij hoefde er niets voor te doen, het gebeurde vanzelf.

Gevaar.

Hij wist nog niet waar het schuilde, maar zijn lichaam reageerde op het gevaar. Het was een mechanisme dat hem in vroeger jaren, toen hij nog deel uitmaakte van het C-squadron, regelmatig voor veel ellende had behoed. Hij had soldaten huizen zien binnengaan en niet meer naar buiten zien komen, althans niet in één stuk, omdat ze niet hadden geluisterd naar de signalen, de noodseinen die werden afgegeven door hun lichaam.

Hij keek de kamer rond, maar zag niets wat hem verontrustte. Dat betekende dat het gevaar in de badkamer moest huizen. Hij drukte zijn rug tegen de muur en schoof langzaam naar het gangetje. Hij schopte tegen de deur, maar zorgde ervoor dat hij afstand hield van de deuropening. De deur vloog open en er schoot een vuist naar buiten, die hem op een haar na miste. Hij pakte de pols beet en trok met een harde ruk de man die eraan vastzat naar buiten en richting de grond, maar die draaide zich in zijn val om en spoot een bus leeg in Christiaans gezicht, waardoor zijn hoofd gehuld werd in een wolk verstikkende deodorant. Fuck! Hij moest loslaten en sloeg zijn handen voor zijn ogen. Het brandde, zijn ogen brandden zijn kop uit. Zijn tegenstander had zich omhooggewerkt en plantte een vuist in zijn maag. Christiaan maakte zich klein en hield zijn armen voor zijn borst, terwijl hij in zijn ogen wreef om het zicht terug te krijgen. Hij opende een oog en door een floers zag hij de gouden hoektand in het grijnzende gezicht van zijn aanvaller. Hij knikte zijn hoofd naar voren om de man een kopstoot te geven, maar die zag dit aankomen en ontweek hem met kinderlijk gemak. Daarna trok de man met een ruk zijn knie op en probeerde Christiaan in zijn kruis te raken. Hij dook ineen en wist de aanval te blokken, maar het volgende moment voelde hij een mokerslag op zijn achterhoofd. Hij zakte door zijn knieën en probeerde zijn opponent te vloeren door zijn benen onder hem uit te trekken. De man probeerde hem van zich af te schoppen, maar Christiaan had nu één been stevig vast terwijl de vuisten van de man op zijn rug roffelden en hij met de vrije voet in zijn zij werd geschopt.

De pijn in zijn ogen trok langzaam weg en hij kon beide ogen weer openen, en hij realiseerde zich dat hij snel moest handelen wilde hij niet aan het geweld van de man boven hem ten onder gaan. Hij boog zich naar het onderbeen en beet hem keihard in zijn kuit. De man slaakte een kreet en trok instinctmatig zijn been weg, waardoor hij zijn evenwicht verloor en Christiaan hem met een ruk aan zijn andere been tegen de grond wist te werken. Hij viel tussen het bed en het bureautje, uitte een serie vloeken en probeerde uit de buurt van Christiaans graaiende handen te blijven. Ondanks het heftige verzet wist Christiaan zich boven op zijn tegenstander te werken en probeerde hij zijn handen om zijn keel te krijgen. Maar de man hield zijn armen hoog voor zijn borst en wist één arm langs Christiaans hoofd te wurmen. Daarna draaide hij zijn bovenlichaam een kwartslag en plantte zijn elleboog met een zwaai tegen Christiaans slaap, waardoor zijn hoofd met een doffe klap tegen de houten ombouw van het bed sloeg en hij heel even de greep op zijn tegenstander verloor. Die draaide zich razendsnel onder hem uit en sloeg zijn arm om zijn nek.

Een nekklem.

Christiaan realiseerde zich dat hij zich in acuut gevaar bevond en deed een wanhopige poging om onder de klem uit te komen, maar de druk op zijn strottenhoofd werd steeds heftiger en maakte hem het ademen onmogelijk. Hij hoorde iets kraken en er kwam een zwarte waas voor zijn ogen die langzaam overging in een stralend wit, explosief wit zonder geluid, alleen de ademhaling van de man die achter hem lag en de druk verhoogde, terwijl zijn longen op ontploffen stonden. Toen doofde het licht.

Oleg voelde de spieren van de man verslappen, de tegenstand leek weg te ebben, maar hij drukte door. Hij hoorde het bot kraken en toch drukte hij nog door. Beregis! Niet te snel opgeven, misschien was het een truc, deze man wist wat vechten was, vechten om te overleven. Net als hij. Dus drukte hij door tot hij kramp kreeg in zijn bovenarm en hij zijn greep liet verslappen.

De zware man met het kale hoofd gleed van hem af en Oleg bleef nog een paar minuten nahijgend op de grond liggen. Hij was zich kapot geschrokken toen hij gerommel bij de deur hoorde. Kwam dat mens van de schoonmaak soms terug? Had ze iemand van het management ingeseind? Hij was zo snel als hij kon de badkamer in geschoten en had gezocht naar een wapen, iets waarmee hij een verrassingsaanval kon uitvoeren, een paar seconden winst kon pakken. Hij had niet verwacht dat het de man van het schilderij zou zijn, de man die verdomme net was vertrokken.

Oleg stond op en wreef over zijn pijnlijke kuit. 'Smerige hond!'

Hij schopte de dode man in zijn rug.

Het gevecht had minimale schade aangericht in de kamer, dus dat viel mee, maar hij zou wat moeten verzinnen om tijd te winnen en zonder problemen weg te komen. Hij trok de dode man zijn schoenen en leren jack uit, gooide het dekbed open en sjorde hem op het bed. Hij legde hem op zijn zij en dekte hem toe. Mocht er iemand binnenkomen, dan zou die denken dat de man nog lag te slapen. Hij zette de stoel voor het bureau recht, keek nog een keer om zich heen of hij sporen had achtergelaten en verdween toen snel met het schilderij naar kamer 231, die hij kort daarvoor had geboekt.

47

Ze troffen Katja inderdaad niet thuis, maar Leo had inmiddels uitgezocht hoeveel Hiemstra's er in Den Haag woonden. Het bleken er twee te zijn: een aan de Fruitweg en een aan de Bezuidenhoutseweg.

'Het is die laatste, dat heeft ze me weleens verteld, ze woonden in een chique buurt.'

Drie kwartier later stonden ze voor de deur van het pand aan de Bezuidenhoutseweg. Arjen keek besluiteloos door het autoraampje naar buiten. 'En nu?'

'Jij kent haar.'

Hij aarzelde. 'Haar vader is net overleden.'

'We kunnen niet op de begrafenis wachten, professor.'

Hij zag op tegen de confrontatie met Katja, die hij nog maar een paar dagen geleden in de steek had gelaten. Was het niet veel beter om haar, onder de gegeven omstandigheden, een paar dagen met rust te laten? Maar hij realiseerde zich dat dit geen goed moment was voor een discussie, dus stapte hij met tegenzin de auto uit. Hij belde aan en na enige tijd ging de voordeur van het statige pand een stukje open. Een kier, verder ging niet, vanwege de ketting die op de deur zat.

'Wat wilt u?'

Hij herkende het iele stemmetje van de zus van Katja, hoe heette ze ook alweer? 'Hallo, ik ben het. Arjen Hageveld. Ik ben de prof van Katja. We hebben elkaar weleens ontmoet op haar verjaardag, dacht ik.'

Hij zag nu een nieuwsgierig oog door de kier naar buiten

kijken. Had deze vrouw ze wel allemaal op een rijtje? Blijkbaar herkende zij hem nu ook, want de deur ging weer dicht en hij hoorde de ketting van de deur gaan. In de deuropening stond een schrikachtige vrouw met een droeve uitdrukking op haar gezicht, dat werd ontsierd door een snee boven haar neus en een oog dat gezwollen was en kleurde.

'Arjen, hallo.' Ze probeerde enthousiasme in haar stem te leggen, maar dat lukte niet echt.

Hij keek nog even over zijn schouder naar Leo, die achter het stuur zat en onverstoorbaar voor zich uit keek.

'Kom binnen.'

Ze ging hem voor naar de keuken, waar ze plaatsnamen aan de tafel.

'Je komt zeker voor Kat?'

'Ja. Ik begeleid haar afstudeerproject en… ik heb nog wat vragen. Maar ik hoorde dat jullie vader is overleden. Wat erg. Gecondoleerd.'

'Dank je wel. Het was een schok, voor ons allebei. Pappie was nog zo… vol leven.' Haar ogen liepen over van het traanvocht, ze veegde er met een hand overheen en slaakte toen een kreet van pijn.

'Wat is er met je oog gebeurd?'

'De deur is tegen mijn gezicht geslagen.'

Ze vertelde aarzelend dat Nina en Michiel waren langsgekomen om iets af te leveren voor Katja, een schilderij, en dat er kort daarna weer was aangebeld en iemand de deur zo hard had opengegooid dat ze tegen de vlakte was gegaan. Ze was zelfs even van de wereld geweest. 'En moet je kijken!' Ze bracht haar vinger bij de wond boven haar neus. 'Zo'n snee!'

'Wie was dat dan die aanbelde?' vroeg Arjen, terwijl hij het angstige voorgevoel had dat hij het antwoord wel kon raden.

'Ik weet het niet, ik heb niemand gezien. Ik kreeg de deur tegen mijn hoofd en toen was het over en uit.'

'Maar wat wilde hij dan?'

Hierop viel ze stil en ze keek Arjen aan alsof ze daar nog niet over had nagedacht, maar dat bleek wel het geval. 'Ik heb er mijn hoofd over gebroken, maar ik heb geen idee. Ik denk dat het misschien een ongeluk was, of... of... of iets anders. Maar geen idee eigenlijk, nee.'

'Ging het om het schilderij?'

'Het schilderij?'

'Het schilderij van Katja.'

'Ach, het schilderij, daar heb ik helemaal niet meer bij stilgestaan!' Ze stond op en liep naar de gang. 'Nou ja, zeg!'

Hij was haar gevolgd. 'Wat?'

'Het staat er niet meer.'

'Stond het hier? Het schilderij van Katja stond hier?'

'Ik heb het hier neergezet toen Nina het kwam brengen. Ik weet het zeker, want daarna ging ik de keuken in omdat het water kookte... O, ik heb je helemaal geen koffie aangeboden, wil je koffie?'

'Nee, dank je wel.'

'Nou, en toen werd er gebeld en ging ik dus, dus...'

'Onderuit. En nu is het schilderij weg.'

'Ja, gek, hè? Denk je dat het daarom ging?'

Arjen overwoog een antwoord, maar besloot de vraag in het midden te laten.

'Hoe laat verwacht je Katja terug?'

'Vandaag? Vandaag niet, nee, maar ze heeft beloofd voor de begrafenis van pappie terug te zijn.'

'Waar is ze dan naartoe, als ik vragen mag?'

'Ik was het er niet helemaal mee eens, maar ze is op stel en sprong naar Frankrijk afgereisd. Daar moest ze iets doen, zei ze. Ik heb haar net nog gebeld, maar ze nam niet op.'

'Naar Frankrijk? '

'Ja, naar ons vakantiehuis in Crain.'

Natuurlijk, Crain! Nu begreep hij ook waarom Katja halsoverkop was vertrokken.

‘Weet verder nog iemand dat ze naar Frankrijk is?’

‘Ik heb geen idee, Arjen, ik weet niet wie ze allemaal gesproken heeft. Maar wat is er aan de hand? Is er iets met het schilderij?’

‘Moeilijk uit te leggen. Misschien later eens. Ik moet er nu weer vandoor. Dank voor je hulp.’

‘Ik weet niet waarmee ik je geholpen heb, maar geen dank.’ Ze toverde een pijnlijk lachje op haar lippen en liet hem uit.

‘Waarom dat schilderij hiernaartoe is gebracht mag de goeie God weten, maar het is er niet meer. En Katja zit ergens in Frankrijk.’

Leo trommelde met zijn vingers op het stuur. ‘Heeft ze hier misschien haar laptop achtergelaten?’

‘Weet ik veel.’

‘Ga het dan even vragen.’

‘Waarom?’ Arjen had totaal geen behoefte om weer terug te keren naar het huis.

‘We moeten haar telefoon zien op te sporen. Als we weten waar dat ding is, weten we ook waar Katja uithangt. We moeten haar zien te vinden, voor haar eigen veiligheid, en de enige manier waarop dat kan is via haar telefoon.’

‘En dat doe je met die laptop?’

‘Via de “Zoek mijn”-app.’

Een paar minuten later zat Arjen weer aan de keukentafel. Voor hem stond de laptop die Katja’s zus voor hem uit haar kamer had gehaald.

Al had ze wel geaarzeld. ‘Zou Kat dat wel goedvinden?’

‘Ja, joh. Het gaat om het onderzoek en er staan gegevens op die we nodig hebben. Katja heeft wel iets anders aan haar hoofd en ik doe het graag voor haar.’

Spatie enter was genoeg, dat wist hij nog. Arjen was niet verbaasd dat Katja de Zoek mijn-functie op haar laptop had geactiveerd, omdat ze om de haverklap haar mobiel kwijt was. Of haar sleutels. Zo secuur als ze in haar werk was, zo slordig was ze met dat soort dagelijkse dingen. Misschien hingen die twee dingen wel samen. Hij activeerde het programma en het apparaat had even tijd nodig om de positie van de telefoon te bepalen. In de hoek van de keuken stond de zus met angstige blik toe te kijken. Het was duidelijk dat ze niet begreep wat er aan de hand was, maar wat er gebeurde leek haar allerminst te bevallen.

'Lukt het?'

'Hij heeft even tijd nodig.'

'Waarvoor?'

'Om te bepalen waar Katja zich nu bevindt.'

'Is dat... belangrijk? Het gaat toch om het onderzoek?'

'Ja.'

'Is er dan iets mis met dat onderzoek?'

'Welnee...' Hij wilde dat hij zich haar naam kon herinneren. 'Het gaat om een paar gegevens, meer niet.' Hij wilde haar niet met meer informatie belasten, hoe minder ze wist hoe beter. Zeker voor haarzelf. Zij had niet kunnen zien wie er zo brutaal haar huis was binnengestormd, maar hij kon het wel vermoeden.

De kaart van Frankrijk verscheen op het beeld en het pijltje prikte op Parijs. Ze was in Parijs. Hij zoomde in tot hij de straatnaam kon lezen van het pand waarin zich de telefoon, en naar Arjen aannam ook Katja, zich moest bevinden. Place du Marché Sainte-Catherine. Hij kon een foto van het scherm maken, maar waarschijnlijk was Katja daar weer verdwenen tegen de tijd dat zij er aankwamen. Hij aarzelde.

'Alice!' De naam was hem binnen komen vallen als een onverwachte, maar zeer welkome gast.

'Ja?'

'Denk jij dat Katja er bezwaar tegen zou hebben als ik de laptop voor haar meeneem?'

Alice aarzelde, maar er verscheen een flauwe glimlach op haar gezicht, dus Arjen nam aan dat het pleit in zijn voordeel was beslecht.

Katja voelde zich misselijk. Het kostte haar moeite haar ogen open te doen. Had ze geslapen? Ze kon zich niet herinneren dat ze in slaap was gevallen. Ze was… ze was in het Centre Pompidou geweest, ze was… Ze kreeg met moeite een oog open, maar ze zag niet veel. Een streepje licht, rechts van haar. Waar was ze? Was dit het Centre Pompidou, was dit Georges? Ze voelde kramp in haar schouder en wilde gaan verliggen, maar kreeg haar hand niet mee. Ze rukte en merkte dat ze ergens aan vastzat. Paniek sloeg door haar lichaam en een golf zuur werkte zich omhoog door haar slokdarm. Beide ogen waren open nu. Ze voelde met haar vrije hand om zich heen. Een bed. Ze draaide zich zo goed en zo kwaad als het ging op haar zij. De misselijkheid was verdwenen, het enige wat ze nog voelde was angst. Ze tastte naast zich en voelde de contouren van een kastje. Een nachtkastje? Ze voelde iets ronds, een appel of een sinaasappel, en een fles. Een plastic fles. Ze richtte zich iets meer op en tastte het kastje verder af. Ze voelde iets ronds en plats, de voet van een lampje? Ja! Een touwtje. Ze trok aan het touwtje en een zwak schijnsel verlichtte de kamer. Uitgeput viel ze achterover op het bed en sloot haar ogen weer. Ze moest even bijkomen.

Ze lag in een kamer, haar hand was vastgebonden aan het bed. Vreeman. Hij moest haar hebben gedrogeerd. Ze herinnerde zich dat ze zich licht in het hoofd had gevoeld, niet onaangenaam, en daarna… niets. Ze moest in slaap zijn gevallen. Wat wilde die Vreeman? Ze voelde de paniek weer bovenkomen en rukte met haar hand aan de tiewrap. Niet doen, niet in paniek raken, rustig blijven en nadenken. Ze opende haar ogen en keek de kamer rond. Het was geen grote kamer, overduidelijk een slaapkamer, waarvan de wanden waren behangen met donkergroen behang. Ze probeerde zich te concentreren op het geluid. Straatgeluiden, ongetwijfeld gedempt door de blinden voor de ramen, die slechts een klein streepje licht doorlieten. Hij had haar hiernaartoe gebracht en aan het bed vastgeklonken. Wat wilde hij van haar? Op het nachtkastje stond een fles water en er lag een appel naast wat croissants. Hij wilde haar blijkbaar niet van honger en dorst later omkomen, voorlopig niet in elk geval. Honger had ze niet, de misselijkheid was nog niet helemaal verdwenen, maar ze wilde wel heel graag iets drinken. Ze richtte zich op en pakte met haar rechterhand de waterfles. Ze bracht het dopje naar haar vastgebonden linkerhand en opende de fles. Ze dronk gulzig en liet een boertje, nadat ze de fles had laten zakken. Pas toen zag ze het briefje dat onder de fles had gelegen.

Het spijt me, het kon niet anders. Wees niet bang, ik kom weer terug. Hubert.

Eikel.

Arjen had nog een keer internetcontact gemaakt met de laptop via zijn persoonlijke hotspot om na te gaan of de iPhone van Katja inmiddels naar een andere plek was vervoerd, maar dat bleek niet het geval. De computer bleef onveranderd het pleintje aangeven in de Marais, een oude buurt in Parijs die nu tot de hippere delen van de stad behoorde.

'Wat zoekt ze in Parijs?'

'Geen idee. Misschien is ze er een nachtje gebleven op doorreis naar dat vakantiehuis.'

Leo betwijfelde dat.

'Niet?'

'Ze heeft haast, want ze moet haar vader nog begraven, maar ze wil toch naar Frankrijk.'

'Om die schilderijen op te halen.'

‘Precies. Zou ze zich dan een dagje Parijs permitteren?’

‘Wat doet ze daar dan?’ vroeg Arjen zich af.

‘Dat is dus de vraag. Heeft die zus van haar nog aan iemand anders verteld dat Katja naar Frankrijk is vertrokken?’

‘Geen idee. En ik ga niet weer naar binnen om het te vragen.’

Leo zuchtte. ‘Ik weet niet wie hierachter zit, maar blijkbaar worden de gangen van Katja zorgvuldig nagegaan. We moeten naar Parijs.’

Arjen keek verschrikt op. ‘Waarom?’

‘Om twee schilderijen te redden. En Katja!’

‘Dan zijn we veel te laat, man. Van hier naar Parijs, dat kost ons zes uur.’

Leo keek peinzend door de voorruit. ‘Het kan ook in een halfuurtje...’

‘Ja, met een vliegtuig,’ zei Arjen spottend.

‘Precies! Probeer jij Katja nog een keer te bellen.’ Hij opende het portier en stapte uit.

Arjen sputterde tegen. ‘Maar dan hangen we uren rond op een vliegveld!’

Leo had het portier dichtgegooid en hoorde hem al niet meer.

Een paar minuten later stapte Leo weer in en startte hij de motor. ‘Nog gebeld?’

‘Ze nam niet op. Waar gaan we heen?’

‘Rotterdam The Hague Airport. Vandaar vliegen we naar Orly en dan nemen we een taxi naar Parijs. Er is een privévliegtuig voor ons gereserveerd.’

Arjen dacht dat hij het verkeerd had verstaan. ‘Een... privévliegtuig?’

Leo lachte. ‘Het draait in het leven om je connecties, professor. De juiste connecties, knoop dat maar in je oren.’

48

Crain was een klein dorp in de Bourgogne, gelegen aan de lommerrijke oever van de Yonne. Vanaf Auxerre had Vreeman zijn weg moeten vervolgen over de Route National, die door uitgestrekte korenvelden leidde. Wat onvermijdelijk tot gevolg had dat hij toeterend achter een tractor had gehangen die niet van plan was veel haast te maken, al toeterde die grote meneer nog zo hard.

Op het dorpsplein had hij zijn auto naast de kerk geparkeerd en nogmaals geprobeerd om Müller te bellen. Tot zijn verrassing nam de man deze keer eindelijk op. Het was een kort gesprek geweest, afgemeten, dat Müller abrupt had afgebroken, maar de boodschap was kristalhelder en zorgde voor een enorme opluchting. Hij had nu één schilderij in handen – één stap dichter bij de vrijheid. De kansen waren gekeerd.

Hij stapte uit en strekte zijn verkrampte lichaam. Op de hoek van het plein zag hij een dorpskroeg, hij slenterde erheen. Misschien konden ze hem daar verder op weg helpen, en bovendien had hij ook wel een biertje verdiend.

Hij ging het café binnen en groette opgewekt de twee habitués die verveeld aan de toog hingen. '*Demi pression, s'il vous plaît*.'

Hij keek om zich heen. Er was op het eerste gezicht niet veel te beleven in dit gehucht, maar dat was het probleem van veel van die Franse plattelandsdorpen. De jeugd holde weg, naar een betere toekomst in de grote stad, en de ouwetjes bleven over. In de zomer was er natuurlijk wel wat langstrekkend volk, maar Hubert kreeg niet het idee dat het hier dan een gekkenhuis was. Lang geleden was hij met Molly weleens in de Dordogne geweest, maar het landschap had hem niet getrokken. En ook de gevierde Côte d'Azur, met z'n overvolle wegen en overgewaardeerde strandleven, kon hem gestolen worden.

'*Encore une.*'

Bij het tweede biertje begon hij een praatje te maken met de eigenaar van de kroeg. Of er veel buitenlanders in het dorp woonden en of er weleens huizen te koop stonden. Ja, er woonden wel wat Hollanders en wat Engelsen, maar niet zoveel als in de Morvan. Daar waren de huizen trouwens goedkoper, want ja, wie wilde er nou in de Morvan wonen, aldus de kroegbaas. En in Crain had alleen het voormalige hôtel de ville onlangs te koop gestaan, maar volgens hem was dat inmiddels verkocht.

'Jammer,' zei Vreeman. 'Ik had weleens willen kijken. Waar is dat hôtel de ville?'

De man wees recht vooruit. 'Langs de kerk, de straat uit en dan loop je er zo tegenaan. Waren aardige mensen, die er woonden. Leuke dochters ook. Maar ja, wat hebben die hier nog te zoeken?'

Vreeman betaalde en liep het dorpsplein weer op. In de verte kraaide een haan. Hij schoot in de lach; als je niet beter wist had de tijd hier stilgestaan. Maar de tijd stond niet stil, nergens meer. Overal waren de zegeningen van het wereldwijde web doorgedrongen tot in de haarvaten van de samenleving. Niets bleef lang geheim, niet het bestaan van een bepaald schilderij en niet zijn aanwezigheid in dit dorp. Hij liep haastig langs de kerk, door een straatje met aan weerszijden huizen die werden bewoond. Het dorp was nog niet helemaal dood. In de verte lag rechts aan het einde van de straat een groot evenemententerrein waar 's zomers zonder twijfel het traditionele zomerfeest werd gehouden en waar de jaarlijkse kermis zijn tenten opsloeg.

Rechts was een smal paadje waaraan het huis lag dat met vergane trots de titel Hôtel de Ville droeg. Het was een oud herenhuis, waarvan de luiken waren gesloten. Blijkbaar was er niemand aanwezig, maar voor alle zekerheid drukte hij op de bel naast de voordeur. Geen geluid en ook geen reactie. Naast het huis liep een zandpad naar de achterkant van het pand. Hij liep langs een haag van bramenstruiken en ander groen waarvan hij de naam niet wist, maar waarin hij wel het voorjaar rook. De stenen muur ging over in een houten schutting waar een deur in zat die zich zonder moeite liet openen. So far, so good.

De diepe achtertuin liep vanaf het bordes achter het huis tot aan de lommerrijke oever van de Yonne. Aan het einde van het grasveld stond een Venus van Milo, waarvan hij zeker wist dat die net zo nep was als de meeste van de Griekse beelden die hij had verkocht. Het beeld gaf de tuin echter een zeker perspectief en hield toezicht op het zwembad dat naast de onvermijdelijke jeu-de-boulesbaan lag. Over het zwembad was een blauw plastic zeil getrokken om het water te beschermen tegen vallende bladeren en ander ongerief, maar gezien de plassen water die op het plastic lagen was het zwembad al een tijdje niet meer gebruikt.

Hij draaide zich om en bekeek de achterkant van het huis. Hier waren de meeste luiken open. Op het bordes stond een houten tafel waaromheen wat stoelen stonden. De deur zou waarschijnlijk naar de keuken leiden. Hij liep het bordes op en keek door het glazen raam van de deur naar binnen. Daar schemerde inderdaad een Franse woonkeuken, een ronde boerse tafel met daarachter een enorm fornuis. Hij probeerde de deur, maar die bleek op slot. Hij keek om zich heen of hij niet ergens een omgekeerde bloempot zag staan, maar dat was niet het geval. Hij dacht aan de sleutel die hij onder het Boeddhabeeld bij die professor had gevonden en dus keek hij in potjes, onder losliggende stenen en in de blauwe klomp die naast de deur hing. Zonder resultaat. Even stond hij in dubio; zijn missie hier was al twijfelachtig, als hij nu ook nog een ruitje intikte en op die manier het huis binnendrong, stelde hij zich wel erg kwetsbaar op. Toen viel zijn oog op een bijgebouwtje tegen het huis aan. Misschien vond hij daar iets wat op een sleutel leek.

Het bijgebouwtje was vroeger waarschijnlijk als garage gebruikt, maar had die functie klaarblijkelijk al heel lang niet meer. Er stond een grasmaaimachine en er hingen planken vol tuingereedschap en aardewerken potjes, er lagen zakken pootaarde en over de hele zijwand hing gereedschap, van roestige lijmklemmen tot opgepoetste dopsleutels. Tegen de achterwand stonden oude, verveloze deuren en raamluiken, waarschijnlijk afkomstig uit oude boerderijen en bedoeld om ooit op te knappen en te hergebruiken. In de wand rechts zat een deur die naar het zich liet aanzien een verbinding met het huis vormde. Hij drukte de deurkruk naar beneden, maar de deur gaf niet mee. Dat had hij ook niet verwacht. Hij wilde zich alweer teleurgesteld omdraaien, toen hij naast de deur aan een spijker een sleutel zag hangen. Een verroeste loper. Hebbes!

Hij stak de sleutel in het slot en na enig wrikken gaf het mee en ging de deur piepend open. Hij kwam in een donker gangetje en tastte de muur af naar een lichtknopje. Toen hij dat vond en erop drukte gebeurde er niets. Was de elektra afgesloten? Hij haalde zijn smartphone uit zijn zak en lichtte zichzelf bij. Het gangetje bleek een corridor te zijn die uitkwam op de centrale hal. Van hieruit leidde een aantal deuren naar de verschillende kamers en in het midden van de hal bevond zich een gelakte trap die de bovenste verdiepingen ontsloot. Hij koos een van de deuren en kwam in een verduisterd vertrek terecht, een kamer aan de voorkant van het huis, waarvan de blinden dicht waren. Het rook er muf, alsof er al heel lang geen raam had opengestaan. Hij liet het licht uit zijn telefoon door de kamer gaan en kwam niets tegen; geen tafel, geen stoel, alleen een kale vloer. Hij sloot de deur en ging een volgend vertrek binnen. Ook hier waren geen meubelen te bekennen. Hij keek naar de wanden, of daar nog iets aan hing, maar ook die waren kaal. De woning leek geheel leeggehaald. Even twijfelde hij of hij wel in het juiste huis was, maar die gedachte verwierp hij weer snel. Het hôtel de ville in Crain. Daar was er maar één van, kon niet missen. Maar waar was de inboedel gebleven? Hij besloot in de keuken te kijken, waar het licht van buiten naar binnen schemerde. Op de tafel en drie stoelen na bleek ook die leeg.

'*Qui êtes-vous et qu'est-ce que vous faites ici?*'

Vreeman draaide zich verschrikt om en keek in het felle licht van een schijnwerper. '*Hubert Vreeman, je suis un ami de la famille.*'

'*Quelle famille?*'

Als je iemand probeert wijs te maken dat je een vriend van de familie bent, moet je natuurlijk wel weten hoe die familie heet. Verdomme! Uit alle macht probeerde hij zich de rouwadvertentie voor de geest te halen. 'Van Katja en Alice. Zij vertelden mij dat ik de sleutel van de tussendeur kon vinden aan het haakje in de garage.'

Het licht van de schijnwerper zakte naar de vloer en in de deuropening stond een kleine vrouw. Vreeman knipperde met zijn ogen om die, na het felle licht, weer aan de schemering te laten wennen. De vrouw hield iets in haar hand, maar hij kon niet goed zien wat het was.

'Een vriend van de meisjes?' Ze liet een honend lachje horen. 'Ouwe vriend!'

'Vriend van de familie, zei ik. Ook van de vader. Maar ik ben hier namens Katja. En u bent madame Ménard.'

De naam kwam uit zijn tenen, maar had de juiste uitwerking op de vrouw in de deuropening. Dat was maar goed ook, want nu zijn ogen waren gewend aan het daglicht, zag hij dat ze een jachtgeweer onder haar arm hield. Madame Ménard was gekleed in een bruin gewatteerd jack en een strakke rijbroek die in stevige leren laarzen was gestoken. Ze had donker, grijs doorschoten haar dat plat om haar hoofd lag. Niet het gemakkelijke type, bedacht hij, zeker niet met een jachtgeweer in haar hand. Maar toen hij haar naam bleek te kennen, nam de achterdochtige blik in haar ogen iets af.

'Wat komt u hier dan doen?'

'Ik kom voor twee schilderijen van Katja.'

'Waarom komt Katja zelf niet?'

'Haar vader is overleden. Was u daarvan niet op de hoogte?'

De vrouw sloeg met haar vrije hand een kruisje. 'Arme man. Alice belde, zij heeft het mij verteld.'

'Hij wordt deze week begraven, dus u begrijpt, de meisjes kunnen niet weg uit Den Haag. Maar die schilderijen heeft Katja nodig voor haar studie.'

De achterdocht was weer terug. 'Schilderijen?'

'Het zijn twee... oude afbeeldingen. Van een man en een vrouw.'

'Daar heeft meneer niets over gezegd.'

'Meneer?'

'Meneer Jan, God hebbe zijn ziel. Het huis is verkocht en voor de inboedel mocht ik zorgen. En dat mocht ook wel na al die jaren!' Ze klonk ineens giftig. 'Ik heb het huis altijd schoongehouden en gelucht wanneer de familie weer kwam. Ik heb erop gepast als ze er niet waren. Soms maanden achtereen. Nooit heb ik daar iets voor gevraagd, dus mag ik er dan ook eens voordeel van hebben?'

De vrouw was in het bezit van de schilderijen! Als ze die nog had. Als ze die niet op een braderie of een brocanterie voor twee tientjes had verkocht. Het zweet brak hem uit.

'Maar natuurlijk, mevrouw. Volledig vanzelfsprekend dat het voordeel voor u is, maar Katja had er niet bij stilgestaan dat de schilderijen ook onder de inboedel vielen, begrijpt u?'

'De inboedel is de inboedel.' Ze zette haar voeten iets uit elkaar en straalde onverzettelijkheid uit.

'Zo is het ook, en daar doet de familie niets aan af. Hebt u de schilderijen nog?' Hij probeerde nonchalant te klinken.

'Alles is er nog. De grote voorjaarsmarkten beginnen over een paar weken.'

'Want ik zou de schilderijen natuurlijk niet zomaar opeisen. Dat gaat niet, de inboedel is voor u.'

De vrouw knikte instemmend. 'Zo is het maar net.'

'Dus ik... Dat wil zeggen, Katja is van harte bereid om voor de doeken te betalen.'

'Voor haar eigen schilderijen?' Madame Ménard leek het verhaal nogal ongeloofwaardig te vinden.

'Zoals ik al zei, ze heeft ze nodig voor haar studie. Ze is er bijna klaar mee, maar kan niet verder zonder die schilderijen. U weet dat ze kunstgeschiedenis studeert?'

'Natuurlijk.'

'Ik help haar een beetje.' Hij haalde zijn kaartje tevoorschijn en overhandigde dat aan de vrouw. 'Ik ben werkzaam in de kunst, ziet u.'

Ze wierp een blik op het kaartje, maar hield ook hem nauwlettend in het oog.

'Wij zijn bereid u duizend euro te betalen.'

'Duizend euro?' Ze keek achterdochtig.

'Per schilderij, uiteraard,' voegde Vreeman eraan toe. Hij zag dat haar oogjes begonnen te glimmen en hij voelde dat hij op de juiste weg zat. Geld was bij dit soort mensen altijd een probaat glijmiddel.

'Ik zal erover nadenken.'

Hij wist zeker dat ze al een besluit had genomen, maar dat ze hem aan het lijntje wilde houden, in de hoop dat ze er nog meer geld uit kon slepen. Al was die tweeduizend euro waarschijnlijk meer dan ze voor die hele inboedel had gehoopt te krijgen.

'Ik ben bang dat ik niet heel veel tijd heb om in het schone Crain door te brengen, madame. Ik moet terug naar Den Haag. Naar de begrafenis.'

De mond van madame Ménard schoot in een ontevreden stand. Tegen de begrafenis viel natuurlijk niets in te brengen. Vreeman schoot haar te hulp.

'Het hangt natuurlijk ook af van de staat waarin ze zich bevinden. Veel van die schilderijen zijn aangevreten door het vocht, dat drukt de prijs. Als zo'n doek in goede staat verkeert, kan het best zijn dat de prijs nog hoger uitvalt.'

'Akkoord.' Ze had eieren voor haar geld gekozen. 'Maar alleen omdat het voor Katja is. Ik had eigenlijk al besloten om de schilderijen bij mij thuis op te hangen.'

Ja, mijn neus, dacht Vreeman, maar zijn hart juichte.

'Als u wilt, kan ik ze u nu wel laten zien.'

'Vooruit,' zei hij opgewekt, 'waarom uitstellen wat we nu ook kunnen doen?'

Het harde plastic sneed in haar pols toen Katja nog maar weer eens een ruk gaf aan haar boeien. Uit onmacht. Ze had het idee dat ze al uren op dat bed lag. Een paar keer was ze weggevallen en tussendoor had ze geprobeerd de spijlen van het bed los te trekken, het bed van het hoofdeind te scheiden, het matras te kantelen. Niets had geholpen. Ze had geschreeuwd en met haar voeten op de vloer naast het bed gestampt, er was geen reactie gekomen. Ze had haar telefoon een paar keer horen trillen in haar tas en geprobeerd er met het puntje van haar grote teen bij te komen, maar ze kwam lengte tekort.

Wees niet bang, ik kom weer terug. Hubert.

Hubert, alsof hij een goede vriend van haar was. En waar was hij naartoe? Waarom had hij haar hier vastgebonden? Zou hij weten waarvoor zij naar Frankrijk was gekomen? Zou hij weten van madame Ménard? Hoe dan...? Alice. Natuurlijk. Shit, stel je voor dat hij onderweg een ongeluk kreeg. Of een hartaanval. Zo gezond had hij er niet uitgezien toen ze hem in het Centre Pompidou ontmoette. Dan kwam ze hier nooit meer uit. Dan werd ze over een paar maanden gevonden als de stank echt niet meer te harden was voor de buren. De paniek die ze net zo goed onder controle had stak weer even de kop op. Niet doen. Niet negatief denken. Positief blijven. Hij zou weer terugkomen en haar losmaken en dan zou ze hem een keiharde trap in zijn ballen geven. Hij zou zijn excuses aanbieden met zijn schijnheilige kop en zij zou hem in zijn gezicht spugen. Ineens verstrakte ze, ze hoorde iets, een geluid in de andere ruimte. Was hij nu al terug? Hoe laat was het?

Madame Ménard was hem voorgegaan naar een industrieterreintje aan de rand van het dorp. Er stond een aantal grote loodsen rondom een kleine fabriekshal waarvan het hem onduidelijk was wat er precies werd gedaan. Naast het terrein was een bosachtig stukje grond waarop een soortgelijk gebouw stond als het bijgebouwtje bij het hôtel de ville. De deuren werden afgesloten door een zwaar kettingslot. De vrouw haalde een sleutel uit de tas die om haar schouder hing en opende het slot. De grote houten deur liet zich met enige moeite openen en gaf toegang tot een soort opslag voor ouwe troep. Vreeman kon het niet anders zien. Er stonden stoelen en tafels op elkaar gestapeld, een gedemonteerd bed, nachtkastjes, dozen vol potten en pannen en een imposante rij kasten, waar Nederlandse bric-à-bracwinkels een moord voor zouden doen. Madame Ménard zou ongetwijfeld goede zaken doen op de komende antiekmarkten.

Ze liep naar de hoek van het gebouwtje, waar ze onverschillig een gordijn van een tiental schilderijen trok die tegen elkaar aan tegen de muur stonden. 'Voilà.'

Vreeman bevochtigde zijn droge lippen en voelde de spanning die door de naderende sensatie teweeg werd gebracht. Hij bekeek een voor een de schilderijen en haalde toen voorzichtig een mannenportret uit de stapel. Het was een rechthoekig portret, waarvan hij de maten schatte op ruim een meter bij een halve meter. Die klopten dus. Hij liep met het portret naar buiten om het bij daglicht nader te kunnen bekijken, haalde een vergrootglas uit zijn zak en bekeek het doek nauwkeurig. Het schilderij had duidelijk te lijden gehad onder de veranderende omstandigheden waar het door de jaren heen mee te maken had gehad, maar was toch nog in redelijk goede staat. Het toonde de trotse jonge vader van de twee kinderen op het andere portret. Hij droeg een bruin jasje met half opstaande kraag over een groen met goudgalon afgezet vest. Hij droeg zijn haar halflang, geen pruik. Rechts onderin stond de naam van de schilder: I. Pietersz. Spanning had plaatsgemaakt voor een geluksgevoel. Eindelijk zat het hem een keer mee.

Hij liep weer naar binnen en zette het schilderij voorzichtig tegen de muur. 'Waar is het andere schilderij?'

'Hier.' Ze wees naar de overgebleven schilderijen.

'Ik bedoel het portret van de vrouw. Zijn vrouw.' Hij wees op zijn beurt naar het schilderij van Pietersz.

Madame Ménard haalde haar schouders op. 'Dit zijn alle schilderijen die in het huis hingen. Meer was er niet.'

Geluksgevoel en spanning vochten om voorrang. 'Weet u dat zeker?' Hij ging weer door de schilderijen heen, die van nul en generlei waarde waren wat hem betrof, maar trof het vrouwenportret van Isaac Pietersz niet aan.

De vrouw begon ongeduldig te worden. 'Koopt u het of koopt u het niet, monsieur Vraiment?'

'Ik koop het.' Hij probeerde zijn teleurstelling te verbijten en lachte haar charmant toe.

'Vijftienhonderd euro,' sprak ze vastbesloten.

'We hadden duizend afgesproken.'

'U had duizend geboden.' Ze keek hem aan met glimmende oogjes, vond zichzelf heel slim.

Hij had moeite zich in te houden. 'We staan hier niet op de markt, mevrouw Ménard.'

'Het is een kwestie van vraag en aanbod, meneer.' Ze hield dapper vol, maar was niet tegen Vreeman opgewassen.

Die deed een stap naar voren en liet zijn charmante masker vallen. 'Ik doe dit als gunst voor mijn goede vriendin Katja. Het is twaalfhonderd euro of niets.' En hij meende het, hij betaalde geen cent meer aan dat ouwe wijf. Dan kwam hij vannacht wel terug en sloopte hij het slot van de deur.

De vrouw probeerde manhaftig overeind te blijven en zweeg.

'Twaalfhonderd of niets.'

De vrouw keek hem met samengeperste lippen aan.

'Dan niet.' Hij draaide zich van haar af en liep met grote passen naar de deur.

'Akkoord.'

Ze had haar knieën opgetrokken en zich wat hoger tegen de achterkant van het bed genesteld. Ze hoorde geluiden in de andere kamer, dat kon toch niemand anders zijn dan hij.

'Katja?' klonk het zacht.

Dat was niet zijn stem. Ze kon het nauwelijks verstaan, maar het was niet zijn stem.

'Katja?' klonk het nu iets luider.

Het was een stem die ze kende, tenminste, dat dacht ze. Kon dat? Kon dat echt? Iemand riep haar naam, achter de deur, en ze wilde iets roepen, maar haar stem blokkeerde.

'Hier!' Het kwam er hard en schril uit.

De deur vloog open en in de deuropening stond een haar onbekende man. 'Gevonden,' zei hij. Over zijn schouder keek Arjen haar met een onbenullige blik aan.

'Jezus... Lul.' Ze lachte, terwijl de tranen over haar wangen stroomden.

Leo had uit zijn auto wat gereedschap gehaald en Katja met een tang van de tiewrap bevrijd. Daarna hadden ze snel het appartement verlaten. Ze zwaaiden vriendelijk naar de conciërge die hun eerder nog de weg naar het appartement van 'monsieur Vraiment' had gewezen, waar Leo geen enkele moeite had gehad met de voordeur, en Katja ademde de frisse voorjaarslucht diep in. Het liefst had ze plaatsgenomen op een van de bankjes op het pittoreske pleintje om van de zon te genieten, maar Leo had haar vriendelijk maar beslist een duwtje in haar rug gegeven.

'We kunnen hier niet blijven hangen.'

49

Het dorp had gelukkig de beschikking gehad over een pinautomaat en Vreeman had de vrouw meteen kunnen betalen. Hij had er voor al dat geld nog een oude doek bij gekregen, waar hij het schilderij in had gewikkeld voordat hij het in de achterbak van de Audi had gelegd. Hij moest nu snel terug naar Parijs, terug naar Katja, die hem ongetwijfeld naar het leven zou staan. Maar hij stond niet langer met lege handen.

Met een dubbel gevoel reed hij even later het dorp uit. Aan de ene kant was er de opwinding over het gevonden schilderij, aan de andere kant knaagde de vraag waar het derde schilderij zich bevond. Het kinderportret was veilig in Amsterdam, dat was iets wat hij aan Müller kon overlaten. Hij minderde snelheid om de auto naast hem gelegenheid te geven om in te voegen. Müller. Waarom maakte de gedachte aan de man een onberedeneerde onrust in hem los? Hij had hun gesprek abrupt afgebroken, nog voor ze afspraken hadden kunnen maken over de overdracht van dat schilderij. Was dat Müllers kenmerkende botheid geweest of speelde er meer? Misschien moest hij nog eens proberen hem te bellen?

Hij parkeerde zijn auto op een oprit aan de kant van de weg en belde het nummer van Müller. De telefoon ging over, maar er werd niet opgenomen en de voicemail was niet ingeschakeld. De onrust nam toe. Zoals zoveel in deze zaak, was daar iets niet in orde. Müller had niet goed uit zijn ogen gekeken toen Vreeman hem voor het laatst in het hotel had gezien. Hij wist dat de ex-commando zomaar door het lint kon gaan, de dood van Louis Post was wat dat betrof geen goed voorteken geweest. Misschien had hij hem toen voor zijn diensten moeten bedanken, waren zijn methodes wat te grof voor deze delicate zaak. Het beviel hem helemaal niets.

Een kleine twee uur later was hij terug in Parijs. Het liefst had hij de auto aan de rand van de stad in een parkeergarage gezet, om verder met de metro te reizen, maar hij kon het risico niet nemen dat hij gestolen zou worden en hij het schilderij weer kwijt zou zijn. Ondanks het late tijdstip moest hij zich vloekend een weg banen door het drukke verkeer op weg naar de Place du Marché Sainte-Catherine. Hij voelde zich somber. Ondanks zijn succesvolle trip naar de provincie en de zekerheid van het gekochte schilderij, had hij een slecht gevoel over de hele operatie. Hij dacht aan zijn vrouw, met wie hij net een kort en afstandelijk telefoongesprek had gevoerd. Hij kreeg niet de indruk dat zij op zijn thuiskomst zat te wachten en dat stemde hem bitter, hoewel hij heel goed wist dat hij zelf de oorzaak was van haar afwijzende houding.

Hij vond een parkeerplaats tegenover het appartementencomplex aan de Sainte-Catherine, controleerde nog eens extra of de achterbak goed was afgesloten en liep naar binnen. Een kwartier, langer had hij niet nodig. Hij zwaaide naar de man van de conciërge, die met een glas wijn in de hand voor de deur van hun woning zat, en nam met tegenzin de gammele lift, omdat hij meer opzag tegen de zes trappen die hem scheidden van zijn verdieping. Hij opende de deur van het appartement en deed het licht aan. Er leek niets veranderd sinds hij de etage had verlaten, en toch was er iets veranderd. Hij voelde het. Voorzichtig liep hij door de gang en toen zag hij het: de deur naar de slaapkamer stond op een kier en hij was er vrij zeker van dat hij die goed had afgesloten. Hij legde zijn hand op de deur en opende die langzaam. Het bed was leeg. De tiewrap waarmee hij Katja aan het bed had geketend hing werkeloos om een spijl. Doorgeknipt. Op het nachtkastje vond hij het briefje dat hij voor haar had achtergelaten. Ze had met ballpoint een grote streep door zijn woorden gezet en er twee woorden voor teruggezet: *Fuck you!*

Ze was verdwenen. Ontsnapt. Bevrijd? Het had er alle schijn van. Maar door wie dan? Hij had geen idee. Hij liet zich uitgeput op het bed zakken. Katja was weg en het vreemde was dat het hem eigenlijk niet eens verbaasde.

Ze hadden een tafeltje bezet in een restaurant waar de goede Franse keuken werd geserveerd en drankjes besteld.

'Hoe hebben jullie mij in godsnaam gevonden?'

Arjen vertelde van zijn bezoek aan Tedingh in het Rijksmuseum en hoe hij kennis had gemaakt met Leo. 'Robin vertelde dat je in Den Haag was vanwege de dood van je vader en dus zijn we eerst daarnaartoe gereden.'

De serveerster bracht de bestelde consumpties, twee biertjes en een grote fles water.

Katja schonk zich een glas in. 'En daar troffen jullie Alice.' Ze zei het met een malicieus lachje, maar Arjen bleef ernstig.

'Ze was gewond. Iemand was het huis binnengestormd en had haar buiten westen geslagen.'

'Wat?!' Katja trok wit weg en Arjen haastte zich haar gerust te stellen.

'Het viel uiteindelijk wel mee, ze had alleen een snee, hier boven haar neus.'

'Maar… wie was dat dan? Waren het inbrekers? Is er iets gestolen?'

'Nee.' Hij aarzelde. 'Nou ja, dat wil zeggen, alleen jouw schilderij.'

Het glas dat op weg was naar haar mond bleef halverwege hangen. 'Het kinderportret?'

Arjen knikte.

'Dat was in Den Haag? Maar… hoe dan?'

'Dat hadden Nina en Michiel daar net afgeleverd.'

'Maar...' Toen viel bij haar het kwartje en begreep ze wat er gebeurd moest zijn. Michiel had het schilderij uit de auto gehaald. Natuurlijk had hij het uit de auto gehaald, want hij moest een kastje vervoeren. Hij moest op en neer naar Doetinchem. Jezus, dat ze dat niet eerder had bedacht. O, shit.

'Ze hadden natuurlijk verwacht jou daar aan te treffen, maar je was net vertrokken.'

'Had iemand ze dan gevolgd? Iemand die nu het schilderij in zijn bezit heeft.'

'Waarschijnlijk.'

'Heeft Alice kunnen zien wie het was? Had ze een beschrijving?'

Arjen zuchtte en schudde zijn hoofd. 'Geen idee, maar ik heb wel een vermoeden.'

Ze keek hem aan. 'Die kale?'

'Ik denk het. Maar zeker weten doe ik het niet.'

'Er zijn wel meer dingen die we niet weten,' stelde Leo. 'Bijvoorbeeld: wat deed de heer Vreeman hier en waarom heeft hij jou op dat bed vastgebonden?'

Katja knikte. 'Goeie vraag.' Ze haalde haar telefoon tevoorschijn en zocht in haar contacten. 'Ik ben bang dat ik het antwoord hier wel op weet.'

Ze toetste een nummer in.

'*Oui?*'

'Madame Ménard, u spreekt met Katja.'

'Ah, Katja, meisje, hoe is het met je?'

'Goed, dank u, en met u?'

'Ach, nog altijd hetzelfde. De artritis, m'n rug...'

De vrouw wilde aan haar gebruikelijke fysieke treurzang beginnen en Katja kapte haar vriendelijk maar kordaat af. 'Gelukkig bent u een sterke vrouw, madame, dat herinner ik me nog wel.'

Nu klonk er van de andere kant een klaterende lach. 'Ja, als ik Roger op zijn donder gaf.' Roger was haar man. Een schriele ambtenaar, die stiekem dronk en vroeger lag te gluren als Katja en Alice in het zwembad lagen.

'Is er vandaag nog iemand langs geweest?'

Er viel een stilte. 'Er komt elke dag wel iemand langs.'

'Ik bedoel, uit Nederland.'

'Ah, die meneer. Charmante man, sprak goed Frans ook.'

'Kwam hij voor de schilderijen?'

'Eh... ja. Namens jou, zei hij.'

Natuurlijk.

'En ik had de inboedel nog opgeslagen, dat had ik gezegd tegen je vader... Ach, je arme vader!' Ze viel plotseling stil en veinsde daarna groot verdriet. 'Hoe kan ik zo dom zijn om dat te vergeten. Dat je je vader bent verloren. En Alice natuurlijk ook. Zo'n fijne man, je vader, zo'n heer. Zo charmant.'

Ja, en hij sprak ook heel goed Frans, dacht Katja, terwijl ze ongeduldig met haar voet wipte. 'Dank u. Hij heeft gelukkig niet geleden.'

'Dat is een troost, Katja, een hele troost.'

'Die schilderijen, madame Ménard...'

'Uw vader, God hebbe zijn ziel, had mij gezegd dat ik de inboedel mocht houden.'

'Dat klopt, dat heeft hij ons verteld, Alice en mij, en het is u ook van harte gegund. Maar de schilderijen...'

'Voor je studie, dat zei meneer...'

'Vreeman.'

'Oui, Vraiment, aardige man. Ik heb hem het schilderij meegegeven. Tegen een kleine vergoeding, je begrijpt...'

Een kleine vergoeding, jaja...

'Het waren de oude schilderijen die nog van mijn grootvader zijn geweest.'

'Zeker. Ach, je grootvader, dat was ook zo'n charmante man. Ik herinner me hem, maar toen was ik een jonge vrouw natuurlijk...'

'Jaja, maar even over de schilderijen... Het waren er twee, van een man en een vrouw.'

'Eén.'

'Pardon?'

'Eén schilderij. Er was één schilderij dat nog van je grootvader is geweest. Dat van een man, zo'n echte oude Hollander, een steile protestant.' Aan haar toon was te merken dat ze het schilderij niet erg had gewaardeerd.

'Weet u dat zeker?'

'Maar natuurlijk, ik heb een hele lijst van de inboedel en daar staat duidelijk...'

'Dank u wel, madame Ménard, dank u wel. Ik moet nu helaas... Ik zie dat... Maar dank u wel.' Ze liet de telefoon in haar schoot zakken.

'Vreeman moet geweten hebben dat ik op weg was naar Crain, waar de andere schilderijen zich moesten bevinden. Hij heeft met mij afgesproken, me gedrogeerd, en is toen doorgereden naar Crain.'

'En nu heeft hij de schilderijen?'

'Het was er maar één volgens mevrouw Ménard en dat heeft ze aan hem verkocht. Eén schilderij heeft hij. Het andere is gestolen, dus de vraag is: waar is dan dat derde schilderij?'

Arjen veerde op. 'Moeten we niet terug?'

'Waarnaartoe?'

'Naar dat appartement van Vreeman. Dan wachten we hem op.'

'En dan? Roepen we hem ter verantwoording? Slaan we hem in elkaar?'

Arjen viel stil. Leo dronk zijn glas leeg. 'Dat bedoel ik.'

Hubert Vreeman zat op het terras op de hoek van het pleintje waaraan zijn appartement gelegen was en had een flesje water besteld. Toen het voor hem werd neergezet bestelde hij er een whisky bij. De avond was nog zwoel en hij was blij dat hij buiten kon zitten. Zijn zenuwen speelden op. Hij voelde een spanning die hij in jaren niet had gevoeld. Niet sinds Syrië, en dat was een periode geweest dat hij zich in levensgevaar had bevonden. Bevond hij zich nu ook in levensgevaar? Mazarov was een gevaarlijke gek, maar Vreeman was niet bang voor hem. De Rus wilde zijn geld terug en als hij hem iets zou aandoen, was er ook geen geld. Toch voelde hij spanning. Hij miste de controle over het spel dat er werd gespeeld. Hij had nu twee schilderijen in zijn bezit, waarvan er een werd bewaakt door dat ongeleide projectiel van een Müller. Maar waar was dat derde schilderij? Die zus van Katja had het duidelijk over twee schilderijen gehad die in het vakantiehuis hadden gehangen. Had iemand dat al eerder weggehaald? En waarom dan alleen dat ene schilderij? En waar was Katja gebleven?

Hij zat met te veel vragen in zijn hoofd en in plaats van dat die werden beantwoord, kwamen er steeds meer vragen bij. Hij kreeg zijn glas whisky en dronk het in één keer leeg. De vloeistof brandde zich een weg naar beneden. Hij besefte dat hij heel goed wist waar dat gevoel van spanning vandaan kwam. Katja had zich met geen mogelijkheid zelf kunnen bevrijden. Ze had geen tang in haar tasje gehad en zo'n tiewrap kreeg je niet zomaar los. Er was iemand die Katja uit haar benarde situatie had bevrijd. Iemand die wist waar zij zich had bevonden. Iemand die wist dat hij een appartement in Parijs huurde.

'Monsieur Vraiment!'

Hij zag de conciërge van het appartementencomplex naar hem zwaaien. Ze werd voortgetrokken door een klein harig hondje dat blijkbaar nog moest worden uitgelaten.

'Madame.' Hij wuifde en had gehoopt zo van haar af te zijn, maar ze kwam met fikse pas op hem toegelopen.

'Ik heb uw vrienden verteld dat u niet aanwezig was.'

Mijn vrienden?

'Merci.'
'Maar uw nichtje was er gelukkig wel.'
Hij schonk haar een glimlach. 'Gelukkig maar.'
Ze gaf hem een knikje, gaf een ruk aan de hondenriem en liep weer door.

Vrienden die Katja hadden bevrijd en nu... Zaten ze nu achter hem aan? Hij kon hier niet langer blijven, dat was hem wel duidelijk. Hij moest zo snel mogelijk naar Amsterdam en de schilderijen een dag of twee stallen bij een kennis die een kunsthandel had in de hoofdstad. Dat was vast geen probleem. Daarna was het tijd om orde op zaken te stellen.

Het was te laat om nog terug te reizen naar Den Haag, dus hadden ze besloten de nacht in Parijs door te brengen. De mannen hadden hun intrek genomen in hetzelfde hotel als Katja en waren nog een biertje gaan drinken; Katja had nog wat tijd nodig om bij te komen en had een kwartier onder de douche gestaan om de smerigheid van de dag van zich af te spoelen. En toen ze met een schoon gevoel en in een badjas van het hotel op haar bed lag kwamen de vragen. Zoveel vragen, en nog steeds zo weinig antwoorden.

Ze pakte haar telefoon – lang leve de telefoon – scrolde door de berichtjes die ze had ontvangen en belde met haar zus.

Alice klonk timide. 'Hai, Kat.'

'Ach lieve schat toch, ik hoorde dat je een ongeluk hebt gehad.'

'Ben je weer op de terugweg?'

'Ik ben morgen terug. Ben je nog op de Bezuidenhoutse?'

'Nee, ik zit nu in mijn eigen huis. Ik voelde me... Ik vind het... Nou ja, ik heb...'

'Je hebt een deur tegen je gezicht gehad, dat vertelde Arjen.'

'Ja.'

'En het schilderij is weg.'

'Ja.'

Er viel een stilte. Alice zei niets, maar Katja voelde het stille verwijt.

'En die man die binnenkwam, hoe zag die eruit?'

'Ik weet het niet. Ik heb niets gezien, Kat, ik kreeg een deur tegen mijn gezicht.' De toon was nu opstandig. Katja vond dat haar zus daar het volste recht toe had, maar ze had nu geen zin in een scène.

'Ik begrijp het, lieverd. Ik ben er morgen weer en dan praten we verder. Doeg.'

Ze verbrak het gesprek en voelde zich schuldig dat Alice bij de zaak betrokken was geraakt. Het was niet eens de bedoeling dat zijzelf in wat voor zaak dan ook betrokken raakte, laat staan Alice. De vermoeidheid begon haar over te nemen en ze wenste dat dit allemaal voorbij was.

50

Het kamermeisje had twee keer geklopt en ‘Roomservice’ geroepen en toen ze daar geen reactie op kreeg, was ze kamer 243 binnengegaan. Ze schrok zich een ongeluk toen ze zag dat de gast nog in bed lag te slapen en wilde snel de kamer verlaten, maar er was iets met de stilte die in de kamer hing. De man in het bed had niet gereageerd op haar gilletje. Ze zette aarzelend een stap naar het bed, keek naar het hoofd van de man, gilde weer en sloeg een kruis. Ze werkte nog niet zo lang in Nederland, maar de dood herkende ze overal.

Een dode in een hotelbed kwam vaker voor. Mensen gingen nu eenmaal overal dood, ook in hotels. Aan een hartstilstand, of – en dat kwam de laatste tijd steeds vaker voor – aan een overdosis. Zelfs in het zo gerespecteerde Pulitzer. Maar moord was toch echt van een andere orde. Het management was in alle staten geweest, moord was slechte publiciteit en daar wilde je als hotel niet mee geassocieerd worden, zoiets schoof je het liefst onder het tapijt. Maar de uitkomsten van het onderzoek boden geen uitweg. Een inderhaast opgeroepen huisarts had de ingetreden dood geconstateerd, maar ook dat die naar alle waarschijnlijkheid niet natuurlijk was geweest. De schouwarts, die niet veel later was verschenen, verklaarde dat de dood door verwurging was veroorzaakt en er hier dus sprake was van moord. De hotelkamer werd een plaats delict en iedereen werd verzocht de ruimte te verlaten. Er werd een snelle check gedaan naar de achtergrond van het slachtoffer. Volgens zijn paspoort heette hij Christiaan Müller, geboren op 7 mei 1980 in Sittard. Uit de databanken kwam naar voren dat hij bij de mariniers had gezeten en onder andere in Afghanistan had gevochten, waar hij een Militaire Willemsorde 4e klasse aan had overgehouden. Woonachtig in Zwitserland. Geen strafblad.

De arts schatte dat de dood zo'n twaalf uur voor de ontdekking was ingetreden, waar de dienstdoende rechercheur uit opmaakte dat de dader al lang en breed was gevlogen en dat deze moord naar alle waarschijnlijkheid zou worden bijgezet op het kerkhof van de onopgeloste moorden.

De rust was alweer teruggekeerd in het hotel toen Vreeman bij de servicebalie informeerde of de heer Müller op zijn kamer was. Het meisje achter de balie, hoogstwaarschijnlijk een stagiaire van de hotelschool, keek hem verschrikt aan, kon hem blijkbaar niet van een antwoord voorzien en liep vervolgens met een gemompelde verontschuldiging naar achteren. Ze kwam terug met een oudere man, gekleed in een onberispelijk pak en met het voorkomen van een hotelmanager – wat hij ook bleek te zijn.

'U vroeg naar de heer Müller?'

'Zeker.'

'Dan bent u er nog niet van op de hoogte.'

'Waarvan?' Er schoten hem allerlei gedachten door het hoofd. Was hij door het lint gegaan? Had hij amok gemaakt? Hij had er erg slecht uitgezien toen hij hem voor het laatst zag.

'Van zijn dood.'

Het antwoord viel als een kluit modder voor zijn voeten. Het spatte uit elkaar en besmeurde alles in zijn omgeving. Dood.

'Omgebracht op zijn kamer.'

Mazarov.

'U bedoelt...'

'Vermoord, ja. Echt een klap voor ons hotel, maar natuurlijk nog meer voor meneer zelf,' haastte hij zich te zeggen. 'En voor zijn familie.' Hij keek Vreeman hoopvol aan. 'Bent u familie?'

'Vraagt u dit vanwege zijn bagage?'

'Nou nee, want die was er niet. Maar... Nou ja, pijnlijk natuurlijk, maar in verband met de rekening.'

Uiteraard, we blijven Hollanders.

'Nee, ik ben slechts een bekende van hem, op doorreis naar Amerika. Ik had gehoord dat hij hier ook verbleef.'

'Op die manier.' Het klonk toch licht teleurgesteld.

'Omgebracht, jongejonge, dat is niet niks. Heeft de politie al...?'

'Geen idee. U begrijpt, ons houden ze niet op de hoogte.'

'Nee. Maar hij had verder geen bagage, zei u?'

'Nee, helemaal niets. Alleen de kleren die hij droeg. Bent u bekend met de familie van de heer Müller?' probeerde de manager nog maar eens.

'Eigenaardig.'

'Pardon?'

'Dat hij helemaal geen bagage bij zich had.'

'Wij maken hier wel vreemdere dingen mee. Maar wat betreft de familie...'

'Ik zal eens voor u rondvragen.'

'Daar zou u ons werkelijk een plezier mee doen. En nog gecondoleerd met uw vriend.'

Hij stak een bleek, slap handje uit, dat Vreeman snel en plichtsgetrouw drukte.

Christiaan Müller dood en geen schilderij. Hij voelde zich benauwd worden, angst drukte op zijn borstkas. Hij liep zo snel hij kon naar zijn kamer en pakte zijn tas in. Hij kon hier geen minuut langer blijven.

Deel 5

De Hoge Bomen Ome

51

Katja stond in de deuropening van wat nog even het ouderlijk huis zou zijn en zag de rouwstoet aankomen. Voorop de auto waarin de kist van haar vader werd vervoerd en daarachter de twee volgauto's. Een voor Alice en haar en de andere voor tante Ada, de zus van grootvader, en nog twee verre familieleden.

Ze was in de Mini van Nina terug naar Nederland gereden. Arjen had aangeboden met haar mee te rijden, maar ze had het prettiger gevonden om een paar uur alleen te zijn. Ze wilde de zaken op een rijtje zetten, hoewel het eigenlijk wel helder voor haar was: er was een strijd uitgebroken rond een aantal schilderijen waarvan zij er geen meer in haar bezit had. Ze had Nina gebeld, maar tijdens dat gesprek was het voornamelijk over haar vader gegaan en wat een zegen het was dat Katja hem de dag voor zijn dood nog had gesproken, dat ze afscheid van hem had kunnen nemen. Het schilderij was niet ter sprake gekomen, ze had er ook geen zin meer in gehad. Haar onderzoek was het onbedoelde startpunt geweest van een bikkelhard gevecht om een vermeende Rembrandt, of zelfs een stuk van een Rembrandt. De *Nachtwacht*, dat dan weer wel. Ze vond het hele idee nog steeds bizar, vooral omdat zij het middelpunt van alle ongevraagde en ongewenste belangstelling was. Ze was er moe van. Ze wilde het liefst terug naar haar studeerkamer, terug naar haar boeken, haar scriptie. Ze verlangde hevig naar de dagen dat ze niets anders aan haar hoofd had dan het onderzoek waar zij zich met haar hele ziel en zaligheid op had geworpen. Hoewel ze er nu aan twijfelde of ze het onderzoek ooit zou afmaken. Ze moest naar huis, naar haar zus, ze moest haar vader begraven en de rest van de wereld moest het maar even zonder haar doen! Na het gesprek met Nina had ze haar telefoon uitgezet.

Alice was de hysterie nabij geweest. Ze voelde zich slachtoffer van alles en had geen idee waarvan. Behalve dat Katja er schuld aan had, zoveel was wel duidelijk. Ze vond het werkelijk verschrikkelijk dat ze met een gehavend gezicht en een gezwollen oog de condoleances in ontvangst moest nemen. Dat was toch geen gezicht? Alsof ze na een ruzie een kroeg uit was geschopt! Katja moest alle zeilen bijzetten om haar zus terug in het gareel te krijgen en beloofde haar dat de wond in haar gezicht met een beetje behoorlijke make-up goed te maskeren was. Of anders kocht ze een hoedje met een zwarte voile. Om dat laatste kon Alice wel weer een beetje lachen en na twee glazen wijn was de ruzie bijgelegd.

Nina had al vroeg op de stoep gestaan. Of Katja het nu wilde of niet, ze vond het belangrijk er voor haar vriendin te zijn op deze dag. Katja was blij dat ze gekomen was en opgelucht toen Nina Michiel excuseerde. Hij moest werken. Beter zo. Nina ging de keuken in om een kop koffie te halen en kwam daar Alice tegen, die als een verlept plantje over de tafel hing.

'Wat is er met jou gebeurd?' vroeg ze terwijl ze op het geschonden gelaat van Alice wees.

'Lies is min of meer overvallen,' antwoordde Katja, die na Nina de keuken was binnengekomen.

'Nee! Door wie?'

Alice haalde haar schouders op.

Katja maakte een koffie voor Nina. 'Geen idee. Het gebeurde pal nadat jij en Michiel langs waren geweest.'

'Dat heeft Alice je dus verteld?'

'Het schilderij is meegenomen.'

'Hè?' Ze wilde hier meer van weten, maar op dat moment kwam Arjen de keuken binnen. 'Er is alweer een bloemstuk afgeleverd, wat doen we daarmee?'

Katja stond op en keek hulpeloos om zich heen. 'Leg het maar bij de andere bloemen. We nemen ze straks mee in een van de volgauto's. Maak je geen zorgen. Komt goed.' Ze richtte zich tot Nina en fluisterde haar toe: 'Dat schilderij komt later wel. Kun jij Lies een beetje opkalefateren?'

Nina rommelde in haar tas en haalde er een etui uit. 'Zal ik je even helpen met je make-up, Alice?'

Alice knikte dankbaar. De bel ging.

'Weer bloemen,' verzuchtte Arjen.

'Of tante Ada,' zei Katja. 'Laat mij maar.'

De kransen en bloemstukken die thuis waren afgegeven werden door de begrafenisleider en de chauffeur in de rouwauto op en naast de kist van hun vader gelegd.

Tante Ada, die met een Uber naar Den Haag was gekomen, stond naast Katja, zwaar leunend op haar rollator.

'Wilt u niet even zitten?'

'Nee, lieve kind. We moeten straks in die aula nog lang genoeg zitten.'

Tante Ada was al in de negentig en hoewel ze lichamelijk wel wat gebreken vertoonde, was ze geestelijk nog helemaal bij de tijd. Katja had haar altijd een stoere tante gevonden, nooit getrouwd geweest en altijd haar eigen boontjes gedopt.

Nina kwam met Alice het huis uit lopen. Ze had zo goed en zo kwaad als het ging de sporen van de overval weggewerkt en daarbij voor een donkere foundation gekozen die de wond boven haar neus zo goed als onzichtbaar had gemaakt. Al leek het nu wel alsof Alice net terug was van een weekje in de zon.

'Hebben we alles?' vroeg Nina. 'Pepermuntjes? Zakdoekjes?

Zal ik u een arm geven, of neemt u uw sportfiets mee de auto in?'

Ze bood tante Ada haar arm aan, maar die wilde daar niets van weten, al trok er een glimlach over haar gerimpelde gezicht. 'Ik red me wel, lieverd.' Ze duwde haar rollator naar de tweede volgauto en liet zich door de chauffeur helpen met instappen.

'Dat eigenwijze zit zeker bij jullie in de familie,' fluisterde Nina.

Katja knikte bevestigend en keek over haar schouder naar Arjen, die in de deuropening stond. Hij knikte haar bemoedigend toe en sloot de voordeur.

52

Vanaf de overkant van de straat had Hubert Vreeman staan kijken naar het huis waar hij nog maar een paar dagen geleden een bos rozen had afgeleverd. Een oude vrouw achter een rollator werd voorzichtig naar buiten geholpen door Katja. De jonge vrouw was voor de gelegenheid gekleed in een strak zwart jurkje dat haar, vond Vreeman, voortreffelijk stond. Hij moest denken aan zijn dochter, die hem de avond ervoor had opgebeld en met wie hij een emotioneel gesprek had gevoerd over Molly, haar moeder. Uiteraard was alles allemaal zijn schuld en objectief gezien had ze daar ook helemaal gelijk in. Maar hoe kon hij haar de chaos uitleggen waarin hij was terechtgekomen? Hij voelde dat hij ze aan het kwijtraken was, Molly en zijn dochter. Hij zou snel moeten zijn, haast moeten maken. Hij moest weg uit deze slangenkuil en het liefst zonder schade, voor hij zijn vrouw en kind voorgoed verloor.

De lijkwagen reed voor, waarin hij de onder bloemenkransen bedolven kist kon zien staan. Er waren meer mensen uit het huis gekomen. Daar was de zus, het onnozele wicht, en zelfs de professor stond in de deuropening. De oude vrouw strompelde naar de tweede volgauto, terwijl Katja en haar zus in de eerste plaatsnamen. De professor had de voordeur gesloten, hij bleef blijkbaar achter. De stoet zette zich langzaam in beweging. Dit was het moment, nu moest het gebeuren.

Hij wachtte tot de rouwstoet uit het zicht was verdwenen en stak de straat over.

Arjen hoorde de bel gaan en hij haastte zich naar de voordeur. Waarschijnlijk was die trut van een zus weer iets vergeten; de vrouw had de hele ochtend gehuild, waardoor haar make-up steeds uitliep en Nina in lichte wanhoop had uitgeroepen dat ze naar huis ging als ze niet ophield met janken.

Hij deed de deur open en wilde hem meteen weer dichtdoen, maar Vreeman zette zijn gewicht ertegen.

'Een kort gesprek, professor. Meer vraag ik niet.'

'U komt op een erg ongelegen moment. De familie begraaft vandaag de heer Hiemstra.'

'Ik weet het, ik heb mijn condoleances een paar dagen geleden al aangeboden.' De man glimlachte fijntjes. 'Ik kom u nogmaals waarschuwen.'

'Dat hebt u al eens gedaan.'

'Maar toen hebt u niet geluisterd.'

'Ik heb geen tijd, goeiedag.'

'Het duurt niet lang, dat zei ik al.' Vreeman zette nog eens zijn schouder tegen de deur en Arjen gaf zijn verzet op.

'Ik bel de politie.'

'U moet naar mij luisteren.'

'Nee! Luister maar naar mij en sodemieter dit huis uit.' Hij keek om zich heen of hij iets zag waarmee hij zich kon verdedigen.

'Ik weet dat het raar klinkt, maar ik kom om te helpen, omdat u uw studente, Katja, moet overtuigen van het gevaar.'

'Rot op, man, het enige gevaar hier in huis ben jij!' Hij probeerde zelfverzekerd te klinken, maar de man liet zich er duidelijk niet door weerhouden.

'Louis Post is dood, en hij is de enige niet. Er is nog een dode gevallen, een medewerker van mij.'

Hij haalde een opgevouwen *Telegraaf* uit zijn zak en toonde hem een berichtje. OORLOGSHELD DOOD, was de kop.

'Christiaan Müller is dood aangetroffen in een hotelkamer van het Pulitzer. Vermoord, helaas.'

Het bericht verwarde Arjen. 'O, maar... waarom?'
'Hij was in het bezit van een schilderij dat iemand anders graag wilde hebben. Het schilderij van Katja.'
Arjen keek nog eens naar het berichtje in de krant.
'Müller had al eerder pogingen gedaan om het schilderij te pakken te krijgen.'
'Dus dat is die... die... kale engerd!'
'De heer Müller had inderdaad weinig hoofdhaar.'
'En dat was in opdracht van... van...' Hij stak een beschuldigende wijsvinger uit naar zijn ongenode gast.
'Van mij, ja. Ik moest wel, want jullie waren niet bereid met mij zaken te doen. Jullie waren liever eigenwijs en wilden niet luisteren naar wat ik te vertellen had over de gevaren die jullie liepen. En nog steeds lopen, geloof me.'
'Hoe weet ik dat je die man in het hotel niet zelf hebt omgebracht?'
'Dan had ik nu dat schilderij gehad, mijn beste.' Hij glimlachte. 'En ik ben kunsthandelaar, geen moordenaar. Ik neem aan dat het schilderij waar Müller over beschikte nu in handen is van de heer Mazarov.'
'Mazarov? Wie is Mazarov?'
'Ik heb Katja over hem verteld. Hij is een Russische verzamelaar die van Louis Post heeft gehoord van de sensationele onderschildering en die nu op zoek is naar de drie doeken. En geen middel schuwt om ze in handen te krijgen.' Hij tikte met zijn hand op de krant. 'Hij heeft nu een doek en ik heb een doek.'
Hij presenteerde het eenvoudig, als een vaststaand feit, wat bij Arjen een grote verontwaardiging opriep.
'Dat je hebt gestolen.'
'Gekocht! Voor twaalfhonderd euro van een oude Franse dame.'
'Nadat je Katja had vastgebonden aan een bed!'
'Ik had geen keus. Katja wilde niet luisteren. Ik ben met-

een na de koop weer teruggereden, maar ja...'

'Toen was ze al weg, ja.' Hij zei het met een zekere trots, maar Vreeman keek hem met samengeknepen ogen aan.

'Bravo.' Hij haalde een kaartje uit zijn binnenzak en schreef er op de achterkant een nummer op. 'Aleksej Mazarov is levensgevaarlijk. Er zijn nu binnen enkele dagen twee doden gevallen. Als Katja hier ongeschonden uit tevoorschijn wil komen, doet ze er verstandig aan om met mij samen te werken.'

'Het gaat je niet om haar, het gaat je alleen om de schilderijen.'

'Dat is niet waar, al vormen de schilderijen een waardevol bezit.'

'Dit soort kunst behoort de hele wereld toe.'

'Nobel, en dat meen ik oprecht. Ik weet dat Katja de schilderijen het liefst in het museum ziet hangen en in de kern ben ik het ook absoluut met haar en u eens, maar het gaat hier om te veel geld. En aanzien. Het bezit van een origineel deel van de *Nachtwacht* maakt krachten los die musea te boven gaan. En gelooft u mij alstublieft, want ik kan het weten.'

'Het is absurd. Echt ongelooflijk absurd. Het is niet bewezen dat de *Nachtwacht* onder die doeken zit, hoor.'

'Uw eigen onderzoek, of in elk geval dat van uw studente, heeft één tip van de sluier opgelicht. En wat die overige twee schilderijen betreft, mannen als Mazarov zijn bereid het risico te nemen. Ik wil niet dramatisch overkomen, professor, maar uw enige redding is samenwerking met mij. Mazarov is de eerste die zich hierin mengt, maar als het gerucht naar buiten komt, dan krijgen we de rest van de oligarchen achter ons aan, om maar te zwijgen van de Chinezen en de Arabieren. Geld speelt geen rol, evenmin als een mensenleven.'

Hij gaf Arjen een kaartje met zijn nieuwe telefoonnummer. 'U moet Katja een plezier doen en aandringen op samenwerking. Edele cultuurhistorische overwegingen vallen weg als er levens op het spel staan. Het is maar een schilderij, professor, een stuk linnen met wat klodders verf. Een toeristenfuik waar ook musea uiteindelijk alleen maar geld aan willen verdienen.'

Hij liep naar de deur. 'Het zal u persoonlijk ook veel geld opleveren, dat u allemaal kunt besteden aan het heil van de mensheid. Ik meen het, geen cynisme van mijn kant. Met dat geld kunt u echt doen wat u belangrijk vindt, kunt u onderzoek doen zonder dat u afhankelijk bent van fondsen of de goedertierenheid van het een of andere bestuur. Denk erover na. Wacht niet te lang. Voor je het weet is het te laat.'

Er waren veel mensen afgekomen op de begrafenis van hun vader. Oud-collega's en vrienden die later, bij het condoleren, niet konden nalaten te zeggen hoe groot de dochters waren geworden en hoe erg het desondanks was dat ze het voortaan zonder hun vader moesten doen.

Rolf had gesproken, de beste vriend van hun vader, met wie hij nog in het leger had gezeten, en een oud-collega van Philips had een sfeervol verhaal gehouden. Er werd gelukkig ook gelachen. Namens de familie had Katja het woord gevoerd. Alice was daar echt te nerveus voor geweest, die had vooral tijdens de muziek, waaronder veel Frank Sinatra, de ene tissue na de andere vol gesnoten. En haar tranenvloed had al het werk van Nina tenietgedaan. Ze hadden grote kaarsen aangestoken naast de kist en een moment van stilte in acht genomen, waarin werd teruggedacht aan wie Jan Hiemstra was geweest en wat hij voor eenieder had betekend. Die minuten van stilte waren het indrukwekkendste moment van de hele bijeenkomst geweest.

Het weer had gelukkig meegewerkt. Er stond wat wind, maar toen de stoet traag en plechtig achter de kist aan was gelopen scheen de zon door de oude bomen van de begraafplaats en dat gaf het geheel iets melancholieks. Op enige afstand van de genodigden volgde Leo de begrafenis. Om een oogje in het zeil te houden, zoals vooraf was afgesproken.

Na afloop hadden de volgauto's hen thuis afgeleverd en tante Ada had te kennen gegeven dat ze direct door wilde naar huis. 'Ik ben gewoon kapot, lieverd, dus bel maar een taxi voor me als je wilt.'

Maar dat wilde Katja niet. 'Nee, wat een onzin, dat lijkt me een heel ongezellig idee. Ik breng u wel even.'

Terwijl Alice met nog wat achtergebleven genodigden het huis binnenging, haalde Katja de Mini op en laadde ze tante Ada en haar rollator in.

'Gaat dat wel? In zo'n klein autootje?'

'Gaat best.'

Tante Ada genoot van de rit, tenminste, dat was wat ze zei. 'Ik kom mijn huis niet zo vaak meer uit. Maar vroeger, toen ik zelf nog reed, was ik elke dag op pad.' Ze keek uit het raampje naast zich. 'Je denkt altijd dat het landschap hetzelfde blijft, maar dat is toch niet waar, er is veel veranderd sinds de laatste keer dat ik hier reed.'

En daarna viel ze in slaap.

Katja reed het pad op van het duinhuisje van tante Ada en laadde de rollator uit. Ze wekte haar oudtante. 'We zijn er.'

'Gut, kind, was ik in slaap gevallen?'

'U hebt heerlijk liggen tukken. Geeft u mij de sleutels maar.' Ze hielp haar met uitstappen en opende de voordeur van het huis. Tante Ada's drie katten hadden kennelijk op het baasje staan wachten, want ze stormden naar buiten en krioelden rond de benen van de oude vrouw.

'Pas op, straks val ik nog.'

Ze keek op naar Katja en glimlachte vergoelijkend. 'Het zijn lieverds. Ze hebben honger.'

Katja hielp haar het huis in, hing haar jas op en zette de rollator in de hoek van de gang. Toen opende ze de deur naar de kamer en... bleef stokstijf staan.

'Wat is er, kind?' vroeg tante Ada, die de verandering in de houding van Katja was opgevallen.

Katja keek ongelovig naar de wand tegenover de deur. Daar hing het portret van een vrouw die ooit, in 1715, door ene Isaac Pietersz met haar man en twee kinderen op het schildersdoek was vereeuwigd.

53

Aleksej Mazarov was niet blij. Natuurlijk was hij verheugd dat het schilderij van Vreeman nu in zijn bezit was, maar het feit dat daar een dode bij was gevallen irriteerde hem. Het was slordig. Dat had die onbehouwen boer minder opzichtig kunnen afhandelen.

'Hij kwam binnen terwijl ik op de kamer was,' was de verdediging van Oleg. 'Het was hij of ik.'

Mazarov was na Olegs telefoontje naar Amsterdam afgereisd en had zijn intrek genomen in het Amstel Hotel. Ze hadden afgesproken op een terrasje in de buurt, een café op de hoek van de Amstel. Hij was een halfuur te laat gekomen en in dat halve uur had hij staan kijken of er meer mensen waren die Oleg, die op het terras had plaatsgenomen, in de gaten hielden. Vervolgens had hij hem gebeld en afgesproken in een café op de hoek van de Utrechtsestraat.

'Ben je uitgecheckt?'

'Natuurlijk.'

'Heb je de politie gesproken?'

Oleg haalde zijn schouders op en schudde zijn hoofd. 'Die kwam pas de volgende dag.'

'Hoe weet je dat zo zeker?'

'Ik heb aan de overkant staan kijken.'

'Ben je in de buurt gebleven van dat hotel?'

'Ik heb eerst het schilderij in veiligheid gebracht.'

'Waar?'

'Hotelkamer.'

'Waar?'
Oleg haalde een foldertje tevoorschijn. Het Museum Hotel. Mazarov kon om de keuze nog wel lachen.
'Heb je je paspoort afgegeven?'
'Kopie.'
'Zelfde als in het Pulitzer?'
Oleg keek hem aan alsof hij een vreemde vraag had gesteld. Zijn gezicht straalde een zekere minachting uit en Mazarov had graag eens zijn nagels over dat onverstoorbare smoelwerk gehaald. Natuurlijk had Oleg hetzelfde paspoort getoond. Hij had maar één paspoort, in tegenstelling tot zijn baas, die indien gewenst over meerdere identiteiten kon beschikken.
'We halen het doek daar weg. Ik weet niet hoe ijverig de Nederlandse politie is, maar als ze jou in het oog hebben is het een koud kunstje om de paspoorten te controleren.'
Oleg trok een wenkbrauw op bij wijze van lichte verontrusting.
'Hingen er beveiligingscamera's?'
Geen reactie.
'Er hangen tegenwoordig overal beveiligingscamera's, heb je dat gecheckt?'
'Je bent zenuwachtig.'
De simpele constatering deed Mazarov bijna ontploffen, maar hij realiseerde zich op tijd dat ze in een openbare gelegenheid zaten.
Hij stond met een ruk op en verliet het café. Blijkbaar begreep die stomme hond niet in wat voor positie hij hen had gemanoeuvreerd. In Sint-Petersburg zou hij hem de kroeg uit hebben geschopt, teruggestuurd naar dat achterlijke dorp waar hij vandaan kwam. Woedend ijsbeerde hij over het trottoir en hij realiseerde zich dat hij voor dit soort delicate opdrachten andere mensen nodig had. Mensen zoals die vermaledijde Vreeman, die bloedhond die niet meer te bereiken

was. Maar zijn vrouw zat in Londen en eigenlijk was dat genoeg, bedacht hij grimmig.

Oleg had het schilderij met een gehuurd busje opgehaald uit zijn hotel. Hij had de auto geparkeerd in de garage van het Rijksmuseum, waar Mazarov het had overgeladen in zijn eigen huurauto. Daarna was hij ermee naar het Amstel Hotel gereden.

In zijn suite had hij het tegenover het bed neergezet en had hij ernaar gekeken. Een lelijk schilderij eigenlijk, hij zou het kreng niet in een van zijn huizen hebben willen hangen. Maar het doek was net als een cadeautje, bedacht hij, je moest de verpakking eraf halen om te kunnen zien wat erin zat!

Hij keek op zijn horloge en overwoog hoeveel tijd hij Vreeman nog zou geven.

54

Katja voelde zich hondsmoe. Niet alleen van de afgelopen dag, maar ook van de dagen daarvoor. Het leek alsof de lome lentedagen op Schiermonnikoog alweer een eeuw achter haar lagen.

De begrafenis was een grotere aanslag op haar gemoed geweest dan ze van tevoren had gedacht. Alice was tijdens het condoleren helemaal opgebloeid. Ze had met iedereen staan praten, herinneringen opgehaald, ze had gestraald alsof zij het middelpunt van het feestje was. Voor Katja was het anders geweest. Ineens had ze zich weer heel dicht bij haar vader gevoeld, bij zijn zachte stem doorspekt met milde ironie, nooit oordelend, maar wel duidelijk in wat hij vond. Ze besefte dat ze het gesprek met hem ging missen. Het glaasje sherry in de middag. Fino van Harveys, niets anders. Hij was afstandelijk geweest, maar ook liefdevol, zeker de laatste jaren. Nu voelde de afstand kil aan.

Op Katja en Nina na was het pand aan de Bezuidenhoutseweg leeg. Alice was naar huis en toen Katja was teruggekeerd van het wegbrengen van tante Ada, was Arjen al vertrokken. Nu lag ze in het bad dat Nina voor haar had laten vollopen. Er stond een groot glas witte bourgogne naast; lief bedoeld, maar ze had er geen behoefte aan. Ze had behoefte aan een helder hoofd en dat was zonder alcohol al moeilijk genoeg. Ze was overdonderd geweest na de ontdekking van het schilderij dat bij tante Ada hing. Haar vader had het aan zijn tante gegeven na zijn laatste bezoek aan het vakantiehuis in Frankrijk, als aandenken aan haar broer. Tante Ada had het een lief gebaar gevonden, al had ze niet zoveel met het schilderij. Ze gaf dan ook grootmoedig toestemming aan Katja om het, in het kader van haar studie, mee te nemen.

Nu had ze toch een schilderij. En die Vreeman had er ook een. Maar waar was het derde doek?

Nina stak haar hoofd om de deur. 'De thai staat over een kwartier voor de deur.'

'Ga lekker naar huis, Nina.'

'Drink je wijn op.' En ze sloot de deur.

Katja had Nina niet verteld van haar ontdekking. Ze wilde haar zo min mogelijk belasten met haar situatie, ze had er al te veel last van gehad. Ze had besloten om morgenvroeg naar Amsterdam te rijden en het schilderij af te leveren bij het Rijks. Klaar. En dat zou ze die Vreeman ook vertellen en als hij dan verder nog iets wilde, dan mocht hij dat met het museum afhandelen. Zij wilde er niets meer mee te maken hebben. In het begin had de gedachte dat zij de ontdekker was van het ontbrekende stuk van de *Nachtwacht* bij haar grote opwinding veroorzaakt. Dat ze de wereld geholpen had aan een schat van cultuurhistorische waarde. Het leek een droom, maar die was nu definitief omgeslagen in een nachtmerrie. Het ging niet langer om de culturele waarde, om het erfgoed dat beschermd diende te worden. Het ging om geld. Ze trok de stop uit het bad en stond met enige moeite op.

Tien minuten later zaten ze in de helverlichte keuken. Katja had 'iets met kip' besteld en dat was *kai phad kwantong* geworden – kip met Chinese groente.

'Ik heb geen kaarsen aangedaan,' verklaarde Nina. 'Dat deed me te veel aan de begrafenis denken.'

'Ik ga morgenochtend naar huis.'

'Goed zo, dan ga ik met je mee.'

'Je mag ook nu naar huis, echt. Ik vind het heel lief, maar...'

'Als ik nu naar huis ga, heb jij morgenochtend geen auto.

We rijden samen.' Ze schonk zichzelf nog een glas wijn in. 'Wat ik je trouwens nog wilde vragen, dat schilderij dat ze hier uit de gang hebben gejat...'

Katja stak twee handen in de lucht. 'Vergeet dat schilderij, Nina. Vergeet het, het is voorbij.'

'Maar je zei zelf dat er een Rembrandt onder...'

'Nina, alsjeblieft! Ik wil het er niet meer over hebben. Ik heb spijt dat ik ooit... dat onderzoek ben begonnen.' Ze nam een hap van haar kip. 'Hoe weet jij trouwens waar dat schilderij stond?'

Nina dacht even na. 'Ik hoorde het van Michiel.'

'O.'

'Die kwam langs nadat hij uit het ziekenhuis was ontslagen.' Ze legde haar vork op de rand van haar bord. 'En eh... Nou ja, hij is toen blijven slapen.'

'O?'

'Op jouw kamer.'

Ze slaakte een heel diepe zucht en ineens schoot Katja onbedaarlijk in de lach. 'Jullie hebben het gedaan!'

Nina keek betrapt op. 'Ja.'

Katja moest hoesten en enige moeite doen om zich niet in haar eten te verslikken.

'Dat is niet om te lachen,' zei Nina verongelijkt.

'Blijven slapen... Nina, lieve schat, wat ben je toch een verschrikkelijke sloerie!'

55

Het had haar verbaasd dat ze zich er zo makkelijk overheen kon zetten. Het sterkte haar ook in haar geloof dat de verhouding met Michiel al een tijdje geleden was overleden, maar dat ze dat al die tijd had genegeerd. En dat hij meteen aan haar beste vriendin was blijven plakken verbaasde haar dan weer niet. Nina was er voor hem geweest toen hij gehavend het ziekenhuis had verlaten en hulp zocht, en Nina, die zelf net was aangerand, was bereid geweest die hulp te bieden. Terwijl Katja er niet voor hem was geweest, omdat ze zo nodig op jacht moest naar een illusie. Een illusie waar vandaag een einde aan zou komen, dat had ze voor zichzelf besloten. Het bracht haar in gedachten bij grootvader, wiens werk ze graag had willen afmaken. Was hij ook met zijn onderzoek gestopt omdat de bedreigingen te groot werden? Had hij zich laten afschrikken door de ansichtkaarten van zijn vriend? En wie had er toen achter die bedreigingen gezeten? De Hoge Bomen Ome? Wie had Jacques daarmee bedoeld? Ze schudde de gedachten van zich af, het had geen zin meer om naar antwoorden te zoeken, laat staan zich hierover op te winden.

Ze wandelde door de duinen van Bergen aan Zee, waar Arjen zijn intrek had genomen in het vakantiehuisje van een vriend. Zij had een kamer geboekt in hotel blooming, dat een paar honderd meter verderop in de duinen lag. Leo had het veiliger gevonden om een onderkomen buiten Amsterdam te zoeken en Arjen was het daar van harte mee eens geweest. Leo, de kunstdetective van het Rijksmuseum. Het was wonderlijk in welke wereld ze terecht was gekomen. Het was in elk geval een wereld die ze zo snel mogelijk wilde verlaten. Ze zou haar schilderij inleveren en voor drie maanden naar Bali vertrekken, of Australië, of Buenos Aires. Dat kon ze zich van de erfenis moeiteloos permitteren. Daarna zou de storm wel zijn gaan liggen en kon ze haar studie afmaken. Bye bye, Rembrandt van Rijn.

Het rook naar koffie in het huisje en de geur deed Katja denken aan haar grootmoeder, die het water voor de koffie altijd met de hand opschonk, lang geleden toen Alice en zij nog lieve, gezeglijke meisjes waren. Arjen had bij de bakker in het dorp koeken gehaald. Het was bijna gezellig.

Ze zaten rond de tafel en dronken zwijgend van hun koffie. Leo brak een koek doormidden en klopte verontschuldigend op zijn buikje, alvorens hij de halve koek naar binnen schrokte.

Het duurde even voor Katja het woord nam. 'Ik ben jullie dankbaar voor de moeite die jullie hebben gedaan om mij… nou ja, uit de shit te halen. Lief ook.' Ze wreef Arjen even over zijn arm en die lachte dankbaar. 'Het was een ongelooflijk avontuur, maar aan dat avontuur komt vandaag een einde.'

Leo trok zijn wenkbrauwen op.

'Ik lever het schilderij af bij Robin Goedemond en laat het verder over aan het Rijksmuseum. Daar hoort het thuis. Ik pak mijn koffer en ben vertrokken.'

Het bleef stil. Leo's kaken maalden langzaam het restant van zijn koek weg. 'Dat kan niet,' zei hij toen hij eindelijk uitgegeten was.

'Dat bepaal ik zelf wel.' Ze had enige tegenstand verwacht.

'Ik begrijp jouw gevoel, Katja, je bent bij toeval als deelnemer terechtgekomen in een gevaarlijk spel met een hoge inzet. En het gaat hierbij niet alleen om geld. Al gaat het ook om geld, natuurlijk, heel veel geld. Maar er staat meer op het spel.

Nationale eer, de trots van het bezit van het belangrijkste schilderij in de wereld. Het raakt aan onze nationale identiteit.'

Katja stond op. 'Hou maar op, Leo. Het klinkt allemaal heel mooi en hoogdravend, maar ik heb verdoofd vastgebonden op een bed gelegen en zeker geweten dat ik daar mijn einde zou vinden. Mijn vriendin is bijna verkracht, mijn vriend is in elkaar geslagen en er zijn doden gevallen. Sorry, maar die nationale identiteit kan mijn rug op!'

'Katja...' Arjen probeerde haar te kalmeren.

'Nee, Arjen, jij bent als eerste weggelopen. En achteraf moet ik zeggen: je had groot gelijk. We hadden hier niet mee door moeten gaan.'

'Je hebt gisteren je vader begraven, Katja, je bent emotioneel.'

'Nou ja zeg, Leo!'

'Dat is volkomen normaal,' ging hij onverstoorbaar voort, 'maar het mag niet je blik op de realiteit vertroebelen. Je bent wetenschapper, net als Arjen. Je staat aan de rand van een enorme wetenschappelijke ontdekking. En ja, daar zitten risico's aan, maar daar mag je niet van weglopen. Ook Arjen is teruggekeerd. Dit is te groot, Katja, veel te groot om te zeggen: bekijk het maar. Het Rijks heeft niets aan dat doek van jou, het zijn de drie schilderijen bij elkaar die de historische waarde bepalen. En we hebben jou nodig om de twee andere schilderijen te kunnen bemachtigen.'

'Vreeman wil geld zien.'

'Dan krijgt hij geld.'

'Ik heb geen geld, niet dat geld.'

'Laat dat jouw zorg niet zijn. Het gaat om het derde schilderij, het kinderportret dat je hebt onderzocht.'

Arjen schraapte zijn keel. 'Volgens Vreeman is dat nu in het bezit van een Rus.'

Katja keek Arjen verbaasd aan. 'Heb jij met Vreeman gesproken?'

Arjen knikte schuchter en wilde aan een uitleg beginnen, maar Leo nam het gesprek weer over. 'Die Rus is Aleksej Mazarov. Een oligarch en kunstverzamelaar.'

'Dat weet ik, Vreeman heeft me over hem verteld. En jij kent hem?'

'In deze wereld kent iedereen hem en heel veel mensen hebben goed geld aan hem verdiend. Van hem moeten we het derde schilderij zien te krijgen.'

'Voor geld?'

'Misschien, misschien niet. We staan in elk geval sterker als we zelf twee schilderijen hebben. Aan dat ene doek heeft hij ook niets. Het een voor een verwijderen van de verflagen van het schilderij is een zeer kostbare zaak en mocht dan alsnog blijken dat hij een deel van de *Nachtwacht* in handen heeft, dan heeft dat zonder de andere delen nauwelijks waarde. Hooguit als bezienswaardigheid.'

'Schei uit,' protesteerde Katja. 'Een deel van de *Nachtwacht*, elk deel van de *Nachtwacht*, is een kostbaar bezit.'

Leo haalde zijn schouders op. 'Dat is emotie, hooguit goed voor een mediahype van een week of twee. Maar hang er een lijst omheen en wat zie je? Niets.'

Katja liep naar de deur. 'Ik ga naar mijn hotel.'

'En dan?'

Ze draaide zich om en keek in de gespannen gezichten van de twee mannen. 'Dan hoor ik graag hoe het verder moet.'

56

Nadat Vreeman was vertrokken uit het Pulitzer had hij zijn intrek genomen in een wat anoniemer, maar niet ongerieflijk hotel verderop aan de gracht. Toen hem naar zijn paspoort werd gevraagd zei hij dat het nog in zijn auto moest liggen en dat hij later zou terugkomen om er een kopie van te laten maken. Geen probleem.

Het was de dag na de begrafenis en hij lag op het queensize bed en zapte langs de kanalen op de flatscreen-tv aan de muur tegenover het bed. Een herhaling van een talkshow van de vorige dag, een wildlifedocumentaire en verder veel reclame-troep. Hij voelde zich schuldig. Naar Molly toe, die niet had gereageerd op zijn laatste telefoontjes. Naar zijn dochter, die wel reageerde maar tussen twee vuren zat. Zelfs naar Müller, die niet eens meer kón reageren op zijn telefoontjes. Had hij hem vaker moeten bellen? En wat dan? Mazarov moest hem achtervolgd hebben. Wat had hij kunnen doen vanuit Frankrijk? Wat had hij kunnen doen vanuit Amsterdam? Niets. Müller had het gevecht verloren, welk gevecht dat ook geweest mocht zijn, en lag nu in een lade van het mortuarium te wachten. Op wie? Had hij familie? Hij had er in elk geval nooit over gesproken. *A poor, lonely cowboy, far away from home.*

Vreeman hees zich op van het bed en liep naar de minibar, zijn lichaam protesteerde. Zijn geest was nog soepel, maar zijn lijf hield het niet meer bij. Er moest wat gebeuren, hij hield dit niet heel lang meer vol, en hij hoopte maar dat zijn gesprek met de professor iets zou opleveren. Hageveld was degene die Katja zou moeten bewerken, maar die had verdomme net haar vader begraven. Niets, maar dan ook helemaal niets in deze klotezaak liep zoals het lopen moest.

Hij vond een koud flesje bier; hij opende het, zette het aan zijn mond en dronk het leeg.

Hij was op het bed in slaap gevallen en langzaam wakker geworden. Hij had gedroomd, van Molly. Hij zag haar gezicht, haar teleurgestelde blik. Dat was het enige wat hem was bijgebleven, die teleurstelling. Vlak voor hij wakker werd had hij nog geweten waar de droom over was gegaan, maar in de luttele seconden nadat hij zijn ogen opendeed waren de beelden vervlogen, als ether in de lucht.

Hij zuchtte en tastte naar zijn telefoon, die op het nachtkastje lag. Er zat niets anders op. Als hij zelf niet bereikt kon worden, moest hij het initiatief nemen. Hij kon niet langer op de professor wachten. Hij moest zelf bellen.

'Mr Vreeman, ik lag net aan u te denken,' klonk het vrolijk aan de andere kant van de lijn.

Dat voorspelde niet veel goeds.

'En nu belt u me, omdat u inmiddels hebt begrepen dat ik in het bezit ben van een heel lelijk kinderportret, waaronder zich een wereldwonder moet bevinden.'

Er klonk een heldere, klare lach. De lach van een man die alles onder controle heeft. Of denkt te hebben.

'Jammer dat een en ander niet zonder schade is verlopen, Aleksej.'

'Hoe bedoelt u?'

'Ik had liever gehad dat mijn *associate* nog in leven was geweest.'

'Ik weet werkelijk niet waar u het over hebt. Maar u belde.'

De rat, dacht Vreeman. Natuurlijk zou hij elke verantwoordelijkheid afwijzen. 'Wij moeten tot een afspraak komen.'

'Klopt.' Mazarov klonk bijna opgetogen. 'Hier is de afspraak: u levert mij de twee andere schilderijen.'

'Dat dacht ik niet.'

'Dat dacht ik wel. U wilde een afspraak, dit is een afspraak.'

Hij zuchtte. Het onderhandelen was begonnen. 'Ik heb maar één schilderij.'

'Uw probleem.'

'Laten we proberen redelijk te zijn, Aleksej.'

Het bleef even stil aan de andere kant van de lijn. 'Redelijk,' klonk het toen. De vrolijke toon was verdwenen.

'Graag.'

'Was het redelijk, Mr Vreeman, dat mij voor heel veel geld een valse De Hooch werd verkocht?'

Jezus, man, begin nou niet weer daarover.

'Was dat redelijk?'

'Luister...'

'Was dat redelijk!' blafte hij nu door de telefoon. 'Ik eis een antwoord.'

'Nee, dat was niet redelijk.'

Het was weer stil, maar hij hoorde de onregelmatige ademhaling aan de andere kant. De Rus was bezig tot zichzelf te komen. Schreeuwen betekende onmacht, het verlies van controle.

'Nee, precies. Dus laten we het niet over redelijkheid hebben. Laten we het hebben over onze afspraak. Twee schilderijen.'

'Ik heb er maar één,' probeerde hij nog eens nadrukkelijk.

'Uw probleem.'

Mazarov had opgehangen.

Hij liet gedesillusioneerd zijn telefoon zakken. Meteen klonk er een piepje om aan te geven dat hij een bericht had ontvangen. Het was een foto. Een foto van Molly die langs een winkel liep op Tottenham Court Road. Londen. Hij hoefde niet te kijken om te weten wie de afzender was. Hij voelde zijn lichaam schokken, een pijnscheut in zijn hoofd dwong hem zijn ogen te sluiten. Toen de aanval voorbij was sleepte hij zich weer naar de minibar en haalde er de twee miniflesjes wodka uit, die hij achter elkaar leegdronk.

57

Hij had hem wakker gebeld. De stem van Vreeman had zwaar en schor geklonken toen hij de telefoon opnam.

'Hallo?'

'Meneer Vreeman, u spreekt met Arjen Hageveld.'

'Professor!' De stem was nog steeds schor, maar er klonk nu ook alertheid in door.

'Ik heb met Katja gesproken.'

'Mooi.' Arjen kon horen dat de man zijn adem inhield.

'Wij zijn het met u eens dat samenwerking op dit moment de beste optie is.'

'Mooi.'

'Wij willen u voorstellen om samen te komen.'

'Zeker.' Vreeman schraapte zijn keel. 'En mag ik vragen hoe jullie die samenwerking zien?'

'Dat mag u vragen, maar het antwoord zal nog even op zich laten wachten.'

'Hoe bedoelt u dat? Jullie zullen toch wel een idee hebben van wat jullie willen. Ik stap niet zomaar ergens blind in.'

'Wij willen u een voorstel doen.'

'Welk voorstel? Ik wil weten waar dit over gaat.'

'Het is een harde wereld, een slangenkuil, dat heb ik inmiddels wel begrepen. U kunt ons niet kwalijk nemen dat we voor onze eigen veiligheid een marge inbouwen.'

'Luister, professor...'

'Tijd en plaats worden nog doorgegeven via dit nummer. En neem het schilderij mee.'

'Sorry?' Zijn stem schoot de hoogte in, de schorheid was verdwenen. 'Denken jullie dat ik gek ben?'

'Nee, integendeel. Ik heb u behoorlijk hoog zitten. Katja wil zeker weten dat we het over het juiste schilderij hebben.'

'We hebben het over het schilderij dat ik uit hun vakantiehuis heb gehaald!'

'Daar hingen meerdere schilderijen.'

'Kom op, man, je denkt toch niet dat ik meer dan duizend euro heb betaald voor het verkeerde doek?'

'Duizend euro?'

'Die vrouw vroeg geld.'

'Koopje. Neem het schilderij mee.'

'Nee.'

'Het schilderij met de mannenfiguur, neem dat mee.'

'Nee.'

Arjen keek vragend de kamer in, waar Leo via de speaker meeluisterde. Leo ging met zijn hand langs zijn keel.

'Dan hebben we geen deal.'

'Maar dan hebben jullie niets.'

'U ook niet. We laten het hierbij. Goeiedag, meneer Vreeman.'

'Nee, wacht!'

Ze hoorden Vreeman bijna koortsachtig nadenken, maar blijkbaar kon hij niets beters bedenken. 'Stel ik neem mijn schilderij mee, wat brengen jullie dan in?'

Arjen pauzeerde even. Leo knikte hem toe.

'Wij hebben ook een schilderij.'

De korte stilte aan de andere kant van de lijn was veelzeggend.

'Dan wil ik wel de verzekering...'

Welke verzekering Vreeman wilde hebben werd Arjen niet meer duidelijk, want Leo gebaarde dat hij moest ophangen.

'Goed gedaan, Arjen. Hard gespeeld.' Leo lachte.

Arjen voelde zijn hand trillen van de zenuwen.

Hij was niet alleen geweest, de professor. Hij had het aan het telefoongeluid gehoord, het klonk holler. Had er iemand meegeluisterd via de speaker? Moest haast wel. Die weke figuur die ineens hard ging onderhandelen? Jaja, de groeten. Hij had het al ongeloofwaardig gevonden dat de professor claimde Katja te hebben bevrijd. Hoe was hem dat gelukt? Hoe was hij achter haar verblijfplaats gekomen? Bullshit. Er was nog iemand. Er moest nog iemand zijn. Hij liep een risico, daar was hij zich van bewust, maar dit was geen moment om te twijfelen. Hij keek naar de foto van Molly op zijn telefoon. Hij had geen keus.

Hij stond op en liep naar het raam. Beneden door de gracht voer een bootje met jonge mensen die van het leven genoten. Ze lachten en gaven een fles wijn door, waar gulzig van werd gedronken. Onbekommerd. Hij liep terug naar zijn bed en pakte zijn telefoon. Hij belde het nummer van Molly, maar wist nu al dat ze niet zou opnemen.

58

Katja had de rest van het weekend in haar hotel doorgebracht. Naar muziek geluisterd, in bad gelegen en lange wandelingen gemaakt. Ze was, dwars door de duinen, van het hotel naar de zee gelopen en weer terug. Het bracht rust in haar hoofd en ontspanning in haar lichaam. Haar telefoon had ze uitgezet; geen behoefte aan contact met de rest van de wereld. Ze wachtte de verdere ontwikkelingen rustig af. De afgelopen tijd had haar geleerd dat ze daar zelf te weinig invloed op had. Op een bepaald moment, toen ze door Bergen liep op zoek naar badolie, had ze het gevoel dat ze werd gevolgd. Ze was voor een etalage gestopt en had gedaan alsof ze geïnteresseerd naar binnen had gekeken, terwijl ze via de spiegelende winkelruit de omgeving had verkend, zoals ze dat weleens gezien had in een film. Maar er was haar niets ongewoons opgevallen. Ze speelde ook niet in een film, al had ze de afgelopen tijd soms wel dat gevoel gehad. Ze had er haar schouders over opgehaald.

Zondagavond waren Arjen en Leo langsgekomen met het plan. Het was eigenlijk vrij simpel: ze zouden de volgende dag Vreeman treffen op een door hen bepaald terrein en hem trachten over te halen zijn schilderij in te leveren in ruil voor een redelijke vergoeding.

'Wat is een redelijke vergoeding?'

'Dat is de uitkomst van de onderhandelingen. Ik heb het mandaat gekregen om met hem te onderhandelen.'

'Van wie?'

'Wat doet dat ertoe, Katja?' Arjen reageerde kribbig en nam

een slok van zijn bier. Hij zag er vermoeid uit. 'Leo is hier namens het Rijksmuseum, dus dat zal wel goed zitten.'

'Het Rijksmuseum is hierin geen partij,' corrigeerde Leo hem nadrukkelijk.

'O?'

'Wel belangstellend toeschouwer.' Hij zei het met een glimlach. 'Het belangrijkste is dat we het schilderij van Vreeman in handen krijgen. We kunnen alleen een vuist maken naar de eigenaar van het derde schilderij als wij er twee bezitten.'

'Ik ben de eigenaar van dat derde schilderij, die andere partij heeft het gestolen. Hoe weet je zo zeker dat zij dat schilderij kwijt willen?'

'Ze hebben niets aan dat ene stuk, dat zei ik al. Ik denk dat Vreeman de man had beloofd dat hij voor het gehele werk kon zorgen. Als dat niet lukt, houdt het op.'

'En als Vreeman weigert zijn schilderij, dat trouwens ook mijn schilderij is, aan ons over te dragen?'

Leo dacht even na. 'Het schilderij van Vreeman is niet meer van jou. Dat heeft hij gekocht van die vrouw in Frankrijk.'

'Uit onze inboedel,' antwoordde Katja opstandig.

'Die je vader aan haar had geschonken.'

'Nadat hij mij heeft ontvoerd en vastgeketend!'

'Misschien dat een rechter anders beslist, maar tot dat moment is het zijn rechtmatige eigendom.'

Katja dacht aan het moment dat ze geboeid op dat bed in Parijs lag en voelde een kille woede bovenkomen, maar ze kon niet ontkennen dat Leo een punt had. Al bleef het onverteerbaar dat hij het schilderij van haar grootvader nu zijn eigendom noemde. Met dank aan madame Ménard.

'We moeten dit risico nemen, Katja. Vreeman is onze enige hoop, en wij die van hem. Er is een wederzijds belang om hieruit te komen.'

Katja was nog niet overtuigd. 'Straks flikt hij ons weer een geintje.'

‘Leo heeft een plan bedacht, Katja, laten we daar even naar luisteren.’ Arjen had blijkbaar genoeg van de discussie.

‘Oké, laat maar horen dan.’

‘Ik ken een verlaten loods op een afgelegen terrein in Amsterdam-Noord. Er gaat een tweebaansweg naartoe en het is gelegen aan het water. Zo kunnen we precies in de gaten houden wie er komt. We vertellen Vreeman zo laat mogelijk waar hij moet zijn, zodat hij geen kans heeft om hulptroepen in stelling te brengen. De controle van de operatie ligt geheel bij ons.’

‘Weet je het zeker?’

‘Ja.’

Katja zuchtte. ‘Nou, goed dan, laten we daar dan nog maar een borrel op nemen.’

59

De plaatijzeren romneyloods lag er roestig en verlaten bij. Net als het landschap waar de halfronde loods in stond. Het vervallen bouwsel had ooit toebehoord aan een autohandelaar die er zesdehandsauto's in had opgeknapt in de hoop die voor veel te veel geld door te verkopen. De man was jaren geleden uitgekocht door een projectontwikkelaar die op het terrein een rijtje huizen had willen bouwen, waarvoor hij de vergunning niet had rondgekregen. Inmiddels was de projectontwikkelaar failliet, vond er met de gemeente een strijd plaats om de grond en had niemand meer naar de oude loods omgekeken. Hij lag direct aan het IJ, aan de oude houten steiger lag een motorbootje.

Ondanks het fraaie voorjaarsweer was de winterkou nog niet uit de loods verdreven en samen met de kale verlichting van de tl-buizen in de nok van de loods zorgde dat voor een desolate indruk. Er hing een ondefinieerbare geur van rottend hout en motorolie.

'Macaber,' merkte Katja op.

'Past wel bij gelegenheden als deze.' Arjen leek weinig op zijn gemak.

'Heb jij ooit eerder met dit bijltje gehakt?'

'Nooit. En ik hoop het ook nooit meer mee te maken.'

Ze hadden het schilderij van de achttiende-eeuwse vader tegen de werkbank gezet.

'Hij wordt er ook al niet vrolijker van,' somberde Katja terwijl ze op het schilderij wees.

'Nog even, het is zo voorbij.' Arjen liep nerveus heen en weer.

Het geluid van een motor kondigde een bezoeker aan. Arjen keek op zijn horloge. 'Dat kan hem zijn.' Hij liep naar de deur van de loods.

Katja rilde.

'Ben je zenuwachtig?' Arjen keek haar vragend aan.

'Ik heb er een rotgevoel over.'

'Waarover?'

'Dit. Deze loods. Dit gedoe. Waarom is Leo hier niet bij?'

'Dat zou Vreeman alleen maar afschrikken.'

'Zegt Leo.'

'Je moet het aan hem overlaten.'

'Dat vind ik nogal lastig, Arjen.'

'Controlfreak.'

De deur van de loods zwaaide open en ze zagen Hubert Vreeman met enige moeite een schilderij naar binnen tillen. Hij zette het naast dat van Katja neer en keek toen spiedend om zich heen, alsof hij in de verder lege loods op zoek was naar iets wat hem kon verontrusten.

'Het hoort aan de andere kant.'

Vreeman keek op. 'Pardon?'

'De vader staat links, in het midden de kinderen en rechts de moeder.'

Het schilderij werd verplaatst.

'Zo beter?' Vreeman keek haar vragend aan, maar Katja reageerde niet. 'Ik moet je natuurlijk nog mijn excuses maken voor mijn gedrag in Parijs.'

'Doe geen moeite.'

'Ik zag geen andere oplossing. Zeg eerlijk, er was niet redelijk met jullie te praten.'

'Ik hoef niet met iedereen te praten.'

'En ik had je van tevoren gewaarschuwd. En u ook, professor.'

'Zullen we stoppen met dit gelul?' Arjen haalde een hand over zijn verhitte gezicht. 'Ik wil graag door.'

'Dat willen we allemaal.' Vreeman glimlachte minzaam, maar ineens verdween de lach van zijn gezicht en keek hij op. 'Er komt iemand aan.'

60

Hij had het zo vaak meegemaakt. Aan de rand van een woestijn. In een lege parkeergarage. Een verlaten loods op een vliegveld of een desolaat havengebied. Een snelle transactie en ieder ging zijns weegs. Hij had weleens moeten rennen voor zijn leven, maar meestal verliepen dergelijke acties zonder problemen, alle partijen hadden immers hun belang. In dit soort situaties miste hij echter een Müller, het was fijn geweest als hij op de achterhand had gezeten, voor de zekerheid. Aan de andere kant verwachtte hij niet dat de professor voor veel problemen zou zorgen. De jonge vrouw had hem niet aangekeken toen hij de loods binnenkwam en hij had haar nog wel zo charmant zijn excuses aangeboden. Het kon hem niets schelen, die hele vrouw kon hem niets schelen. Dit waren kleine kinderen in het grotemensenspel waar hij aan meedeed. Ze hadden hierbuiten moeten blijven. Hij had ze gewaarschuwd. Het was hun eigen schuld.

Hij had het schilderij aan de linkerkant van het schilderij van Katja gezet. Ze had hem vanuit de hoogte gemeld dat zijn doek aan de verkeerde kant stond. Lazer toch op. Hij wilde zo snel mogelijk tot een overeenkomst komen en wegwezen. Hij had besloten voor het geld te gaan, omdat hij van de hele zaak af wilde. Dan maar geen glorie, maar genoeg geld om in elk geval de rekening van Mazarov te voldoen. Hij wilde naar huis, naar zijn vrouw, weg uit deze teringzooi. Blijkbaar had de professor er ook genoeg van.

'Zullen we stoppen met dit gelul?' had hij gezegd en daarbij had hij over zijn gezicht gewreven. Er stond zweet op zijn voorhoofd. 'Ik wil graag door.'

'Dat willen we allemaal,' had hij geantwoord en toen hoorde hij het. Motorgeluid, vaag in de verte, maar het kwam dichterbij.

Leo zat in een geblindeerde auto die aan de zijkant van de weg stond geparkeerd en keek op zijn laptop. Hij had de loods laten prepareren en kon dankzij een camera en een krachtige microfoon meegenieten van wat er zich in de loods afspeelde. Hij had Katja en Arjen binnen zien komen en net nog Vreeman, maar nu was er iets aan de hand waar hij niet direct de vinger op kon leggen.

'Er komt een auto aan,' kraakte het in de koptelefoon op zijn hoofd.

'Details?'

'Mercedes G-klasse. Donkergrijs.'

'Kunnen we hem tegenhouden?'

'Ben bang van niet.'

Wat moest die auto hier? De weg leidde naar de loods en nergens anders naartoe. Wat was dit voor gezeik?

'Er komt iemand aan.' Vreeman keek de anderen aan. 'Wie kan dat zijn?'

'Weet ik veel.' De professor bevochtigde zijn lippen en slikte nerveus. Katja luisterde met een frons naar het aanzwellende geluid.

'Jullie verwachten niemand?'

'Nee, natuurlijk niet.'

'Waar is Leo?' vroeg de professor.

'Leo? Wie is Leo?' Hij liep achterwaarts naar de muur van de loods, terwijl hij de deur in de gaten hield. Probeerden ze hem verdomme te besodemieteren? Hij hoorde het motorgeluid steeds sterker worden.

'Wie is Leo, professor!' schreeuwde hij.
Hageveld reageerde niet, maar keek verschrikt naar de deuren van de loods die uit hun voegen werden geslagen toen een terreinwagen in volle vaart de loods in reed.

'Jezus!' klonk het in de koptelefoon.
'Wat? Wat?'
'Hij rijdt recht op de loods af!'
Op dat moment zag hij op zijn laptop dat een tank van een auto zich door de deuren heen de loods in boorde. De remmen piepten, de motor werd afgezet en even hing er een onwezenlijke stilte. Toen stapte er een goedgeklede man uit de auto.
'Mazarov,' fluisterde Leo.

'*A very good day to you all.*'
Uit de auto stapte een jeugdige vijftiger met een vrolijke glimlach op zijn gladgeschoren gezicht, waarbij hij zijn onnatuurlijk witte tanden toonde. Zijn vrijetijdskleding oogde nonchalant maar moest een vermogen hebben gekost. Hij sloeg het portier dicht en liep naar de werkbank.
'Mazarov,' mompelde Vreeman verslagen.
'Christus,' bracht Arjen uit.
'Hoe kom jij hier?'
De man lachte hardop. 'Wat een vraag, Mr Vreeman. U bent net zo moeilijk te vinden als een hoer op de wallen.'
Hij vouwde zijn armen over elkaar en bekeek de twee schilderijen aandachtig. 'Niet erg fraai, zeg nou zelf. Ze zullen vast wel lijken, maar ze hebben niet dat... extra... je-ne-sais-quoi... Dat geniale wat Rembrandt had.'
Hij keek glimlachend Katja's kant op. 'Maar laat ik mij eerst eens behoorlijk voorstellen. De naam is Aleksej Mazarov.' Op zijn Engels was niets aan te merken.
'Wist u hiervan, professor?' fluisterde Vreeman giftig.

'Zullen we de conversatie in het Engels houden?' vroeg Mazarov beleefd. 'Dan kunnen wij het gesprek allemaal volgen.' Hij liep om de werkbank heen en hield daarbij iedereen in de gaten. 'En als u zich afvraagt waarom ik hier ben, dat is om een schuld te vereffenen. Mr Vreeman hier is mij namelijk nogal veel geld schuldig en hij heeft mij, laat ik zeggen, lekker gemaakt met een verhaal over drie schilderijen die tezamen het verloren gewaande deel van een meesterwerk zouden zijn. De *Nachtwacht*!' Hij keek Katja uitnodigend aan, alsof hij een reactie verwachtte. Ze ging er niet op in. 'En dat is interessant voor een liefhebber zoals ik. Een mooi bezit.'

'Het is niemands bezit.' Ze klonk bits. 'Het behoort de wereld toe. Het moet in een museum hangen, net als alle andere kunstschatten.'

Mazarov liet zijn heldere, klaterende lach horen. 'Wat heerlijk, die naïveteit. Dus u denkt dat alle kunstschatten in een museum hangen? Nou, laat mij u uit de waan helpen. Veertig procent van wat er in de musea over de hele wereld hangt is vals. Of liever gezegd, niet geschilderd door degene wiens naam eronder staat. Geen kunst, maar kunstig. Goede replica's of fraaie vervalsingen. Bij elkaar gehangen om geld mee te verdienen. Musea zijn toeristenfuiken, niet meer en niet minder.' Hij keek triomfantelijk voor zich uit. 'Zo is het toch, Mr Vreeman? Vraag het maar aan hem, hij weet het, hij heeft eraan bijgedragen.'

Hij lachte weer.

'Nee, nee, mevrouw, de echte kunst hangt bij mensen zoals ik. Rijke mensen die van kunst houden en het weghouden van de hordes domme toeristen die met hun rottende adem de verf van onze kostbare kunstschatten aantasten. Wij zijn de ware dragers van de cultuur.'

Ze deed een stap naar voren. 'Wat komt u hier doen?'

'Dat zei ik al, Katya. Mag ik Katya zeggen? Ik kom een rekening vereffenen.'

'Met mijn schilderijen?'

'Uw schilderijen? Oei, dat wordt een semantische kwestie. Zijn het uw schilderijen wel? Behoorden ze niet de wereld toe?'

Ze zuchtte.

'Grapje. Ik ben in het bezit van één schilderij, Katya. Dat is mij door een gelukkige omstandigheid toegevallen. En ik zou graag, volgens de afspraak met Mr Vreeman hier, de twee andere schilderijen meenemen.'

Hij draaide zich om naar de auto en gaf een knikje, waarna er een tweede man uitstapte. Hij keek even met doodse ogen naar het gezelschap en dook toen de auto weer in. Voorzichtig haalde hij iets van de achterbank. Het derde schilderij.

'Naast die andere twee graag.'

'In het midden,' zei Katja.

De man zette het schilderij van de twee kinderen tussen de andere twee in en toen was het familieportret weer compleet. Het was een vreemd moment en ondanks de gespannen situatie emotioneerde het haar.

Rudolf Tedingh zat achter zijn bureau en volgde op zijn laptop de gebeurtenissen in de loods. Hij was verbaasd Aleksej Mazarov te zien opduiken en toch ook weer niet. Het spel werd hoog gespeeld. Hij had met een zekere bewondering gekeken naar de spectaculaire entree van de Rus. Machtsvertoon, de eerste slag was voor hem.

'Wat nu?' Leo's stem klonk nerveus door de koptelefoon.

Tedingh overzag het slagveld. 'Het spel is op de wagen. Laat nog maar even gaan.'

Vreeman voelde zijn hartslag oplopen. Mazarov en zijn bewaker waren ongetwijfeld gewapend. Als dit uit de hand liep, werd het een bloedbad. Ze moesten zakendoen, dat was het beste. Katja moest er niet voor gaan liggen. Niet de held spelen. Niet nu.

'Ik weet niet hoe u aan dat schilderij bent gekomen, meneer...?'

'Mazarov, maar zeg toch alsjeblieft Aleksej... Katya.'

'Maar ik sta mijn schilderijen niet aan u af. Het is erfgoed, mijn erfgoed. Ik heb de schilderijen geërfd van mijn grootvader en ik bepaal wat ermee gebeurt.'

Schei hiermee uit, mens! Niet zeuren, zakendoen!

Mazarov probeerde beleefd te blijven. 'U begrijpt niets van...'

'Ik begrijp het heel goed.'

'Niets!'

Het woord klonk als een zweepslag en echode door de loods. Het vriendelijke masker was gevallen en de Rus keek de jonge vrouw met kille ogen aan. 'Ik leg het u nog eenmaal uit. Mr Vreeman heeft een schuld bij mij, omdat hij mij heeft bedrogen. Opgelicht. Voor miljoenen. Hij heeft mij voor schut gezet voor het oog van de hele wereld. Dat moet worden terugbetaald. Hij heeft mij deze schilderijen beloofd, dus zijn ze nu van mij. Ja?'

'Nee. Hij geeft iets weg wat van mij is.'

'Hoe hij ze van u krijgt, dat is mijn zaak niet. Begrepen?' Zijn hand schoot onverwacht uit en greep Katja bij haar keel. Ze slaakte een gil en heel even was Vreeman terug bij het bankje aan het water, waar Molly met dode ogen naar hem opkeek en hij de striemen in haar nek zag.

'Als ik die schilderijen niet krijg, dan vallen er doden. Is dat duidelijk?'

De professor stak bezwerend zijn handen in de lucht. 'Stop! Stop nou, dit gaat helemaal niet goed.'

'Uit de weg, professor.' De stem van Vreeman klonk gebiedend en Arjen deed haastig een stap opzij. 'Laat die vrouw los, Aleksej.'

De Rus verstevigde zijn greep op Katja en keek de kunsthandelaar woedend aan. 'Hou je smoel, idioot, en help mij liever die schilderijen in mijn auto zetten. Míjn schilderijen.'

Arjen zag Vreemans hand naar de zak van zijn regenjas gaan en een pistool tevoorschijn halen.

Hij richtte het op de Rus. 'Laat haar gaan.'

De Rus lachte, maar het was niet de vrolijke, heldere lach die eerder had geklonken. Hij kwam van diep en klonk kwaadaardig. 'Wat een slecht idee, Hubert Vreeman.'

'Dit loopt uit de hand, we moeten ingrijpen.'

Leo had gezien hoe de situatie escaleerde. In geen enkel scenario had hij rekening gehouden met de komst van deze Rus. Aleksej Mazarov. Dat leek behoorlijk stom, maar hoe had hij überhaupt kunnen weten dat de man in het land was?

De stem van Tedingh klonk rustig, alsof hem dit allemaal niet aanging. 'We zien het nog even aan.'

Arjen stond als aan de grond genageld. Hij ademde gehaast en probeerde de gewelddadige beelden die zich aan hem opdrongen te negeren. Niet aan Linda denken, niet nu. Hij moest zich concentreren. Vreeman had hem hiervoor gewaarschuwd. Deze man was levensgevaarlijk. Hij had ontspannen geklonken toen hij uit de auto stapte, alsof er niets aan de hand was, maar Arjen had al meteen gevoeld dat dit verkeerd ging aflopen.

Angst welde op in zijn borst. Hij haalde zijn tong over zijn droge lippen. Vreeman had een pistool tevoorschijn gehaald, maar de Rus was niet van plan Katja los te laten. Integendeel, hij lachte en had nu zijn arm om haar bovenlichaam geslagen, terwijl zijn andere hand haar nek dichtkneep. Arjen zag dat Katja's hoofd rood aanliep. Hij voelde de drang om weg te lopen, te schuilen. Weg van het gevaar. Het zweet liep in zijn ogen, hij veegde het weg met zijn hand.

Nee, niet weer! Niet nog eens. Niet toekijken.

Hij dook van achteren op de Rus en sloeg zijn arm om zijn nek.

'Uit de weg!' schreeuwde Vreeman.

De Rus tuimelde achteruit, maar liet Katja niet los. Hij hervond zijn evenwicht, terwijl Arjen probeerde hem tegen de grond te werken. Tevergeefs. De man zwaaide zijn rechterhand naar beneden en greep hem in zijn kruis. Een felle pijn sloeg door zijn lichaam. Hij liet los en zag nog net de elleboog die naar achteren zwaaide voordat deze hem vol op zijn neus raakte. Hij voelde het bloed zijn neus uit spuiten en toen werd het zwart voor zijn ogen.

'Oleg!' schreeuwde Mazarov.

'Arjen!' schreeuwde Katja, maar het kwam als schor gefluister uit haar keel.

'Uit de weg!' schreeuwde Vreeman, die met zijn pistool zwaaide.

Mazarovs handlanger stond bij de neus van de Mercedes, die ondanks de gewelddadige binnenkomst nauwelijks een schrammetje had opgelopen, en hield met twee handen zijn pistool vast. De loop was op Arjen gericht.

Leo wreef met één hand over zijn bezwete voorhoofd. 'We moeten verdomme iets doen.'

'Te laat.'

'Maar...'

'Ik wil geen bloedbad.'

'En wat is dit dan?'

Leo zag Vreeman door zijn knieën zakken, een kwartslag draaien en zijn pistool op de man bij de auto richten. De knal was oorverdovend en galmde door de plaatijzeren loods. Het was alsof iedereen een moment werd stilgezet en de scène in de loods bevroor.

Gemist. Hij had hem gemist. Hij moest nog eens schieten, maar de knal was zo luid geweest dat hij een ogenblik ver-

'Stand-by.' De stem van Tedingh klonk nog net zo onaangedaan als in het begin.

'*Everybody ready.*'

'Verknal het niet.'

Jezus, krijgen we dat, wordt het welslagen van de missie op mijn bordje gelegd. Lekker dan. Het laatste schilderij werd ingeladen en het portier werd zorgvuldig gesloten. De Russen stapten in en probeerden zo goed en zo kwaad als het ging de Mercedes achteruit de loods uit te rijden.

'Hebben we zicht?'

'Hij komt achteruit de loods uit rijden.'

'Wacht tot hij gekeerd en op snelheid is.'

'Check.'

Ze zag de auto achterwaarts de loods uit rijden, maar ze voelde geen opluchting. Verdriet, dat was wat ze voelde. Ze keek naar Arjen, die nog steeds op handen en knieën zat. 'Arjen...'

'Laat mij maar, laat me maar even. Kijk liever naar hem.' Hij maakte met zijn hand een gebaar naar het lichaam van Hubert Vreeman.

Het schokken was gestopt en de man lag er nu levenloos bij.

Katja knielde bij hem neer en legde haar hand in zijn hals. Ze voelde geen hartslag, maar zag wel dat zijn borst onregelmatig en zwak op- en neerging. 'We moeten een ambulance bellen.'

Toen hoorde ze buiten een luide knal, gevolgd door het geluid van slippende banden.

Leo sloeg zijn laptop dicht en verliet zo snel mogelijk de geblindeerde auto. Hij keek om zich heen. Het was één schot geweest en dat had doel getroffen. De voorband van de Mercedes was ontploft en de bestuurder had de controle over de auto verloren. Hij had in een schrikreactie geremd, waardoor de zware fourwheeldrive in een slip was geraakt en door zijn eigen gewicht naar de verkeerde kant van de weg was gedirigeerd, waarna hij via een boom en een betonnen paal zijwaarts in een diepe greppel was terechtgekomen.

Hij haastte zich naar het wrak. Snelheid was geboden, maar hij moest ook voorzichtig zijn. De motor draaide nog en toen hij door de zijruit keek, zag hij dat de bestuurder over zijn stuur hing en dat de bijrijder met een fikse hoofdwond half uit zijn stoel was gegleden. Hij probeerde het achterportier en dat ging zonder moeite open. Hij haalde een aansteker uit zijn zak en wachtte tot de poetsdoek vlam had gevat.

Katja strompelde naar buiten en zag verderop langs de weg een auto in de fik staan. Om welke auto het ging kon ze vanaf haar positie niet zo goed zien, maar ze kon het wel raden.

Haar eerste impuls was om ernaartoe te rennen, maar Arjen hield haar tegen. 'Niet doen. Nu fikt hij nog, maar straks ontploft hij.'

Ze hoorde het loeien van het vuur en staarde als verlamd naar de vlammen die uit de auto sloegen. De schilderijen…

61

Arjen had gelijk gehad, de explosie moest in de wijde omtrek te horen zijn geweest en het vuur had zich niet alleen tegoed gedaan aan de auto, het jonge groen in de bomen langs de weg was ook aangevreten of verbrand. Toen de brand eenmaal was geblust lag het geblakerde karkas na te roken in de greppel. Het deed Katja denken aan nieuwsreportages uit verre oorlogsgebieden.

Het erf rond de romneyloods was plots vol mensen geweest, van wie sommigen bewapend, die snel en efficiënt tot handelen overgingen. Ze had zich verbaasd afgevraagd waar die ineens vandaan waren gekomen en hoe ze waren geïnstrueerd.

'Is alles verbrand?' Katja stond naast Leo, die een trekje nam van de sigaret die hij had opgestoken. Ze zag dat zijn hand licht trilde.

'Ik ben bang van wel. De Russen hebben het niet overleefd en de schilderijen ook niet, vrees ik.'

De schilderijen. Het onderzoek van grootvader en dat van haar was letterlijk met een klap tot stilstand gekomen en verworden tot een spectaculaire herinnering met een open einde. En te veel doden.

'Wat erg,' zei ze, 'van die twee mannen.'

Leo knikte en trapte zijn peuk uit. 'Ik stond verderop langs de weg. Het leek mij beter dat Vreeman mij niet zou zien tijdens jullie onderhandelingen, dat zou hem misschien afschrikken. Toen kwam die Mercedes langsscheuren en boorde zich zo door die deuren!' Hij schudde zijn hoofd alsof hij het nog steeds niet kon geloven. 'Ik wist niet wat ik moest doen, of wat er daarbinnen gebeurde. Tot ik die schoten hoorde.'

'Vreeman schoot als eerste.'

'Tegen de tijd dat ik bij de loods aankwam, kwam die auto weer naar buiten. Hij ging er op volle snelheid vandoor en toen kreeg hij die klapband. Ik zag hem slippen en in de greppel glijden en toen de auto eenmaal fikte, wist ik dat het afgelopen was.' Hij haalde weer een sigaret tevoorschijn en stak hem op.

Op een brancard kwam Hubert Vreeman voorbij. Lijkbleek en met gesloten ogen.

Katja wendde zich tot de ambulancemedewerker. 'Is hij dood?'

De man schudde zijn hoofd. 'Maar of hij het ziekenhuis haalt durf ik niet te zeggen.'

Ze liep naar Arjen, die op een houten paaltje zat en met een doekje zijn neus bette. Ze legde een hand op zijn schouder en trok hem naar zich toe. 'Dank je wel.'

'Waarvoor?' Hij klonk nasaal.

'Dat je voor me opkwam.'

Arjen maakte een geringschattend gebaar en snoof, voor zover zijn verstopte neus dat toeliet. 'Het stelde weinig voor.'

'Je sprong die kerel in zijn nek.'

'Had ik een keuze?'

'Je hebt altijd een keuze.' Ze zakte door haar knieën. 'Ik heb geleerd dat je kunt vechten of vluchten.'

Arjen grinnikte. 'Jaja, het oerbrein.' Hij keek naar het zakdoekje en constateerde dat het bloeden was gestopt. Hij verfrommelde het in zijn hand. 'Misschien was ik wel te vaak gevlucht.' Hij dacht hier even over na en grinnikte toen weer, hoewel het hem zichtbaar pijn deed.

'Wat?'

'Dat was echt een dialoog uit een heel slechte film.'

Katja glimlachte en bekeek zijn gezicht. Met de donkere plekken onder zijn ogen en de rode neus zag hij eruit als een horrorclown. 'Daar ga je nog wel een tijdje last van houden.'

Hij haalde zijn schouders op en terwijl om hen heen bedrijvigheid heerste, zaten ze even stil en in gedachten bijeen.

'Vind je het erg dat de schilderijen zijn verbrand?'

Katja stond weer op. 'Niemand heeft ze ooit echt mooi gevonden. Behalve mijn grootvader dan, maar wat hij erin zag heeft nooit iemand begrepen.'

'Ik heb het over de *Nachtwacht*, Katja.'

Ze keek hem met een melancholische blik aan. 'De *Nachtwacht* hangt in het Rijks, Arjen.'

'Je begrijpt wat ik bedoel,' hield hij aan.

'We zullen het nooit zeker weten en wat je niet weet, bestaat niet. Of eigenlijk... dan is het er misschien wel,' nuanceerde ze zichzelf, 'maar niet voor jou.'

'Dus niet voor jou?'

'Nee.'

Het was gezien de situatie volkomen misplaatst, maar op dat moment voelde ze alleen opluchting. Een enorme opluchting.

62

Rudolf Tedingh nam de papieren met aantekeningen uit het verkleurde rode mapje en haalde ze een voor een door de versnipperaar. Hij had een risico genomen, een groot risico, door niet in te grijpen in de loods, maar het buitenkansje om in één keer de hand op de drie schilderijen te kunnen leggen was te groot geweest. Nu was de zaak opgelost, bijna dertig jaar nadat Jacques Verburg langs was geweest om te vertellen dat hij in het bezit was gekomen van het verloren deel van de *Nachtwacht*. Een onwaarschijnlijk verhaal dat na enig onderzoek minder onwaarschijnlijk leek dan het was. Er was in elk geval voldoende indirect bewijs geweest dat in die richting wees. Maar men had gevonden dat de risico's te groot waren, dus had hij de boot afgehouden, de zaak kleiner moeten maken, want niemand zat hierop te wachten.

Hij herlas het verslag dat de BVD, de toenmalige veiligheidsdienst, van Verburg had gemaakt. Een actief lid van de CPN, de communistische partij, die waren sowieso verdacht. Hij zag Verburg nog zo voor zich: een keffertje dat niet van ophouden wist. Dat geld wilde van de Staat, maar niet bereid was om te vertellen hoe hij aan de schilderijen was gekomen. Een querulant, daar deed je toch geen zaken mee. Hij had toen gedreigd met zijn ontdekking naar het buitenland te gaan. Tedingh herinnerde zich de reactie van de toenmalige premier. Er mocht onder geen beding iets naar het buitenland wat de reputatie van de *Nachtwacht* kon schaden. Het geval-Verburg moest worden opgelost.

En hij had daar zorg voor gedragen.

Ze hadden afgewacht of er zich iemand anders zou melden met de schilderijen, maar dat was niet gebeurd. Toch had hij er altijd rekening mee gehouden dat het vuur weer zou kunnen oplaaien. Hij had het rode mapje nooit weggegooid. Tot nu.

63

De schok was later gekomen, nadat ze goed had geslapen. Ineens, terwijl ze voor de spiegel stond en haar lange zwarte haar borstelde. Haar knieën begonnen te knikken en haar maag draaide om. Ze had net gehoord dat Hubert Vreeman in het ziekenhuis was overleden aan zijn verwondingen. Drie doden waren er gevallen die middag, drie doden vanwege een schilderij van haar. 'Zijn dood is jouw schuld,' had de Rus gezegd. Ze steunde met beide handen op de wasbak en moest moeite doen om niet over te geven. Het was niet waar. Het was niet waar. Het was gewoon niet waar! Hoe had het zo kunnen mislopen? Hadden zij iets kunnen doen om het geweld tegen te houden? Hadden ze misschien niet in die loods moeten afspreken? Had ze het schilderij aan het Rijksmuseum moeten overhandigen, zoals ze oorspronkelijk van plan was geweest? Maar Leo had een beter idee gehad. Leo...

Wat was zijn rol eigenlijk geweest? Hij had de ontmoeting opgezet, maar daarna was hij verdwenen. Ze had hem bij de loods voor het laatst gezien. Daar waren Arjen en zij nog ondervraagd door de politie, maar die hadden opmerkelijk weinig belangstelling getoond voor wat er in de loods was voorgevallen. Iedereen was druk bezig de zaak op te ruimen. De doden werden afgevoerd, de uitgebrande auto weggetakeld en de loods afgesloten. Alsof er niets was gebeurd. Onverklaarbaar, zoals zoveel onverklaarbaar was in deze zaak. Ze had Leo daarna nog meerdere keren proberen te bellen, maar hij nam zijn telefoon niet op. En Robin Goedemond was volgens het museum op vakantie en niet te bereiken. Ze kreeg het gevoel dat men haar trachtte te ontlopen. Arjen wilde ze er niet mee lastigvallen. Die wilde de hele zaak het liefst zo snel mogelijk vergeten, om door te gaan met zijn eigen leven. Ze kon hem geen ongelijk geven.

Ineens schoot haar de oude man in het Rijksmuseum te binnen, de man met het bulldoghoofd. Volgens Arjen was hij degene geweest die hem aan Leo had gekoppeld. Ze moest zijn visitekaartje nog ergens hebben, misschien kon hij haar helpen. Ze vond het kaartje in haar tasje. MR. R.J.M. TEDINGH VAN EYCK, stond erop. Ze begon het telefoonnummer in te toetsen. Hij kon haar vast in contact brengen met Leo... Haar vingers hielden stil. Ze keek nog eens naar het kaartje... en plotseling was alles zo helder als glas. De ansichtkaarten...

Ze pakte het stapeltje ansichtkaarten dat op haar bureau lag, naast het schilderijenboekje van grootvader, en herlas de alarmerende teksten die in hanenpoten op de achterkant geschreven waren. Jacques Verburg was ergens bang voor geweest, maar de vraag was nooit geweest voor wat, maar voor wie.

En hij had het antwoord zelf gegeven.

De Hoge Bomen Ome.

64

Hij had met Katja afgesproken op een bankje in het Vondelpark. Ze had hem gebeld omdat ze met wat vragen zat en ze graag de waarheid wilde weten. De waarheid? Zeg maar welke waarheid je wilt horen. Maar dat had hij niet gezegd. Het was ook niet direct als een verrassing gekomen dat de jonge vrouw met vragen zou zitten, ze was buitengewoon slim en had de afgelopen weken veel bijgeleerd.

Ze was naast hem komen zitten en na een korte uitwisseling van beleefdheden begon hij te vertellen.

'We wisten van het conflict tussen Hubert Vreeman en Aleksej Mazarov, de geruchten gingen al een tijdje. Vreeman had Mazarov een valse Pieter de Hooch verkocht. Niemand in de kunstwereld hechtte veel geloof aan het sprookje van een doek dat driehonderd jaar in een Engels landhuis had gehangen, maar de Rus wilde het blijkbaar wel graag geloven.'

Zeg maar welke waarheid je wilt horen.

'Jullie Isaac Pietersz werd een twistappel tussen die twee vanaf het moment dat Mazarov zich realiseerde wat jouw onderzoek had uitgewezen. Leo moest een oogje in het zeil houden toen de ruzie tussen de heren uit de hand liep – met levensgevaarlijke gevolgen, zoals al snel bleek – waarbij er natuurlijk ook wel sprake was van enig eigenbelang. Of het hier om de *Nachtwacht* ging zullen we nooit met zekerheid te weten komen, maar het Rijks had zich graag over de drie doeken van Pietersz ontfermd. Wij zagen ze niet graag naar het buitenland gaan. Helaas was Mazarov ons voor. Blijkbaar wist hij van de afspraak die jullie met Vreeman hadden in de loods.'

'Hij moet Vreeman zijn gevolgd.'

'Dat zou me niets verbazen.'

In de stilte die volgde waren de stemmen te horen van kinderen die even verderop in de zandbak speelden. Hun moeders zaten op de bankjes ernaast en keken op hun telefoon.

'Wat ik me afvraag is waarom we in een afgelegen loods moesten afspreken.'

'Vreeman was niet te vertrouwen. Wij wilden er zeker van zijn dat de transactie zonder problemen zou verlopen.'

'Nou, dat is jullie dan mooi gelukt.'

'Wij konden niet weten dat er geschoten zou worden.'

Katja opende haar tasje en haalde er het schilderijenboekje uit.

Hij trok een wenkbrauw op. 'Wat is dat?'

'Het schilderijenboekje van mijn grootvader. Hierin beschreef hij zijn zoektocht naar de achtergronden van het schilderij van Pietersz.'

'Ach.'

'Het onderzoek stopte na de dood van zijn vriend.'

Jacques Verburg.

'En jij hebt dat na al die jaren weer opgepakt. Mooi. Heel mooi.' Hij probeerde het gesprek te sturen, maar Katja liet zich niet afleiden.

'Die vriend met wie hij samen het onderzoek deed, Jacques Verburg, voelde zich in de laatste weken van zijn leven achtervolgd en bedreigd. Terecht, denk ik. Niet veel later was hij dood.'

Tedingh zweeg. Katja staarde, in zichzelf gekeerd, voor zich uit.

Het was een tijdje stil, toen begon ze weer te praten. 'Die knal was niet de autoband, het was een schot van een pistool of geweer of zoiets.'

Het hoge woord was eruit. Hij zuchtte en keek op zijn horloge.

'Ik had zo'n zelfde schot even daarvoor gehoord toen Vreeman schoot in de loods. Jullie hebben de band van de auto met opzet lekgeschoten. Was het Leo? De auto raakte van de weg en blijkbaar ontstond er meteen een vuur, waardoor hij de schilderijen niet meer uit de auto kon halen. Zei hij. Ik denk dat hij dat niet wilde.' Ze keek hem nu aan. 'Of niet mocht. Waar of niet?'

Ze bleef hem vragend aankijken. Dappere jonge vrouw, maar wat wist ze van de wereld? Wat waar is of niet waar is, is niet belangrijk. Het gaat om wat we willen geloven dat waar is. Of echt is. Is de *Nachtwacht* echt? Natuurlijk is de *Nachtwacht* echt, je kunt hem zien, voelen en zelfs onderzoeken. Rembrandt is slechts een naam, niet meer dan wat gekrulde letters van verf. We geloven dat de *Nachtwacht* van Rembrandt is en dat is genoeg. Genoeg voor het museum. Genoeg voor Nederland. Genoeg voor de ruim twee miljoen bezoekers die elk jaar langs het doek paraderen.

'Waar of niet?'

Hij boog zich enigszins naar haar toe. 'Het hele circus, Katja, draait om de reputatie van het schilderij. Die reputatie hangt sinds mensenheugenis op de beste plek van het museum en zal er nog hangen lang nadat ik en zelfs jij zijn overleden. Alles wat de reputatie kan schaden moet worden uitgeschakeld. Dat is het enige, voor nu en in de toekomst. Begrijp je?'

Katja stopte het boekje terug in haar tas en stond op. 'Nee, daar begrijp ik niets van. Helemaal niets.'

Ze draaide zich om en liep zonder te groeten bij hem vandaan.

Hij nam aan dat ze niet erg overtuigd was geraakt van zijn antwoord op haar vragen. Maar wat maakte dat uit, uiteindelijk zou zijn verhaal als waarheid overblijven, omdat er geen andere waarheden meer tegenover stonden. Was dat erg? De geschiedenis van de mensheid was opgebouwd uit hele en halve leugens, uit foutief gekopieerde of vervalste geschriften uit een ver verleden. Niemand die daar aanstoot aan neemt, zolang het ons geordende leventje maar niet in de weg staat en het de paden niet blokkeert waarlangs wij zorgvuldig onze levenswandel hebben uitgestippeld.

Hij stond moeizaam op van het bankje. Je zou het cynisme kunnen noemen, voor hem was het de realiteit van alledag.

65

Begraafplaats Oud Eik en Duinen ligt midden in Den Haag, maar eenmaal door de gietijzeren poort is er van de stadse drukte weinig meer te merken. Het eeuwenoude kerkhof ademt een weldadige rust uit die in wrange tegenstelling staat tot de verdrietige gang die er dagelijks vele malen wordt gemaakt.

De jonge vrouw met de lange zwarte haren liep over de lommerrijke paden en passeerde, in gedachten verzonken, de ruïne van het kerkje waar ergens in de dertiende eeuw de eerste middeleeuwers ter aarde waren besteld. Nu was het een monument van de vergankelijkheid.

Tedingh van Eyck was de spil geweest. In de tijd van haar grootvader en ook nu. Katja had hem willen vragen naar Jacques, wat er precies met hem was gebeurd, maar het had geen zin gehad. Ze had het aan zijn ogen gezien, gemerkt aan zijn onbuigzame houding, de cynische toon die in alles uitstraalde: er is nauwelijks iets voorgevallen, dus laten we niet zeuren over de details. Het ongeluk van Mazarov had het nieuws niet eens gehaald. Vreeman was in stilte begraven. De schilderijen waren letterlijk in rook opgegaan. Details.

Ze was enorm teleurgesteld geweest en had last gehad van de gewelddadige nasleep. Er waren nachten dat ze nauwelijks had geslapen, omdat ze niet durfde te dromen, bang om die knal weer te horen en dat de hele geschiedenis zich weer voor haar ogen zou afspelen. Maar gaandeweg was de heftigheid van de herinnering afgenomen en was er woede voor in de plaats gekomen en de overtuiging dat er een spel was gespeeld waar zij vanaf de eerste dag het lijdend voorwerp van was geweest. Een speelbal van machten en krachten groter dan zij. Waar haar omgeving de dupe van was geworden, dat vond ze nog het ergste.

Ze liep langs het graf van haar ouders, waar nog de verlepte bloemresten van haar vaders begrafenis lagen. Ze stond even stil, maar de bloemen die ze had meegenomen waren niet voor Jan en Marion Hiemstra bestemd, maar voor grootvader, die naast haar ouders begraven lag. Voor ze naar het kerkhof ging had ze een foto bekeken waarop hij stond afgebeeld en had ze zich zijn gezicht in het hoofd geprent. De band met haar grootvader, die haar de liefde voor de kunst had meegegeven, voelde ze nu heel sterk. Hij moest de angst hebben gevoeld die zij had gevoeld vanwege het geheim dat ze hadden gedeeld, een geheim zo groot dat het nooit naar buiten had mogen komen en dat nu geen geheim meer was omdat het niet langer bestond.

Ze knielde en legde de bloemen op het verweerde graf. 'Het is voorbij,' fluisterde ze.

Een woord van dank

Als eerste wil ik professor Joris Dik bedanken. Zonder de vinding van zijn mobiele XRF-scanner en zijn welwillende antwoorden op mijn vragen had ik dit verhaal nooit kunnen vertellen.

Ik was blij met de scherpzinnige opmerkingen van mijn meelezers: mijn vrouw Annet en mijn Vlaamse vriend en collega Frank van Laecke.

Ik ben grote dank verschuldigd aan de uitgeverij, mijn uitgever Steven Maat, voor zijn niet-aflatende vertrouwen in het boek en zijn kritische blik en waardevolle opmerkingen gedurende het schrijfproces, en aan Anne Marleen die in de laatste fase alle losse eindjes heeft opgeraapt.

Maar de meeste dank gaat uit naar mijn zoon Thijs die zich met liefdevolle overgave op elke versie van het boek heeft gestort en die een belangrijke bijdrage heeft geleverd aan de totstandkoming van *Een meesterstuk*.

Tot slot past mij een diepe buiging voor de man die al meer dan vijfhonderd jaar de mensheid met zijn werk weet te ontroeren: Rembrandt van Rijn.

Haarlem, november 2020